돌아와서 말하기

2 R E 지음 VOL. 2

CHIC NOVEL

CHIC NOVEL

돌아와서
말 하 기 VOL.2

초판 1쇄 인쇄일 | 2021년 11월 11일
초판 1쇄 발행일 | 2021년 11월 19일

지은이 | 2RE
펴낸이 | 박성면
펴낸곳 | (주)동아

출판등록 | 제406-3960100251002007000071호
주소 | 경기도 파주시 문발로 115, 세종대학교출판부 206호
전화 | (031)8071-5201
팩스 | (031)8071-5204
E-mail | bear6370@hanmail.net

정가 | 12,000원

ISBN 979-11-5641-183-3 (04810)
      979-11-5641-181-9 (set)

To You From Afar

돌아와서 말하기

2 R E 지음

VOL. 2

CHIC NOVEL

CHIC NOVEL

목 차

3 下

화명에 대한 안 좋은 소문은 나날이 퍼져 가고 있었다. 부도까지 예측될 정도로 재정 상태가 좋지 못하다는 소문이었다. 더하여 윤서경이 곳곳에 압력을 가해 둔 덕분에 그들이 일상적으로 누리던 것들, 예를 들면 모자란 실력으로 연주회에 초대되는 것이나 사적인 자리에서 분위기를 주도하는 것, 크고 작은 선물을 받는 것까지 전부 딱 끊어졌다.

사람들은 의아해했다. 아들이 윤서경과 약혼한 사이이니 그들은 부경의 친인척이었다. 그런데 이런 상황에 도움을 주는 건 고사하고 묘하게 부추기는 듯한 느낌까지 보였다. 때문에 화명의 상황은 악화 일변도인데, 약혼자와는 의심의 여지가 없을 정도로 사이가 좋았다.

추측과 소문은 자연스럽게 '화명 일가와 막내아들 사이에 갈등이 있었다'는 쪽으로 번졌다. 만일 평소에 가족이 화목한 모습을 보였다면 올라오다가도 설마, 하고 사라질 소문이었다.

그러나 윤서경만 해도 처음 만난 이후 이유온을 관찰하며 무언가 이상한 가족이라 생각했다. 더 오래, 자세히 본 사람들이라면 가족 안에서 이유온이 붕 떠 있다는 걸 이미 알아차렸을 것이다.

윤서경은 책상의 전화기 옆을 보았다. 낮은 유리병에 담긴 캔들이 그곳에 있었다. 온통 필요한 물건만 있는 사무실 안에 드라이플라워로 장식한 캔들은 놀라울 정도로 어울리지 않았다. 이유온이 만든 물건이었다. 그는, 본인은 알고 있는지 모르겠지만 손재주가 좋았다. 피아노도 잘 치고 머리도 좋고 아무튼 못하는 게 없는 사람이었다.

대표의 사무실에 캔들 같은 게 있다는 사실 자체에 경악하던 비서와 임원들도 슬슬 익숙해졌다. 입단속을 시킨 것도 아닌지라 약혼자가 만든 캔들을 그 윤서경 대표가 책상에 장식해 뒀다더라 하는 이야기가 화제에 오르내렸다.

이런 식으로 윤서경은 약혼자에 대한 자신의 애정을 가감 없이 드러냈다. 몸이 약한 약혼자 때문에 병원 의료진과 호텔 조리실도 직접 관리하고, 그와 있을 시간을 빼기 위해 스케줄을 여러 차례 조정하고, 어쩌다 다른 사람이 있는 자리에서 약혼자의 전화를 받을 때 완전히 달라지는 목소리까지, 홍보팀에서 꾸며 낸 이미지라고 하기엔 많이 세심했다. 무엇보다 그렇게 하면서까지 약혼자는 보호하고 화명을 공격하려 할 이유가 없었다.

애초 화명의 막내아들과 결혼하려고 한 것부터 의문을 표하는 목소리가 많았다. 집안끼리의 결합은 무엇이든 양측에 이득이 있어야 했다. 하지만 부경과 화명이 사돈으로 묶였을 때 부경은 아무것도 득 볼 일이 없었다.

그 전에 윤서경이 그의 기준으로 쓸데없는 자리에 들락거렸는데, 거기에 항상 이유온이 있었다는 사실을 누군가는 캐치해 수군거렸다. 그에 이어 이런 일이 일어나니 떠들기 좋아하는 이들은 곧바로 이유를 짐작했다.

'윤서경이 약혼자의 본가를 아예 치워 버리려 할 정도로 가족 사이가 험악하다.'

상당히 맞는 말이었기에 떠들도록 내버려 두었다.

증권가에는 소위 말하는 지라시가 매일 떠돌았고, 메신저로 순식간에 퍼져 나가는 소문에서 화명은 이미 도산한 것이나 마찬가지인 것처럼 사람들의 입을 탔다. 그 뒤에 부경이 있다는 사실 하나로 화명의 가치는 땅에 떨어지고 있었다.

캔들을 물끄러미 보다가 괜히 뚜껑을 열어 봤을 때였다. 내선이 들어오며 전화기가 깜빡거렸다. 사무실 밖에 앉아 있는 비서실 부실장이었다.

"네."

—대표님, 로비에 손님이 와 계십니다. 미리 약속은 없으셨다고 합니다.

"누굽니까?"

—화명 이유연 씨입니다.

윤서경은 캔들 뚜껑에 올라가 있던 손을 내렸다.

"이유연이 여긴 왜 찾아왔지?"

─죄송합니다, 그것까진 말씀을 안 하셔서…….

"로비에 와서 뭐라고 하던가요."

─본인이 왔으니 대표님께서 만나지 않을 리 없다고요. 대표님께 그대로 전달하라고 하셔서 말씀드립니다.

코웃음이 나왔다. 만나 주지 않을 리 없다는 자신감이 어처구니 없었다. 윤서경 자신도 그런 면이 있긴 하지만, 적어도 상황과 상대는 파악하는 편이었다. 이런 상황에 약속도 없이 다짜고짜 찾아와 들여보내 달라 어깃장을 놓을 정도는 아니다.

"돌려보내라고 하세요."

─알겠습니다.

전화를 끊은 뒤 서류를 읽으며 윤서경은 흘끗 전화기를 확인했다. 이유연이라면 절대 그냥 돌아가지 않을 것이다. 아니나 다를까, 얼마 후 다시 내선이 들어왔다.

"네."

─대표님, 죄송하지만 이유연 씨가…….

"못 가겠다고 버팁니까?"

─네. 왜 제대로 전달하지 않느냐고 언성을 높이고 있는 것 같습니다.

"데스크 직원들이 괜한 수고를 하는군요."

그렇게 말하며 윤서경은 시간을 확인했다. 점심시간이 다 되어 간다. 엘리베이터가 붐비는 걸 피하기 위해 조금 일찍 내려가는 직원들도 많으니, 이유연은 그 시선에 노출된 채로 실랑이를 벌이고 있을 것이다.

"올려 보내요."

—알겠습니다.

그럼 그렇지, 제대로 전달을 안 한 거야. 날 안 만나겠다고 할 리가 없어. 그런 생각을 하며 즐거운 얼굴로 엘리베이터에 오르고 있을 이유연이 떠올랐다. 윤서경이 파악한 이유연은 그런 성격이었으니까.

그 자신감은 상당 부분 이유온에게서 빼앗은 것이었다. 찾아가서 누군가를 불러낸다는 건 떠올리지도 못할 이유온을 생각하니 심사가 말할 수 없이 뒤틀렸다. 윤서경은 서류를 읽던 시선을 멈추고 책상 위의 캔들을 바라보았다.

얼마 후 문 두드리는 소리와 함께 비서가 이유연의 도착을 알렸다.

"대표님! 바쁘신데 죄송해요. 잘 지내셨어요?"

이유연은 한껏 꾸민 모습으로 나타났다. 화사한 목소리로 인사하는 목소리에도 윤서경은 시선을 흘긋 들 뿐이었다. 사무실 문은 열린 채였고, 이유연은 들어와서 앉으라는 말을 기다리며 문가에 서 있었다. 윤서경이 서류에만 시선을 둔 채 아무런 말도 하지 않자 분위기는 차츰 어색해졌다. 열린 문 너머에서 비서들이 언제 차를 가지고 들어가면 될지 가늠하며 시선을 교환했다.

"……대표님?"

살짝 뒷짐을 진 이유연이 고개를 갸웃하며 말했다. 거절당해 본 적 없이, 예쁘고 쾌활하다는 평가만 듣고 살아온 티가 났다. 이유온과 다르게.

"아버지가 식사나 같이하자고 하세요. 유온이 본 지도 오래됐구요. 이번에 어머니가……."

그리 궁금하지 않은 말이었다. 윤서경의 관심을 끌지 못하는 분위기가 명백한데도 이유연은 기죽지 않고 소파 쪽으로 다가와 앉으려 했다. 윤서경은 그제야 고개를 들었다.

"내가 앉으라고 말했던가요?"

"……."

이유연의 얼굴이 웃는 표정 그대로 굳었다.

"사실 원래 아버지가 오시겠다고 했는데, 제가 간다고 말씀드렸어요. 대표님이 아버지보단 제가 더 편하실 것 같아서요."

경직은 오래가지 않았다. 이유연은 곧바로 웃음을 지으며 소파 옆을 서성거렸다. 윤서경이 책상에 있으니 자의로 앉지 않는다고 말하는 듯이. 그러나 시선이 흘끗 열린 문 밖을 향했다. 자신에게 안 좋게 집중된 이목이 편치 않은 듯했다.

"저 목마른데, 차도 안 주세요?"

윤서경은 아직도 사근사근한 그 목소리에 대답하는 대신 문 밖을 향해 눈짓했다. 재빨리 다가온 비서가 문을 닫았다. 등 뒤에서 문이 닫히는 소리를 들으며 이유연의 눈가가 다시 떨렸다. 손님으로 대하지 않겠다는 태도가 분명해서였다.

"용건이 뭡니까."

"그냥 얼굴이나 뵈려고 온 거예요. 제 동생이랑 결혼하실 분인데,

인사도 못 드리나요. 그날 식사 자리에서 분위기가 좀 안 좋았잖아요. 마음에 걸렸어요."

"아, 그때."

그러고 보니 얼굴을 직접 보는 건 그날 이후 처음이었다. 생각할수록 대단했다. 그 자리가 마지막 만남이었는데 이런 태연한 얼굴로 나타날 수 있다니.

"이유연 씨."

"네?"

"내가 만나 줄 거라고 생각하고 왔습니까?"

"……당연하죠. 안 만나 주실 이유가 없지 않나요?"

"당신 집안사람들 염치는 내 약혼자가 전부 가지고 온 모양입니다."

"……."

"그래서 용건은."

이유연의 귀가 붉었다. 모욕이라고도 할 수 없지만, 면전에서 이런 말을 듣는 게 처음일 것이다. 용건이야 뻔했다. 화명이 흔들리는 원인이 윤서경이라고 하니 어떻게 된 일인지 살피러 왔겠지. 이전과 달리 이들은 이유온을 이용해서 수작을 부리지 못했다. 또 부경이 어쩔 수 없이 화명을 돕지도, 주가를 올려 주지도 않았다. 오히려 나서서 무너뜨리고 있다.

하지만 드러내 놓고 파혼을 요구했으면서 일이 이렇게 되니 어떻게 된 일인가 득달같이 달려오는 꼴이 우스웠다. 그때는 기억이 없는 상황이었음에도 이유온을 대하는 그들의 태도에, 그가 없는 자리에서 자신에게 꺼낸 파혼이라는 말에 화가 치밀었다.

"요새 별로 안 좋은 소문이 돌잖아요, 대표님. 들으셨죠?"

"안 좋은 소문이라면?"

"유온이랑 저희 집안에 대해서요. 무척 불미스럽던데요. 유온이가 들으면 충격이 클 거예요. 또 유온이한테도 좋을 게 없고요."

"나쁠 것도 없죠. 유온 씨한테 돌아올 타격이 있다면 내가 알아서 제어할 거고."

"집안 사업이 흔들리는 게 유온이한테 좋진 않을 것 같은데요?"

"이유연 씨."

"……."

윤서경은 손에 들고 있던 서류를 내려놓으며 이유연을 보았다.

"내가 당신들 가족이랑 유온 씨를 연결해 생각하고 있다면 이런 일이 일어났겠습니까?"

"대표님."

"내가 내 귀중한 약혼자의 가족을 이런 식으로 대우할까요?"

입을 벌린 채 아무 말도 못 하는 이유연에게서 눈을 돌리고 수화기를 들었다. 내선을 누르자 곧바로 비서의 목소리가 들려왔다.

"손님 안내하세요."

—알겠습니다, 대표님.

이어 노크 소리와 함께 문이 열렸다. 차는 고사하고 소파에 엉덩이조차 못 붙인 불청객을 비서가 정중하게 바깥으로 안내했다. 이유연은 멍한 얼굴이었지만, 결국 자존심이 있어서 거기서 더 버티지 못하고 분노로 새파랗게 질린 채 비서를 따라 나갔다.

볼수록 신기한 일이었다. 이유연에게선 괜한 오기도, 불안함도 느껴지지 않았다. 정말로 자신이 거절당할 리 없다는 생각으로 부친을 대신해서 여기까지 온 것이었다. 이유온의 사고 구조도 이상하지만 이유연은 한층 이상했고 남에게 피해까지 주는 종류였다.

윤서경은 캔들을 보며 이유온을 생각했다. 파는 물건처럼 잘 만들었으니 회사로 가져가도 되는지 묻자 그는 일순 이해할 수 없다는 얼굴을 하다가 원한다면 마음대로 하라고 대답했다. 자기가 만든 물건이 남의 눈에 보이기 부끄러운 쓰레기라도 된다는 듯한 (이런 표현은 미안하지만 정말 그것 말곤 설명할 말이 없었다) 얼굴이었다.

같은 집에서 자랐는데……, 아니, 같은 집에서 자라서인가.

오늘 이유온은 외출을 하기로 했다. 윤서경이 아니라 비서와 경호원만 데리고 하는 외출이었다. 윤서경과 함께 호텔로 오고 나서는 처음이었다.

그에게 붙여 놓은 비서와 경호원 여섯 명은 윤서경이 꽤나 고심해서 고른 인력이었다. 이전엔 이한영이 추리는 인물을 적당히 붙였을 뿐이었지만, 이번엔 직접 면접을 봤다.

원래 운명이고 뭐고 한 번도 믿어 본 적 없는 윤서경은 요즘 운명, 경우의 수, 우연, 이런 단어를 꽤 생각한다.

두 사람은 그날 호텔에서 만난 것, 그 하나로 모든 게 엇갈렸다. 그 일이 없었을 때 윤서경은 이유온과 가족들의 문제를 지금만큼 주의 깊게 생각하지 않았으니까.

그때의 만남으로 이유온의 뺨을 때린 게 누구인지 찾아보기 위해 상견례 자리에 그의 두 형도 참석해 주기를 요구했다. 분명 첫 번째로 상견례를 했을 땐 식사 메뉴에 무화과가 없었다. 아마 이유건이나 이유연의 취향을 미리 고려해서 추가되었을 것이다.

그게 알레르기가 있는 음식을 또 먹으려 하는 이유온과, 그걸 전혀 알지 못하는 가족들을 보며 그를 무작정 데리고 와야겠다는 생각으로 이어졌다. 삶의 결정적인 전환점은 때로 이렇게 사소하다.

시간이 돌아갔다는 사실은 이상한 일이었으나 이미 일어났으니 현실이다. 처음엔 관련 주식이나 개발 분야에 투자를 할까 했지만 그런 걸 진지하게 연구하는 기관이 거의 없거나 있어도 미래성이 불투명했다.

그리고 타사의 경영이나 개발될 특허, 주가, 그런 건 딱 자신이 미래를 보고 돌아왔다는 걸 알아차릴 만큼의 정보만 머릿속에 남아서 별 도움이 되지 않았다. 굳이 그런 정보가 있어야 경영을 할 수 있는 건 아니니 상관없었으나.

윤서경은 다시 수화기를 들었다. 신호음이 채 한 번 끝나기도 전에 이한영이 전화를 받았다.

─네, 대표님.

"유온 씨는?"

─잘 계시다고 합니다.

오늘만 벌써 세 번째 묻는 것이라서인지 이한영은 약간 질린 기색이었다. 하지만 윤서경으로선 이럴 법도 했다. 외출도 거의 안 하던 사람이 오늘은 자신도 없이 밖에 나갔으니. 물론 이유온이 멀쩡한 어른이고 조금 소심할 뿐 바보가 아니라는 것도 잘 안다. 그럼에도 걱정되는 건 어쩔 수 없었다.

전화를 끊고 캔들을 좀 더 만지작거리다가 다시 일을 시작했다.

* * *

윤서경이 자신을 얼마나 걱정하고 있는지 모르는 채 유온은 주위를 두리번거리느라 바빴다. 커다란 온실 벽 위로 드리워진 덩굴식물, 유온이 끌어안아도 반조차 다 감싸지 못할 굵은 나무, 그 아래 동글동글하게 자란 선인장이며 키가 작은 관목, 구불구불 엉킨 채 위아래로 뻗은 나무줄기. 전국에서도 큰 규모를 자랑하는 식물원이었다.

"앗, 유온 씨. 저것 좀 보세요. 바나나."

바나나……? 아무리 온실이라도 서울에서 바나나라니. 놀라서 이정윤이 가리키는 곳을 보자 정말로 높은 나무에 바나나가 매달려 있었다. 다른 사람들도 그 아래를 지나며 웃거나 사진을 찍었다. 심지어 성한영도 고개를 든 채 심각한 얼굴로 바나나를 보고 있다.

며칠 전 윤서경이 갑자기 외출하지 않겠느냐고 물었다. 당연히 그와 같이 나가는 건 줄 알았더니, 비서와 경호원만 데리고 가라는 말이었다.

나가기 하루 전날까지 유온은 긴장했다. 윤서경과 함께도 아니고 목적지인 식물원을 통째로 빌린 것도 아니었다. 사람이 없고 한적한 시간으로 골랐다지만 유온의 대인기피 성향은 상당했다.

가족들과 살 때, 특히 대학을 자퇴한 후로는 제대로 된 외출도 거의 해 본 적이 없다. 그날 윤서경을 만나러 나갈 땐 정말 앞뒤를 가리지 않고 몸이 먼저 움직인 거였다.

외출의 목적을 윤서경은 유온이 활동 반경을 조금 넓히는 것이라고 말했다. 활동 반경을…… 어쩐지 보호하던 야생동물을 자연에 풀어놓을 때 같은 표현이었지만…….

자신에게도, 윤서경에게도 걱정스러운 외출이었으나 막상 나오자 익숙한 사람 둘이 바로 옆에 붙어 있어서인지 우려가 무색할 정도로 평온했다.

덕분에 유온은 식물원이라는 걸 처음 제대로 구경했다. 유온의 가족들은 여행을 자주 갔다. 세계에서 가장 크거나, 아주 희귀한 나무가 있다는 식물원도 갔었다. 어느 한 군데 자세히 본 곳은 없지만. 유온이 기억하는 건 그중에 바닥의 돌 색깔이 유독 예쁜 곳이 있었다는 것 정도였다.

"저 선인장은 밖에서 살 수 있대요. 사 갈까요?"

"아, 아니요, 잘 못 기를 것 같아서……."

기르기 쉬운 식물이라도 제 손을 타면 금방 죽어 버릴 것이다. 선인장은 누구나 기를 수 있다고 하는데 자신이 없었다. 그래도, 하고 아쉬운 기색을 보이는 이정윤과 함께 나무 하나를 막 지나쳐 가려 했을 때였다. 문득 시선이 느껴졌다. 기분 탓이라 할 수 없을 만큼 뚜렷하게. 유온은 흠칫 놀라서 주위를 두리번거렸다.

하지만 누가 자신을 쳐다보는지 확인하기도 전에 시야는 성한영과 이정윤에게 가려졌다. 자신이 식물을 구경하는 데는 지장이 없었지만, 누가 쳐다보려 하면 두 사람에게 가려져 보이지 않을 것이었다.

"걱정하지 마세요. 유온 씨 얼굴을 알아보고 신기해서 쳐다보는 것 같아요."

"……"

"사실 저라도 유온 씨 지나가면 쳐다볼 것 같아요. 사인해 달라고 했을 걸요?"

이정윤이 재미있다는 듯이 말했다.

"사인이라니……."

"유온 씨 유명해요! 원래 은근히 유명했는데, 전에 웨딩 촬영 스튜디오 사진 나온 후로 더 그래요."

"……"

갑자기 가슴이 철렁했다. 아무도 없는 곳으로 돌아가고 싶었다. 유명하다니, 절대 좋은 일이 아니었다. 갑자기 가시로 된 옷을 입은 것 같았다. 유온이 소리도 없이 끙끙거리자 이정윤이 재빨리 말했다.

"사람들의 관심이 다 나쁜 것만은 아니에요."

"……"

"제가 본 것도 다 칭찬하는 말들이었는걸요. '저 정도는 되어야 윤서경이랑 결혼한다' 같은 거? 지금 쳐다본 사람들도 신기해서 그런 거예요. 길 가다가 유명한 사람을 마주친 거잖아요."

"유명한……."

"유명하죠! 예쁘고, 집안도 좋고. 대표님이 잘생기지 않으면 도둑놈이라고 난리 났을 걸요?"

윤서경도 자기 자신을 도둑놈이라고 칭한 게 갑자기 떠올랐다. 도둑이라니, 말도 안 되고 어울리지 않는 소리였다. 윤서경은 유온의 구원자면 구원자였지 절대 도둑 같은 게 아니었다.

"……저, 이, 이만……."

유온이 웅얼거렸다. 또 누가 쳐다볼 것 같아서 조용한 차 안으로 돌아가고 싶었다. 유온의 말에 성한영이 먼저 입구 쪽으로 몸을 돌렸다.

"다음에 또 올까요? 아직 저쪽에 절반 정도 남았는데, 거기가 여기보다 신기한 식물이 많대요. 나중에 거기도 보러 가요."

이정윤의 말에 유온이 출입구로 가려던 발을 멈췄다. 지금까지 본 식물도 처음 보는 게 많았는데 그보다 신기한 식물들이라니. 잠시 타인의 시선과 식물 구경 사이에서 갈등하던 유온이 머뭇거리며 대답했다.

"오늘 보고 갈게요……."

"정말요? 와."

이정윤은 자신에게 무척 좋은 칭찬이라도 들은 것처럼 손뼉을 짝 치더니 유온을 다음 온실로 안내했다. 성한영도 말없이 따라왔다. 나머지 절반엔 이정윤이 말한 대로 정말 신기한 식물이 잔뜩 있었다. 여기에 정신이 팔렸다가, 저기에 정신이 팔렸다가 하다 보니 두 시간이 훌쩍 지나갔다.

식물원을 나서며 이정윤이 다시 선인장이나 다육식물을 사 가겠느냐 물었지만 유온은 고개를 가로저었다.

"식사는 어떻게 할까요?"

"호, 호텔에 가서 먹을게요."

식물원에서 거의 네 시간을 있었다. 유온의 체력으론 제법 힘든 일이었다.

호텔로 돌아오자마자 유온은 외투를 벗어 옷장에 걸어 두고 욕실로 향했다. 뜨거운 물로 오래도록 몸을 씻고 나자 몇 시간 동안 걸어 다닌 피로가 조금 녹아내렸다. 샤워 가운을 걸친 뒤 입고 나갔던 옷을 세탁물로 내놓기 위해 나왔을 때 유온은 또다시 깜짝 놀랐다. 윤서경이 또 소리도 없이 들어와서 서 있었다.

"매번 놀라네요."

웃음을 짓는 윤서경을 향해서 당신이 너무 소리 없이 나타나는 거라고 항변하고 싶었다. 그러나 유온이 입을 열기 전에 윤서경은 성큼성큼 다가와 유온을 안아 들었다.

"식물원은 재미있었습니까? 기념품이라도 사 오지 그랬어요."

"살 게 없었어요……."

기념품으로 있는 건 작은 화분 여러 종류와 볼펜, 연필, 메모지 같은 조잡한 문구류, 그리고 식물원과 조금도 상관없어 보이는 원석 팔찌와 목걸이 따위였다.

"나가기 전에 잠시 들렀습니다. 지금 바로 포항으로 출발해야 해서요."

"네."

유온은 고개를 끄덕였다. 기억하기로, 포항에도 큰 규모의 호텔이 있었다. 그곳에 볼일이 있어서 가는 듯했다. 윤서경이 일 때문에 바쁜 건 늘 있는 일이었지만, 포항까지 간다고 말하니 어쩐지 거리가 많이 멀어지는 기분이 들어서 쓸쓸했다.

"바다 좋아합니까?"

"네……. 좋아해요."

탁 트인 바다도 넓은 들판도 좋아하는 편이었다. 윤서경은 샤워가운 차림의 유온을 안아 곧바로 침실로 향했다.

"저녁은?"

"아직 안 먹었어요."

"같이하면 좋겠는데 시간이 없네요. 저녁 맛있게 먹고, 머리 잘 말리고 자요. 이번엔 일정이 촉박하지만, 다음에 여유가 있을 때 같이 가 보도록 하죠. 호텔에서 보이는 풍경이 나쁘지 않습니다. 바다도 가깝고."

어린아이에게 하는 듯한 말을 한 뒤 윤서경은 유온에게 짧게 입 맞추곤 외투를 갈아입고 다시 나갔다. 그의 체향이 남은 침실에 홀로 남겨진 유온은 그가 말한 대로 저녁을 남기지 않고 먹고, 머리카락도 꼼꼼하게 말린 뒤 자리에 누웠다.

푹신한 베개를 베고 누워 잠시 생각에 잠겼다. 여전히 윤서경은 자신에게 아무것도 하지 않는다. 신경이 쓰였다. 러트 때를 생각하면 그의 성욕은 보통 사람과 똑같은 듯했다. 그런데 이렇게 오래 아무런 관계가 없으니 이상한 기분이다. 꼭 예전에 결혼 생활을 할 때 같았다. 그때와는 윤서경의 태도가 너무나 다르긴 하지만…….

미열이 조금 있었지만 약을 찾아 먹는 대신 일찍 잠들기로 했다. 오늘 외출이 피곤했던 모양이다. 하지만 힘들어서인지 오히려 눈이 감기지 않았다. 미등 하나만 켜 둔 어슴푸레한 어둠 속에서 한참 뒤척거리던 유온은 두어 시간이 지나서야 겨우 잠들었다.

그러나 그 잠 또한 오래가지 않았다.

잠이 안 와 뒤척이던 시간만큼도 자지 못한 채 유온의 눈이 뜨였다. 피부에 얇게 땀이 배어 있었다. 미열 수준이 아니라 온몸이 뜨거웠다.

단순한 열이 아니었다. 유온은 잔뜩 당황해선 입을 벌린 채 벌떡 일어나려 하다가 휘청였다. 몸이 빠르게 젖어 들어가고 있었다.

아무리 오랜만에 오는 것이라도 이게 무슨 증상인지 모를 리 없었다. 히트 사이클이었다. 황망하게 주위를 두리번거리던 유온은 침대에서 툭 떨어지듯이 빠져나왔다. 약이 있을 것이다. 이럴 때 먹기 위한 약이 몇 종류나…… 그러나 침실을 다 빠져나오지도 못하고 멈춰 섰다. 주치의가 처방했던 약은 윤서경이 전부 버렸다.

'아냐, 새로 받은 약……'

그중에 비슷한 약도 있었던 것 같다. 유온은 멍한 정신으로 주위를 두리번거리다가 새 약을 어디에 보관했는지 떠올리고 침대 옆 서랍장을 열었다. 거세게 열린 서랍 안에서 약이 달그락거렸다.

다행히 찾던 물건이 눈에 들어왔다. 호르몬 조절제와 억제제를 겸하는 약이었다. 유온은 약 뚜껑을 열었다. 여러 알을 한꺼번에 쏟아 넣고 싶은 걸 참으며 한 알만 꺼내 물을 찾았다. 약을 삼킨 뒤 사이드테이블에 물병과 약통을 올려놓고 도망치듯 이불 속으로 들어갔다. 이불에 들어가도 서늘하던 평소와 달리 온몸이 땀으로 젖어 있었다.

몸이 꽉 조여졌다가 천천히 풀려나는 것 같았다. 머리는 몽롱해지고 손발은 차갑고, 체온이 널을 뛰었다. 차라리 미지근한 물로 씻는 게 나을 것 같은데 움직일 수가 없었다.

약효가 돌 때까지 팔에 얼굴을 묻은 채로 참았다. 배 속이 간지럽고 허벅지에는 힘이 자꾸 들어가는데, 심장 박동은 점점 빨라져 숨을 쉬기 어려운 정도가 되었다. 맥박이 뛸 때마다 머리가 같이 울리는 듯했다. 열이 올라 어지러웠다. 내쉬는 숨이 스스로도 알 수 있을 정도로 뜨거운데 자꾸만 오한이 들었다. 이불과 침대보가 피부를 스치는 것조차 이상하게 느껴진다.

10분, 20분, 시간이 흘러갔다. 30분이 지나도 약은 제 기능을 하지 않았다. 떨리는 손을 사이드테이블로 뻗어 더듬거렸다. 약병을 간신히 손가락 끝에 걸었으나 떨림이 심해져 저도 모르게 손에 힘을 주고 말았다. 떠밀린 약병은 가벼운 소리를 내면서 저 멀리 어디론가 굴러갔다.

젖은 눈을 깜빡거린 유온이 힘겹게 다시 침대 밖으로 빠져나왔다. 사실 손 하나 까딱하기 힘든 상황이었지만 약을 더 안 먹으면 이 괴로움이 언제까지 갈지 몰랐다. 비척비척 기다시피 해서 약을 찾았다. 약은 윤서경이 평소에 일을 하는 책상 밑까지 굴러가 있었다.

곳곳에 물이 있다는 게 그나마 다행이었다. 유온은 책상 위에 놓여 있던 물을 매달리듯 붙들어 책상 아래로 기어 들어갔다. 달그락거리며 약병을 열어 약을 꺼냈다. 한 알, 그래도 효과가 들지 않으면 한 알 더. 정해진 용량은 그랬다.

하지만 오랜 세월 정량 이상의 약을 먹는 것에 익숙해진 유온은 자꾸만 손바닥에 쏟아지는 대로 그것을 삼키고 싶었다. 약물이 제 살과 고통을 한꺼번에 잘라 가기를 바랐다. 약병이 기울어지고 하얀 알약이 쏟아졌다. 손바닥이 움찔거렸다. 입술 사이로 약을 삼키기 직전이었다. 그 손을 멈춘 건 머릿속에 남은 윤서경의 목소리였다.

약을 먹지 말라고 하던 목소리. 그 약들 때문에 걱정스러워하던 얼굴. 축축하게 가라앉은 머리로 그가 한 말을 생각했다. 유온은 손바닥에 쌓였던 약을 털어 내고 한 알만 남겨 삼켰다.

책상 벽에 기댄 채 무릎을 끌어안았다. 이제 침대까지 갈 기력도 없었다. 제발 시간이 빨리 지나가기를 바랄 뿐이었다. 삼십 분, 한 시간이 지나면 조금은 나아지겠지.

윤서경은 포항까지 간다고 했으니 오고 가는 시간만 따지더라도 벌써 한참이었다. 그가 돌아오려면 아직 멀었다. 그러나 돌아오면? 돌아오면 어떻게 해야 하지? 그는 유온의 몸을 별로 원치 않는 것 같은데, 히트 사이클이 온 자신을 눈앞에 두면 어쩔 수 없이 손을 뻗게 될 것이다. 윤서경에게 그런 짓을 하고 싶지 않았다.

자신이 원래 사용하던 작은 침실로 들어가 문을 걸어 잠그는 건 어떨까. 그 정도로는 소용없었다. 문틈으로 페로몬이 새어 나갈 테니까. 유온은 앓는 소리를 냈다.

시트를 매일 교체하는 침대보다 책상에서 윤서경의 냄새가 더 많이 났다. 유온은 책상 벽에 뺨을 문질렀다. 약 기운이 왜 돌지 않는 건지 의아했다. 역시 용량이 너무 적은 걸까, 이전엔 체향이 새어 나가면 안 된다는 강박으로 손으로 셀 수도 없을 만큼 먹었으니까. 점점 더 제대로 된 사고를 하기 어려워졌다.

윤서경이 돌아와 주면 좋겠다……. 알파가 몸을 만져 주었으면 했다. 아무런 경험이 없을 때도 가끔 히트 사이클이 오면 본능적으로 그런 생각을 했다. 그런데 윤서경에게 안긴 후로는 그 행위가 얼마나 뜨겁고 달콤한지 알게 되었다. 아래가 미끌미끌했다. 얇은 옷이 젖어 들어 살에 달라붙고 있었다.

배 안쪽이 꽉 차던 감각이 선명했다. 좁은 안이 빠듯하게 벌어지고 부드러운 내벽을 거세게 때리던, 그것으로 끌려 나오던 열기가. 점점 축 늘어지던 유온이 눈을 가늘게 뜨며 손을 다리 사이로 가지고 갔다. 허벅지를 지나 엉덩이 사이로 집어넣은 순간, 아직 완전히 날아가지 않은 이성이 그 손목을 붙들었다.

덕분에 손이 멈칫했다. 하지만 완전히 멈출 순 없었다. 유온의 손끝은 옷 위에서 입구를 가만히 눌렀다. 그것만으로 몸이 간질간질하게 달아오르는 것 같았다. 주춤거리며 손으로 위를 더듬었다. 짧고 희미한 감촉은 성욕을 더욱 부채질하기만 했다.

여전히 약은 몸을 진정시키지 못했다. 조금만 더 참고 안 되겠으면 한 알을 더 먹어야겠다고 생각했을 때였다. 현관문 열리는 소리가 들렸다.

직원이 늦은 시간에 잠시 올라온 건가 싶었다. 그러나 식사 시간이 아닌 이상 유온 혼자 있을 때 직원은 아무런 연락 없이 멋대로 문을 열지 않는다. 아니면, 자신이 시계를 잘못 본 건지도 몰랐다. 아직 윤서경이 돌아올 시간은 되지 않았으니까. 차라리 직원이 올라온 것이기를 바랐다. 이 모습을 윤서경에게 보여 주기는 너무 창피하고 부끄러웠다.

하지만 바람을 저버리고 익숙한 발소리가 침실을 향해 가까워졌다. 현관을 열 땐 분명 평소와 같은 속도였다. 그러나 침실 가까이 왔을 땐 거의 뛰다시피 했다. 침실 문이 벌컥 열렸다. 유온은 손등으로 입을 가리며 신음을 참았다. 문이 열리는 그 진동에 몸이 바르르 떨리는 것 같았다.

"……유온 씨."

낮은 목소리가 울렸다. 그는 문을 닫았고, 이번엔 느리게 다가왔다. 침대를 확인하는지 그 근처에서 발이 한 번 멈췄다. 그리고 천천히 다가와 책상 앞에 섰다. 유온은 제 몸이 책상 의자에 가려지기를 바라며 고개를 들었다. 울먹이는 소리가 들리지 않도록 이를 꾹 물어야 했다.

당연히 의자는 유온을 가려 주지 못했다. 눈앞이 어두워졌다. 윤서경의 그림자였다. 그리고 그림자와 함께 유온의 몸을 덮는 희미한 체향. 알파가 책상에 한 손을 짚고는 천천히 몸을 숙였다. 그와 눈이 마주친다. 발정해 어쩔 줄 모르는 건 자신인데 그의 눈까지 습하게 젖은 것처럼 보였다. 아니, 그렇게 보인 게 아니라…….

유온은 소리를 참기 위해 손등을 잘근잘근 깨물고 있었다. 윤서경의 손이 뻗어 와 유온의 입에서 손을 떼어냈다. 시선이 잠시 빨갛게 잇자국이 난 손등을 향하더니 그대로 그 위에 입을 맞췄다. 엉망이 된 손등이 그의 입술 사이로 숨겨졌다.

"약은 몇 알이나 먹었습니까?"

손등에 입술을 댄 채 하는 물음은 발음이 조금 뭉개졌지만 알아듣지 못할 정도는 아니었다. 말을 하며 입술과 치아, 혀가 손등의 살을 누르는 느낌이 간지러웠다.

"두, 두 알밖에, 안……."

"잘했어요."

몸이 끌려갔다. 윤서경이 유온을 당겨 품에 안았다. 유온은 작게 고개를 저었다. 알파의 체향이 느껴진 순간부터 머리는 점점 더 녹아 갔다. 이제는 정말로 일말의 이성만 남아 있을 뿐이었다. 조금만 더 있으면 윤서경의 앞에 엎드려 어떻게든 해 달라고 빌게 될지도 몰랐다.

유온은 윤서경을 밀어내며 책상 안쪽으로 도망치려 했다. 윤서경이 곧바로 붙잡았지만, 유온이 계속해서 몸을 비틀자 손을 놓았다. 유온은 바닥에 주저앉은 채 손을 뒤로 뻗어 주춤주춤 물러났다. 책상 벽이 금방 등에 닿았다. 더는 도망칠 수 없음을 인식한 유온이 멍하니 윤서경을 바라보았다.

아무래도 그는 도망칠 길이 없다는 걸 알고 유온을 놓아준 듯했다. 가쁜 숨이 입술 사이로 흘러나왔다. 윤서경의 체향이 온몸을 옭아매는 듯했다. 향이라는 게 이렇게 실질적인 무게를 가질 수 있다는 걸 유온은 처음 알았다. 너무 괴로웠다. 아니, 괴로운 게 맞나.

지금 난 괴로운 걸까?

가느다란 신음이 샜다. 물이라도 끼얹은 것처럼 아래가 젖어 있었다. 넋을 놓고 있는 사이 두 다리가 힘없이 벌어진 채였고, 윤서경의 시선은 유온의 온몸에 닿아 있었다. 좁은 공간 안에서 대치 아닌 대치가 이어졌다. 짧은 숨을 내뱉은 그가 유온의 한쪽 발을 붙잡았다.

발을 쥔 손이 델 듯이 뜨거웠다. 자신의 발이 너무 차가운 것이긴 하겠지만, 그걸 생각해도 열이 선명했다. 그 손이 발의 우묵한 부분을 느리게 문지르며 발끝으로 가 발가락 사이를 눌렀다. 아무것도 아닌 동작에 몸이 바르르 떨렸다. 윤서경은 그대로 유온의 발끝을 입에 머금었다.

"아, 더, 더러워요."

간신히 웅얼거렸지만 윤서경은 들을 생각이 없는 듯했다. 혀끝이 발의 날을 길게 훑으며 내려가 뒤꿈치까지 갔고, 그대로 입을 벌려 깨물었다. 혀나 손가락과는 다른 감각에 유온이 발을 빼내려 했다. 윤서경은 놓아주는 대신 한 손으론 발을 꽉 쥐고, 다른 손으론 유온의 반대편 허벅지를 눌렀다. 두 다리가 크게 벌어졌다.

젖은 하의가 윤서경의 눈에 고스란히 드러났다. 다리가 벌어지며 상체도 조금 끌려 내려간 유온이 어떻게든 몸을 제대로 하려 애썼다. 하지만 윤서경의 두 손 아래에서는 작은 발버둥밖에 되지 못했다.

발을 훑은 윤서경은 유온의 바지 아랫단을 슥 걷어 올렸다. 새하얗고 가느다란 다리가 드러났다. 종아리를 길게 쓸어내린 윤서경이 또다시 한숨을 한 번 쉬고는 유온을 제 쪽으로 끌어당겼다. 하마터면 바닥에 머리를 찧을 뻔했지만 당겨지는 것과 동시에 그의 손이 등을 감쌌다. 순식간에 거리가 가까워졌다.

울고 싶었다.

비명을 지르고 싶은 건지도 몰랐다. 아니면 창피하거나, 괴롭거나, 답답하거나 간지럽거나, 뜨겁거나⋯⋯. 한 가지로 정의할 수 없는 감각이 미친 듯이 몸속에서 날뛰어 댔다. 그리고 그 모든 감각은 눈앞의 이 알파에게 매달리라고 말하고 있었다. 히트 사이클을 맞은 오메가는 본능에 거스르지 못했다. 미약한 손길이 윤서경의 옷깃을 움켜쥐었다.

윤서경은 그대로 유온을 안아 들고 일어섰다. 침대까지 갈 줄 알았더니, 곧바로 등이 책상에 닿았다. 바지와 속옷을 끌어내 벗기는 손길에 유온은 놀라서 눈을 크게 떴다.

"여, 여기, 서경 씨 일하는⋯⋯."

그가 일할 때 쓰는 책상이었다. 그런 곳에서 옷이 벗겨졌다는 사실에 유온은 당황했다. 그러나 윤서경은 고개를 갸웃할 뿐이었다.

"그게 왜요."

"⋯⋯."

"침대가 아니면 싫습니까? 하지만 지금은 도저히 침대까지 못 가겠어요."

언뜻 평소와 똑같은 목소리였지만 달랐다. 뒤의 말은 투정으로까지 들렸다. 목 아래에서 무언가가 끓어오르는 듯한 음성이었다. 그게 욕정이라는 걸 알아차린 유온의 가슴이 세게 뛰었다. 윤서경은 약에 취하기라도 한 것처럼 나른한 얼굴로 유온을 내려다보다가 책상 앞에 앉았다.

다음 순간 그의 혀가 닿은 자리에 유온이 또다시 버둥거렸다.

다리 사이, 푹 젖었으나 조밀하게 다물린 입구에 윤서경이 입을 맞추고 있었다. 집어넣는 용도의 기관이라는 건 잘 알고 있었다. 손가락을 사용하는 것도 알았다. 하지만 혀와 입술이 이런 식으로 닿을 거란 생각은 하지 못했다.

"자, 잠시만, 서경 씨, 잠시만……."

유온의 저항에 윤서경은 아래를 빠는 소리를 더 크게 내는 것으로 대답했다. 입술이 입구와 회음을 고루 누르고 혀끝이 그곳을 짓누르듯 핥았다. 푹 젖은 채로 다물어진 아래를 혀로 벌리는 것 같았다. 아래에서 흘러나온 애액을 전부 핥아서 삼키려는 것 같기도 했다. 게다가 그 행위는 작은 자극에도 벌벌 떨 만큼 흥분하고 예민해진 몸을 말 그대로 녹여 버릴 듯했다.

"아……!"

기어이 혀끝이 밀부 안쪽까지 들어왔다. 손끝으로 만질 수 있을 만큼 얕은 곳을 혀가 느릿느릿 핥았다. 맞닿으리라 생각도 못 해 본 점막이 서로 얽혔다. 혀는 노골적으로 안을 만졌고, 안은 움찔대며 그것을 받아들였다. 아래가 더욱 젖으며 벌어졌다.

달아올라 있던 몸은 금세 절정을 불러왔다. 배가 따끔할 정도로 간지럽다고 느낀 순간, 온몸이 확 조여드는 감각과 함께 눈앞이 어지러워졌다. 성기 끝에서 쏟아진 액체에 아랫배와 가슴이 축축하게 젖은 건 물론이고, 밀부도 안쪽에서 무언가 울컥 흐르는 느낌이 들었다.

유온이 절정에 달해 바들바들 떠는 순간에도 윤서경은 유온의 허벅지를 끌어당기고 아래에 바짝 달라붙어 구멍을 빨고 있었다.

민감해질 대로 민감해진 유온은 할딱이는 숨을 내뱉으며 허공에 들린 다리를 버둥댔다. 그래도 집요하게 붙은 밀착은 떨어질 줄을 몰랐다.

절정은 짧게 끝나지 않고 파도처럼 몇 번이나 오가며 유온의 입에서 신음을 끌어냈다. 그리고 그 여파가 간신히 조금이나마 가라앉은 순간, 윤서경이 손가락으로 유온의 아래를 크게 벌렸다. 그의 손 위로 희멀건 액체가 툭툭 쏟아졌다.

고개를 든 윤서경의 얼굴이 입술부터 뺨까지 반들반들하게 젖어 있었다. 무엇 때문에 젖었는지 바로 알아차린 유온이 귀까지 새빨개졌다. 윤서경은 몽롱해진 눈으로 유온을 바라보다가, 유온의 가슴에 묻은 정액 위로 손바닥을 기울였다. 제 안에서 나온 액체가 가슴으로 떨어졌다.

"아······, 으······."

윤서경이 유온의 가슴에 손을 얹어 한데 떨어진 정액과 애액을 문질렀다. 뒤섞인 액체가 가슴에 온통 퍼졌다. 미끌미끌하게 발라진 액체가 그 자체로 열을 품은 것 같았다. 아니······, 뜨거운 건 윤서경의 손인가?

곧 유온은 답을 알게 되었다. 윤서경이 젖은 손으로 유온의 허벅지를 쓸어내리다 콱 움켜쥐었을 때였다. 제 허벅지를 쉽게 붙드는 커다란 손은 데일 듯 뜨거웠다.

숨결이 닿는 모든 곳에 윤서경과 자신의 체향이 꽉 차 있었다. 취할 듯 기분 좋은 향의 안개가 자욱하게 뒤덮인 것 같았다. 습하게 차오른 두 사람의 체향이 피부에 스며들고 모든 감각에 덮쳐들었다.

향기를 눈으로 보고 귀로 듣고, 피부로 느끼는 기분이었다. 후각은 말할 것도 없었다.

몸이 붕 뜨는가 싶더니 아래로 내려갔다. 윤서경은 유온을 안은 채 바닥에 앉았고, 그와 시선이 맞았다. 그의 새카만 두 눈은 물속에 있는 것처럼 축축했다. 그가 눈을 깜빡일 때마다 공기가 일렁일렁 바뀌었다. 체향이 촘촘하게 얽혔다. 부옇게 흐려진 눈은 평소의 또렷함을 잃었다. 이전에 러트가 왔을 때와 똑같이 열에 들뜬 얼굴이었다. 멍하니 윤서경을 쳐다보는 사이, 그가 유온의 목덜미에 얼굴을 묻었다.

그는 자신이 남겨 놓은 자국 위를 잘근잘근 깨물고 핥고 빨았다. 얼룩덜룩한 멍 위로 새로운 멍이 더해졌다. 귓가에 닿는 뜨거운 숨소리에서 유온은 윤서경도 제정신이 아님을 알았다. 러트 주기가 겹친 건가? 설마 출장을 간다고 했던 것도 그것 때문이었을까? 아닌 듯했다. 윤서경은 발정기가 된 유온의 체향에 촉발되어 이성이 흩어진 것이다.

목덜미를 무는 힘이 강해졌다. 잇자국이 새겨지는 느낌이 생생했다.

"아, 아파요……."

몸을 비틀자 윤서경은 숨을 내쉬며 조금 떨어졌다. 그러나 입술이 떨어졌을 뿐 그의 손은 유온의 등을 짚었다가, 아무것도 입지 않은 하반신으로 내려갔다. 손끝이 꼬리뼈를 짚더니 천천히 그 아래, 다리 사이로 향했다. 잔뜩 젖은 아래가 그의 손에 덮였다.

윤서경은 애액이 묻어 젖은 손으로 유온의 한쪽 무릎을 안아 재차 끌어당겼다. 젖은 몸은 아무런 저항도 없이 미끄러졌고 두 다리가 정장을 말끔하게 갖춰 입은 윤서경의 허벅지 위로 완전히 올라갔다.

유온은 저도 모르게 손을 뒤로 짚으며 윤서경을 보았다. 그의 몸에 시야가 완전히 가려졌다. 평소에도 자신보다 훨씬 크다는 생각을 하지만, 이렇게 보니 정말로 체격의 차이가 분명했다. 그가 온몸으로 자신을 누르던 기억을 떠올리며 유온은 조금 겁먹었다. 굶주리고 거대한 짐승을 눈앞에서 보는 것 같았다.

그런 유온의 마음을 알아차렸는지, 윤서경은 안심시키듯 유온의 이마와 뺨에 입을 맞췄다. 뜨거운 입술과 함께 체향이 더욱 강해지자 발끝부터 온몸이 물에 적신 설탕처럼 녹아내리는 것 같았다.

몸이 더 끌어당겨졌다. 정장의 매끄러운 천이 허벅지 아래를 스치고, 다리 사이에 단단한 감촉이 느껴졌다. 유온이 시선을 떨어뜨렸다. 옷 너머에서 느껴진 성기의 모양 때문이었으나 윤서경은 유온이 눈을 돌린 게 마음에 들지 않는지 턱을 잡고 제게 시선을 맞추도록 들어 올렸다.

굵은 팔이 허리를 끌어안았다. 유온은 벌어진 다리 사이에 맞추듯 들어온 성기의 모양에 몸을 움찔거렸다. 몸은 이미 이것의 감각을 알고 있었다. 배 속이 간질간질하고, 폐를 시작으로 온몸에서 잔거품이 이는 듯했다. 열기가 담긴 숨이 저절로 흘러나왔다. 향을 거두어야 한다는 생각도 들지 않았다. 그저 점점 눈앞이 흐릿해졌다. 아지랑이 속에 서 있는 기분이었다. 시야도, 감각도. 윤서경이 유온의 몸을 가볍게 흔들었다. 간지러움이 더더욱 심해졌다.

자신에게 이런 욕구가 있었다는 게 생소하고 신기하기까지 했다. 부끄러움도 잊어버리고 지금 당장 윤서경에게 매달리고 싶었다. 안을 꽉 채우고 문지르며 갈증을 해소해 주고, 노팅해서 그의 정액을 쏟아주었으면 했다.

그 욕구 하나하나, 열기 하나하나가 낯설어서 고개를 돌리고 싶은데도 이성은 본능을 이기지 못했다. 농밀하게 쏟아진 두 사람의 체향이 서로 촘촘히 달라붙어 하나의 짙은 향이 되어 갔다. 숨구멍을 막고 뇌에 직격하는 듯한 황홀한 향기였다.

유온은 어떻게 해야 할지 몰라 바닥에 내던지다시피 한 두 손을 들어 간신히 윤서경의 허리춤을 잡았다. 목을 끌어안을 정도의 힘은 없었다. 이것만으로도 벌써 손과 팔이 떨리다 못해 몸까지 덜덜 흔들릴 정도였다. 허리를 잡자, 윤서경은 두 손을 내려 유온의 엉덩이를 꽉 움켜쥐고 그대로 벌렸다.

힉, 하고 유온이 놀란 신음을 흘렸다. 억센 손아귀 힘에 엉덩이가 세게 쥐어지고 구멍까지 벌어졌다. 안에서부터 질금질금 흘러나온 애액이 윤서경의 옷을 다 적시고 있었다. 번들번들하게 젖은 천의 감촉이 아래를 살살 긁었다. 그리고 벌어진 구멍에는 단단하게 일어선 윤서경의 성기가 닿았다.

"으, 응……."

옷에 눌려 있는데도 바로 알 수 있을 만한 양감이었다. 유온은 윤서경의 허리를 쥔 손에 힘을 주었다. 유온의 뺨에 입을 맞춘 윤서경이 갈라진 목소리로 중얼거렸다.

"풀어 줘요."

모호한 말이었으나 무슨 뜻인지 못 알아들을 만큼 바보는 아니었다. 윤서경의 옷 앞섶이 아파 보일 정도로 팽팽하게 부풀어 있었다. 할 수 있을까, 흘끗 아래를 내려다본 유온은 두 손을 주춤거리며 내렸다. 간신히 지퍼를 내리자 속옷 안에서 강렬한 열기가 느껴졌다. 속옷까지 헤쳐 성기를 꺼냈다. 툭 튀어나온 성기는 손으로 겨우 감쌀 수 있을 만큼 크고 질척하게 젖어 있었다.

손으로 감싸 쥐자 아득하니 의문스러울 지경이었다. 어떻게 이런 게 몸에 들어올 수가 있지. 그러나 동시에 목이 말랐다. 그의 성기를 적시고 있는 물기가 제 갈증을 달래줄 것 같았다. 유온은 물기가 도는 눈으로 윤서경을 보았다. 그가 눈을 마주친 채로 유온의 다리 사이에 성기를 끼워 넣었다. 굵은 기둥이 성기 아래에서 회음과 구멍을 질척하게 짓눌렀다.

"으……, 흐으, 아, 아……! 아!"

타액으로 질척한 입이 맥없이 벌어지며 신음이 쏟아졌다. 이미 한껏 예민해졌다 생각했던 감각은 아직 채 눈도 뜨지 않은 것이었다. 프리컴으로 젖은 성기가 아래를 문지르자 그것만으로 온몸이 저릿하고 배 안쪽이 근질근질했다. 팔과 허벅지에는 순긴 스듭이 돋은 정도였다. 느릿하게 아래를 문지르던 윤서경이 그대로 유온을 안은 채 일어났다.

시야가 바뀐 것에 채 놀라기도 전에 다시 책상이 등에 닿았다. 지금은 아무것도 없지만 역시 윤서경이 앉아서 일을 하던 공간이다. 흘끗 본 옆에 호텔의 메모지와 펜이 놓여 있었다. 그 일상적인 물건은 윤서경의 억센 손길에 쓸려 바닥으로 떨어졌다.

"서경 씨……."

유온은 우는 목소리로 속삭였다. 하지만 다른 곳으로 가자거나, 여기선 안 된다는 말을 할 수 없었다. 윤서경이 침대까지 갈 여유가 없듯이 유온도 마찬가지였다. 지금 당장 그의 것을 안에 넣고 싶었다. 배 속의 간질거림은 이제 괴로울 지경이었다.

땀이 잔뜩 배어난 팔을 뒤채며 유온은 윤서경을 올려다보았다. 그는 어둠 속에서 천장을 등진 채 내리꽂는 듯한 시선으로 유온을 보고 있었다. 윤서경의 몸 주변에 아른거리는 체향이 눈에 보이는 것 같았다. 이상하게도 그는 러트가 왔을 때보다 더 흥분한 듯 보였다.

"저, 아, 아……!"

다음 순간 유온은 자신이 뭐라 말하려 했는지도 잊었다. 책상에 한 손을 짚은 윤서경이 유온의 한쪽 오금을 휘감아 안고, 그대로 성기를 밀어 넣었다. 눈앞이 새하얗게 반짝였다. 납작하고 얇은 배가 바들바들 떨렸다. 충격으로 길게 뻗은 다리가 경련하고 발끝은 구부러졌다. 상체를 앞으로 숙인 윤서경의 씨근거리는 숨소리가 귓전을 울렸다.

숨이 넘어갈 듯한 신음은 제대로 소리가 되지도 못했다. 유온은 온몸을 젖힌 채 몸속을 둔중하게 꽉 채운 감각에 적응하려 애썼다.

갑작스러운 삽입의 충격이 전류가 되고 물기가 되어 몸을 머리끝까지 뒤덮었다. 벌어진 입술 사이에서 무의미한 신음이 연달아 흘러나왔다. 납작한 가슴팍이 한껏 젖혀져 가쁘게 오르내리며 떨렸다. 윤서경은 그런 유온의 가슴을 입술로 세게 빨았다. 잠깐 입술에 물었다 뺀 것만으로 유두가 바짝 곤두서고, 유륜은 붉게 물들었다.

"으, 으응……, 아, 가, 가슴, 하지 말……, 흑……!"

거세게 애무를 하는 것도 아니었지만 삽입의 충격도 아직 감당하기 어려웠다. 유온은 제 옆에 놓인 윤서경의 팔을 저도 모르게 끌어안았다. 굵고 탄탄한 팔은 힘이 잔뜩 들어가 근육의 모양이 선명했고, 뜨겁게 배어난 땀 때문에 미끌거렸다.

윤서경이 유온의 가슴에서 입술을 떼고 허리를 살짝 움직였다. 그의 것으로 빠듯하게 들어찬 배 속이 일렁거리듯 떨렸다. 작은 움직임 하나에 내벽은 물결이 치듯 잘게 경련하고 있었다.

"아아……, 흐, 으……, 읏……."

유온은 파들파들 떨며 손에 힘을 주어 윤서경의 꿈틀대는 팔뚝을 몇 번이고 긁었다. 대부분 땀 때문에 미끄러졌지만 손톱이 걸려 가느다란 상처가 생기기도 했다. 두 사람 다 그런 잔상처의 감각 따위는 깨닫지도 못했다. 젖은 공기 속을 어지럽게 울리던 격렬한 호흡은 일순 멈췄다. 두 사람 다 숨을 참은 채 격랑에 휘말린 채였다.

흉흉할 정도로 발기한 알파의 성기가 배 안쪽을 작은 빈틈도 없이 꽉 채우고 있었다.

"하, 아……."

유온이 간신히 가느다란 숨을 내뱉었다가 곧 멈췄다. 숨을 쉬는 것만으로 내벽이 진동해 삽입된 것의 질량을 재차 실감하고 만다. 벌어질 수 있는 만큼 가장 넓게, 넣을 수 있는 만큼 깊게, 안의 빈 공간은 버겁도록 가득 채워졌다. 평소 얌전히 닫혀 있는 부분이 믿을 수 없을 정도로 열렸다.

그렇게 바라던 알파의, 윤서경의 성기가 만족스러울 만큼 안으로 들어왔다. 유온이 원하던 부분까지 완전히 채우곤 맥을 따라서 쿵쿵 울리고 있었다. 한계치까지 벌어진 내벽은 성기가 휘어진 모양과 귀두의 뭉툭하고 튀어나온 굴곡, 불거진 핏줄 하나하나까지 생생히 느꼈다. 유온은 윤서경의 한쪽 팔을 끌어안고 색색거리며 신음했다. 고통과 압박감과 쾌감, 충족감이 뒤엉켜 머리를 펄펄 녹였다.

다음 순간 다시 몸이 들렸다. 가늘게 뜨고 있던 유온의 눈이 벌어졌다. 책상에 닿아 있던 등이 떨어지고 안쪽에서 성기가 위치를 크게 바꿨다.

"아, 아, 자, 잠깐, 앗……!"

유온은 비명 같은 소리를 내며 눈앞에 보이는 것을 끌어안았다. 윤서경의 몸이었다. 그가 자신을 들어 올린 것이다. 아래는 깊게 연결된 채였다. 떨어질 것 같다. 힘이 빠지고 땀에 젖은 두 다리가, 그에게 매달려 있으려 해도 자꾸만 툭툭 떨어졌다.

다리가 그의 굴곡진 허리와 골반, 허벅지를 타고 미끄러질 때마다 몸의 각도가 조금씩 바뀌며 성기가 안을 푹푹 찔렀다. 스스로 찔리고 싶은 자리를 찾아서 몸을 움직이기라도 하는 것처럼 느껴진다. 진저리를 친 유온이 싫어, 싫어, 하고 아이처럼 웅얼대며 매달리자 윤서경은 아이라도 어르듯 두 손으로 유온을 단단히 안았다.

"안 떨어뜨릴게요."

속삭이는 목소리에 유온은 마음을 놓았다. 그가 안 떨어뜨리겠다고 하면, 무슨 일이 있어도 떨어뜨리지 않을 것 같았다. 떨어뜨릴 이유도 없었다. 그는 그러지 않을 것이다. 유온이 상체의 힘을 빼며 그에게 더욱 매달렸다. 윤서경은 그 상태로 아래를 세게 쳐 올렸다.

"아……!"

종아리에 닿은 윤서경의 허벅지가 더욱 단단해졌다. 그가 몸을 밀치듯 쳐올릴 때마다 다리가 휘청휘청 윤서경의 하체를 휘감거나 발끝으로 밀며 떨어졌다. 발바닥에 감기는 옷 아래 허벅지는 힘이 잔뜩 들어가 돌덩어리를 딛는 것 같았다.

"아, 흑, 아……, 아……."

유온은 울음 섞인 신음을 흘렸다. 아래에서 흐른 물 때문에 찌 걱거리는 소리가 났고 윤서경의 옷은 발끝에 닿는 무릎 언저리까지 젖어 있었다.

"으응, 너, 너무, 아……, 아……."

마찰되는 입구와 내벽은 무서울 정도로 예민해져서 성기가 점 막을 짓이기며 드나들 때마다 온몸으로 끈끈한 열기를 퍼뜨렸다. 가쁘게 따라오는 감각을 주체할 수 없었다. 몸이 열 속의 초콜릿처럼 녹아내렸다. 자신의 신음 소리 사이로 윤서경의 신음이 녹아들고 있었다. 체향이 서로 섞이던 것처럼 자연스러웠다. 하나의 감각을 두 사람이 완전히 나누고 있다는 사실이 생생했다.

지지대 하나 없이 윤서경의 팔에만 매달려 있었다. 온몸이 거세게 흔들릴 때마다, 그가 떨어뜨리지 않을 걸 알면서도 순간순간 무서워서 세게 그를 끌어안았다. 밀착한 몸은 뜨겁고, 짐승처럼 숨을 씨근거렸다. 또한 그가 모든 감각으로 온전히 유온에게 빠져들어 있다는 걸 알 수 있었다.

성기는 계속해서 거칠게 안을 짓치며 드나들었다. 빠듯하게 벌어진 구멍은 푹 젖어서 흐물흐물했지만 작은 틈도 없이 성기를 조였다. 포악할 정도로 굵고 힘줄로 울퉁불퉁한 성기가 푹 찔러들고 빠져나갈 때마다 새빨개진 안쪽의 살이 그에 달라붙어 맥없이 딸려 나갔다. 한 번 피스톤질을 할 때마다 여린 살은 더욱 붉어지고, 붓고, 예민하게 떨렸다. 넘쳐흐른 애액이 접합부로 뚝뚝 떨어졌다. 윤서경의 성기 기둥이 밖으로 빠져나올 땐 그 기둥을 따라 물이라도 뿌린 것처럼 질질 흐를 정도였다.

"앗, 으, 흐윽, 아, 아, 아……!"

유온의 몸은 놀라울 정도로 잘 젖었고 쾌감에 약했다. 약 때문에 이런 기질을 몰랐던 걸까, 아니면 상대가 윤서경이라서일까……. 왜인지 윤서경이라서인 것 같다. 다른 누군가가 제 몸을 이런 식으로 만지고 열어젖힌다고 생각하면 우선 두려움이 밀려든다. 윤서경의 손길이 닿는다고 생각했을 때의 그 간지러운 기대감과 기쁨은 조금도 없었다.

"하으윽……!"

그 짧은 다른 생각을 어떻게 알아차렸는지 윤서경이 거세게 성기를 찔러 올렸다. 유온이 퍼뜩 몸을 굳히자 그는 유온의 양쪽 다리를 누르며 한층 거세게 그를 몰아세웠다.

"아, 아, 아……! 저, 아, 자, 잠깐, 너, 너무 빨, 라요, 앗……!"

"하아, 아……."

"으으응……!"

윤서경이 거친 숨과 신음을 내뱉으며 유온의 안을 마구 파고들었다. 어지럽게 흔들리는 몸과 폭죽처럼 체내에서 터지는 감각에 유온은 고개를 젖히고 비명에 가까운 신음만 질렀다. 눈물이 계속 맺혀 얼굴 옆으로 뚝뚝 떨어졌고, 입가에선 타액이 흘렀다.

순식간에 또 절정이 찾아들었다. 배를 뻐근하게 하는 가장 격렬한 감각의 씨앗은 몸이 흔들릴 때마다 부풀어지듯 몸집을 키워서, 종내에는 머릿속을 새하얗게 만들었다.

"아……, 아윽, 아, 훗……! 아! 아, 아앗!"

몸의 모든 걸 녹여 버릴 듯한 절정은 너무 세차고 버거워서 견디기 어려웠다. 극점의 쾌감이 손끝과 발끝까지 모조리 퍼져 이성을 마비시켰다. 절정을 맞았는데도, 몸속에서 체액이 후드득 후드득 쏟아졌는데도 윤서경의 움직임은 멈추지 않았다.

"흐윽, 아, 자, 잠깐만, 요, 으응, 그만, 그, 그만……."

도망치고 싶다. 절정에 다시 절정이 겹치는 것만 같았다. 퍽, 퍽, 하고, 성기는 여전히 거칠게 안을 때리고 있었다. 유온은 으으응, 흐윽, 하고 울음을 터뜨렸다. 윤서경 또한 정제되지 않은 신음을 연달아 유온의 귓가에 흘렸다. 낮게 갈라진 그 목소리는 또 하나의 흥분제였다. 유온이 바르르 떨며 저도 모르게 귀를 가까이 대자 윤서경은 그 귀에 입을 맞추곤, 온몸에 힘을 주며 유온을 끌어안았다.

아직 옷을 입고 있는데도 윤서경의 온몸에 오른 열이 고스란히 느껴졌다. 열이 펄펄 끓는 이마 같았다.

이어 윤서경은 유온의 귓불을 입술로 잘근잘근 물며 안쪽에 사정했다. 흥분한 몸속에 쏟아지는 알파의 체액은 지나치게 고양된 열기와 정욕을 잠재우는 약물이었다. 그러나 너무 오랜만에 온 히트 사이클이라서인지, 몸이 고장 나서인지, 안쪽을 뜨거운 정액이 때리는데도 진정이 되지 않았다. 절정도 애매하게 지나간 듯 만듯한 채 계속해서 날이 서 있는 감각에 유온은 울먹였다.

"조, 조금만 더……."

흐느끼는 목소리에 윤서경은 유온에게 입을 맞췄다. 키스에도 유온은 정신을 차릴 수 없었다. 여느 때와 다른 난폭한 키스였다. 입술이 맞닿고 혀가 들어올 뿐인데 감각은 아래가 맞물릴 때와 다르지 않았다.

윤서경이 혀를 깊게 밀어 넣어 유온의 입천장 안쪽을 핥고 혀뿌리를 세게 빨았다. 혀가 말려 들어가고 기침이 올라왔으나 윤서경의 입술에 막혀 그의 입 안으로 고스란히 넘어갔다. 고개가 조금 젖혀지고 윤서경의 타액이 넘어왔다. 유온은 반사적으로 그것을 삼키며 그의 혀를 입술로 물어 조이고, 어설프게 혀끝을 내밀거나 입을 벌렸다.

부은 입술을 거세게 빨리는 느낌까지 흥분을 자극했다. 윤서경은 성기를 빼내지 않은 채로 유온을 고쳐 안고 걸음을 옮겼다. 힘없이 떨어진 유온의 다리가 흔들렸다. 윤서경의 목적지는 침대였다.

유온이 누워 있었던 침대는 흐트러진 채였다. 딱 유온의 체구만큼 들린 이불 아래에 유온을 눕히며 윤서경은 뒤늦게 옷을 벗었다.

재킷과 베스트를 내던진 그가 넥타이 매듭에 손을 집어넣었다. 실크 넥타이가 스륵, 유독 크게 들리는 소리를 내며 그의 손에 풀어졌다. 풀어낸 넥타이도 거추장스럽다는 듯 던져 버린 뒤엔 셔츠였다. 거의 잡아 뜯다시피 단추를 푼 그의 굵은 팔뚝을 따라 흰 셔츠가 벗겨져 휙 날아갔다. 유온은 여전히 갈증을 느끼며 윤서경을 올려다보았다.

옷을 벗자 땀에 젖고 단단한 몸이 고스란히 드러났다. 목덜미에서 어깨로 이어지는 선과 탄탄한 가슴, 유온의 두어 배는 될 듯이 굵은 팔, 잘 만들어진 근육 사이로 팬 골에 땀이 맺혀 있었다. 유온은 흐려진 눈으로 할딱이며 그를 보았다. 윤서경이 다시 유온의 머리 옆에 손을 짚었다. 다리가 휙 들렸다.

"웃……."

땀으로 미끄러운 다리가 들리고, 윤서경은 귀두 근처까지 빼냈던 성기를 다시 거세게 박아 넣었다. 유온이 높은 신음을 터뜨리며 몸을 떨었다. 거기서 다시 수차례 어지러울 정도로 몸이 흔들렸다.

등이 시트 위에서 미끄러져 베개보다 아래에 있던 머리가 침대 헤드까지 밀려 올라갔다. 유온이 침대 헤드에 머리를 부딪치기 전에 윤서경이 손을 뻗었다. 머리가 손에 감싸이는 동시에 아래쪽으로 몸이 끌려갔다. 깊어진 삽입에 유온이 신음했다.

"서, 서경 씨, 서경 씨……, 아, 아……."

"네……."

그 와중에도 윤서경은 이름을 부르면 곧바로 대답했다. 몸이 다시 세게 떠밀렸다. 크게 벌어진 다리 사이에서 윤서경이 유온의 골반을 움켜쥐며 허리를 세게 쳐올렸다. 무리한 자세 때문에 골반도, 허리도 다리도 아팠다. 목도 따끔거렸다. 그러나 그 모든 게 쾌감 하나에 뒤덮였다.

이미 윤서경이 안에 쏟아놓은 정액과 넘칠 듯 흐른 애액이 성기가 드나들 때마다 거품을 일으켰다. 아래는 이제 물에 젖은 천이라도 주무르듯 민망한 소리를 냈다. 몸은 그 모든 고통과 부끄러움을 삼켜 열기로 뱉어냈다. 눈앞은 번뜩였고 머릿속이 몽롱하게 가라앉아 정신이 하나도 없었다. 유온은 입이 열릴 때마다 신음하고 윤서경의 이름을 부르는 것 말고는 아무것도 하지 못했다.

다시 몸에 전류가 퍼졌다. 심장이 세게 뛰고 숨통이 조여드는 듯했다. 머릿속에서 쾌감을 느끼는 부분만 남겨두고 모두 제거된 것처럼, 그 부분을 손으로 사납게 움켜쥐고 흔드는 것처럼 열과 쾌락밖에 느낄 수 없었다. 그리고 그것을 주는 건 윤서경이었다. 유온은 자신을 안고 있는 알파에게 매달렸다. 더 해 주세요, 더, 죽을 것 같아요, 열에 들뜬 목소리로 중얼거렸다. 윤서경이 잠긴 목소리로 신음을 내뱉었다.

"아……!"

날카로운 목소리가 튀어나왔다. 허리를 쳐대던 윤서경이 유온의 다리를 바짝 잡아 허벅지가 제 골반에 닿도록 올렸다. 몸속에서 성기가 조금씩 부피를 달리 하고 있었다. 그렇게 노팅해 주길 기다렸는데 막상 닥치자 겁이 났다. 배가 둥글게 부풀어 오를 만큼 커지는 성기가, 더는 없을 정도로 밀착된 결합이.

유온이 몸을 빼려 하자 윤서경은 신음인지 무엇인지 모를 소리를 내며 유온의 두 팔을 잡아 머리 위로 눌렀다. 손목을 쓸며 올라와 손을 겹쳐 잡는 손길에 유온은 손끝을 움찔거렸다. 유온의 손을 잡느라 상체를 푹 숙인 윤서경이 귀에 대고 속삭였다.

"유온 씨……, ……유온아."

"으응……!"

몸속에서 성기가 빠른 속도로 부풀었다. 유온은 고개를 뒤로 젖히며 신음했다. 맞잡고 있는 손은 누가 더, 라고 할 것도 없이 땀으로 축축했다. 긴 속눈썹이 눈물로 축축하게 젖어 있었다. 곧 유온의 온몸이 주체할 수 없이 떨리기 시작했다. 노팅하는 알파의 페로몬에 이끌려 오메가가 느끼는 가장 강렬한 절정이 들이닥쳤다.

윤서경이 유온의 손을 놓고 대신 몸을 끌어안았다. 떨림도 울음도 전부 그의 품으로 흘러 들어갔다. 몸 가장 깊은 곳, 아이를 품는 기관까지 알파의 정액이 쏟아졌다. 20여 분 동안 유온과 윤서경은 빈틈없이 서로를 안은 채 서로가 주는 격렬한 절정 속에서 숨을 몰아쉬었다.

한참 후 몸속의 압박감이 차차 옅어졌다. 완전히 성기가 원래 모양으로 돌아간 뒤 윤서경이 몸을 물렸다. 벌어진 아래에서 뭉글뭉글하게 뭉친 정액이 왈칵 쏟아졌다. 툭 떨어진 유온의 다리 사이가 젖어 들었다. 아직도 배 속에 윤서경이 있는 것처럼 감각이 이상했다. 유온은 멍하니 아랫배에 손을 올렸다.

유온아. 이름을 부르는 목소리의 여운이 후회처럼 귓가를 맴돌았다.

2

　유온은 물속에서 깨어났다. 정확히는 고개가 옆으로 기울어진
순간, 귓가에 따뜻한 수면이 닿을 듯 말 듯한 느낌이 들었을 때였
다. 머리가 곧바로 단단한 무언가에 받쳐지더니 조심스레 들렸다.
느리게 시선을 든 유온이 정면을 보았다. 한밤의 야경이 창문 가득
펼쳐져 있었다.

　몸이 물에 들어와 있는 걸 감안하더라도 따뜻하고 편안했다. 머
리를 갸웃한 유온은 한발 늦게 창을 통해서 자신이 혼자 있는 게
아니라는 걸 알았다. 윤서경이 자신을 뒤에서 끌어안고 있었다.

　"깼어요?"

　나지막한 목소리가 들렸다. 그 목소리를 들은 순간 무겁게 몸을

감싸고 있던 졸음이 물에 녹는 것처럼 스르르 사라졌다. 유온은 자신을 꽉 틀어 안은 윤서경의 팔에서 벗어날 생각도 하지 못한 채 작게 꾸물거렸다. 유온의 움직임에 커다란 욕조 위를 떠다니던 모슬린 티백 두 개가 둥실둥실 움직였다. 욕조를 채운 물의 향기와 윤서경의 체향이 부드럽게 섞여 욕실에 가득했다.

"아직 완전히 진정되지 않았을 겁니다."

윤서경이 부드럽게 말하며 고개를 숙여 뺨을 맞댔다. 그의 말대로, 아까 발작처럼 성욕이 덮쳐들었을 때의 격렬한 갈증은 아니었지만 여전히 몸속이 간질거렸다. 히트 사이클이라면 얼마나 가는 걸까, 특히 자신처럼 몸이 정상이 아닌 상태라면. 급하게 삼킨 약 두 알보다 윤서경이 쏟아 준 체향과 체액이 급한 불을 가라앉혔다.

예전에 드물게 히트가 왔을 때는 짧으면 하루에도 끝났다. 길어야 이틀, 사흘. 약을 잔뜩 먹고 열에 시달리며, 무심코 쏟아 낸 향이 자신의 방문 밖으로 새어 나가지 않기를 기도하며 조마조마하게 보낸 히트는 이번과 너무 달랐다.

"저, 어, 얼마나 있어야 끝날까요……?"

"글쎄요……. 짧으면 사흘, 길면 일주일까지."

윤서경이 유온의 몸을 물에 어깨까지 담기도록 끌어내렸다. 따뜻하고 향긋한 물이 목 언저리에서 찰랑거렸다. 일주일. 그 내내 윤서경이 옆에 있어 줄 수 있는 것도 아닌데 어떻게 버텨야 할지 막막했다. 당장 오늘만 해도 출장으로 포항까지 간다고 했고……. 까지 생각한 뒤 유온은 의아하게 고개를 들었다.

"서경 씨, 출장은요?"

"가던 길에 돌아왔습니다. 조금 이상한 기분이 들어서. 오길 잘 했죠."

"그, 그럼 일은."

"그렇게 큰일이 아니었습니다. 그리고 유온 씨 히트가 끝날 때까진 옆에 있을 겁니다."

"……."

또다시 '그럼 일은…….'이라는 말이 흘러나오려 했지만 유온은 입술만 우물거리고 말았다. 평소라면 자신 때문에 굳이 옆에 있어 주지 않아도 된다고 말했을 텐데 지금은 그보다 기쁜 마음이 앞섰다. 혹시나 사양하는 말을 하면 윤서경이 한 번에 받아들이고 일을 하러 갈까 걱정스러웠다.

"그리고 지금 비교적 당신도 나도 제정신이라서 묻는 건데, 유온 씨. 아이는 어떻게 생각합니까?"

"……."

갑작스러운 질문이었다. 유온은 조금 당황해 눈을 깜빡였다. 아이라니, 아이에 대해 한 번도 고민해 본 적이 없었다. 예전에 윤서경과 살면서 아이라도 있으면 좋겠다고 생각했었으나 그 또한 막연하게 그려 본 게 전부였다.

오히려 아이는……, 주치의가 처음 피임약을 줄 때 몇 번이나 강조했다. 혹시 모를 경우를 위해 가지고 있으라고. 이 혹시 모를 경우 또한 깊게 생각한 적이 없으나 약을 받은 그때부터 유온에게 아이란 생기면 안 되는 것이었다.

또 윤서경이 원할지 어떻지 알 수 없고, 자신의 생각을 말하자면 어린애를 제대로 돌봐 줄 자신이 없었다. 작고 연약한 아기를 자신이 과연 키울 수 있을지, 밥을 먹이고 재우고 안아 주는 기본적인 일조차 가능한지 의문이었다.

이전에 키우던 고양이도 무엇 하나 제대로 아는 게 없어서 괴롭게만 하고 말았다. 그 때문에 동물을 데리고 올 엄두도 내지 못하는데, 아이라면 말할 것도 없다.

생각 끝에 말없이 고개만 가로저었다.

"그래요. 우선 테스트기를 가지고 왔으니 확인하죠."

"아, 테, 테스트요……."

오메가용 임신 테스트기는 두 종류가 있었고 그중 하나는 몇 시간 만에 결과가 나왔다. 써 본 적은 없지만 방법은 알고 있었다. 안쪽의 체액으로……. 유온의 얼굴이 붉어졌다.

"잠시만."

윤서경이 욕조 사이드로 손을 뻗어 무언가를 집었다. 작은 사각형의 임신 테스트기였다. 포장은 이미 뜯어져 있었다.

혼자 가서 하고 오겠다고 말하고 싶었지만 입을 열기도 전에 윤서경은 유온을 돌려 앉혔다. 그대로 가볍게 일으켜 허벅지 위쪽까지 물 밖으로 나오게 하곤, 눈앞에 보이는 아랫배에 입을 맞추며 안으로 손가락을 집어넣었다.

"아……."

아직도 부어 있는 게 분명한 안으로 손가락이 들어오자 몸이 움츠러들었다. 윤서경은 달래듯 유온의 배에 몇 번 더 키스하곤 안에 고여 있던 체액을 자신의 손바닥에 떨어뜨렸다.

떨어지는 양이 많지 않은 걸 보면 전부 안으로 스며들었거나, 자신이 잠들어 있는 동안 윤서경이 빼낸 듯했다. 윤서경의 손바닥 위로 흐른 건 몇 방울 정도였다. 그래도 테스트에 쓰기엔 충분했다. 윤서경이 테스트기로 시선을 돌린 사이, 유온은 슬그머니 다시 앉았다. 그 앞에서 테스트기에 체액을 묻히고 가만히 살폈다. 테스트 결과가 뜨는 칸이 축축하게 젖어드는 게 보였으나, 임신이면 바뀌어야 할 종이의 색이 바뀌지 않았다.

안도와 비슷한 감정으로 유온이 어깨를 늘어뜨렸다.

하지만 길면 일주일을 간다고 했는데, 노팅을 몇 번이나 할 텐데, 아무리 임신이 잘 안 될 거라고 하지만 괜찮을까. 그러나 호르몬 조절제와 달리 피임약은 지금 몸 상태에 치명적이라는 이유로 받지 못했다.

혼란스럽게 굴러가는 유온의 눈을 본 윤서경이 말했다.

"너무 걱정하지 말아요. 내가 조금 전에 먹었으니까."

"네? 뭐, 뭘요?"

"피임약이요."

"왜……."

"내가 먹으면 됩니다. 앞으로도 계속."

"하, 하지만 몸에 안 좋다고 하잖아요."

"마찬가지죠. 그리고 당신이 지금 남의 몸을 걱정할 땝니까."

윤서경이 눈매를 좁혔다. 그야 윤서경의 몸과 자신의 몸을 비교한다면 자신은 거의 시들시들한 지푸라기에 가깝긴 했다……. 하지만 유온은 무언가 해가 되는 일이 있을 때 그것을 자신이 맡아하는 것이 습관이 되어 있었다. 다른 사람이 그 역할을 대신하면 죄라도 지은 기분에 휩싸이곤 했다.

지금도 그렇게 생각하며 윤서경을 보았지만, 그는 뭐라 대답하는 대신 테스트기를 물기가 닿지 않을 곳에 내려놓고 유온을 끌어안았다. 배스 티 티백에서 흘러나온 투명한 금빛 물이 찰랑거렸다. 윤서경은 흘끗 고개를 드나 싶더니, 유온을 안은 채 물속에서 자리를 옮겼다. 그가 앉은 방향이 바뀌면서 유온의 눈에 다시 반짝이는 야경이 보였다.

물이 찰랑거리는 소리, 저 멀리 지상에 있어 닿지 않음에도 들리는 듯한 차량의 통행과 사람들의 목소리, 그리고 시계의 초침처럼 일정하고 낮은 심장 소리. 그런 상태로 윤서경의 품에 안겨 있자 방금 눈을 뜬 것임에도 점점 나른해졌다. 유온의 몸에서 힘이 빠져나갔다.

젖은 어깨에 뺨을 얹은 채로 유온은 다시 잠에 빠져들었다.

* * *

웨딩 촬영을 하는 날은 놀라울 정도로 날씨가 좋았다. 바로 어제까지만 해도 예보도 없던 비가 내리더니, 새벽이 되면서 차츰 구름이 걷히고 새파란 하늘이 드러났다. 비가 쏟아진 다음 날 특유의 청명함과 예년에 비하여 훨씬 따뜻한 기온으로 정원에서 사진을 찍기에도 완벽했다. 사진작가가 이렇게 좋은 날은 오랜만이라며 감탄할 정도였다.

촬영을 앞두고 메이크업을 받고, 옷을 갈아입은 유온은 아직 준비 중인 윤서경을 기다리며 정원으로 나왔다. 정원은 촬영 직전에 한 번 더 정리를 했는지 빗물의 흔적을 찾아볼 수 없게 깨끗했다. 맑은 햇살에 성당의 우아하게 세월을 머금은 벽과 스테인드글라스가 반짝였다.

춥지 않기만을 바랐는데 이렇게 봄날처럼 따뜻하고, 눈에 보이는 모든 것이 금색 테를 두른 것처럼 환한 날이 될 줄은 몰랐다. 유온은 구름의 모양이 예쁜 하늘을 보다가 주위를 천천히 둘러보았다. 촬영에 쓸 커다란 꽃 장식이 정원 곳곳에 놓여 있었다.

유온은 바닥으로 흘러넘치는 모양의 장미 화환으로 다가갔다. 줄기의 길이를 다르게 하여 구름처럼 풍성하게 모양을 잡은 색색의 장미였다. 조심스레 손을 뻗어 꽃잎을 만져 보았다. 작게 시든 곳 하나 없는 꽃잎이 벨벳 같았다.

그중에 덜 꽂은 건지, 일부러 모양을 낸 건지 혼자서 불쑥 삐져나온 꽃이 한 송이 보였다. 고개를 갸웃하며 가시가 깨끗하게 제거된 줄기를 살짝 만지는데 꽃이 뚝 떨어졌다. 당황한 유온은 얼른 몸을 굽혀 그것을 집어 들었다. 제자리에 다시 꽂으려 했는데 다른 꽃들의 모양이 완벽하게 잡혀 있어서 원래 어디서 떨어진 건지 알 수 없었다.

꽃을 든 채 우왕좌왕하고 있는데 마침 플로리스트가 다가왔다. 유온은 더더욱 당황하여 그녀를 보았다.

"아, 안 그래도 덜 꽂힌 것 같아서 보러 왔는데 떨어졌네요. 혹시 가시가 있을 수도 있으니까 조심하세요. 다 제거를 하긴 했는데,

수작업이다 보니 한두 개쯤 남아 있을지도 모르거든요."

"이, 이거 제가 떨어뜨려서, 죄송해요……."

"아니에요! 무슨 말씀이세요. 음, 화환에는 다시 꽂지 않아도 괜찮을 것 같은데, 들고 찍으셔도 예쁘지 않을까요?"

"네……."

플로리스트는 아직 바쁜지 유온에게 꾸벅 인사를 하고는 사라졌다. 남겨진 유온은 바쁘게 움직이는 주위 사람들을 흘끔거리다가 가만히 고개를 기울여 꽃의 향기를 맡았다. 요즘 나오는 장미는 향이 약한 게 많은데, 이건 얼굴 가까이 가져가기도 전부터 느껴질 정도로 선명했다. 복숭아와 닮은 신선한 향이었다.

장미향을 조용히 맡고 있는데 성당 쪽에서 준비를 마친 윤서경이 나왔다. 유온은 꽃을 두 손으로 쥐며 윤서경을 보았다. 밝은 남청색 예복을 입은 그는 햇살 속에서 더욱 근사하게 보였다. 곧은 등과 쭉 뻗은 어깨, 선이 단단한 조각 같은 얼굴까지, 조금 비현실적으로 느껴지기까지 했다. 그런 그가 유온을 보고는 곧바로 다가왔다.

"오래 기다렸습니까?"

유온은 고개를 가로저었다.

"지금 막 나왔어요."

"그 꽃은…… 누가 주고 갔어요?"

"아니요, 제, 제가 실수로 여기서……."

유온이 손가락으로 장미 화환을 가리키자 윤서경은 그것을 슥 보고는 어깨를 으쓱했다.

"몰랐던 재주가 있네요."

꽃을 몰래 빼내는 재주……? 왠지 열없는 기분으로 꽃줄기를 만지작거리는데, 윤서경이 자신을 빤히 바라보았다. 따가울 정도로 강한 시선이었다. 유온이 고개를 들자, 그는 만개해 흘러넘친 장미를 등지고 선 채 미소를 지었다. 정오의 햇살이 흘렀다.

"안에서 주려 했는데, 여기가 더 기억에 남을 것 같군요."

그렇게 말하며 윤서경은 품에서 작은 상자를 꺼냈다. 새하얀 우단을 씌운, 윤서경의 손 안에선 꽤나 작게 보이는 상자였다. 유온의 시선이 곧바로 그리로 쏠렸다.

윤서경이 천천히 상자를 열었다.

"세팅에 생각보다 시간이 오래 걸렸어요. ……마음에 들면 좋겠습니다."

"……."

"나는, 지금까지 단 한 번도 누군가에게 말할 때 겁이 나거나 긴장했던 적이 없는데……. 지금은 목소리가 떨리진 않을까 걱정이 되는군요."

그의 목소리는 떨리지 않았다. 다만, 올려다본 눈가는 조금 굳어졌고 둘레가 붉었다. 뺨도 한순간 희미하게 움찔댄 것 같았다. 그런 윤서경이 정원의 햇살과 색채 속에서 말했다.

"결혼해 주겠습니까?"

한순간, 세상의 소리가 다 사라진 듯했다. 그리고 아주 느리게 돌아왔다. 부드러운 바람이 불어 새하얀 꽃잎이 일제히 날리듯이.

결혼……. 눈앞에 있는 보석의 빛과 꽃의 향기가 모두 그 말 안에 있었다. 유온은 눈부시게 반짝이는 색채 속에서 해야 할 말을 잊은 채 멍하니 서 있었다. 이번에는 아무것도 실감이 안 나거나, 하고 싶은 말이 많은데 입이 굳어 나오지 않는 게 아니었다.

그냥 순수하게 눈이 부실 뿐이었다.

"무릎을 꿇을 걸 그랬나요."

윤서경은 조금 어색하다는 듯이 말했다. 반지 상자를 연 순간부터 지금까지 그는 평소와 달랐다. 그를 수식할 거라 생각한 적 없던, 긴장했다거나, 멋쩍다거나……, 쑥스럽다거나, 그런 말들이 떠올랐다.

유온의 시선이 반지를 향해 내려갔다. 지난번에 호텔에서 함께 보고, 윤서경이 다이아를 더해 다시 세팅하자고 말했던 그 반지가 가만히 들어 있었다. 자신의 손가락에 딱 맞을 반지는 꿈속의 물건 같았다. 이전과 완전히 다른, 자신과 윤서경이 함께 고른 반지였다.

한참 그 반짝이는 물건을 바라보던 유온은 자신의 생각을 정정했다. 꿈이나 환상 속이 아니라 현실의 물건이었다. 윤서경이 손을 뻗어 유온을 데리고 나온 이 현실에서 반지는 맑은 햇살을 받아 투명하게 빛났다.

어떻게 입을 열어야 좋을지 알 수 없었다. 윤서경이 대답을 기다리고 있었다.

그가 결혼해 달라고 말했다.

집안을 통해 들어왔던 그의 청혼만으로 충분히 기뻤다. 그런데 지금은 그의 입으로 직접 말해 주었다. 손에는 반지 상자를 들었고 눈은 자신을 바라보고 있었다. 입술은 그답지 않게 긴장해 조금 굳었다.

유온은 간신히, 기어들어 가는 목소리로 대답했다.

"……네."

이전의 3년 동안 언제나 하고 싶었던 대답이었다. 혼자서는 절대로 할 수 없는 말이기도 했다. 청혼을 수락하자, 윤서경은 고개를 기울여 유온에게 입을 맞췄다. 짧은 입맞춤이었으나 유온에게는 충분했다. 눈가가 순식간이 붉게 물들었다.

"울지 말아요."

다정한 속삭임과 함께 눈가에도 입술이 닿았다. 속눈썹이 윤서경의 입술을 스쳤다. 울지 말라고 하면 울컥 더 눈물이 쏟아질 때가 있는데, 윤서경이 눈물을 가지고 가기라도 한 듯 거짓말처럼 울음이 그쳤다.

"두 분, 준비되셨으면 촬영 들어가겠습니다."

촬영 보조가 다가와서 말했다. 잠시만 기다리라고 말한 윤서경이 상자에서 반지를 꺼내 유온의 손을 잡았다. 반지가 왼손 약지 끝에 걸리고 천천히 손가락을 감싸며 끼워졌다. 유온은 무심코 왼손을 들어 바라보았다. 눈이 부실 정도로 화려한 반지는 생각만큼 손 위에서 붕 떠올라 있지 않았다.

윤서경이 반지 하나를 더 꺼냈다. 유온의 것과 비슷한 디자인이지만 좀 더 굵은, 그의 반지였다. 윤서경은 상자를 오른손에 쥐고 손을 내밀었다. 유온의 손끝이 반지를 향해 가면서 조금씩 멈칫거렸지만, 그래도 잘 잡아 윤서경의 손에 끼웠다.

"결혼식에서 다시 할 거지만, 예행연습이라고 생각해요."

"네……."

반지가 윤서경의 손가락에 꼭 맞게 들어갔다. 유온은 제 손을 한 번, 윤서경의 손을 한 번, 오래도록 보았다. 어울리지 않게 화려한 반지를 평소라면 다른 손으로 가렸을 텐데 오늘은 그러고 싶지 않았다.

윤서경이 고개를 조금 돌리더니 손짓했다. 다른 촬영 보조가 와서 반지 상자를 받고, 대신 좀 더 큰 상자를 내밀었다. 뚜껑이 열린 채인 상자 안에 레이스 리본이 가득 들어 있었다. 실크, 벨벳, 시폰, 레이스로만 된 것, 천의 종류도 색깔도 가지가지였다. 윤서경은 그 안에서 유온의 흐리게 하늘색이 도는 예복과 어울릴 청록색 리본을 골랐다.

유온은 그보다 좀 더 오래 고민하다가 같은 재질의 청회색 리본을 집어 들었다. 둘 다 오늘의 하늘과 어울리는 색이었다.

윤서경이 먼저 손목을 내밀었다. 유온은 예복과 셔츠 소매 아래로 드러난 단단한 손목에 리본을 감았다. 손목이 너무 조여지지 않도록 한 번 묶고, 신중하게 나비 모양 매듭을 만들었다. 사실 웨딩 촬영 전부터 게임도 다른 취미 생활도 줄이고 열심히 연습했다. 성과가 있어서, 윤서경의 손등 아래쪽에 그럴듯한 모양의 리본이 생겼다.

윤서경의 차례였다, 그도 잘 못 묶는다고 말했으면서 결과물은 훌륭했다. 유온의 손을 만지며 이리저리 둘러본 그가 큰 비밀을 말하듯 귀에 속삭였다.

"연습한 보람이 있네요."

"여, 연습하셨어요?"

"네."

"저도요……."

그러자 윤서경이 고개를 옆으로 기울였다.

"누구랑 연습했습니까?"

"네? 혼자……, 꽃병에다 했어요."

"아."

마치 안심했다는 듯, 치켜 올라갔던 눈썹이 제자리를 찾았다. 그 모습에 유온이 눈을 동그랗게 떴다가 입술을 우물거렸다. 누구랑 했는지 묻는다는 건, 그건, 그러니까, 윤서경은 다른 누군가에게…….

"서, 서경 씨는요? 누구랑 연습하셨어요……?"

"혼자 했죠. 내 직원들은 내가 그런 짓을 하면 현실을 못 받아들이고 기절할 겁니다."

"아……."

시원한 해명이었다. 유온은 얼빠진 소리를 내며 윤서경이 다른 누군가의 손목에 리본을 매 주지 않았다는 사실에 안심하다가, 이내 그게 윤서경의 농담이었다는 걸 깨닫고 한 발 늦게 작은 웃음을 터뜨렸다. 그리고 습관적으로 멈칫하고 입을 손으로 가렸을 때, 윤서경이 그 손을 치우곤 입술에 키스했다.

"이만 시작해야겠어요."

유온은 일순 멍하니 윤서경을 보았다. 거기서부터 촬영을 마칠 때까지는 정말로 반짝이는 시간이었다. 여러 차례 옷을 갈아입고 그중 한 번은 바닥까지 길게 끌리는 베일을 썼다. 반투명한 베일과 레이스를 통해 보이는 윤서경은 더욱 찬란했다.

어쩌면 이 베일 덕분에 윤서경에게도 자신이 조금은 좋게 보일지도 모른다는 생각을 했다. 윤서경이 손을 뻗어 베일을 걷고 안으로 들어와 그 안에서 단둘이 되었을 때는 더욱 그랬다. 새하얗고 얇은 베일의 감촉을 뺨으로 느끼며 손을 잡은 채 경건하고 긴 입맞춤을 나눴다. 성당에서 하는 촬영이 끝나고 호텔로 돌아가는 차에 오를 때까지 유온은 몽롱한 기분이었다.

"피곤하지 않습니까?"

차가 출발하고 윤서경이 물었다. 정오 무렵 시작한 촬영은 중간에 쉬긴 했지만 몇 시간 동안 이어졌다. 유온의 체력으로는 다소 무리였다. 피로로 손끝이 조금씩 떨릴 정도였지만 유온은 고개를 가로저었다.

"누워요."

"괜찮아요."

유온은 늘 그렇듯 사양했고, 윤서경은 사양을 받아들이지 않았다. 그렇다고 강압적이지도 않은 손길이 유온을 끌어당겨 자신의 허벅지에 눕혔다. 앞좌석에서 이한영이 운전을 하는 중이었기에 그쪽이 신경 쓰여 몸을 일으키려 했으나, 윤서경은 유온이 일어나기 전에 먼저 머리카락에 손을 올렸다.

오늘 사진을 찍으며 이리저리 빗어 넘겼던 머리카락이 윤서경의 손에 자연스럽게 흐트러졌다.

남의 무릎을 베고 눕는 건 익숙지 않았다. 익숙지 않은 정도가 아니라, 윤서경이 처음이었다. 어릴 땐 작은형이 어머니의 무릎에 눕는 게 부러웠었는데, 그 후론 생각도 해 본 적 없는 일이었다.

윤서경과 같이 있게 되면서 평생 못 해 본 수많은 처음을 다 겪어 보는 것 같다.

"해외 촬영은 일정을 여유롭게 잡아야겠군요."

"해외……, 그런데, 괜찮으세요? 바쁘신데……."

웨딩 사진은 국내 스튜디오에서 한 번, 해외에 나가서 또 한 번 찍기로 했다. 신혼여행지에서 스냅을 찍는 건 들어보았어도 일부러 해외까지 가서 찍는 건 처음 들었지만, 윤서경이 너무 당연하다는 듯 말하기에 그때는 그런가 보다 했다. 나중에 이정윤이 놀라는 걸 보고 나서야 뭔가 이상하다는 걸 알았다.

자신이야 물론 속으로 기뻤으나 윤서경이 걱정이었다. 안 그래도 그는 바쁜데 외국에 나가는 일정을 추가해도 괜찮을지. 자신 때문에 안 그래도 시간을 많이 빼앗기고 있지 않은가.

"이 정도 시간은 쓸 수 있습니다. 결혼 준비인데요."

그런가……? 아닌 것 같은데……. 걱정스러운 눈으로 저도 모르게 룸미러를 보았다. 비서인 이한영을 살피려는 것이었다. 곧바로 시선을 알아챈 이한영이 룸미러를 통해 유온과 눈을 마주치더니 빙긋 웃었다. 미리 그와는 이야기를 다 마쳤는지 전혀 동요하는 기색이 없었다.

"유온 씨."

"네?"

윤서경의 손이 머리카락을 쓸어내렸다. 반사적으로 고개를 돌리고 그와 눈이 마주쳤다.

"고성(古城) 좋아합니까?"

이번엔 눈을 깜빡여야 했다. 질문이 너무 갑작스러웠다.

"전에 만들었잖아요."

첨탑이 부서진 그 모형 성을 말하는 듯했다. 그건 아직도 아크릴 상자에 어색하게 담긴 채 호텔의 장식장 한편을 차지하고 있었다. 그것 때문에 일부러 직원들이 올라와서 빈틈없이 놓인 다른 장식품의 위치를 이리저리 바꾸기까지 했다.

"아, 그건 그냥 눈에 보여서……. 하지만 좋아해요."

싫은지, 좋은지를 따지면 좋아했다.

웨딩 촬영을 어디에서 할지에 대해 윤서경은 이렇게 가끔 유온에게 의견을 묻곤 했다. 바다가 좋은지, 얕고 따뜻한 해변과 바위벽이 뻗은 검푸른 바다 중에 어느 쪽이 더 좋은지, 아니면 산이나 초원이 좋은지, 이것저것 물었으나 유온은 그때마다 대답을 우물거렸다.

대답하고 싶었지만 어느 한쪽을 바로 고를 수가 없었다. 직접 결정을 해야 하는 일은 언제나 너무 어려웠다. 특히 그게 식당 메뉴나 여행지처럼 명확하게 결과가 나오는 일일 경우에는 더더욱. 가족 여행을 가서 자신 때문에 여행을 망친 일이 몇 번이나 되기에 되도록 윤서경이 정해 주었으면 했다. 자신은 윤서경이 정한 일이라면 설령 몇 시간 동안 산을 올라가야 한다고 해도 괜찮았으니까.

"스페인에 괜찮은 고성이 있는 것 같습니다. 호숫가에 있고, 뒤쪽은 자작나무 숲이라고 합니다. 시가지에서 아주 먼 것도 아니고요."

그렇게 말하며 윤서경은 사진을 몇 장 보여 주었다. 고성이라고 해도 아담한 저택 정도 규모인 곳도 많은데, 이곳은 정말 본격적인 성이었다. 호수와 면하여 세워진 모양이 무척 위엄 있다. 자작나무 숲도 아름다웠다.

"와……. 좋아요. 예뻐요."

유온은 뭐든 괜찮다고 말하는 게 습관이었지만 사람이니만큼 그게 진심인지 아닌지 어느 정도는 드러났다. 노곤한 기색이 돌던 눈동자가 사진을 본 순간 반짝거렸다.

"일부는 호텔로 개축해 둬서 며칠 머물 수도 있고요."

"여기서 자요……?"

"당신이 불편하지 않다면요. 객실은 하나뿐이고, 성에 들어가서 다른 사람을 마주칠 일은 없을 겁니다."

그 하나뿐인 객실 사진도 이어졌다. 객실은 사진으로 보기에도 넓었고, 벽지부터 샹들리에까지 정말로 옛 성을 옮겨와서 깨끗하게 다시 채색해 놓은 것 같았다.

"가 보고 싶어요."

사실 내일이라도 가능하다면 가고 싶었다. 사진 속 고성은 순식간에 유온의 마음을 빼앗았다. 윤서경은 그런 모습에 만족한 듯 휴대폰을 내려놓고 손끝으로 유온의 이마를 쓰다듬었다. 간지러운 느낌에 미간이 움찔거렸다.

"그리고 한 가지 더……. 오늘 찍은 사진 말인데, 몇 장은 **홍보팀**을 통해서 공개하는 게 좋을 것 같습니다."

"사진을요?"

"네. 많이 불편합니까?"

전에 스튜디오를 보고 나갈 때 찍힌 사진에 유온이 반응한 걸 신경 쓰는 듯했다. 유온은 고개를 작게 저었다. 어쩔 수 없는 일일 것이다. 단지 , 오늘은 화장도 하고 좋은 옷도 입었고, 예쁜 곳에서 전문가가 찍은 사진이니 그래도 덜…… 우습게 보이면 좋겠다. 그렇게 생각하며 괜찮아요, 하고 작은 소리로 대답하자 윤서경은 미안하다는 말이라도 하듯이 유온의 턱을 살짝 들어 입 맞췄다. 이한영을 신경 쓰며 또 꿈틀거리자 금방 떨어졌지만.

"도착하려면 멀었으니 좀 자요."

막 정체가 시작되려는 시간이었다. 윤서경이 손으로 눈가를 덮었다. 한층 어두워진 시야에 손을 치우려 두 손으로 잡아 보았지만, 그 위에 입술이 내려오는 바람에 그대로 둘 수밖에 없었다. 적어도 잠들지는 말자고 눈을 부릅뜨며 버텨 보았다.

그러나 윤서경의 곁에 있을 때 언제나 그렇듯, 그 결심은 쉽게 부서졌다. 유온은 목동 옆의 새끼 양처럼 무력하게 잠들었다.

* * *

"인호……요? 정인호……?"

"네. 기억하시네요!"

이정윤이 다행이라는 듯이 고개를 끄덕였다. 그야 겨우 몇 년 전 일인데 기억을 못 할 리 없었다. 몇 년도 유온의 기억을 기준으로 해서였고, 이 시점에서는 1, 2년 정도밖에 안 지난 일이다. 정인호는 유온의 짧은 대학 생활에서 만난 몇 안 되는 인연이었다.

정인호의 얼굴과 동시에 그가 마지막으로 했던 말이 떠올랐다.

'너 씨발, 진짜 이상한 애다.'

유온은 그가 멀어질 때까지 아무런 말도 하지 못했다. 그 후로 연락은 완전히 끊어졌고, 얼마 지나지 않아 유온은 학교를 그만두었다.

좋은 기억은 아니었다. 대학에 다니면서 유온은 자신이 얼마나 이상한 사람인지 더 확연하게 알게 되었다. 소극적으로 앉아 있기만 했는데도 먼저 다가와 주는 사람은 많았지만, 며칠, 길어야 한두 달만 지나면 모두 멀어졌다. 정인호도 마찬가지였다.

"그런데 인호가……."

자신의 연락처를 알고 싶다고 했다는 것 같다.

얼떨떨했다. 정인호는 대학에서 만난 사람 중에서 가장 대하기 편안했고, 유온에게 잘해 준 동기였다. 유온의 성격을 전혀 개의치 않으며 딱 불편하지 않을 만큼만 이리저리 데리고 다녀 주었다. 하지만 끝은 좋지 못했다. 정확히 무슨 일이 그를 그렇게 화나고 질리게 했는지 모르지만 그 후로 그는 학교 안에서 유온을 아는 척도 하지 않았다.

하나둘 다가왔던 사람들이 멀어진 끝에 정인호와의 관계까지 그렇게 되자 더는 학교에 나갈 용기가 없었다. 가족들도 유온이 무사히 대학을 졸업하길 바란 건 아니었기에, 결국 입학한 지 몇 달도 되지 않아 학교를 그만두었다.

"저랑 정말 연락하고 싶대요?"

"네, 유온 씨가 원하면요."

이정윤의 선에서 정인호는 해를 끼칠 인물로 보이지 않았던 듯했다. 드물게도 유온의 고민이 빠르게 끝났다. 유온은 그를 만나고 싶었다. 유온에게 그는 좋은 기억으로만 남아 있고, 영문을 모른채 멀어진 사람이었다. 자신에게 뭔가 화가 났던 거겠지만 뭘 잘못했는지도 몰랐다. 그게 무엇이든 기회가 생긴다면 그에게 사과하고 싶었다.

이제 유온은 학교도 그만두었고, 연락이 끊어졌으니 만나는 건 불가능하다고 생각했는데 그쪽에서 먼저 다가올 줄은 몰랐다.

물론 그가 다른 뜻을 가지고 있는 걸 수도 있었다. 하지만 대학교에 다닐 때 이미 유온이 집안에 비하여 얻어 갈 게 없는 사람이라는 건 알려졌다.

부모님과 형들이 돈이 많은 거지, 유온이 돈이 많은 게 아니었다. 대학에 다닐 때는 형이 특히 더 유온을 엄하게 대해서 몇 만 원을 쓸 때도 허락을 받아야 했다.

그래서 항상 돈이 없다 보니 형편이 별로 좋지 않은 것 아니냐며 아르바이트 제안을 받기도 하다가 우연히 집안이 화명이라는 게 알려졌다. 그 후 왜 화명 아들인데 저러고 다닐까, 이상하다, 하는 소문 속에서 딱히 유온의 집안을 보고 접근하는 사람은 없게 되었다. 심지어 자퇴할 때까지 유온이 어느 집안인지 아는 사람보다 모르는 사람이 더 많았다.

하지만 지금은 그때와 달리 누구든 알아보려고 하면 유온이 윤서경의 약혼자라는 걸 알 수 있다. 전에 유온을 알던 사람들이라면 지나치면서 뉴스만 한 번 보고도 알아차릴 것이다. 혹시나 유온을 통해서 윤서경에게 무언가 얻어 낼 수 없을까 탐색하는 사람이 분명 있을 터였다.

"저기, 만약에 인호 때문에 서경 씨한테 혹시라도……."

"괜찮아요! 그분은 베타기도 하고, 대표님도 지금은 유온 씨가 누구든 가까운 사람을 더 만드는 게 중요하다고 하셨어요."

"그, 그런 뜻이 아니라."

이정윤이 고개를 갸웃했다. 그녀는 유온의 말을 '혹시 그를 만나는 걸 윤서경이 불편하게 생각한다면' 정도로 알아들은 듯했다.

"혹시라도 서경 씨한테 안 좋은 영향이 가면……. 그게 걱정돼요."

"유온 씨도 참. 그게 저희 일이잖아요. 왜 비서가 세 명이나 있겠어요? 이미 다 확인했으니까 너무 걱정하지 마세요. 그리고 혹시 다른 마음을 먹고 왔어도 나중에 다 쳐 낼 수 있어요. 안 그래도 유온 씨 옛날 동창의 사돈의 팔촌까지 비서실로 연락 들어오는데, 그중에서 대표님 선까지 이름 올라가고, 유온 씨한테 전달된 건 정인호 씨 하나예요."

특유의 유쾌한 목소리로 쏟아진 말에 유온은 입을 벌린 채로 버릇처럼 끄덕거렸다.

"유온 씨 아는 사람 진짜 많더라구요. 제일 웃겼던 건 4년 전에 유온 씨랑 편의점에서 원 플러스 원 커피 사서 나눠 마시면서 대화했었는데, 그때 전화번호 받은 걸 잃어버려서 연락했다는 사람이었어요. 아……, 혹시 진짜로 그런 기억 있으신 건 아니죠?"

농담을 이어 가던 이정윤이 퍼뜩 걱정스럽다는 듯이 물었다. 편의점에서 직원 말고는 누군가랑 대화를 해 본 적도 없다. 진지하게 고개를 가로젓다 보니 웃음이 새어 나왔다. 작게 웃는 유온 옆에서 이정윤은 그 원 플러스 원 커피가 회사 안에서 소소한 유행어가 되었다며 깔깔거렸다.

"참. 그럼 정인호 씨는 어떻게 할까요? 저희가 일단 전화번호는 받아 두었고, 유온 씨가 원하는 대로 하시면 돼요. 먼저 연락하셔도 되고요. 아니면 그분한테 유온 씨 쪽으로 연락하라고 번호 전달해 드릴게요."

"음……. 제가 해 볼게요."

"그럼 번호 여기 적어 두고 갈게요. 필요하시면 휴대폰에 입력하세요."

"네."

그 뒤 몇 마디 더 잡담을 나눈 뒤 이정윤은 자기 사무실로 돌아갔다. 유온은 그녀에게 받은 메모지를 물끄러미 바라보았다. 말끔한 글씨체로 쓰인 연락처가 낯설었다. 대학 때 쓰던 것과는 다른 번호인 듯했다.

휴대폰과 메모지를 한참 번갈아 본 끝에 유온은 메시지 함을 열었다. 가장 상단에 윤서경의 메시지가 있고, 그 아래로도 이런저런 사람들과 주고받은 연락이 가득했다. 가득 찬 메시지 함이 새삼스러워서 스크롤을 몇 번 내려 보다가 새로운 창을 불러냈다.

메모에 적힌 전화번호를 조심스럽게 입력한 뒤 내용 란으로 넘어갔다. 키패드 위에서 한참 동안 손이 머뭇거렸다. 깜빡거리는 커서는 옆으로 넘어가지 못하고 제자리에 있었다. 그러다 간신히 글자 몇 개를 눌렀다.

백스페이스와 글자 사이를 끊임없이 오가기를 거의 30여 분, 유온은 간신히 내용을 써서 전송했다.

[오랜만이야, 잘 지냈어?]

30분을 고민한 결과치고는 단순하기 짝이 없었다. 그러나 구구절절 장황하게 편지를 썼다가, 쓸데없는 내용 같아서 다 지웠다가, 인사말만 남겼다가, 둘의 만남부터 헤어짐까지 늘어놓았다가, 어떻게 지내는지 긴 문장으로 물었다가……. 고민하고 고민한 끝에 선택한 게 저 내용이었다.

문자를 전송한 뒤에는 누군가에게 말을 건 후 항상 그렇듯 후회스럽고 초조한 마음으로 답장이 오기를 기다렸다. 제가 보낸 내용이 이상하진 않은지(그걸 판단할 수 없을 만큼 짧은 내용이긴 했다), 오타는 없었는지 메시지 창을 켜 놓은 상태로 계속 들여다보면서. 1분이 한 시간처럼 지나는 사이 3분이 흐르고 휴대폰이 진동했다.

잠시 다른 곳을 쳐다보고 있던 유온은 위잉 소리에 화들짝 놀라 휴대폰을 보았다. 정인호에게서 메시지가 와 있었다. 긴장으로 손바닥이 축축해졌다. 조심스럽게 메시지를 열었다.

[이유온! 잘 지냈어? 연락돼서 좋다]
[무슨 말부터 해야 할지 모르겠는데]
[그때 내가 미안했어. 진심으로.]

[너 괜찮으면 만나서 이야기하고 싶은데…]

유온은 눈을 동그랗게 떴다.

* * *

정인호와의 만남은 생각보다 아주 쉽게 이루어졌다. 문자 몇 번을 나눈 뒤 유온은 그를 만나고 싶어졌다. 마지막으로 보았던 그 짜증스러운 눈빛이며 말의 이유를 만나면 알게 될 것 같아서였다.

그는 유온이 친구라고 생각했던 사람이었다. 그런 사람이 아무런 예고도 없이 떠나 버린 건 상처일 수밖에 없었다. 적어도 만나면 그 이유를 들을 수 있을 것 같았다. 게다가 문자로 미안하다고 사과까지 하니 더더욱 어떻게 된 건지 신경 쓰였다.

이정윤한테 그렇게 전하자 그녀는 문제없으니 언제든 시간만 알려 달라고 말했다. 정인호는 오늘 당장이라도 좋다고 했다. 그렇게 그날 늦은 오후 유온은 호텔 라운지에서 정인호를 만나게 되었다.

엘리베이터를 타고 내려오기만 하면 되는 동선이었기에 유온이 먼저 와서 그를 기다리는 중이었다. 약속 시간보다 20분이나 빨리 나왔다. 조금 더 늦게 나올 걸 그랬나, 게임기라도 가져올 걸 그랬나 후회하며 휴대폰을 만지작거렸다.

이 초조한 시간을 20분이나 혼자 있으려니 뭘 해야 할지 고민스러웠다. 휴대폰 화면의 시간 표시가 16분에서 17분으로 바뀌는 걸 들여다보고 있는데 뒤에서 인기척이 느껴졌다.

"이유온?"

"아⋯⋯."

정인호가 편안한 차림으로 서 있었다. 그도 시간보다 조금 이르게 도착한 듯했다. 그는 여유로운 마음으로 나온 것 같은데, 반대로 유온은 그를 본 순간 긴장해서 혀끝이 뻣뻣해졌다. 우물대는 목소리로 간신히 안녕, 하고 말한 뒤 시선을 피하고 말았다.

그래도 한동안은 다른 사람과 이야기하며 이렇게까지 굳어 버린 적이 없는데⋯⋯. 약속은 없었던 일로 하고 도망치고 싶었다. 조금만 긴 말을 하려 하면 멍청하게 더듬거릴 제 모습이 떠올라 불안해졌다.

하지만 숨을 들이쉬었다. 괜찮다고 속으로 중얼거리며 고개를 들자 정인호가 걱정스러운 얼굴을 하고 있었다.

"야, 괜찮아? 어디 아파?"

"아니, 괘, 괜찮아."

"그래⋯⋯. 뭐, 너 안 좋으면 바로 데리고 갈 것 같더라고. 나 여기 들어오면서 몸수색도 했다."

"몸수색?"

"응. 근데 뭐, 예민하겠지. 윤서경이랑 결혼할 사람인데. 다짜고짜 찾아와서 미안해."

유온은 얼른 머리를 저었다. 몸수색이라니, 그런 것까지 한 모양이다. 여기는 비즈니스 미팅용 공간으로 라운지에서 복도를 한 번 더 지나 들어와야 했고, 가까운 곳에 이정윤과 성한영도 있었다.

그쪽에선 여기가 보이기 때문에 뭔가 이상한 낌새가 보이면 바로 들어올 거라고도 말했다. 여기에 몸수색이라는 말까지 듣자 괜히 정인호를 범죄자 취급하는 것 같아서 마음이 무거워졌다.

"미안, 아마 그런 뜻은 아닐 거야, 그냥……."

"그건 괜찮고, 유온아. 나 너한테 사과하고 싶어서 왔어."

"……사과? 무, 무슨 사과?"

"그날 그런 말 하고 연락 끊은 거."

"……."

유온은 무슨 말을 해야 할지 찾지 못한 채 불안한 눈으로 정인호를 보았다. 옆에 윤서경이 있으면 좋겠다는 생각을 했다. 그에게 바짝 붙어 있으면 긴장이 풀려서 정인호가 하는 말을 좀 더 제대로 알아들을 수 있을 것 같았다.

"내가 왜 그랬는지 짐작 가는 거 있어? 조금이라도."

"어, 내, 내가 답답하고……, 어둡고……."

"미안해."

"……."

"그때 내가 오해했어. 너 잘못 없어. 이상하지도 않아. 답답한 거 아니고 어두운 것도 아니야. 그때는……, 하. 이건 어디서부터 이야기해야 할지 모르겠다. 지금 당장 너한테 말 안 하는 편이 더 나을 것 같아. 그냥 미안하다는 말만 들어 줘. 얼굴 보면서 이 말 하고 싶어서 왔어. 전화나 문자로는 잘 안 와닿을까 봐."

정인호의 태도는 진지했다. 유온은 천천히 눈을 들어 그를 보았다. 분명 싸늘하게 떠났던 얼굴이 그날 이전, 쾌활한 친구의 것으로 돌아와 있었다.

시간이 갑자기 또 그날 전으로 돌아가 버린 건가, 하는 생각을 했다. 죽고 나서 돌아왔을 때도 어떤 전환점도 없이 눈을 깜빡이자 형에게 얻어맞고 있었다. 그것처럼 지금도……. 불안한 마음으로 벽에 걸린 시계를 보았다. 날짜까지 표시되는 시계는 유온이 알던 그대로 흘러가고 있었다. 유온은 작은 한숨을 내쉬었다.

"……당장 받아 달라는 뜻으로 한 사과는 아니었어. 어휴, 네가 너무 높은 사람 되는 바람에 또 만나자고 하기도 미안하다. 갑자기 시간 빼앗은 것도 미안. 오늘은 이만 갈게. 내키면 또 연락해."

"이, 인호야."

"미안하다 말고는 당장 할 말이 없네. 그래도 그때보다 얼굴 좋아져서 다행이다."

진짜 간다. 그 말만 남기고 정인호는 유온에게 손을 흔들곤 가 버렸다. 거센 바람이 지나간 것 같다. 유온은 멍하니 앉은 채 정인호의 말을 다시 생각했다. 그때 일은 미안했다고. 자신의 오해였다고. 그리고 유온이 원한다면 다시 연락을 주고받자는 말까지 했다.

무엇을 오해했을까? 좀 더 이야기를 나누다 보면 오해에 대해서도 서로 확실하게 알 수 있을까. 그가 그렇게 떠나 버린 건 자신의 탓이 아니었던 걸까. 유온의 얼굴이 희미하게 상기되었다. 멍하니 앉아 있는데 이정윤이 고개를 내밀곤 벽을 똑똑 두드렸다.

"유온 씨, 이만 올라갈까요?"

"아……. 네."

라운지 옆으로 난 긴 복도를 걸으며 이정윤이 말했다.

"다행이에요. 너무 갑작스럽게 만나는 거라서 걱정했거든요. 어색하실 수도 있어서 별일 없으면 용건은 짧게 해 달라고 부탁드렸어요. 막상 만나면 싫으실 수도 있잖아요. 아무 일 없으셨죠?"

"네. 없었어요. 그런데……."

잠시 생각해 보니 어떻게 이런 일이 일어나나 싶었다. 항상 바란 일이긴 했다. 떠나간 친구가 다 오해였다고 말하며 돌아오는 일. 하지만 일어날 리 없는 일 아닌가. 한참 머뭇거리던 유온은 엘리베이터가 멈췄을 때에야 이정윤에게 물었다.

"혹시……, 혹시요, 인호, 서경 씨가……."

"네. 대표님이?"

"서경 씨가 절 만나라고 보낸, 그러니까 인호는 별로 워, 원하지 않았는데 서경 씨가……."

또 말이 더듬더듬 나왔다. 다 끝맺지도 못한 말에 이정윤이 눈을 동그랗게 떴다.

"네? 대표님이 일부러 유온 씨 만나 주라고 보낸 거 아니냐구요?"

너무 시원스럽게 돌아온 물음에 유온은 느리게 고개를 끄덕였다. 그러자 이정윤은 좁은 엘리베이터 안이 울리도록 웃었다.

"악, 웃어서 죄송해요. 근데 유온 씨 진짜 게임 캐릭터 같아요. 행복 지수 엄청 낮춰 놓은 게임 캐릭터. 아무튼 정인호 씨는 대표님이 아주 면밀하게 검토를 하고 통과시킨 분이긴 한데요, 일부러 보낸 건 아니에요. 그리고 만약에 그렇다고 해도…… 그런 열성을 들일 정도로 유온 씨가 사랑받고 있다는 뜻 아닐까요?"

사랑…… 아, 그렇게 생각할 수도 있나. 놀랍도록 새로운 관점이었다. 최상층에 도착해 열린 엘리베이터에서 먼저 빠져나가며 이정윤이 말을 이었다.

"그 친구분 유온 씨한테 뭔지 몰라도 사과하러 온 거 맞죠? 전 예전에 헤어진 친구가 사과하러 찾아온 거나, 남편이 내가 다시 만나고 싶어 하는 친구 찾아내서 나한테 보내 주는 거나, 둘 다 나름 기쁠 것 같은데. 아무튼 대표님이 일부러 그 사람 수소문한 건 아니니까 걱정하지 마세요."

끝까지 활달한 목소리로 말한 뒤 이정윤은 현관문을 열어 주었다. 자신이 한 말에 농담과 웃음으로 대꾸하는 건 이유연과 비슷한데, 이상하게 이정윤의 말은 조금도 마음에 남지 않고 오히려 유온에게까지 유쾌함이 옮겨 왔다. 자신의 음침한 사고방식을 아프지 않게 정돈해 주는 느낌이었다. 마음이 조금 편해진 채로 유온은 이정윤에게 손을 흔들었다.

윤서경의 향으로 채워진 거실에 잠시 서 있다가 소파에 털썩 앉은 뒤 유온은 휴대폰을 꺼냈다. 정인호와 마지막으로 주고받은 메시지가 남아 있었다. 한참 화면과 눈싸움을 하다가 드디어 메시지 하나를 보냈다.

[조심해서 가]

곧바로 답장이 돌아왔다.

[너도! 오늘 반가웠어, 진짜야]

또 한참 고민한 끝에 답장을 보냈다.

[응 나도… 계속 연락해도 돼?]
[당연하지ㅠㅠ]

정말 다시 친구로 지내 줄 생각인 것 같았다. 가슴이 잘게 뛰었다. 메시지가 오고 간 화면을 물끄러미 보다가 답했다.

[고마워]
[야 지금 네가 고맙다고 말하면… 내가 진짜 쓰레기 같잖아ㅠㅠ…]

"……."

유온은 당황해서 이런저런 말을 마구 적어 넣었고, 정인호의 답을 받으면서 점점 두 사람의 분위기는 누그러졌다. 마지막엔 마치 예전처럼 가볍게 다음에 언제 연락할지 말을 나눈 뒤 대화가 끝났다. 유온은 휴대폰을 꼭 쥔 채로 소파에 털썩 누웠다. 나눈 대화 목록을 올려 보다가 고마워, 에서 멈췄다.

'알 것 같기도 하고…….'

윤서경이 말했다. 고맙다는 말과 미안하다는 말을 줄이라고. 그 말을 들을 때는, 그리고 지금도 사람은 버릇처럼 그 두 가지 말을 가지고 있어야 한다고 생각했다. 하지만 오늘 정인호를 만나고 나서 조금은…… 그게 무슨 의미인지, 알 것 같기도 한 기분이 들었다.

* * *

달갑지 않지만 만나야 하는 방문자가 많은 날이었다. 로비에서 이중권 회장이 올라온다는 말을 들은 후 윤서경은 서류철을 덮고 모니터로 시선을 옮겼다. 화면에는 대략 20년 분량의 진료 기록과 처방전 목록이 떠올라 있었다. 이유온의 기록이었다. 한 해에 많으면 200건이 넘기도 했으니, 이틀에 한 번씩 병원을 다닌 적도 있는 셈이다.

이중권이 오기 조금 전에 이유온의 이전 주치의, 강현석이 다녀갔다. 도살장에 끌려온 것 같은 얼굴로. 그는 상황 파악을 하지 못하거나 현실을 부정하고 있는 유온의 가족들과 달리 자신이 어떻게 행동해야 할지 잘 알고 있었다.

'사실, 어릴 때부터 몸이 약한 분은 아니었습니다. 처음 내원했을 때는 아주 정상적인 상태였는데 여러 이유로 신체 기능이 조금씩 떨어지면서 지금은 모든 내외적 요인에 취약한 상태가 된 거지요.'

'여러 이유라는 게 어떤 겁니까?'

'우선 가족 분들이 이유온 씨의 건강 상태에 좀 예민했습니다. 그래서 조금만 몸이 아프면 바로 병원을 찾으셨고, 약 처방도 많이 받아 갔습니다. 그러다 보니 신체적, 정신적 고통에 대한 면역력이 떨어지면서 점점 복용해야 할 약물이 늘어나는 악순환이……'

'당신이 돈을 받고 그 집안사람들 하는 짓을 도왔다는 건 잘

압니다. 그 부분에 대해서 더 늘어놓을 필요는 없습니다. 시간 낭비니까요.'

어떻게든 가족들 탓으로만 돌리고 빠져나고 싶은 기색이던 강현석의 얼굴이 흐려졌다.

'내가 알고 싶은 건 지금까지 이유온 씨가 어떤 질환을 많이 앓았는지, 가족들이 병원에 데리고 오면서 어떤 태도였는지, 지금까지 처방받은 약은 어느 정도 되는지, 그런 것들입니다.'

'지, 질환이라고 할 것도 없이 가벼운 것들이었습니다. 감기나 위염, 알레르기, 심각한 거라 해도 폐렴 정도였고요. 또 처방은 몸 상태에 맞춰서 때에 따라⋯⋯.'

'그게 답니까.'

'예. 그리고 기분 조절 문제가 좀 있었는데 이건 따로 정신과를 통해서⋯⋯.'

'외상으로 찾아온 적이 있을 텐데요.'

'⋯⋯.'

강현석이 입을 다물었다. 어릴 때부터 꾸준히 다닌 병원이다. 사람이 평생 한 번도 안 다칠 수는 없다. 알파인 만큼 다른 사람보다 단단한 몸을 가진 윤서경조차 이런저런 사고로 병원에 간 적이 몇 번 있었다. 그런데 외상이라는 말만으로 저렇게 당황한다는 선, 그 외상의 이유가 평범하지 않다는 의미였다.

'폭력으로 인한 외상 말입니다. 그것도 꽤 자주.'

쐐기를 박는 말에 강현석은 눈을 비굴하게 굴렸다. 관자놀이에 솟은 땀이 주르륵 흘러내렸다. 주름지고 번들거리는 피부가 경련처럼 몇 번 들썩이더니, 한참이 지나 겨우 입이 열렸다.

'회장님과 부사장님이 워낙 엄격한 성격이라 체벌을 조금 하시긴 했습니다. 하지만 심각한 수준의 폭행은 아니었어요. 그랬다면 제가 진작 신고했을 겁니다. 멍이 좀 들거나 살이 쓸린 정도였고, 그럴 때는 항상 부사장님이 직접 이유온 씨를 데리고 왔는데 옆에서 계속 미안해하며 달래 줬습니다. 정말로, 폭력이라고 말할 만큼 심한 게 아니었습니다. 정형외과나 외과에 추가로 방문할 정도도 아닌……'

'어쨌든 있긴 있었다.'

'……'

축소해 말하고 있는 건 분명했다. 싸늘해지는 윤서경의 분위기에 강현석은 위기감을 느낀 듯 재빨리 말했다.

'저는 어쩔 수 없었습니다. 최선을 다했어요. 이유온 씨를 아주 어릴 때부터 봤는데, 항상 딱하다고 생각했지만 일개 의사가 화명 정도 되는 기업을 상대로 뭘 할 수 있겠습니까? 주치의라고 해도 제 병원은 그렇게 큰 규모도 아니고 화명에서 맘만 먹으면 언제든 문을 닫아야 합니다.'

'……'

'그리고 이유온 씨를 위해서, 부사장님이 원하지 않는 약을 설득해 처방하기도 했습니다. 부사장님은 그 약이 처방된 걸 보고 마음을 좀 진정시켰을 거고, 그 덕분에 이유온 씨도 안전했을 겁니다.'

'그 약이 뭡니까?'

'……피임약입니다.'

하……. 윤서경은 헛웃음을 쳤다. 그 개 같은 새끼. 얼마나 이유온에게 집착하는 게 보였으면 의사가 피임약을 주며 경고한단 말인가. 그건 이유온에게 '혹시나 하는 일이 생기면' 먹으라고 준 것인 동시에, 이유건에게 '내가 어느 정도 짐작하고 있으니 자제하라'는 의미에서 준 물건이었던 것이다.

'가지고 있는 진료 기록 넘기세요. 이유온 씨가 처음 방문한 날부터 전부.'

그러자 강현석은 기다렸다는 듯이 가방에서 USB를 꺼내 내밀었다. 윤서경은 그것을 받아 내려다보았다. 작은 플라스틱 안에 이유온이 어떤 고통을 겪으며 성장했는지, 그 일부가 들어 있었다. 자리에서 일어나며 강현석을 내보낸 뒤 곧바로 컴퓨터에서 기록을 불러냈다.

일단은 빠르게 페이지를 넘기며 눈에 띄는 기록이 있는지 확인했다. 다음 페이지를 클릭하던 손이 '고막 파열'이라는 소견에서 멈췄다. 뺨을 맞은 건가 했으나 원인은 소음에 의한 것이었다. 그것도 갑작스럽고 큰 소음. 경미한 수준이어서 따로 치료는 하지 않았다.

큰 스피커 앞에 서 있기라도 했었던 걸까. 그것 말고 더 자세한 사항은 적혀 있지 않아서 알 수 없었다. 하지만 기록을 계속 읽다 보니 비슷한 일이 여러 차례 일어났다. 이어폰으로 노래를 들을 것 같지도 않은데.

따로 알아봐야겠군. 윤서경은 그 부분에 메모를 남겼다. 건강검진에서 청력이 정상이었던 걸 보면 다행히 지금까지 영향을 미치진 않는 듯했다.

검진 결과를 보며 이유온의 몸이 원래 약했던 줄로만 알았다. 날 때부터 건강한 체질이 아니었다고. 그러나 이 진료 기록과 대조해 보면 그렇지도 않았다. 오히려 회복 자체는 빠르게 되는 모양이었다. 특히 호르몬 쪽은, 이렇게 학대를 당하고도 지금 윤서경의 체향을 맡고, 정상적인 수준의 히트 사이클이 올 정도로 조금은 기능을 되찾았다.

윤서경은 머리를 쓸어 올렸다. 모든 게 늦어 버리기 전으로 돌아왔다고 생각했다. 돌이킬 수 있는 마지막 기회를 거꾸로 지나쳐, 그에게 불행했던 결혼 생활도 뛰어넘고, 청혼했던 그 순간으로. 시작점으로 온 것인 줄 알았다.

하지만 더 빨랐다면 어땠을까. 돌아온 게 어릴 때였다면 집안을 통해 약혼을 신청했을 것이다. 그러면 이유온의 가족들도 그를 함부로 대하지 못했을 테니까. 어린 그를 돌보고, 아니……, 아예 집으로 데리고 왔다면. 유년기를, 학생 시절을, 대학교를 원하는 대로 다니게 해 주고, 사람을 만나고 그들과 접촉하고, 좋아하고 싫어하는 감정을 제대로 배울 수 있도록. 그랬다면 이유온은 지금보다 더 많이 웃고 있었을 텐데.

어차피 부모님도 이유온을 마음에 들어 한다. 자신과 가족들은 어떤 면에서 호불호가 정확히 일치하니, 윤서경이 그를 사랑하고 부모님이 마음에 들어 하는 만큼 형과 누나도 호감을 가질 터였다. 지금은 이유온이 스트레스를 받을 것 같아 만나자는 말을 꺼내지 않고 있을 뿐이다.

진료 기록을 절반도 채 보지 않았을 때 비서가 문을 두드렸다.

이중권 회장이었다. 말끔하게 차려입고 온 그는 이유연과 달리 들어오자마자 성큼성큼 걸어와 상석에 앉았다. 곧바로 비서가 차를 내왔다. 찻잔 두 개가 테이블에 놓이고 비서가 나간 후 윤서경도 소파로 다가갔다.

"얼굴이 좋아 보이시는군요."

느긋한 윤서경의 말에 이중권이 무섭게 표정을 구겼다. 중요한 회의라도 하는 것처럼 잘 차리고 나타났지만 그 얼굴이 좋을 리 없었다.

지금 화명은 무너지기 직전이었다. 주가는 폭락했고 투자자들은 약속이라도 한 것처럼 일제히 자금을 회수했으며, 은행은 대출 만기 연장을 거부했다.

기업 하나가 도산하는 건 순식간이다. 이제 이들은 단순히 어디에 가서 창피를 당하는 수준이 아니라 생활 자체에 실질적인 위기를 느끼고 있을 것이다. 유체동산 압류 또한 시간문제고.

"윤 대표, 내가 할 말이 있어서 왔네."

"말씀하시죠."

"화명의 상황은…… 당연히 자네가 알고 있을 거라고 생각하네. 본론부터 말하자면, 자네가 좀 도와주었으면 하네. 자네가 말 한 마디만 해 주면 다 해결될 문제 아닌가?"

주가와 투자란 누군가의 한 마디 말에 출렁거리기도 하는 법이었다. 윤서경이 어딘가 공개적인 자리에서 화명의 안정성을 보장하는 한 마디만 한다면 곧바로 상황은 가라앉을 것이다. 윤서경이라는 사람은 그 정도의 영향력을 가지고 있었다.

하지만 화명을 그렇게 만든 게 다름 아닌 윤서경이었다. 그 사실을 이중권도 짐작하고 있다. 그는 지금 말 한 마디의 도움을 요청하는 게 아니라, 그 요청을 가장해서 윤서경에게 화명을 공격하는 걸 멈춰 달라 돌려 부탁하는 것이었다.

윤서경은 피식 웃었다.

"이 회장."

"……."

장인어른도, 회장님도 아닌 호칭에 이중권의 눈꼬리가 꿈틀거렸다.

"이 회장이 직접 오면 내가 예의를 지킬 거라고 생각했습니까?"

"……."

나이 든 얼굴이 순간 하얗게 질렸다가 이내 점점 벌게졌다.

"온 가족이 와서 무릎 꿇는 성의 정도는 보이지 그래요."

말문이 막힌 남자가 입술을 부르르 떨었다. 눈알이 툭 튀어나온 게 혈압이 꽤나 오른 모양이었다. 여기서 쓰러지기라도 하면 곤란했다. 윤서경은 비서를 불렀고, 남자 비서 둘이 들어와 이중권을 정중하게 안내했다. 이중권은 어쩔 수 없이 일어나서 나가다가, 문 앞에 서선 뒤를 돌아보았다.

"윤 대표. 우리가 이대로 가만히 있을 거라고 생각하지 말게."

윤서경은 대답하지 않았다. 핏줄이 무섭긴 했다. 하는 말이 이렇게까지 똑같다니. 책상으로 돌아간 윤서경은 진료 기록을 다시 살피려다 시선을 돌려 책상 위의 캔들을 응시하곤, 유리 뚜껑을 한 번 쓰다듬은 뒤에야 화면을 보았다.

* * *

　이중권은 집으로 돌아가는 차 안에서 내내 분노로 얼굴을 일그러뜨리고 있었다. 그 새파랗게 젊은 놈이, 장인이고 한참 어른인 자신을 대하는 태도라니.

　'애당초 이게 목적이었나?'

　어쩐지 이유온에게 청혼을 한 것부터 이상하다고 생각했다. 그 애는 모자란 자식이었다. 자신을 안 닮은 건 당연하지만 제 엄마와도, 형들과도 완전히 피가 안 섞인 것처럼 닮은 구석이 전혀 없었다. 무엇 하나 봐 줄 구석이 없고 멍청하고, 자신의 집안에 운 좋게 굴러들어 오지 않았더라면 빈곤층으로 비참하게 겨우겨우 살아갔을 주제였다.

　윤서경이 그런 멍청한 새끼와 결혼한다니 이상한 일이 아닌가. 분명 뭔가 다른 이유가 있었다. 좋은 집안의 특출한 오메가를 수도 없이 만나 봤을 윤서경이 그런 평범을 넘어 볼품없는 인간을 들이려 할 이유.

　그가 집안에 청혼할 가능성이야 꽤 높게 봤다. 그러나 상대는 이유온 따위가 아닌 막내, 이유연이었다. 이중권의 머릿속에서 이유온이 이씨 집안 가족이었던 적은 없었다. 그에게 아들은 두 사람뿐이다. 하지만 가족이라는 문제를 떠나, 이유온에게 윤서경이 가당하기나 한가?

　그래, 처음부터 화명을 무너뜨리려는 계략이었다면? 자신의 아들은 거들떠보지도 않던 거만한 인간이 아무리 생각해도 이유온

같은 걸 눈에 담을 리 없다. 부경 같은 거대 기업에게 회사 하나에 손을 대는 정도야 어려운 일이 아니었지만, 아무런 이유도 없이 행동하면 이상한 시선을 받을 테니 명분이 필요했던 것이다.

세간에는 말도 안 되는 소문이 돌고 있었다. 윤서경의 약혼자는 가족과 사이가 무척 안 좋았고, 그것 때문에 부경이 화명을 치우려 한다고. 그게 말이 되는 소리인가? 고작 이유온 때문에 윤서경이 이런 수고를 할 리 없다. 분명 다른 이유가 있다. 이유온은 대외적 이유를 만들어 내기 위한 방패막이에 지나지 않았다.

한동안 생각에 잠겨 있던 이중권은 휴대폰을 들었다. 이유온이 결혼까지 사칭하면서 데리고 있을 가치가 있는 방패막이라면……그걸 없애면 될 일이었다.

그렇게 하면 윤서경이 화명을 공격할 명분도 사라진다.

구체적인 계획을 생각하며 집에 돌아오자 다행히도 이유건이 있었다. 집안의 대소사는 이중권과 이유건이 함께 결정하곤 했다. 물론 성민희와 이유연의 의견 또한 다분히 들어갔다.

하지만 아내와 둘째 아들은 몸이 좋지 않았다. 둘이 쇼핑을 나갔다가 신용 카드가 정지된 것으로 나와 창피를 당했다는 듯했다. 며칠 전 카드 결제일에 공교롭게도 잠시 현금이 막혀 결제가 늦어진 바람에 일어난 일이었다. 최근 신경 쓸 일이 많다 보니 이 일에 충격을 받은 모양이었다.

그래서 그 두 사람은 힘없이 자리에 앉은 채 가족회의에 참석했다. 아직도 파리하게 질린 아내와 아들의 얼굴을 보며 이중권은 안쓰러움을 느꼈다.

투자자를 찾느라 하루에 채 대여섯 시간도 집에 못 붙어 있는 이유건 역시 피로한 얼굴이었다. 도대체 이유온 한 명 때문에 온 가족이 이런 고생을 해야 하는 이유를 알 수 없었다.

"……이야기가 잘 안 된 것 같네요."

이유건이 말했다. 이중권의 표정만으로도 충분히 알 수 있을 터였다. 이중권은 한숨을 내쉬고는 소파 팔걸이를 탁 쳤다.

"윤 대표가 말이 전혀 안 통하는 상태더구나. 완전히 마음을 먹은 게 틀림없어."

"대체 왜요? 왜 그런대요? 아버지나 형, 윤 대표한테 뭐 밉보인 거 있어요?"

이유연이 발칵 소리를 지르듯 나섰다.

"정말 이유온 때문에 그러는 건 아닐 것 아녜요."

그의 말이 맞았다. 이유온이 뭐라고 그렇게까지 한단 말인가.

"그때 납치 운운하면서 윤 대표를 건드린 게 너무 경솔했던 것 같다. 아무리 그래도 부경의 이미지를 직접 공격한 것 아니냐. 그것 때문에 더 강하게 나오는 게 아닐까 싶은데……. 어쨌든 윤 대표는 이미 심기가 상했고 그 자존심에 이미 시작한 일을 멈추진 않겠지."

"그럼 어떻게 할까요."

이중권은 소파 팔걸이를 쓰다듬다가 눈을 가늘게 떴다.

"지금 윤 대표의 명분은 유온이의 본가를 치워 버린다는 거다. 유온이를 위해서 말이야. 참, 어디서 그런 소문이 퍼지는지."

"우리가 그 애한테 못 해 준 게 뭐가 있다고."

성민희가 분통을 터뜨렸다. 사실이었다. 고작 사생아를 받아들여서 좋은 집에서 호화로운 생활을 누리게 하며 키웠다. 이씨 집안에서 태어난 사생아 중에 유일하게 좋은 대우를 받은 게 그 아이였다. 고아원에서 자라 밑바닥 인생을 살았어야 할 녀석에게 이렇게까지 해 줬는데 은혜를 갚지는 못할망정. 그 멍청하고 모자란 습성을 생각하면 지금도 윤서경이 무서워서 아무 말도 못 한 채 답답하게 굴고 있을 것이다.

그들 중 이유온이 윤서경에게 진지하게 사랑받는다고 생각하는 사람은 아무도 없었다. 이유온은 그들에게 그런, 자신들과 동등한 존재가 아니었다.

노예 제도라는 게 있었을 때 사람들은 노예를 부리면서 그들을 인간이라 생각하지 않았다. 그와 마찬가지였다. 성민희가 외도로 아이를 임신했을 때, 당연히 중절을 해야 했다. 이미 알파 아들이 하나, 오메가 아들이 하나 있는 상황이니 아이가 더 필요한 것도 아니었다.

하지만 임신 초기를 놓치고 주위 사람들에게 배가 불렀다는 걸 들키는 바람에 낳을 수밖에 없었다. 성민희는 그렇게 세상에 태어나 버린 자신의 혈육을 짜증스러운 걸림돌로밖에 생각하지 않았다.

한 집안에서 부정의 결실은 치명적 약점이자 남들이 쉽게 휘두를 수 있는 칼날이 된다. 외부에 드러나면 집안 전체의 오점이다. 그러나 내부에서만 존재하면 칼자루는 부정을 바라보는 자에게 쥐여졌다. 이유온과 조금도 피가 섞이지 않은 부친이 그랬다.

성민희의 집안은 대형 항공사로, 식음료가 주 분야인 화명 이상으로 부유하고 탄탄했다. 하지만 이유온이 태어난 이후, 그의 존재 때문에 성민희는 이중권 앞에서 이전처럼 제 부모님을 들먹이며 힘을 발휘할 수 없었다. 그래서 더욱 이유온을 싫어했고, 철저하게 무시했다. 세상의 모든 핏줄이 따뜻한 의미를 가지는 건 아니었다.

부친은 제 피가 섞이지 않은 아들이 유산이나 집안 재산에 감히 눈독을 들이지 않길 바랐고, 모친 또한 꼴 보기 싫은 약점이 두 아들의 것을 탐내는 게 싫었다. 그들의 결론은 이유온을 집안 사람들에게 거스르지 못하게, 욕심이라는 걸 가지지 못하게 기르자는 것이었다. 그 결과가 이유온이 간신히 걸어 다닐 때부터 가해진 온갖 학대였다.

그들은 이유온을 무작정 학대하고 괴롭히지 않았다. 때로 가족의 일원으로 받아들여 사랑을 주고, 생일이 되면 항상 챙겨 주고, 성과에 대해서 이따금 기대하거나 칭찬해 주기도 했다. 그것으로 이유온은 가족이 저를 학대하는 이유가 자신의 잘못 때문이며 사실은 자신도 어느 정도는 사랑받고 있다고 생각하게 되었다. 심지어 집안에서 유일하게 체벌을 당하면서도 '형들은 뭐든 잘하는데 나는 못하니까'라는 이유를 스스로 들 정도로.

가족들은 습관적으로 이유온을 학대했다. 이유온이 어리고 작을 땐 그나마 덜했다. 하지만 그가 자라면서, 시간이 흐르면서, 체벌하는 횟수가 많아지면서 점점 원래 목적을 잃었고 체벌을 위한 체벌이 되었다.

손을 휘두르면 휘두를수록 이유온을 때리고 괴롭히는 건 더 쉬워졌다. 인간으로서 가지는 온갖 짜증이나 화, 답답한 일, 그 울분을 물건을 깨뜨리면서 푸는 것처럼 그들은 이유온을 괴롭히며 풀었다. 이유온은 아무런 저항도 하지 않았고 가만히 맞고 있다가 잘못했어요, 죄송해요, 그런 말을 하며 빌었다.

사람은 점점 무뎌진다. 처음에 그들은 그래도 '사람인 이유온'을 학대했다. 그러나 시간이 흐를수록 그가 사람이라는 생각은 흐릿해지고 화가 나 깨뜨려도 좀처럼 깨지지 않는 물건, 마구 찢어발겨도 곧 원래 상태로 돌아오는 종이, 그렇게 느끼기 시작했다.

같은 사람을 그런 식으로 때리고 학대하면서도 저항 한 번 없이 순종적으로 사과하며 무릎을 꿇는 모습을 보는 건 그들에게 우월감과 전능감 따위를 선사했다.

사람이자 물건. 말하고 울고 웃고 생각하지만 자신들이 원할 때 항상 납작 엎드리는 사람. 무슨 짓을 해도 되는 살아 있는 도구. 보통 사람은 가지지 못할 재산. 이유온이 태어나 23년 동안 차근차근 쌓인, 집안에서의 그의 위치였다.

이유온이 학대당하는 것에 너무 익숙하듯, 가족들도 그를 학대하는 것에 익숙했다.

이중권이 말했다.

"윤 대표가 분명히 화명에 불만이 있어. 그래서 지금 저러는 건데, 유온이를 방패로 삼고 있는 거다. 진짜 이유는 남들한테 말하기 곤란한 게지. 갈잖은 결혼 핑계 같은 걸 댈 정도로 말이다."

당연히 그렇게 물건 취급하던 이유온이 누군가에게 사랑을 받는다는 걸 이들은 이해하지도 받아들이지도 못했다. 노예가 갑자기 왕궁에 들어갔다고 해서 그가 왕이나 왕비가 될 거라고 누가 생각하겠는가? 그들의 집안엔 이유연이 있었다. 이유연을 제치고 이유온이 윤서경의 배우자가 된다……. 그건 있을 수 없고 불가능한 일이었다. 사람은 물건과 결혼하지 않는다.

"아버지 말이 맞아요, 윤 대표가 걔랑 결혼하겠다고 말하는 것부터 이상하잖아. 누가 그딴 거랑 결혼을 하고 싶어 해? 걔는 지가 윤 대표 꼬신 줄 알고 신나 있겠지만. 지가 뭐라고? 웃겨, 진짜."

웃음을 터뜨리는 이유연의 얼굴엔 희미한 초조함이 떠올라 있었다. 동생에겐 시선을 주지 않은 채 이유건이 말했다.

"그럼 역시 유온이를 떼어내는 게 좋겠네요."

이유건 역시 윤서경이 이유온에게 청혼한 순간부터 이 결혼이 마음에 들지 않았다. 집안의 이득을 생각해서 아무런 말도 하지 않았을 뿐.

원래는 이유온을 통해서 윤서경의 정보를 빼내거나, 어느 쪽으로든 그에게 악영향을 주는 게 목적이었다. 두 사람이 이혼해 위자료를 받거나…… 윤서경의 몸이 안 좋아져 이유온에게 유산이 돌아오거나. 그렇게 되는 게 최상의 결말이었다. 이유온이라는 편리한 패가 있는 이상 사실 어렵지 않은 일이라고 생각했다.

그러나 윤서경이 갑자기 이유온을 보호한다는 양 굴기 시작하며 가족들과의 접촉을 완전히 차단했다. 지금도 메시지 하나 통과하지 못하는 상황이었다. 이대로 간다면 계획도 전부 어려워진다. 굳이 결혼을 밀고 나갈 이유가 없었다. 때문에 이유온을 윤서경이 자신의 호텔로 데리고 들어가 내보내지 않게 되었을 때부터 이유건은 적극적으로 파혼을 주장했다.

"떼어내는 정도로는 약하다. 좀 더 확실하게 해야지."

"확실하게요?"

"지난번만큼 쉽게 덮을 수는 없는 일로 건드리는 거다."

이중권이 뱀 같은 눈을 가늘게 떴다가 이어 말했다.

"부경이랑 결혼할 사람이 마약을 했다고 하면 조용히 넘어가진 못하겠지."

부친의 말에 이유건의 시선이 계단 위쪽 2층으로 향했다. 그때 호텔로 가지고 갔던 약 외에, 예비용으로 그것과 똑같은 약이 여러 통 있었다. 그중에 향정신성 약물만 몇 개나 된다. 가지고 있는 다른 약과 섞으면 부인할 여지도 없는 마약이었다.

이유온의 앞으로 처방된 약물은 아주 많았다. 딱 법에 걸리기에 아슬아슬한 수준이었다. 그게 여전히 쓰던 방에 쌓여 있었고, 호텔에도 이유건이 가져다준 약이 있을 테니 증거는 충분했다.

당연히 그것만으로는 단순 처방약이라고 말할 수도 있으나, 아무리 합법적으로 처방받은 약이라도 그게 한 번 '마약'으로 보도된다면 이유온이 처방전과 진단서를 가지고 있는지, 아닌지는 아무도 신경 쓰지 않는다.

"현행범으로 잡히고, 다른 증거까지 있으면 못 빠져나간다. 유건이 너는 쓸 만한 사람 좀 알아봐라. 질이 나쁜 놈들로. 괜찮은 장소도 찾아보고."

윤서경과 약혼하면서 대중에 조금씩 공개된 이유온의 이미지는 순진함이었고, 윤서경은 그런 약혼자를 지극히 사랑하는 모습을 보이며 친근하고 보기 좋은 이미지를 쌓았다.

이유온이 너절한 클럽에서 알파들과 뒤엉켜 마약을 했다는 뉴스가 나간다면 두 사람이 밝고 행복한 모습을 드러내며 좋은 점수를 얻었던 만큼 더더욱 타격이 커진다.

"근데 아버지, 정말 이대로 윤 대표랑 척지고 끝낼 거예요?"

이중권은 그 물음에 둘째 아들을 보았다. 첫째든 둘째든, 아들들을 볼 때 그의 얼굴엔 얼핏 애정이 어렸다.

"우선 기사 나가기 전에 우리가 막고 윤 대표한테 갈 거다. 상대가 부경인데, 그래도 결혼은 유지해야지."

이유연의 얼굴이 단숨에 밝아졌다. 남은 건 진 회장인데, 어차피 그쪽이야 두 사람 중 한 명만 데리고 갈 수 있다면 만족할 것이다. 마약 소문이야 암암리에 퍼지긴 하겠지만 진 회장은 별로 개의치 않을 사람이다. 오히려 더 제멋대로 할 수 있어 마음에 들어 할지도 모른다. 이유연을 데리고 가면 깍듯하게 배우자 대접을 해 주기로 했지만, 이유온은 아니니.

심지어 난잡한 소문까지 있다면 첩으로 둘 가능성이 더 컸다. 하지만 그래도 진 회장과의 관계는 이어지며 아들 하나를 내줬다는 사실은 변하지 않는다. 왜 진작 생각하지 못했는지 이상할 정도로 아귀가 잘 맞는 계획이었다.

"그럼 난 예쁘게 있으면 되겠네?"

이유연이 분위기를 풀듯 애교를 부렸다. 성민희는 그런 아들이 사랑스럽다는 것처럼 머리를 쓰다듬었다. 가족 간의 사이는 더없이 좋았다. 은혜를 주고 키운 물건 하나, 공동의 적이 있었기에 더욱.

하지만 이들 모두가 어렴풋이 생각하고 있었다.

"그러면 우선 유온이를 불러내야 할 텐데, 윤 대표가 죄다 틀어막고 있으니 방법을 찾아야겠네요."

자신들이 걷어차건, 무엇을 하건 고분고분 순종만 하던 물건이 멀쩡한 사람이었다는 사실을. 그것도 이제 자신들보다 아득히 높은 위치로 올라가 버린 사람.

"엄마가 아프다고 해."

그러나 외면했다. 필사적으로.

가족들이 성민희를 보았다.

"갑자기 쓰러져서 위독하다고 하렴. 뉴스에도 내보내고. 그럼 그 애도 소식 한 마디는 접하겠지. 설마, 아무리 윤 대표라도 그 정도는 전하지 않겠니?"

절대로 인정할 수 없는 일이었다.

"곧바로 하면 의심 살 거야. 상황 봐서 며칠 후쯤에 하는 걸로 하자."

그렇게 해서, 며칠 후 성민희는 이유연과 함께 있다가 명동 한복판에서 그림처럼 쓰러졌고, 그녀가 중태에 빠졌다는 소식이 뉴스와 신문의 한 부분을 장식했다.

* * *

유온은 소파에 무릎을 모으고 앉아 심각한 얼굴로 여행용 스페인어 회화 책을 들여다보고 있었다. 윤서경이 자신이 스페인어를 할 줄 아니 괜찮을 거라고 말했지만, 그래도 몇 마디 정도는 알고 가고 싶었다. 얼마인가요, 맛있네요, 고맙습니다. 단순한 말인데 영생소한 언어에 발음도 어려워서 계속 중얼중얼 소리 내 말하며 연습했다.

한참을 작은 책에 매달려 있던 유온은 한숨을 내쉬며 테이블 앞으로 내려왔다. 소리를 줄인 채 켜 놓은 게임기 화면 안에서 수확을 기다리는 나무열매와 빵, 우유 같은 것들이 깜빡거리고 있었다. 하나씩 수확하고 낚싯대를 챙겨 낚시터로 총총 가려고 하다가, 게임기를 내려놓고 두 손으로 턱을 괴었다.

날짜도, 일정도 다 정해졌고 웨딩플래너와 사진작가도 여러 번만나서 어떤 옷을 입을지 까지 상의가 끝났다. 중간에 잠깐씩 스페인 관광도 하기로 했다.

그래도 아직 실감이 나지 않았다. 윤서경과 여행이라니…… 그것도 웨딩 사진을 찍으러, 사진 속의 그 예쁜 고성으로. 믿을 수 없고 실감이 안 나는 나머지 이런저런 생각이 들었다.

정말 갈 수 있는 걸까? 출발하기로 한 날 갑자기 윤서경이 도저히 그냥 넘어갈 수 없는 급한 일이 생기면 어쩌지, 비행기에 문제가 생기면 어떡하지, 스페인 날씨가 너무 안 좋아서 못 가게 되면, 그것 말고도 온갖 말도 안 되는 이유가 떠올랐다.

그런 일이 안 일어나리라는 보장도 없지. 유온은 턱을 괸 채로 긴 한숨을 내쉬었다.

문 열리는 소리가 들렸다. 바닥에서 벌떡 일어난 유온이 현관으로 향했다. 윤서경이 막 들어오고 있었다. 그는 유온의 얼굴을 보고는 부드럽게 웃더니 다가와 허리를 안으며 이마에 입 맞췄다.

"좀 늦었죠. 갑자기 처리할 일이 좀 생겨서."

"괜찮아요……."

"그리고 스페인 말인데."

"……."

이마에 닿는 입술에 마음을 놓았던 유온이 퍼뜩 고개를 들었다. 역시 못 가게 된 걸까? 눈을 깜빡이며 윤서경을 올려다보았다. 유온의 긴장을 아는지 모르는지, 윤서경은 유온의 귀에도 입술을 대며 속삭였다.

"조금 앞당겨서 오늘 저녁에 출발하는 게 어떨까요?"

"……네? 오, 오늘이요? 오늘 저녁?"

놀라 되묻는 유온에게 윤서경이 미안하다는 듯 덧붙였다.

"네. 너무 급하게 말해서 미안합니다. 일이 조금 생겨서, 일정이 8일인 건 똑같고 가고 오는 날짜만 바꾸는 거예요. 괜찮습니까?"

"아, 저는 상관없는데……."

윤서경의 일정에 맞추는 건 좋았지만 아무리 그래도 오늘 당장이라니, 짐을 뭘 챙겨야 할지도 모르겠다. 심지어 아직 여행 가방도 없었다. 당황해서 두리번거리는 뜻을 알아차린 듯 윤서경이 이번엔 뺨에 입을 맞췄다.

"중요한 것만 챙기면 됩니다. 다른 건 가는 동안 그쪽에 미리 준비하게 할 테니까요."

"중요한 것……."

"약, 휴대폰, 여권, 음…… 그리고 게임기?"

윤서경의 시선이 흘끗 테이블 위로 향했다. 화면이 켜진 게임기 안에서 유온의 캐릭터가 낚싯대를 든 채 연못 근처를 서성거리고 있었다. 매일 게임을 하는 것처럼 보인 듯해서 약간 얼굴이 빨개졌다. 사실이긴 했지만…….

"저녁 아직 안 먹었다고 들었습니다. 천천히 준비하고 출발하죠. 10시 20분에 출발하니 시간은 조금 여유가 있군요."

고개를 끄덕거리던 유온은 그 말에 무심코 시계를 보았다. 저녁 6시였다. 그래도 두 시간쯤 전에는 공항에 도착해야 하는 게 아닌가? 가족들은 항상 그때쯤 도착해서 공항 이곳저곳을 돌아다녔는데. 이곳에서 공항까지 한 시간 반은 걸릴 테고. 저녁을 먹고 준비하려면 시간이 부족하지 않을까 싶었다.

하지만 윤서경이 여유가 있다고 하니 그런 거겠지. 유온은 속으로 시간을 조금 신경 쓰면서도 그의 말을 믿었다. 외국에 나갈 것이니 저녁으론 한식을 먹자는 말에도 끄덕거렸다.

식사를 한 후에 짐을 챙겼다. 여행 가방은 없었고, 옷이나 다른 물건은 아무것도 안 챙겨도 된다는 말에 결국 작은 가방에 약과 휴대폰, 게임기, 충전기만 담았다.

지금은 드레스 룸으로 쓰고 있는 예전 침실에 들어가 옷을 갈아입다가 액세서리 서랍장의 유리를 잠시 바라보았다. 짧은 고민이 지나갔지만 결국 서랍에서 물건 하나를 꺼냈다.

혹시나 해서 둘러보았지만 그것 말고 달리 챙길 건 없었다. 스페인이 아니라 근처에 잠시 외출하는 듯한 가방이었다. 유온은 흔들리는 눈으로 자신의 가방을 응시하다가 윤서경에게 물었다.

"……정말 이것만 가지고 가도 괜찮아요?"

"충분합니다."

심지어 윤서경은 노트북과 태블릿이 들어 있는 서류 가방만 하나 들었을 뿐이었다.

"갈까요."

주차장으로 내려가자 문 바로 앞에 검은 세단이 주차되어 있었다. 앞에 서 있던 이한영이 뒷좌석 문을 열어주곤 운전석에 올라탔다.

"바로 공항으로 가겠습니다."

이한영의 말과 함께 느리게 출발한 차는 한강을 따라 달리다가 인천공항이라고 쓰인 도로 표지판 아래를 지났다. 아직 공항고속도로에 진입하기도 전이었지만 출발한다는 게 조금 실감이 나는 것 같았다.

시내를 한참 더 가로질러 인천대교로 들어섰다. 높게 뻗은 주탑에 불빛이 반짝거리고, 언덕처럼 경사가 진 커브를 따라 차량이 줄을 이어 오갔다. 검게 펼쳐진 바다를 구경하는 사이 차는 금세 기나긴 교량을 지나 공항 근처로 들어섰다.

공항에 도착하고 나서는 또다시 새로운 세계였다. 아무리 좋은 티켓을 산다고 해도 공항에서 기다림은 필수였다. 하지만 윤서경은 이한영을 보낸 뒤 익숙한 걸음으로 어디론가 향했고, 출국 심사를 거쳐 여러 번 공항에 왔으면서도 처음 보는 길을 지나자 공항 안의 면세 구역이었다.

거기서 곧바로 주기장으로 내려가 차에 올라탔다. 유온은 비행기가 돌아다니는 구역에도 따로 도로가 있다는 걸 새삼 알았다. 유리창 밖으로 차가 지나다니는 걸 보았고, 이동용 버스를 타고 비행기까지 간 적도 있었으나 이렇게 평범한 차에 탄 채로 보는 건 처음이었다.

차가 도착한 건 처음 보는 도색의 비행기였다. 지금까지 본 어느 항공사의 것도 아니었고, 아무런 마크도 없었다. 문에서 바닥으로 내려진 계단 양쪽에 호텔의 것과 비슷한 유니폼 차림의 두 사람이 서 있었다. 승무원으로 보였다.

비행기 계단은 약간 가팔랐다. 한 걸음 앞에 선 윤서경이 손을 내밀었다. 그의 힘을 빌려야 할 정도로 높은 계단은 아니었지만…… 그래도 거절은 하지 않았다.

계단에서 이어진 육중한 문 앞에도 친절하게 웃는 모습의 승무원이 둘 있었다. 인사를 받으며 그들을 지나쳐 안으로 들어가자 역시나 유온이 잘 아는 비행기 내부와는 완전히 다른 공간이었다. 일등석과 비슷하지만 더 넓은 좌석 몇 개를 지나 벽 안쪽으로 들어오자 업무용 책상과 회의를 할 때 쓰는 듯한 테이블, 기체가 흔들려도 떨어지지 않도록 폐쇄형으로 만들어진 책장이 있었다. 거기서 또 안으로 들어가는 문이 하나 보인다.

그제야 전용기라는 걸 알았다. 하기야 윤서경 같은 사람이 다른 승객들 틈에 섞여서 체크인을 하고, 일등석이라도 공유 공간에 올라타 비행하는 건 이상하게 보이긴 했다.

승무원은 두 사람이 안으로 들어가자 바깥에서 천장부터 바닥까지 닿는 두꺼운 커튼을 쳤다. 유온을 데리고 안쪽으로 들어간 윤서경이 직접 침실 문을 열어 주었다.

밖에서 볼 때는 전용기라고 생각도 못 했을 정도로 기체가 컸다.

그만큼 실내 역시 넓어서 침실은 호텔 방 하나를 통째로 옮겨 놓은 듯한 모습이었다. 옆에 난 창의 모양으로만 겨우 비행기 안이라는 걸 알 수 있는 정도였다.

"금방 출발할 겁니다. 승무원들은 부르지 않으면 들어오지 않을 거고요. 앉아요."

유온은 고개를 끄덕이고 자리에 앉았다.

곧 비행기가 움직이기 시작했다. 창밖으로 보이는 공항과 천천히 가까워지는 활주로의 모습은 평범한 비행기를 탈 때와 다르지 않았다. 길게 뻗은 활주로 조명의 빛을 따라서 비행기가 이륙했다. 땅 위의 불빛이 점점 멀어지다가 이내 구름에 가려져 보이지 않게 되었다.

"얼마나 걸려요……?"

"열네 시간쯤."

긴 시간이었지만 비행기 안에는 구경할 것도 가지고 놀 것도 많았다. 책장에 꽂힌 건 대부분 유온이 좋아하는 장르의 소설책이었다. 윤서경도 비행기를 탈 땐 똑같이 심심해서 이런 책을 많이 읽는 모양이라고 생각했다. 할 일이 있다고 책상에 앉은 윤서경을 방해하지 않도록 유온은 조용히 책을 골라서 침실로 들어갔다.

침실에도 구경할 건 많았다. 호텔과 거의 비슷하지만, 높은 고도나 하중을 고려하고 잦은 흔들림에도 대비하기 위해서 특이한 게 많았다. 서랍이 전부 꾹 눌러야 열리는 식이라거나, 물건이 미끄러져 떨어지지 않도록 가림막이나 받침대가 있다거나. 선반이 전부 빌트인이기도 했다.

잠시 침실을 서성거리며 여기저기 구경하다 소파에 앉아 책을 읽었다. 한 권을 거의 다 읽어 갈 때쯤엔 자정을 훌쩍 넘겼고, 희미하게 들리는 엔진 소리를 들으며 유온은 꾸벅꾸벅 졸다가 깜빡 잠들었다.

눈을 떴을 땐 침대 위에 있었다. 주위는 간접 조명만 켜 두었는지 어두웠다. 어렴풋이 밝은 곳이 보여서 시선을 돌리니 윤서경이 침대 옆의 작은 책상에 앉아 일을 하고 있었다. 누워서 눈만 스르르 떴을 뿐인데, 깬 걸 어떻게 알았는지 그가 고개를 들었다.

"일어났어요? 마침 곧 일출 시간입니다."

그 말에 유온은 창밖을 보았다. 아직은 검푸르게 어두울 뿐이었다. 이제 얼마 후 밤이 단번에 낮으로 바뀌는 것처럼 해가 높이 떠오를 것이다.

"마실 거라도……."

윤서경이 의자에서 일어나려 하는데 그가 보고 있던 태블릿 화면이 깜빡거렸다. 화면을 흘긋 본 그가 눈을 좁혔다. 중요한 연락이 들어온 듯했다.

"잠시만 나갔다 올게요. 그 옆에 있는 게 냉장고니까 뭐라도 마시고 있어요."

"네 ."

그는 한 걸음 만에 책상에서 침대까지 훌쩍 다가와 유온의 머리를 쓰다듬었다. 그가 일출을 같이 보았으면 했기에 조금 아쉬웠지만 고개를 끄덕였다. 윤서경이 문을 닫고 나간 후 유온은 침대 가장자리로 다가가 창문에 얼굴을 가까이 댔다.

침실에 혼자 남고 10분쯤 지나서 분홍빛의 긴 직선이 하늘을 갑자기 반으로 가르듯 내리뻗었다. 한순간에 주위가 밝아지고, 빛에 드러난 구름이 수채화처럼 옅게 물들었다.

멍하니 그 광경을 바라보던 유온은 휴대폰을 찾아서 열심히 사진을 찍었다. 윤서경에게 보여 줄 생각이었다.

얼마 후, 일출이 하늘을 새빨갛게 물들인 후에 윤서경이 돌아왔다. 그가 자신에게 다가올 때까지 휴대폰을 쥐고 있던 유온이 머뭇거리며 물었다.

"서경 씨, 저…… 해 뜨는 거 사진 찍었는데, 보실래요?"

괜히 귀찮게 하는 건 아닌가 싶어 걱정했지만 윤서경은 곧바로 유온의 휴대폰을 보았다. 잠깐 사이 찍은 사진이 꽤 많았다. 흐린 분홍빛에서 점점 선명해지는 하늘의 색상과 바다처럼 펼쳐진 구름의 모양은 눈으로 본 것만큼 예쁘게 담기진 않았다. 뒤늦게 쓸데없는 일이었나, 하는 생각을 했다. 비행기를 자주 타는 사람이니까 몇 번이나 보았을 텐데.

"사진으로라도 보니 좋네요. 남겨 줘서 고마워요."

윤서경은 그렇게 말하며 유온의 관자놀이에 입을 맞췄다.

"사실, 일하느라 창밖을 볼 틈은 별로 없습니다. 정신을 차리면 아침이 되어 있거나, 해가 져 있으니까요."

"네……."

뺨이 따끈해졌다. 괜한 짓이었다는 생각이 스르륵 사라졌다. 요즘은 윤서경의 칭찬이나 고맙다는 말이 몸에 녹아드는 기분이었다. 예의상 하는 소리가 아닌 것 같다는 생각이 들었다. 신기한 일이었다.

문득 휴대폰을 향해 있던 윤서경의 시선이 조금 아래로 내려왔다. 그가 뭘 보는지 따라 시선을 옮긴 유온은 괜히 손을 치웠다. 휴대폰을 드느라 위로 올린 팔 때문에 소매가 내려가 손목이 드러나 있었다.

윤서경은 유온이 내린 손을 따라가 손목을 어루만졌다. 그 위에 예물을 보던 날 윤서경이 사 준 팔찌가 자리 잡고 있었다. 그는 커다란 손으로 팔찌와 손목을 천천히 만지다가 고개를 숙여 손등에 입 맞췄다.

"잘 어울리네요."

손을 빼고 싶어 움찔거리면서도, 손등 바로 위에 닿은 입술이 좋았다. 유온의 얼굴이 조금 붉어졌다.

그가 사 준 후로 밖에 하고 나오는 건 오늘이 처음이다. 그동안은 뭔가 아까운 마음에 방에서만 몇 번 해 보고 말았다. 금속이면 닦으면 되겠지만, 가죽이라서 혹시나 상하지 않을까 걱정이 돼서…… 금속이면 금속인대로 어디 긁힐 것 같아 못 했겠지만.

그러다 오늘 처음으로 차 보았다. 일부러 소매 안쪽에 넣어 두었는데 뜻하지 않게 보인 게 멋쩍었다. 사이즈를 가장 작게 조절한 팔찌는 끈이 나풀거릴 정도로 남았다. 윤서경은 그 끈을 잠시 만지작거리다가 유온에게 입을 맞추고, 품에 안았다.

남은 비행시간 동안은 더 자지 않았다. 중간에 식사를 한 번 한 후로는 창가에서 책을 읽었다. 그러다 문득 창밖을 보니 까마득한 아래로 육지가 보였다. 이렇게 먼 상공에서 보아도 한국과 완전히 다른 모습이었다.

얼마 후 비행기가 하강을 시작했다. 느리게 고도를 낮추는 기체를 따라서 산맥 사이사이 자리 잡은 이국의 풍경이 점점 가까워졌다. 하늘을 크게 선회한 비행기는 세비야 국제공항에 착륙했다.

다른 공항에 비해 작은 규모의 공항에 차량이 대기하고 있었다. 차에 올라 곧바로 세비야 시내를 지나서 고성으로 향했다. 고성은 윤서경이 말하길 산자락에 있었고, 시내에서 차로 40분쯤 더 달려야 했다. 어디를 가나 오렌지나무가 풍성한 상아색의 고즈넉한 도시는 시내에도 외곽에도 차량이 많지 않았다.

그렇게 호텔을 나와서 이십여 시간 만에 목적지에 도착했다.

성의 정문 바로 앞까지 차량이 드나들 수 있을 만큼 정돈된 낮은 언덕이 있었다. 운전기사가 내려 차 문을 열었다. 내리자마자 유온은 눈앞의 고성을 올려다보았다. 성 둘레를 넓게 두른 성벽 위로 첨탑과 긴 아치가 이어진 회랑이 보였다. 그 주위로는 수면이 햇살로 반짝이는 호수, 성 너머엔 자작나무 숲이 있었다. 사진으로 본 것보다도 더 근사했다.

"안으로 들어갈까요."

윤서경의 말에 열린 성문 안쪽으로 들어갔다. 아무리 보아도 사진 촬영을 하고 며칠 묵으러 온 게 아니라 입장권을 사서 들어온 관광 유적 같았다.

양쪽에 난 회랑 옆으로 바닥에 깔린 직사각형의 긴 연못과 그걸 따라 심은 잎이 반들반들한 관목이 보였다. 회랑 천장과 벽에 걸린 등잔은 모양만 살리고 안은 촛불 대신 전구로 바꿔 놓은 듯했다.

성의 메인 홀로 들어가자 반듯한 정장을 입은 직원들이 서 있었다. 안쪽은 모양을 맞추어 짜 넣은 바닥의 대리석과 아치를 따라 조각한 장식 때문에 더더욱 유적……도 아니고 거의 문화유산으로 보였다. 이런 곳을 호텔로 사용해도 괜찮은 건가 싶을 정도였다.

군데군데 세월의 흔적을 보수하긴 했으나 그것도 자세히 보지 않으면 티가 안 날 만큼 정교했다. 직원의 안내를 따라 숙박용 구역으로 향했다. 옛날에 이 성의 성주가 쓰던 공간이라는 듯했다.

여기 또한 말할 것도 없이 화려했다. 사진은 이 성의 호화로움을 절반도 채 담아내지 못했다. 천장부터 바닥까지 전부 발을 대도 괜찮은가 싶을 정도로 번쩍거렸다.

"유온 씨, 이쪽으로 와요."

윤서경이 앞서서 걸어가더니 창문 앞에서 유온을 불렀다. 얼른 따라가자 그는 창을 열었다. 동시에 들어온 시원하고 깨끗한 바람에 유온의 머리카락이 흔들렸다. 다음 순간 유온은 눈을 크게 뜨며 창틀에 손을 얹고, 바깥쪽으로 몸을 뺐다. 눈앞에는 탁 트인 호수와 호수 둘레를 따라 낮게 내려오는 산자락이 펼쳐져 있었다.

"저 산에는 조명을 설치했어요. 밤이 되면 켜지고, 무척 예쁠 겁니다."

"아……. 등산로 같은 게 있나 봐요. 밤에 올라가는 사람이 많아요?"

"짧은 산책로는 있죠. 조명은 조망용으로 설치한 겁니다."

"그, 그래요? 근처에 사는 사람이 별로 없는 것 같은데, 신기하네요……."

저런 산이라면 정부나 지자체에서 설치해 준 것일 텐데, 몇 안 되는 사람을 위해 그런 걸 해 주다니 신기한 일이었다. 스페인은 원래 그런가.

"사유지니까요. 땅 소유주가 하는 겁니다."

"와……."

"성은 마음에 듭니까? 호수랑 저 산은? 아직 숲엔 안 가 봤지만."

"네, 너무 예뻐요. 정말 좋아요."

유온은 상기된 얼굴로 말했다. 말한 그대로 너무 예쁘고, 정말 좋았다. 윤서경이 부드럽게 웃었다. 그리고 이어진 말에 유온은 그대로 굳었다.

"다행이네요. 당신 건데, 마음에 안 들면 큰일이죠."

"…………네?"

잘못 들었나?

"저 산까지요. 매입 절차가 꽤 복잡하더군요."

"……."

몇 초 동안 얼어 있던 유온은 이내 농담인 줄 알고 작게 웃었다. 하지만 윤서경의 표정은 바뀌지 않았다.

"……농담이시죠……?"

"아닙니다."

"농담……."

"농담 아닙니다."

"아……. 네……."

유온은 멍하니 서 있다가 눈앞의 커튼을 만지작거렸다. 가장 겉면의 길이가 짧은 장식 천과 가장 안쪽 얇은 레이스까지 네 겹으로 이루어진 실크 커튼이 휘황찬란했다.

짙은 녹색과 금색 커튼에 맞춘 창틀의 적갈색 칠이며, 차분한 덩굴무늬가 그려진 벽, 깊은 색조의 새 카펫, 네 개의 기둥과 천개와 휘장이 달린 침대, 다리가 고양이 발처럼 동그랗게 구부러진 모양의 가구…… 벨벳 소파, 대리석 조각상, 유채 풍경화, 촛대와 양초, 풍성하게 장식된 생화…….

이건 그러니까…….

"거, 거짓말……"

"정말입니다."

쓰러지고 싶어졌다.

놀라는 것도 어느 정도여야 하는구나, 라는 걸 알았다. 상상을 초월하는 일이 일어나면 사람은 놀라지 않는다. 그냥 망연해질 뿐이었다. 성이라니? 성…….

역사가 느껴지는 성과 호수, 산을 일반인이 사고 싶다고 살 수 있는 것이었던가? 거기까지 생각하고 윤서경은 일반인이 아니라는 걸 퍼뜩 떠올렸다. 그가 운영하는 호텔 체인의 고급 호텔이 이 스페인에만 해도 세 개나 있었고 여기까지 올 때 탄 전용기는 중형 여객기였다.

고심한 끝에 한 번만 더 물어보려 윤서경을 보자 여전히 웃는 얼굴이었다. 웃는 걸 보니 역시 농담이었던 게 아닐까?

"이제 욕실이랑 식당, 거실을 보러 가죠. 서재는 거실에 같이 만들어 뒀습니다. 급하게 매입하고 정돈한 거라서 마음에 안 드는 부분이 있을 수도 있겠지만 일단 와 봐요."

아닌 것 같다. 유온은 정신적 충격 속에서 비틀거리며 윤서경을 따라갔다. 욕실부터 거실 겸 서재에 이르기까지 화려하지 않은 곳이 없었다. 특히 거실은 높게 튼 천장 위가 유리로 되어 있었고, 그 높은 층고의 벽 가득히 책을 꽂아 두었다. 사다리가 있긴 했으나 제일 위까지 닿지 않는 걸 보면 어느 층 이상부터는 장식용 책만 있는 듯했다.

여긴 서재나 거실이 아니라 잡지에서 사진 촬영을 할 때 이용할 법한 스튜디오에 더 가까웠다.

"거주 공간 말고는 아직 보수가 덜 끝난 부분도 있습니다. 성이 조금 넓다 보니 시간이 걸리는 것 같아요."

이걸 '조금' 넓은 거라고 할 수 있는 걸까……. 그러나 윤서경은 태연하게 유온을 이끌고 지금 사용할 수 있는 공간을 몇 군데 더 안내해 주었다.

작은 저택 하나 규모 정도는 될 법한 생활용 공간 외에는 깨끗하게 청소만 했을 뿐 관광지처럼 고성의 구조와 분위기를 그대로 살려 두었다. 곳곳에 카메라나 휴대폰을 든 관광객들이 있을 것 같은데 아무도 없고, 이따금 유니폼 차림의 직원이 지나갈 뿐이었다.

호텔로 꾸며 놨다는 말을 했을 때 성에서 다른 사람을 마주칠 일은 없을 거라고 했다. 객실이 하나뿐이라기에 당연히 그것 때문에 손님이 두 사람밖에 없다는 뜻으로 받아들였다. 그런데 설마 이런 의미일 줄이야.

저녁은 영화에서나 보던 길쭉한 식탁에 차려졌다. 가벼운 음식으로 식사를 마친 뒤, 물에 적셔도 되는 건가 싶은 섬세한 문양의 앤티크풍 욕조에서 씻고 나오자 기둥이 네 개 달린 굉장한 침대가 기다리고 있었다.

뭐라고 말을 하고 싶은데 유온은 따뜻한 목욕물과 배부르게 먹은 식사, 긴 여정으로 잔뜩 나른해진 상태였다. 할 말을 채 생각해 보기도 전에 눈이 깜빡깜빡 감겨왔다. 윤서경은 그런 유온을 침대에 밀어 넣고 아무렇지도 않게 토닥였다.

다음 날, 정오가 다 되어서야 깨어난 유온은 성 이야기가 농담인지 진담인지 물을 타이밍을 놓치고 말았다. 씻고 나와서 휴대폰을 확인하니 이정윤과 정인호에게서 메시지가 와 있었다. 잘 도착했느냐는 것과, 뭘 하고 있느냐는 것이었다.

각각 답장을 보내면서 잠시 고민하다가 고성의 사진도 첨부했다. 뭐라고 더 메시지를 덧붙이려 했으나 윤서경이 부르는 소리에 후다닥 휴대폰을 내려놓았다.

웨딩 촬영을 해 주기로 한 사진작가는 세비야 시내에 살고 있었는데, 유온과 윤서경이 너무 갑작스럽게 온지라 오늘과 내일은 시간이 안 난다는 듯했다. 그래서 원래 촬영 후에 잡아 두었던 관광 일정을 앞으로 당겼다.

"오늘은 뭘 할까요. 시내에 나가 볼까요?"

"네, 그런데 서경 씨 바쁘신 거……."

시차 때문에 날짜가 달라지긴 했지만 체감하기로 어제 이 시간에는 한국에 있었다. 그렇게 갑작스럽게 온 만큼 바쁜 윤서경의 일은 괜찮은 건가 걱정이 되었다. 용무가 생겨서 일정을 바꾼 거라고 해도, 원래 있던 일이 사라지는 건 아니니까. 하지만 그는 고개를 저었다.

"많이 바쁘지 않습니다. 일부러 일정까지 바꿔서 온 건데, 바쁘면 안 되지요."

"그, 그럼 다행이구요."

어딜 갈지 대강만 정한 뒤 아침을 먹고 곧바로 시내로 나왔다. 윤서경은 직접 운전을 했다. 한국과 표지판도 교통 법규도 다 다를 텐데도 전혀 불편해하거나 주춤거리는 기색이 없었다. 조수석에 앉은 유온은 그런 모습이 멋있다고 생각하며 윤서경을 흘끔흘끔 보았다.

차에서 내려 둘러본 시내는 어제 지나치며 보았던 것보다 훨씬 볼 게 많았고, 색이 다채로웠다. 어디를 가나 있는 오렌지나무에 주홍색 열매가 가득 달려 있었고 건물 벽이나 간판의 채도가 높았다.

날씨가 화창해서인지 그런 색채는 선명한 푸른 하늘 아래에서 더욱 두드러졌다. 관광객이나 현지인이나 기분이 좋아 보였다. 곳곳에서 들리는 웃음소리, 사진을 찍으려 여기저기 멈춰 있는 사람들의 모습에 유온도 같이 들뜨는 것 같았다.

이슬람 양식의 유명한 관광지를 보고 나와 예전에 어느 배우가 CF를 촬영했던 광장으로 왔을 때, 윤서경이 잠시만 기다리라고 말하며 휴대폰을 확인했다. 중요한 연락이 온 듯했다. 한 걸음 정도 떨어져 저 멀리까지 이어지는 아치를 구경하고 있는데, 갑자기 누군가가 성큼 다가왔다.

"안녕! 어디서 왔어? 한국? 일본?"

"……."

잡상인이었다. 스페인어긴 해도 회화 책에 나온 단어라 대강 알아들을 수 있었지만, 잡상인과는 말을 섞지 않는 게 상책이라는 주의사항을 몇 번이나 읽었기 때문에 유온은 슬쩍 고개를 돌렸다. 그러나…….

"뭐 하러 왔어? 저 사람은 남자 친구? 아니면 남편? 신혼여행?"

이 말에 무심코 잡상인을 보고 말았다. 친화력과 넉살이 뛰어난 잡상인은 기회를 잡았다는 듯 계속 말을 붙였다.

"이거 어때? 귀엽지? 좋은 물건이야. 럭키, 럭키 포 유."

잡상인은 일부러 알아들을 수 있도록 쉬운 단어만 사용하는 것 같았다. 그리고 뒤의 말은 영어였다.

"싸, 2유로. 로우 프라이스. '한국 돈 2천 원.'"

'한국 돈 2천 원'은 심지어 한국어였다. 2유로는 2천 원이 아니지만 유온은 삼개 국어를 넘나드는 잡상인의 말에 이미 정신이 다 기울어져 있었다.

"'행복이 준다', 근데 '2천 원.' 어때? 좋지?"

'행복이 준다'는 건 아마도 '행운을 준다'는 뜻인 것 같았다. 잡상인이 파는 물건을 내려다보자 동글동글하게 생긴 귀여운 목걸이였다. 2유로면 그렇게 비싼 것도 아니고, 잡상인의 말이 재미있었고, 또 행운을 준다고 한다.

"귀여우니까 싸게. 1유로만 줘."

반쯤 홀려 있었지만 그런 모습이 망설이는 걸로 보였는지 잡상인이 파격적인 가격을 제시했다. 유온은 지갑에서 1유로를 꺼내 그에게 건넸다.

"고마워! 헤브 어 나이스 트렙!"

목걸이를 준 잡상인은 손을 휘젓고는 재빨리 떠나갔다. 목걸이를 잠시 보다가 고개를 돌린 유온은 자신을 빤히 보고 있는 윤서경의 시선에 흠칫 놀랐다.

"아……, 일 다 끝나셨어요?"

"네."

짧게 대답한 윤서경이 유온이 든 목걸이를 보았다. 유온도 자신의 손에 있는 목걸이를 보고는, 조심스럽게 윤서경에게 내밀었다. 애초에 그에게 주려고 산 것이었다.

"행운을 주는 목걸이래요."

"흠, 행운……. 그럼 당신이 가지고 있는 게 낫겠군요."

"제가요?"

"네. 당신한테 행운이 오면 나한테도 오는 거나 마찬가지니까. 갈까요, 잠깐 쉬면서 차라도 한 잔 마시죠."

"네? 네."

유온은 목걸이를 이러지도 저러지도 못하고 손에 쥔 채 그를 따라갔다. 광장 둘레의 카페 테라스석으로 온 윤서경은 자리에 앉아 유온에게 메뉴판을 내밀었다. 메뉴 정도야 단어 몇 개만 외운 스페인어와 영어로도 충분히 고를 수 있었다. 따뜻한 라테를 고르자 윤서경이 가서 주문을 한 뒤, 음료 두 잔을 가지고 돌아왔다.

그때까지도 유온은 목걸이를 어정쩡하게 들고 있었다. 쟁반을 내려놓으며 앉던 윤서경이 유온의 손에 들린 목걸이를 슥 보았다.

"아……."

뒤늦게 치울 생각도 못하고 우물쭈물하고 있자, 윤서경은 잠시 기다리라고 말하곤 훌쩍 자리를 떠났다.

그의 자리에서 커피만 따뜻한 온기를 피워 내고 있었다. 어딜 가는 건지, 검은색 얇은 트렌치코트 차림의 뒷모습을 가만히 따라가자 그는 광장 곳곳에 흩어져 있는 잡상인 중 한 명에게 다가갔다.

……역시 내가 사기를 당했나?

그래서 따지러 간 건가. 하지만 고작 1유로인데.

윤서경은 오래 지나지 않아 돌아왔다. 유온이 산 것과 똑같은 목걸이를 사 들고. 유온은 멍하니 그가 든 목걸이를 쳐다보았다.

그가 손바닥을 펼쳤다. 저도 모르게 그 위에 제가 산 목걸이를 내려놓자, 그도 유온의 손을 잡아 똑같이 생긴 목걸이를 건네주었다.

"서로 사 주는 걸로 하죠."

"네……."

유온은 제 손을 내려다보았다. 똑같이 나누어 가진 목걸이는 조악한 물건임에도 무척 반짝거리는 것 같았다.

광장을 구경하며 차를 마시고 쉬다 보니 오히려 피곤해졌다. 중요한 건 다 봤으니 이만 돌아가자는 윤서경의 제안이 반가웠다. 그렇게 그날은 오후에 성으로 돌아와서 좀 더 쉬다, 어제 보지 못했던 호수와 자작나무숲을 잠시 둘러보러 나갔다.

성 안쪽이 사람이 꾸민 우아한 화려함이라면 숲과 호수는 자연이 조형한 엄숙한 아름다움이었다. 호수는 고요한 물소리를 내며 저 멀리 산자락까지 뻗어 있었고, 성의 뒤편에 넓게 자리한 숲은 한참 고개를 뒤로 꺾어야 할 만큼 높게 자란 자작나무가 그림처럼 빽빽했다.

숲에 들어오고 얼마 후 하늘로 뻗은 하얗고 매끈한 나무줄기를 따라 석양이 붉게 물들었다. 주홍색에서 빠르게 검푸른 색으로 색을 바꾼 태양이 완전히 가라앉아 주위가 어두워진 후, 땅바닥과 나뭇가지 곳곳에 장식한 미등이 희부옇게 반짝이기 시작했다.

그렇게 밤이 되자 호수에서 불어오는 젖은 바람 때문에 꽤나 쌀쌀해졌다.

"일단 들어갈까요. 피곤할 테니 내일 저녁에라도 다시 보러 나오죠."

고개를 끄덕이자 윤서경은 유온의 손을 잡고 숲을 빠져나갔다. 똑같이 생긴 자작나무가 늘어서 있어서 길을 헤맬 것 같기도 했지만, 산책로가 있고 길을 따라 조명을 놓아두어 그럴 염려는 없을 듯했다.

숲을 빠져나가 성으로 들어가는 짧은 시간 동안 꽉 잡은 손의 온기가 선명했다. 주위가 추워서 더 그런 건지도 몰랐다.

가벼운 식사 뒤 조금 뜨겁게 느껴지는 향긋한 물로 목욕을 하자 하루 동안 이곳저곳을 돌아다니며 쌓인 피로가 녹아내렸다. 유온은 따끈따끈해진 몸에 옷을 걸치고 방으로 들어왔다.

역시 들어올 때마다 머뭇거리게 되는 방이었다. 지내던 호텔

스위트룸도 현대적인 인테리어에 이런 고딕 양식을 가미한 느낌이었지만, 당연히 이렇게 본격적이지 않았다. 수백 년 전으로 시간 이동이라도 한 느낌을 받으며 유온은 창가로 다가갔다.

침실의 커다란 창에선 호수 수면에 섬세하게 반사되는 달빛과 산길을 따라 걸린 레몬색 조명이 잘 보였다. 창가의 카우치에 앉아 창밖을 구경하는데 발소리가 들렸다. 윤서경이 씻고 나온 듯했다.

고개를 돌리자 그가 조금 젖은 머리를 한 채 다가왔다. 체향이 느껴질 만큼 가까워진 그는 창틀에 한 손을 올리곤 몸을 숙여 입맞췄다. 유온은 눈을 감으며 두 팔을 뻗어 윤서경의 목을 끌어안았다.

입맞춤을 하던 윤서경은 유온을 안아 올리며 자신이 카우치에 앉았다. 그의 무릎에 올라타게 된 유온은 그에게 체중을 맡기며 몸을 앞으로 기울였다.

두 손이 자연스럽게 옷 안으로 들어와 맨살을 만졌다. 동시에 강해진 체향과 체온 안에서 유온도 스르르 향을 흘렸다. 윤서경은 유온의 목덜미에 코끝을 대고 냄새를 맡으며 천천히 옷을 벗겼다.

오랜만에 찾아온 히트 사이클을 보낸 후로 몇 차례 몸을 맞댔다. 조금은 이 행위에 익숙해진 것도 같았다. 물이 점점 차오르듯 몸이 달아오르다 몰아치는 감각에. 그건 숨을 쉬기 어려울 정도로 강렬하고 다급하고, 머리가 어지럽고, 또 달콤했다. 유온은 맨살이 드러나는 순간의 낯섦을 발끝을 움츠리는 것으로 달랬다.

윤서경의 손이 몸을 더듬으며 내려와 그 발을 쥐었다. 다른 한 손은 머리를 감쌌다. 늘 그렇듯 따뜻한 손이었다. 배가 따끈해지는 느낌이 들더니 아래가 조금씩 젖어 들었다. 키스하는 것만으로 젖는 건 아니지만, 이런 상황에서의 키스는 몸속의 열띤 물기를 끌어내기에 충분했다.

실내의 공기는 호수의 물기 때문인지 차분하고 촉촉했다. 그렇다고 지나칠 정도로 습기가 느껴지는 것도 아니었다. 피부에 닿는 한밤의 촉감에 두 사람의 체향이 섞였다. 유온은 커다란 손이 맨살을 감싸 쓸어내리는 감촉에 그저 가만히 입을 벌렸다.

그가 아래를 더듬어 넓힐 때도, 질척질척 소리가 나도록 손가락을 드나들 때도, 심지어 발기한 물건이 좁은 안을 조금씩 비집고 들어올 때조차 이제 두려움은 없었다. 몸이 딱 들어맞도록 겹쳐지는 순간은 언제나 약간의 고통과 열기, 그리고 쾌락으로 가득했다.

유온은 배 속이 뜨겁게 들어차는 느낌에 떨고 신음했다. 윤서경의 입술 사이에서도 가쁜 숨결이 쏟아져 뺨에 닿았다. 주체할 수 없이 떨리는 몸을 그에게 기대자, 그는 유온의 체온을 전부 받아주며 한쪽 다리는 카우치 팔걸이에, 다른 한쪽 발은 창틀에 닿도록 하여 다리를 크게 벌렸다.

윤서경이 허벅지 아래쪽과 엉덩이를 쥐어 유온의 몸을 완전히 받치고 있었기에 몸의 무게 때문에 그 자세가 힘들어지는 일은 없었다. 다만 그 상태로 몸속을 채운 성기가 쉼 없이 꿈틀거리고, 몸이 뒤로 기울어진 상태에서 깊은 곳까지 들어온 압박감은 버겁고, 둥근 귀두로 안의 민감한 부분을 비벼 문지르듯 할 때마다 숨이 막혀 견딜 수 없었을 뿐이다.

"으, 으응……, 웃, 하, 아……."

그는 추삽질을 하는 대신 그대로 성기를 끼워 넣은 채 계속해서 안에 성기를 꽉 누르고 문질렀다. 다리가 온통 그에게 끌어안겨 있었기에 어디로 도망을 갈 수 없었다. 잠깐씩 몸을 뒤로 물렸지만 그럴 때마다 윤서경이 다시 자신을 끌고 가서 스스로 허리를 움직이는 꼴밖에 되지 않았다. 게다가 함부로 움직이면 몸이 홱 뒤로 넘어가 머리와 어깨부터 바닥에 떨어질 것 같았다.

"아……!"

윤서경이 허리를 강하게 쳐올렸다. 굵고 뜨겁고, 젖어 있는 성기가 물소리를 내며 내벽을 거칠게 짓누르고 들어왔다. 안을 문지르는 것으로 잔뜩 예민해졌던 유온은 그 한 번에 신음을 터뜨리며 절정을 맞았다. 윤서경은 정액을 툭툭 쏟아내는 유온을 보면서 한숨을 터뜨리더니 사납게 움직이기 시작했다.

누구의 것인지 모를 헐떡이는 숨소리가 울렸다. 방금 느낀 절정으로 한껏 민감해진 유온은 성기가 안을 급하게 쑤셔 대는 걸 감당하기 어려웠다.

"아아, 흑, 자, 잠깐만, 요, 서경 씨……. 지금, 지, 지금……."

사정의 여파가 가시지 않은 몸에서 가장 유약한 부분을 찌르는 성기는 유온을 정신없이 몰아세웠다. 윤서경 또한 반쯤 정신을 잃은 듯 유온의 머리와 얼굴에 미친 사람처럼 키스하다가 입술로 내려와 도톰한 입술을 깨물고 빨며 허덕였다.

윤서경도 유온의 안에 사정할 때까지 그 열락은 이어졌다. 몸속에 쏟아지는 뜨거운 정액에 유온은 몽롱한 눈을 한 채로 어깨를 떨며 중얼거렸다.

"아, 조, 좋아, 이거……."

무의식중에 나온 말이었다. 유온은 배를 손으로 덮으며 알파의 정액이 몸을 흠뻑 적시는 것에 열락을 느껴 머리가 멍하니 부유하는 걸 느꼈다.

"좋아요?"

갈라진 목소리가 귓가에 울렸다. 유온은 고개를 끄덕거렸다. 배를 덮은 두 손 위를 윤서경의 손끝이 매만지고, 그 손이 다시 올라와 가슴을 쥐었다. 살도 거의 없는 가슴이 커다랗고 축축하게 젖은 손 위에 올라왔다.

"아, 잠시만, 저, 아……, 으으, 응……!"

손가락이 유두를 세게 튕기고 꽉 쥐었다. 가슴부터 옆구리까지 문질러 누르는 손길에 배 속이 다시 바짝 굳으며 꿈틀거렸다. 성기를 빈틈없이 감싼 젖은 점막이 움찔대며 조여들자 윤서경도 낮은 신음을 흘렸다.

"앗, 아……, 아!"

그는 두 손으로 유온을 잡고 가슴을 만져댔다. 예민하게 곤두선 유두가 손 아래에서 문질러지며 속절없이 쾌감을 온몸에 퍼뜨렸다. 유온의 발끝이 구부러지고, 허벅지와 아랫배에는 힘이 잔뜩 들어갔다. 그 때문에 몸속에 고여 있던 액체가 흘러나왔다. 윤서경은 잠시 가슴만 문지르며 있었지만 결합부 둘레를 축축하게 적시는 정액을 느끼곤 허벅지에 힘을 주어 몸을 올려쳤다.

"아아!"

찌걱거리는 소리가 울렸다. 틈새로 정액이 흘러나오자 그는 좀 더 잘게 허벅지를 움직였다. 배에 힘을 주어 몸을 지탱한 채 하체를 흔들 뿐인데도 아래에서 위로 찍어 올리는 힘은 지나치게 강했다. 유온은 휘청거리다 두 다리를 떨어뜨렸다. 그러자 체중 때문에 몸이 가라앉으면서 결합이 더욱 깊어졌다.

"으응, 흑……, 아, 아, 서경 씨……."

울먹이듯 이름을 부르는 목소리에 윤서경은 유온의 귓가에 쪽쪽 소리가 나도록 입을 맞췄다. 그러면서도 아래는 멈추지 않았다. 마구 흔들리는 아래가 젖은 비닐을 문지르는 듯한 소리를 내며 철벅거리고, 성기가 맞물린 둘레로 정액이 비어져 나와 거품을 일으켰다. 분명 방금 사정했는데 윤서경의 것은 전혀 크기가 바뀌지 않은 것 같았다.

"아, 으응, 힘들, 어, 아……."

무심코 목소리가 새어 나왔다. 어제의 피로가 아직 가시지 않고, 오늘도 돌아다닌 것 때문인지 목욕으로 지워진 듯했던 피곤함이 슬며시 되살아났다. 평소엔 그래도 지쳐 힘들긴 하지만 서너 번 하는 정도는 괜찮았는데, 분명 기분이 좋음에도 힘든 건 힘든 것이었다.

그래도 조용히 받아들일 생각이었지만 입이 멋대로 움직이고 말았다. 유온의 말에 윤서경이 움직임을 멈췄다.

"아, 아니, 에요, 아니에요, 저 괜찮아요……."

얼른 수습하려 했으나 윤서경은 이미 유온의 말을 들었다. 그는 가쁜 숨을 내뱉으며 유온의 귀를 몇 번 아프지 않게 잘근거리다가 성기를 빼냈다. 굵은 성기가 내벽을 누르며 빠져나갔다.

"미안해요."

"아니, 저 정말……, 으응……."

정말 괜찮다고 말하려는데 안에서 물컹물컹하게 덩어리진 액체가 툭툭 떨어졌다. 성기가 빠져나가고 이어 정액까지 쏟아지는 감촉에 유온은 눈을 질끈 감은 채 바르르 떨었다. 윤서경은 열에 들뜬 얼굴로 그것을 바라보다가 유온을 안아 창을 보며 무릎으로 앉게 했다.

"조금만, 너무 힘들게 하지 않을게요. 참기……, 어려워서."

유온은 고개를 끄덕였다. 그대로 다리를 벌리려 하는데 윤서경은 유온의 골반을 쓰다듬었다.

"조이고 있어요."

이번에도 고개를 끄덕거렸다. 몇 번인가 해 본 행위였다. 유온은 다리를 모아 좁히며 두 손으로 창을 짚었다. 차가운 유리가 손바닥에 닿았다. 윤서경이 뒤에서 유온을 끌어안고, 성기를 양쪽 허벅지 사이로 밀어 넣었다. 안에 넣을 때와 달리 수월했다.

부드러운 허벅지 살 사이에 성기를 넣은 윤서경은 잠시 숨을 고르고 빠르게 움직이기 시작했다. 안에 넣는 것보다는 훨씬 몸에 부담이 가지 않았지만 그것과는 다른 종류의 쾌감이 몸을 휩쓸었다. 구멍 입구부터 회음, 성기 아래쪽까지 굵고 단단한 성기가 짓누르며 왕복하는 움직임이 느릿하게 절정을 불러들였다.

"아……, 아, 으응……."

창밖은 호수와 산밖에 없다. 그런데도 뒤늦게 누가 바라보는 듯한 기분이 들어서 몸이 떨렸다. 유온은 진저리를 치며 윤서경이 주는 감각에 집중했다. 아랫배가 멈칫멈칫 경련하고 머리는 뜨거웠다. 떨림 같은 절정이 발치까지 얼씬거렸다. 그리고 윤서경이 성기를 서로의 살이 부딪치도록 박으며 목덜미를 세게 깨문 순간 유온은 새된 목소리를 토해냈다. 두 번째……, 세 번째였나? 몇 번째인지 모를 절정이었으나 조금도 몸이 둔해지지 않았다.

그때 윤서경이 다시 유온을 돌려 앉히곤, 아예 카우치에 눕게 하며 위로 올라왔다.

"조금만, 삼키기만 해 줘요. 전부 다 삼키지 않아도 되니까."

"네……."

멍하니 대답한 유온이 입을 벌렸다. 제 성기를 쥐고 있던 윤서경이 그 입술 사이에 귀두를 얹은 채 숨을 내뱉으며 토정했다. 입 안으로 알파의 정액이 쏟아져 들어왔다. 전부 삼켜 보려 했으나 양이 많아 도저히 할 수 없었다. 두 번 정도 목을 꿀꺽거린 유온이 잘게 기침하자 윤서경은 몸을 일으켜 유온의 가슴 위에 남은 정액을 쏟아냈다.

"아, 흐윽……."

입 안에 찬 정액의 맛에 유온은 몸을 옆으로 틀었다. 또 한 차례 짧은 절정이 지나갔다. 사정까지 이어지지 않았으나 예민해진 몸에는 충분히 자극적이었다. 얼굴을 새빨갛게 물들인 유온이 떨고 있자 윤서경은 그를 안아 올려 길게 키스했다.

너른 침실이 두 사람의 체향과 숨결, 습하고 뜨거워진 체온으로 가득 찼다. 유온은 숨을 몰아쉬며 윤서경의 어깨에 뺨을 기댔다. 땀이 밴 몸이 뜨거워졌지만, 지금 창을 열면 호수를 스쳐 불어오는 차가운 바람 때문에 감기에 걸릴 것 같았다. 아직 웨딩 촬영은 시작하지도 않았기에 컨디션을 망치고 싶지 않았다.

윤서경의 손이 땀으로 젖은 등을 느리게 어루만졌다. 온몸이 편안하게 늘어졌다. 안온하고 포근한 느낌에 눈을 가늘게 뜬 유온의 머릿속에 문득, 늘 묻어 두고 지내던 의문이 떠올랐다.

"서경 씨……."

"네."

"있잖아요, 예전에……."

계속 말해 보라는 듯이 윤서경이 머리카락에 입을 맞췄다.

"예전에, 러트 때 항상 집에, 없었잖아요……. 그때……."

유온이 '예전' 일을 꺼내는 건 정말로 드문 일이었다. 하지만 묻어 두고 지내면서도 언제나 신경이 쓰이던 일이었다. 러트에 집을 비운 게 자신과 관계하고 싶지 않아서인 건 확실했다. 하지만 그때 어디에 가서 시간을 보냈는지는 지금까지 한 번도 물은 적이 없었다.

사실 지금까진 그 대답을 듣는 게 두려웠다. 알고 싶으면서도, 그가 그 시간을 누구와 어떻게 보냈는지 확인하고 싶지 않았다. 지금도 물어봐 놓고 후회했다. 이제라도 대답하지 말라고 말할까. 짧은 찰나 머뭇거렸으나 윤서경에게서는 곧바로 대답이 나왔다.

"혼자 있었습니다. 주로 그 호텔에요."

"……."

몸을 안는 힘이 강해졌다. 신기하게도, 내가 그렇게 싫었던 걸까, 그런 생각이 들지 않았다. 그때는 그럴 사정이 있었을 것이다. 그 수많은 사정에 대해 생각한 유온의 입에서 과정을 건너뛴 결론 한마디가 툭 튀어나왔다.

"서경 씨, 전 한 번도……, 하, 한 번도 서경 씨한테 나쁜 일 하고 싶었던 적 없어요."

이 또한 이전 같았으면 속으로 하고 말았을 생각이었다. 그러나 왜인지 입 밖으로 더듬거리는 목소리로나마 흘러나왔다. 윤서경이 어떻게 들을까, 하는 걱정이 따라붙었다. 갑자기 무슨 소리를 하느냐고 할지도 몰랐다. 하지만 윤서경은 이번에도 금방 대답했다.

"압니다."

"……."

"예전엔 왜 몰랐나 싶을 만큼 잘 알아요."

다행이다……. 어느새 긴장했던 몸이 축 늘어졌다. 유온은 두 팔로 윤서경을 꼭 끌어안았다.

* * *

이유온이 잠든 걸 확인한 뒤 윤서경은 목까지 이불을 끌어 올려 덮어주고는 책상으로 향했다. 이곳에 오게 된 건 꽤나 갑작스러웠다. 그만큼 업무를 서울을 비운 채로도 할 수 있도록 조정하느라 비서실 전체와 윤서경 본인은 상당히 수고스러워졌다.

다 화명의 헛짓 덕분이었다. 며칠 동안 얌전히 있나 싶더니, 성민희가 수많은 사람들이 지나다니는 명동 한복판에서 쓰러졌다. 그 모습을 촬영한 누군가가 재빠르게 각 언론사에 파일을 보낸 것만 봐도 성민희가 무슨 병으로 쓰러졌는지 알 수 있었다.

평범한 사람이라면 창피해서라도 못 할 짓이었다.

뉴스 쪽은 기사가 나오기 전에 전부 차단했지만 어디에선가 파일이 퍼져 나가는 것까지 바로 막을 순 없었다. 윤서경은 그 건이 정리되는 동안 이유온을 아예 한국의 정보로부터 차단하는 걸 선택했다. 일정이 며칠쯤 앞당겨진다고 해도 자신이 좀 바빠질 뿐 큰 문제는 없었으니.

사실 좀 바빠진 정도가 아니라 낮에 이유온과 함께 보내는 몇 시간 말고는 내내 컴퓨터나 태블릿에서 눈을 떼지 못할 정도였지만, 그 정도야 아무래도 좋았다.

이유온은 도착한 첫날에 이 성이 당신 것이라고 말하자 영문을 알 수 없다는 얼굴을 했다. 머리 위에 만화 같은 물음표가 떠올라 있었다. 어차피 말하자마자 받아들일 거라는 생각은 하지 않았다. 시간이 지나면 자기 소유라는 사실에 익숙해지겠지.

그리고 다음 날 관광을 하러 나와서는, 광장 한복판에서 윤서경이 잠깐 휴대폰을 확인하는 사이에 잡상인에게 붙들려 물건을 강매당하고 있었다. 처음엔 경계하더니 점점 정신을 빼앗기다가 결국 샀다. 윤서경은 그 일련의 과정을 흥미롭게 구경했다. 그런 걸 진짜로 사는 사람은 처음 보았기 때문이다.

행운을 가져온다는 물건을 이유온은 아무렇지도 않게 윤서경에게 주려 했다. 어쩌면 그런 물건이 정말 행운을 가져다줄 수도 있겠지. 그럼 그건 자신이 아닌 이유온에게 갔으면 했다. 하지만 그에게 주려 하자 아쉬운 표정을 짓기에, 자신도 결국 그런 물건을 돈을 주고 사는 사람이 되기로 했다.

그제야 밝아지는 얼굴을 보며 그렇게 하기를 잘했다고 생각했다.

깊이 잠든 이유온을 책상 너머로 바라보다가 태블릿으로 시선을 돌렸다. 한국에서 메시지가 도착해 있었다. 성민희가 병원 VIP실에서 6인실로 내려갔다는 소식이었다.

대형 병원의 VIP실은 원한다고 해서 쉽게 입원할 수 있는 자리가 아니었다. 화명그룹의 가족 정도 지위면 지금까지야 당연한 듯 침상이 내어졌겠으나, 이젠 그렇지 못했다. 성민희가 입원한 병원에서는 그녀와 그녀의 가족이 하루 수백에 달하는 입원비를 지불하지 못할 것이며 입원시켜 자신들이 득을 볼 게 없으리라 판단했다.

VIP실은 고사하고 1인실도, 심지어 2인실 금액도……, 그러다 6인실로. 성민희가 정말로 어디가 아픈 것도 아니었으니 아마도 곧 병원에서 아예 나오게 될 것이다. 아직 그 정도 병원비야 감당 못 할 수준이 아니나 성민희의 성격에 여러 사람과 공간을 공유하는 걸 견딜 수 없을 테니.

그들이 살면서 이유온에게 가해 왔던 방식을 그대로 돌려주는 것도 이 정도면 충분했다. 남들 앞에서 창피를 당하게 하고 웃음거리로 만들고 조롱하고. 그걸 위해서는 판을 만드는 쪽도 꽤나 우스워져야 했다. 치졸한 꼴을 만들려면 치졸한 방법을 사용해야 했으니까.

물론 윤서경은 배경을 만들어 줬을 뿐 그들이 당한 일은 그간 그들 자신이 뿌린 씨앗의 열매였으나, 그마저도 꽤 자괴감이 드는 건 어쩔 수 없었다.

여태껏 그런 짓을 하고 살며 즐거워하던 사람들의 사고방식은 역시나 이해하지 못하겠다.

윤서경은 태블릿 위에 떠오른 자료 화면을 보았다.

외국까지 나와 있는 사이에 모든 일을 빠르게 처리해 버리고 싶었다. 성민희의 본가, 제일그룹은 항공사를 가지고 있는 꽤 큰 기업이었다. 이유온과의 첫 번째 결혼 생활을 하던 당시에 그들은 집요할 정도로 윤서경의 정보를 캐내려 했다.

화명의 주력 사업은 식음료, 제일은 항공사와 동아시아, 국내를 중심으로 하는 비즈니스호텔 체인. 양쪽 다 윤서경이 맡은 호텔, F&B, 면세점 사업과 관련이 있었다.

기껏 부경이라는 기회를 잡았으니 그들이 할 수 있는 한 최대로 이용하려 한 것이다. 정보를 빼내는 건 물론이고, 그들은 윤서경에게 불미스러운 일이 일어나기를 바랐다. 극단적으로 가자면 윤서경의 죽음이다. 그러면 윤서경의 재산 일부가 이유온에게 상속된다. 그건 곧 그들 손에 넘어간다는 말이나 마찬가지였다.

그러다 이유온도 시간을 두고 역시 죽기를 바랐다. 자식이 없는 이상 이유온이 윤서경으로부터 상속받은 유산은 부경으로 돌아오는 게 아니라 고스란히 그 가족에게로 넘어갈 테니까.

혹은 이유온만 죽는 것도 괜찮다고 생각했다. 그들이 보내는 약물을 죄다 내버린 윤서경과 달리 이유온은 그걸 꼬박꼬박 먹었다. 그렇게 점점 쇠약해지다 죽으면 책임을 물을 생각이었겠지. 어떤 병이냐에 따라서 낼 수 있는 목소리의 크기야 달랐겠지만, 아들을 잃은 가족이 그 배우자를 원망하는 것이야 일견 낭낭하지 않은가.

이유온의 장례식이 끝나고 돌아와서 그들이 웃으며 했던 말을 윤서경은 잊을 수 없었다. 갖고 싶던 물건이라도 얻은 것처럼 즐거워하던 이유연의 얼굴도.

실상, 알파와 오메가의 관계에서 형제나 자매와 재혼하는 경우가 드물지 않았다. 유전자가 같은 만큼 페로몬이 상당히 비슷한 부분도 있기에 사별한 배우자의 빈자리를 형제나 자매가 채워 주는 것이다. 베타와 베타의 관계였다면 손가락질을 당할 일이었지만, 알파와 오메가라면 대체로 사람들은 납득했다.

그렇게 이유연이 윤서경과 결혼하면 정보를 빼내고, 자신들의 사업에 유리하게 도움을 주도록 하는 건 훨씬 쉬워지리라 믿었을 것이다. 그들이 생각하는 이유연은 지극히 사랑스럽고, 똑똑하고, 처세에 능하니까. 이유온이 하지 못했던 일을 이유연은 해낼 거라 믿어 의심치 않았기에……. 불쑥 구역질이 올라왔다.

화면 안에는 어제부터 터지기 시작한 기사 내용이 표시되어 있었다. 제일그룹, 폐기 비행기 부품 재활용 및 정비사들 상습적 단체 음주 적발.

제일의 회장은 꽤 간사한 사람이었기에 수습할 수 없는 위기라 판단한다면 딸을 모른 체할 수도 있다고 생각했다. 그러나 성민희가 어떤 말로 빌었는지 화명을 도우려 했다. 그럼 먼저 무너뜨리면 그만이었다.

이어 화명. 윤서경의 입김으로 화명이 뒤흔들리고 있다는 건 증권가를 통해서 이미 전부 퍼져 나갔다. 이제 실질적으로 그들을 무너뜨릴 차례였다. 한국 시간으로 내일 오전에 일제히 기사가 나갈 것이다. 화명이 지금까지 전국의 보육원과 취약 계층 아동들에게 무상으로 제공하던 식재료가 전부 유통 기한을 한참 넘긴 폐기용 상품이었다고.

비용을 들여 처리해야 하는 쓰레기를 기부하는 척 내주었다는 뜻이다.

식재료 기부는 화명이 이미지 상승을 위해서 기획하고 진행하던 사업이었다. 이유건의 제안으로 시작된 이후 대대적으로 이 사실을 홍보했고, 보육원 아이들이 자필로 쓴 편지를 이유건이 공개하며 훈훈한 미담이 되기도 했다.

그렇게 온갖 생색을 내며 이미지를 잡았던 만큼 이번 기사는 더욱 치명적일 것이다. 그 후에는 재료 원산지 조작, 포장재 유해물질 검출, 불량 식재료 사용. 식품 회사에 치명적인 이슈가 연달아 터질 예정이었다. 이미 물밑에선 퍼질 대로 퍼진 이야기다.

윤서경은 다시 침대 쪽을 보았다. 어둠 속에서 이유온은 편안하게 자고 있었다. 문득 그가 결혼 생활을 할 때 매일 어떤 기분으로 잠들었을지 생각했다. 방에 들어오지도 못하게 하는, 마주칠 때면 싸늘한 얼굴만 하는 남편과 살면서.

'한 번도 나쁜 일 하고 싶었던 적 없어요.'

이젠 알았다. 이유온은 절대 그렇게 하지 않을 사람이라는 걸. 그때도 알았더라면, 그를 그렇게 비참할 정도로 상처 입히지 않았을 텐데.

그가 보는 앞에서 쓰레기통으로 들어간 음식, 깨진 유리 화병과 버려진 물건. 유일하게 집에 남아 있는 건 꽃이었고 이유온은 점점 다른 것들 대신 꽃만을 준비했다.

꽃은 이유온이 직접 준비한 것이었다. 그러니 그의 가족들은 그를 통해서 윤서경에게 좀처럼 수작을 부리지 못했다는 뜻이었다.

뜻을 거스르는 그를 가족들이 과연 가만히 두었을까. 때리고 닦달한다는 수준을 훨씬 뛰어넘었겠지.

자신을 의심하고 매몰차게 대하기만 하는 사람을 위해 그 폭력을 전부 감내하고, 그런 괴로움에 대해서 단 한 마디도 하지 않고, 그렇다고 곁을 떠나지도 않고…… . 이유온은 어떻게 그럴 수 있었을까.

이따금 그는 기온이 영하로 떨어진 늦은 밤 멍하니 현관을 나서거나, 2층 발코니에 우두커니 서서 정원을 내려다보곤 했다. 또는 무언가를 찾듯이 천장을 올려다보았고, 때론 욕실의 수건걸이나 문고리 따위를 빤히 쳐다보았다. 칼과 가위가 정리되어 있는 주방의 수납장 앞에서 생각에 잠긴 채 서 있기도 했다.

그런 모습을 볼 때, 자신은 그가 무슨 생각을 하는지 아무것도 몰랐고, 뜻 모를 불편함만 느꼈다. 그런 행동을 하는 건 대체로 그가 가족을 만나고 돌아와 윤서경에게 짜증 어린 대우를 받았을 때였다.

지금은 그가 왜 그랬는지 잘 알고 있다. 그는 죽고 싶어 했다. 아마 그 자신도 모르게, 스스로 목숨을 끊고 싶어서 방법과 도구를 찾고 있었다. 옆에서 쳐다보거나 말을 걸어도 모를 정도로 골똘하게, 눈앞에 있는 물건이나 장소가 그 자신을 어떻게 죽음으로 끌고 갈 수 있을지 고민했다. 자신이 그런 생각을 하는 것조차 알지 못한 채로.

지친 나머지 모든 걸 놓아 버리고 싶어 하는 사람에게 뭘 원해서 이러는 거냐고 소리치고 윽박지른 건 다름 아닌 자신이었다. 그때 이유온이 원한 건 딱 한 가지였다. 자신을 돌아봐 줄 사람…… .

스페인으로 오는 비행기 안에서 화명과 관련된 연락을 받고 다시 그가 있는 침실로 돌아가며 새빨갛게 물든 창밖을 보았다. 일출이었다. 그렇게 비행기를 타고 다니면서도 일출을 본 적은 거의 없었다. 새삼 아름다운 광경이라고 생각했다. 괜한 연락이 오지 않았다면 해가 떠오르는 순간도 이유온과 함께 볼 수 있었을 텐데.

다소 아쉬운 기분으로 침실에 들어가자, 이유온은 휴대폰을 내밀었다. 그가 찍어 놓은 일출의 사진이 작은 화면 안에 있었다. 그 순간 어이없게도 눈이 뜨거워질 뻔했다는 걸 그는 모를 것이다.

그는 자신이 선물한 팔찌를 소중하다는 듯이 차고 있었다. 손목이 너무 가늘어서 팔찌는 사이즈를 최대한 줄여 놓은 상태였다. 남아서 나풀거리는 가죽 끈이 그의 몸이 얼마나 약한지 보여 주는 것 같아 가슴이 욱신거렸다.

윤서경은 서둘러 일을 마치고 아침이 다 되어 가는 새벽 침대로 들어가 작고 체온이 조금 낮은 몸을 끌어안곤, 심장이 뛰는 소리를 확인하며 잠들었다.

스페인에서는 일주일 하고 하루를 더 보냈다. 지난번 스튜디오 촬영에서 이유온이 피곤해했던 걸 생각해서 이번엔 며칠로 나누어 진행했다.

날씨를 걱정했으나 겨울의 유럽이라는 걸 믿을 수 없을 만큼 촬영하는 내내 날씨가 좋았고, 마지막 날 흐리다 빗방울이 날리긴 했지만 사진작가가 이건 이것대로 좋다며 회색 조도에 맞춘 연출을 했다. 결과물은 제법 괜찮았다.

출발하기 하루 전날에는 말라가까지 지중해 연안을 따라 드라이브를 하고 돌아왔다. 잠시 바쁜 것쯤 충분히 감수할 수 있는 휴가였다.

한국에 돌아가면 집을 옮기기로 했다. 정확히 말하자면, 두 사람이 여행을 와 있는 동안 새집에 짐을 정리해 두고 바로 그쪽으로 들어가기로 했다. 지금은 인테리어 마무리를 하고 있을 것이다. 그집에 들어가기 전에 이유온에게 묻고 싶은 게 있었다. 유온의 몸 상태를 슬쩍 확인한 윤서경은 산책을 제안했다. 마지막 날이라는 게 아쉬웠는지 그가 곧바로 고개를 끄덕였다.

성 뒷문으로 나가 자작나무 숲으로 향했다. 공들여 꾸며 놓은 숲은 곳곳에 걸린 등 때문에 몽환적인 분위기였다. 호수에서 흘러오는 물안개로 주위가 부옇게 젖어 있어서 더욱.

깨끗하게 정돈한 길을 손을 잡은 채 천천히 걸었다. 호숫가 쪽으로 가까이 가자 바람을 따라 호수의 물이 찰랑이는 소리가 들렸다. 쥐고 있는 손이 서늘했다. 윤서경은 그 손을 더 세게 잡으며 말했다.

"피아노 말인데."

"네."

"새집으로 옮길까요, 아니면 그대로 호텔에 둘까요."

"……."

입을 다문 이유온이 눈을 가만히 내리깔았다가 작은 소리로 대답했다.

"서경 씨가 싫지 않으면……."

"내가요?"

"저, 전에, 도, 치우셨잖아요. 시끄러워서 그러신 줄 알고."

"이번엔 내가 들여놓지 않았습니까."

"그건……. 그, 그땐 예전 기억이 없었으니까."

말이 조금 더듬는 투였다. 긴장하고 만 듯했다. 윤서경은 엄지손가락으로 이유온의 손등을 가만히 쓸었다.

"집에선 거의 치지 않았잖아요."

피아노를 들여놓고 나서 이유온이 그걸 연주하는 모습은 본 적이 없다. 친 흔적조차 거의 없었기에 피아노가 취미라는 말은 거짓말이라고 확신했다. 게다가 그 피아노에서 도청기가 나왔다.

커다란 그랜드 피아노는 눈에 띄지 않도록 물건을 숨기기에 적격이었다. 집에는 피아노 조율사도 한 번 다녀간 적이 없기에 처음 들일 때부터 있었던 게 분명했다. 그래서 이유온의 의사는 물어보지 않고 그대로 치운 뒤 폐기했다.

이유온은 사라진 피아노에 대해 아무 말도 하지 않았다. 않았기 때문에 그가 동조한 일이라고 생각했다. 그저 겁이 나서 물어보지 못했을 뿐이라는 건 모르고.

"싫은 건, 아닌데, 취미가 아니어서……. 잘 치지도 못하고, 거짓말해서 죄송해요."

"죄송할 것 없습니다. 그리고, 잘 치지 못하는 건 뭡니까? 충분히 잘 치던데요."

이유온이 눈을 둥글게 뜨다가 웃었다. 윤서경은 이제 이유온의 표정을 꽤 잘 읽게 되었다. 이건 고맙긴 하지만 조금도 진심으로 받아들이지 않고 있는 표정이었다. 예의상 하는 말로 생각하는 것이다. '정말로 칭찬하는 건 아니지만 나를 생각해서 그렇게 말해준다'라고.

"정말이에요. 당신 형보다 훨씬 낫다고 말하지 않았습니까."

그러자 이유온이 난감하다는 표정을 지었다.

"그런 말은 처음 들어요."

"……."

이번엔 윤서경이 잠시 말문이 막혔다. 정말로, 돌아간 시간을 포함해 25, 6년을 사는 동안 단 한 번도? 호텔에 피아노를 들여놓았을 때도 형이 자신보다 잘 친다고 하긴 했지만.

하기야……. 이유온이 말한 건 아니지만 중학교, 고등학교에 다닐 때는 학교 안에서 고립되어 있었고 대학교에 가서 겨우 생긴 친구는 이유건의 수작 때문에 멀어졌다고 했다. 이유온에게 그를 편들어 주는 사람이 생기는 걸 그 가족들은 기를 쓰고 막았다.

"당신이 당신 형보다 훨씬 더 잘 칩니다. 내 말을 곧 믿게 될 거예요."

그러나 이번에도 이유온은 어색한 얼굴을 하다가, 집에 피아노를 들여놓는 건 좋다는 쪽으로 말을 돌렸다.

"레슨도 받겠어요? 괜찮은 선생님을 구해 줄까요?"

"아, 아니에요, 그렇게까진……."

"필요하면 언제든 말해요."

다시 고개를 끄덕이는 이유온 앞에 멈춰 섰다. 그가 갸웃하며 자신을 올려다보았다. 부드럽게 뒤로 물자 두 걸음 정도 뒷걸음

질한 그가 자작나무에 등을 대며 서게 되었다.

올려다보는 얼굴에 입을 맞췄다. 이유온은 조금 놀라는 듯하다가, 곧 자작나무에 두 손을 짚은 채로 입맞춤을 받아들였다. 머리 바로 위에는 등불이 걸려 있었다. 높게 뻗은 자작나무 사이로 쏟아질 듯한 별이 반짝이고 물기 어린 바람이 불었다. 윤서경은 여전히 나무를 짚고 있는 차가운 두 손을 쥐었다.

맞닿은 입술과 손을 통하여 서로의 체온이 솔직한 속삭임처럼 조용히 오갔다.

* * *

비행기에 오를 때까지 잠이 모자라서 꾸벅꾸벅 졸던 이유온은 출발하자마자 침대에 파묻혀 잠들어, 창 아래로 한국이 보일 때쯤에야 깨어났다. 그에게 가벼운 식사를 먹인 뒤 윤서경은 그의 맞은편에 앉았다. 이유온에게 먼저 설명을 해 두는 편이 나았다.

"유온 씨, 당신 집에 문제가 조금 생겼어요."

"집이요……? 부모님이랑 형들이요?"

그가 고개를 갸웃했다. 어떤 식으로 이야기해야 할까. 사실 조금 문제가 생겼다는 말로는 설명이 어려웠다. 성민희와 이유연은 실종 상태, 이중권과 이유건은 구속 수사 중이었다.

"회사에 안 좋은 일이 있었습니다. 식품 회사로서는 치명적인 일이라 경영자들이 조사를 받는 건 어쩔 수 없었어요. 어머니랑 작은형은 사태가 수습될 때까지 잠시 집을 떠나 있고요. 언론에서는 실종 상태라고 할 텐데, 크게 걱정하지 않아도 괜찮습니다."

윤서경이 말을 하는 도중에 이유온은 들고 있던 물병을 떨어뜨렸다. 놀라서 아무런 말도 하지 못하고 입만 벌린 채였다. 가족들이 경찰 조사를 받거나 실종 상태라는 말에 이런 반응을 보이지 않을 사람이 누가 있을까. 특히 이유온 같은 사람은.

이유온과 그 가족의 관계는 건강하지 못했다. 학대하고 학대를 당해 왔으나, 일방적으로 괴롭히기만 한 게 아니라 이따금 애정으로 가장한 감정을 주었다. 그게 이유온을 얽맸다.

불안한 얼굴을 하는 그의 머리를 쓸었다.

"구속 수사는 금방 끝날 겁니다. 실종도 말이 그렇지, 잠시 눈에 안 띄는 곳에 머물고 있을 뿐이고요. 위치도 내가 파악하고 있어요. 금방 끝날 테니 걱정하지 말아요."

물론 끝나는 방향은 그들에게 좋지 못할 것이나······.

한국에 가서 다른 경로를 통해 들으면 너무 놀랄 것 같아 미리 말한 건데도 이유온은 내내 안절부절못했다.

사실 뉴스가 터질 때 윤서경은 한국에 있는 편이 나았다. 일단은 그들과 인척 관계로 묶여 있으니까, 불필요하게 자리를 비우면 여기저기에 괜한 먹잇감을 던져 줄 여지가 있었다.

그럼에도 굳이 스페인으로 떠난 건 이유온의 귀에 괜한 소식이 들어가 그를 심란하게 하지 않기 위해서였다. 성민희가 길바닥에서 쓰러졌다는 말은 뉴스를 다 막아도 어딘가에 흘러들듯 이야기가 들릴지도 몰랐다. 이유온은 당연히 그걸 듣고 어찌할 바를 모를 게 분명했다.

어차피 본격적으로 뉴스를 터뜨릴 생각이었다. 그렇다면 차라리 빨리 이유온을 스페인으로 데리고 가서 다른 소식을 들을 여지를 차단한 뒤 한 번에 터뜨리고 사태를 수습하는 게 나았다.

화명에 대한 기사가 나오면 필연적으로 그들과 이유온의 관계에 대해 온갖 추측이 난무한다. 이유온이 모르게 그걸 전부 덮을 생각이었다. 일주일이면 시간은 충분했다.

이유온에게 잠시만 혼자 있으라고 말한 뒤 거실로 향했다. 여행 내내 눈에 띄지 않는 곳에서 동행하고 있었던 이한영이 책상 옆에 서 있었다.

"보도용 정보는 이대로 진행할까요?"

이한영의 물음에 윤서경은 서류를 확인했다. 빠르게 읽어 내려간 내용 안에서 몇 가지를 체크해 다시 이한영에게 내밀었다.

"이건 수정해. 화명이랑 이유온은 어디까지나 '사이가 조금 나쁜 가족'이어야 해. 약혼한 후로 그쪽이 반복해서 거액을 요구했다는 쪽에만 집중시켜."

"알겠습니다."

화명과 이유온의 관계가 안 좋다는 말은 이미 퍼졌다. 하지만 그 이유에 이유온이 가족들에게서 지속적인 폭력을 당했다는 말은, 절대로 어디에도 새어 나가지 않게 할 생각이었다. 그가 어떤 식으로 폭력을 당했는지 틀림없이 누군가는 소비하려 들 것이다. 그의 형이 알파인 만큼 더욱. 흥미를 위해 사람을 물어뜯는 이빨에 이유온을 노출시킬 마음은 없었다.

연애 결혼한 아들에게서 돈을 갈취하려 한 가족으로 충분하다.

그러다 회사의 부정이 잇따라 드러나면서 스스로 무너졌다. 이런 면에서는 그들이 이유온에게 회사 일에 조금도 관여하지 못하게 한 게 다행이었다. 그는 사람들이 이름도 모르는 행사나 파티에 잠깐씩 불려가 구석에 서 있다 오는 게 전부였기에 화명이 저지른 도덕적 문제에서 완전히 자유로울 수 있었다.

곧 비행기가 착륙 태세에 들어갔다. 윤서경은 재차 공항에 내려서 새집으로 들어갈 때까지 누구에게도 이유온의 모습이 드러나지 않도록 하라고 지시했다.

* * *

그들이 무언가 잘못되었음을 느낀 건 병원에 입원한 다음 날이었다. 상세 불명의 어지럼증 따위의 병명을 억지로 붙여 VIP실의 침대를 차지하고 누웠으나, 와야 할 연락이 오지 않았다.

분명 쓰러지는 장면을 녹화해 각 언론사에 보내고 인터넷에도 퍼뜨리도록 했다. 하지만 세상은 생각보다 화명이라는 회사의 안주인이 실신하는 모습에 관심을 가지지 않았다. TV를 하루 종일 틀어 두었지만 어느 한 곳 그 소식이 흘러나오는 곳이 없었다.

얼굴조차 안 내미는 배은망덕한 아들을 기다리길 하루. 그렇게 하면 이유온이 나타나기라도 한다는 듯 정말 찾아온 손님이 없는지 간호사를 무섭게 닦달했으나 결국 아무도 오지 않았다.

이럴 리 없었다. 이유온은 가족들에게 약했다. 우선 모두를 무서워했고, 순종적이었고, 조금만 정을 주면 꼬리를 흔들었다. 또 가족 중 누군가가, 특히 성민희가 아프다고 하면 걱정에 어쩔 줄 모르며 약이며 먹을 것 따위를 사 들고 알짱거렸다. 그런데 이렇게까지 감감무소식이라니. 이상한 일이었다.

소식이 전해지면 이유온은 무슨 일이 있어도 찾아오거나 최소한 전화를 할 터였다. 만나기만 하면, 직접 이야기할 기회만 생기면 그 아이를 붙잡아 둘 수 있는데, 만나질 못하고 있는 것이다.

윤서경이 아무래도 모든 정보를 차단하고 있는 듯했다. 실제로 이유온에게 메시지 한 통 넣지 못해서 이런 방법까지 사용했다. 왜 그가 이렇게까지 한단 말인가? 게다가 이건 명백하게 월권이었다. 이유온은 화명의, 이씨 집안의 사람이었다. 아직 결혼식을 올린 것도 아니고, 올렸다 하더라도 이유온이 이씨라는 건 변하지 않는다.

성민희는 아픈 머리를 부여잡았다. 그러나 일은 거기서 끝나지 않았다. 간호사가 슥 얼굴을 내밀더니, VIP실에 중요한 환자가 들어올 예정이니까 병상을 비워 달라고 말했다.

곁에 있던 이유연이 곧바로 무슨 소리냐고 따졌으나 이중권도 이유건도 일이 있어서 자리를 비운 상태였다.

거부를 예상이라도 한 것처럼 간호사는 뒤로 쏙 물러나더니 원무과장과 험악하게 생긴 병원 시큐리티를 불렀다. 무슨, 병원에서 난동이라도 부리려는 사람 취급이었다.

화가 치밀었지만 그 앞에서 버틸 수도 없는 노릇이라 끌려가다시피 내려가야 했다. 게다가 1인실도 2인실도 자리가 없으니 6인실로 들어가라고 하는 게 아닌가.

6인실이라니, 성민희도 이유연도 발을 들이리라 생각해 본 적이 없는 공간이었다. 병문안으로도 가 본 적 없는 곳에 입원이라니.

병원에 있는 것치고 많은 짐을 가지고 6인실로 들어서자 간호사는 흘끗 두 사람을 보곤 인사도 없이 다른 침상들을 한 번 돌며 불편한 건 없는지 묻고 사라졌다.

어이가 없었다. VIP실에 있을 땐 따갑게 훈계를 해도 아무 말도 못 하던 게. 고개를 돌리자 수다를 떨고 있던 환자들이 한순간 조용해졌다가, 목소리를 낮추며 다시 이야기를 시작했다. 두 사람은 혹시나 자기들 이야기가 아닌지 귀를 기울였지만 틀어놓은 TV 소리에 묻혀 내용까지는 들리지 않았다.

TV에서는 유치한 연속극이 계속해서 흘러나왔다. 참다못한 이유연이 가서 TV를 꺼 달라고 말하자, 다들 보고 있어서 안 된다는 대답이 돌아왔다. 대답하는 누군가의 목소리는 날이 서지도 공격적이지도 않았으나, 이유연은 당연하다는 듯이 짜증을 냈다. 리모컨이 있었다면 그냥 꺼 버렸을 텐데 누가 가지고 있는 건지 보이지 않았다.

돌아선 이유연이 성민희가 있는 침대로 돌아오자, 모여 있던 이들은 쯧쯧 혀를 차며 저들끼리 떠들었다. TV가 한순간 조용해진 틈에 젊은 사람이 참 쌀쌀맞다는 말이 들렸다. 이유연은 짜증스럽게 침대 커튼을 쳐 버렸다.

"아빠는? 계속 전화 안 받아요?"

성민희가 한숨을 내쉬었다. VIP실에서 내려오면서 계속 전화를 걸고 있지만 이중권도, 이유건도 전화를 받지 않았다. 침상 머리맡에 통화를 자제해 달라는 표시가 붙어 있었으나 둘 다 그런 건 안중에도 없었다.

이런 곳에서는 아무것도 할 수 없었다. 성민희는 10여만 원짜리 비타민 수액이 매달린 링거 거치대를 끌고 이유연과 함께 힘없이 산책로로 나왔다.

"엄마, 윤 대표가 왜 그러는 거야? 엄마는 짐작 가는 거 있어요?"

"글쎄다. 그런 사람 생각을 어떻게 짐작하겠니."

모자는 윤서경이 이해할 수 없는 큰 잘못이라도 저지르고 있다는 듯이 말했다. 이들은 인정하고 싶지 않았다. 인정할 수 없는 일이었다.

평생 자신들의 발밑에 있으면서 편리하게 사용할 거라 생각했던, 자신들보다 열등한, 모자란, 태생이 다른 사람이, 어떻게.

윤서경과 이유온이 웨딩 촬영 스튜디오에서 나오는 사진을 보았을 때 이유연은 휴대폰을 부수고 싶을 만큼 화가 났다. 꼴 같지 않게 웃고 있는 얼굴을 보자 속이 뒤틀렸다. 어쩌다 운이 좋아 어울리지도 않는 자리에 서서는, 그게 제 자리라도 된다는 것처럼 고개를 들고 있었다.

말도 안 되는 일이었다. 그건 이유연이 있어야 할 곳이었다. 자리를 빼앗은 이유온은 그렇게 즐겁고 행복한 얼굴을 해선 안 되었다.

상견례 자리에서 윤서경이 다짜고짜 그를 데리고 간 이후로 울화는 쌓이고 쌓였다. 그러나 어떤 방법을 써도 그것을 해소할 길이 없어서 가족은 모두가 같은 생각을 하고 있었다. 이 모든 일의 화근이 사라져 버리면 좋겠다고.

"지금쯤 실컷 우리 비웃고 있겠죠? 윤 대표가 예뻐하는 것 같으니까 혼자 신나서 잘난 척하면서……, 엄마, 지금까지 안 좋은 일 있었던 것도 다 걔가 윤 대표한테 살랑거리면서 부탁한 거 아냐?"

"그래. 워낙 옛날부터 속을 모를 애였으니까."

세상 모든 사람들이 자신들과 같은 사고를 가졌으리라고 그들은 생각했다.

다시 그 병실로 돌아갈 생각을 하니 머리가 아파졌다. 하지만 언제까지고 산책로를 서성거릴 수는 없었다. 한숨과 함께 돌아가려 하는데 뒤에서 익숙한 목소리가 두 사람을 불렀다.

"어머니, 유연아."

이유건이었다. 이유연이 반가운 얼굴로 얼른 뛰어갔다.

"형! 어디 갔었어? 전화도 안 받고."

"볼일이 좀 있어서. 회사 이제 괜찮아. 투자자 찾았어. 대출도 연장될 거고. 그런데 둘 다 얼굴이 왜 그래. 어머니, 무슨 일 있었어요?"

이유연이 울상을 한 채 무슨 일이 있었는지 털어놓았다. 간호사가 자신들을 질질 끌고 갔다느니, 6인실의 다른 환자들이 모여서 수군거리며 비웃었다느니, 지어내고 부풀린 소리였으나 이유건은 심각하게 얼굴을 찌푸렸다.

"일단 병실부터 다시 옮기자. 가서 짐 챙기고 있어. 원무과 다녀올 테니까."

"응!"

이유건은 불편한 얼굴로 원무과로 향했다. 그러나 그렇게 찾아간 원무과에서 그는 더더욱 굳어져야 했다.

"정지된 카드네요."

"……그럴 리 없는데요."

"다른 카드 없으신가요?"

다른 카드야 여러 장 있었다. 그러나 무엇을 내밀어도 전부 사용할 수 없었다. 이 정도면 결제 시스템에 문제가 있는 것이다. 해서 방금 다른 사람이 결제를 마치고 간 창구로 갔으나 마찬가지였다.

결국 지갑에 있던 수표로 지금까지의 병원비 840만 원을 수납했다.

"그리고 병실이 6인실로 이동이 되었던데, 착오가 있었습니까? VIP실로 다시 이동하고 싶은데요."

"죄송하지만 빈 병상이 없어서요. 2인실은 가능할 것 같지만 나머지 병원비는 지금 선납하셔야 하는데, 어떻게 할까요?"

"……."

얼굴이 벌게졌다. 지갑에 있던 돈은 100만 원짜리 수표 9장이 전부였다. 2인실이라도 대학병원에 2, 3주 정도 입원해 있으려면 적어도 천만 원은 필요했다. 무슨 이유에서인지 카드를 사용할 수 없다. 저번에 한 번 그랬을 때도 금방 풀어졌는데……. 문제는 지금 당장이다.

"……일단 퇴원하죠."

돈이 없어서 무언가를 하지 못하는 건 태어나서 처음 겪는 수모였다. 이유건은 짐짓 선택지가 있었던 척, 아무렇지도 않은 듯이 말했다.

✳ ✳ ✳

"이거, 선물."

유온은 스페인에서 사 온 포트와인과 과자를 내밀었다. 정인호가 눈을 둥글게 뜨며 쇼핑백을 받고는 머리를 긁적였다.

"뭐 이런 걸 다 사 왔냐."

말은 그렇게 하지만 싫은 기색이 아니었다.

스페인에서 돌아와 새집으로 이사한 지 닷새. 유온은 오랜만에 외출했다. 오전에는 정인호를 만나고, 그와 헤어진 후에 병원에 갈 예정이었다.

"스페인은 재미있었어?"

"응…… . 예쁜 것도 많았고, 사진도 잘 찍었어."

"나중에 보여 줘."

유온이 고개를 끄덕였다. 이번 웨딩 촬영에서 찍은 사진은 스스로 보기에 조금 괜찮았다. 적어도 남에게 보여 주는 게 못 견디게 부끄러운 수준은 아니었다.

정인호도 세비야와 톨레도에 가 본 적이 있어서 스페인 이야기를 한참 했다. 또 스페인이 마음에 들었다면 포르투갈도 좋을 거라는 말에 궁금해지기도 했다. 언젠가 윤서경이 시간이 날 때 같이 가 보고 싶다는 생각이 들었다.

그날 정인호가 갑자기 찾아왔던 이후 직접 만나는 건 처음인데, 계속 메신저를 나누고 오늘은 공통의 화제도 있었던 덕분인지 더듬는 일도 없이 대화가 매끄럽게 이루어졌다. 병원 예약 시간보다 서너 시간 빠르게 만났고, 그 전에 일찌감치 헤어질 줄 알았더니 이야기는 의외로 길어졌다.

"3시까지 가야 한다고 했지?"

정인호가 시계를 확인했다. 2시 30분이었다. 병원까진 여기서 10분 정도 걸리니 슬슬 일어날 준비를 해야 했다. 잠시 대화가 끊어지고, 정인호가 찻잔을 만지작거렸다. 왜인지 갑자기 무거워진 분위기에 유온이 고개를 갸웃하자, 정인호가 한숨을 쉬더니 무거운 입을 열었다.

"전에 내가 말했지. 그때 무슨 일이 있었는지는 나중에 말해 주겠다고."

"⋯⋯응."

유온은 저도 모르게 긴장했다.

"그때 내가 어느 재단에서 장학금을 받기로 했는데. 이거 알고 있었어?"

"아니⋯⋯."

"그래. 어쨌든 학비에 생활비까지 나오는 장학금이었어. 그때는 내가 집이 많이 어려웠거든. 근데 갑자기 장학금이 취소되었다는 거야. 여기저기 문의하고 있는데 네가 문자를 보냈더라. 너 며칠 학교 안 나오던 때였어."

대학에 다닐 때 며칠 학교에 못 간 적은 많았다. 대부분 이유건에게 맞아서 일어나지 못했을 때였다. 하지만, 정인호의 장학금 이야기는 처음 들었다.

"무슨 문자?"

"네가 학비랑 생활비 줄 테니까 장학금은 더 불쌍한 사람한테 양보하자고."

"뭐?"

"내용은 그랬어도 네 번호로 온 문자고, 말투도 너랑 똑같았어."

무슨……. 그런 문자는 보낸 적이 없었다. 남에게 그런 말을 한다는 것도 생각조차 해 보지 않은 일이다. 애초에 정인호가 장학금을 받는다는 사실도 알지 못했다.

"그리고……. 뭐라고 했더라. 어쨌든 친구 사이에 내 형편이 어려우니까 도와주겠다는 투였는데, 솔직히 별로 듣기 좋은 말이 아니었어. 전화로 이야기하려고 걸어 봐도 안 받았고."

정인호가 자신에게 싸늘한 말을 뱉고 사라진 건 갑작스러웠다. 겨우 걸어 다닐 정도로 몸이 회복되어 학교에 갔을 때, 얼굴을 보자마자 그랬기에 유온은 막연히 자신이 무언가 잘못했는데, 한동안 연락까지 안 되니 그런 것이라 생각했다. 학교를 쉬는 동안 정인호에게 그런 연락을 한 기억은 당연히 없었다.

"네 얼굴 보고 한 번 물어보기라도 하면 좋았을걸."

"……."

유온은 고개를 숙였다. 그가 물어봐 주기라도 했다면……. 하지만 대답했다고 믿어 줬을까. 자신의 번호로 문자가 갔는데, 말투까지 비슷했는데 자신이 보낸 게 아니었다고 말한다고 해서 누가 쉽게 믿을 수 있을까.

어떻게 된 일인 건지 생각했다. 누군가 자신을 흉내 내서 보낸 거라면 목적은 그에게서 유온을 멀어지게 하는 것이었다.

오래된 진실에 유온은 아무런 말도 하지 못했다. 자신이 보낸 건 아니니 자신의 휴대폰을 만질 수 있는 다른 누군가가 보냈겠지. 그런 짓을 할 만한 사람은 하나뿐이었다. 큰형.

그때 휴대폰은 형이 가지고 있었다. 형은 항상 자신이 대학에 다니는 걸 못마땅하게 생각했고. 그렇다고 해서 설마 그렇게까지.

'설마'일까?

병원에 갈 시간이 다 되어 일어나면서 정인호에게 인사할 때 뭐라 설명하긴 어려운 어색한 기분이 들었다. 처음 정인호가 사과한 순간 부터 지금까지, 분명 그의 행동이 고마웠으나 잔가시 같은 따끔함이 마음 어딘가를 희미하게 찌르는 것 같았다. 단순히 정인호에게 강한 거절을 당한 순간의 충격이 남아 있는 건지도 몰랐다.

생각에 잠긴 채 병원으로 향했다. 이제 의사는 집으로 찾아오지 않고, 유온이 직접 병원에 가서 진료를 받는다. 지난주부터 그렇게 하고 있었다.

진료실에 들어가자 의사가 반가운 얼굴로 유온을 맞이했다.

"좀 어땠어요?"

"음…… 좋았어요."

사실 의사의 어땠냐는 질문에는 이것밖에 할 대답이 없었다. 그러나 문득 정인호와의 대화가 떠올랐다. 그때 학교에 가지 못하는 동안 유온은 대부분 창고에 있었다. 이유건은 유온이 학교에 가는 걸 싫어했고, 늘 자퇴를 종용했다. 너도 뭐든 할 수 있다는 걸 보여 주려는 목적이었다면 합격한 것만으로 충분하다는 말과 함께.

유온이 공부를 하고 학교에 간 건 그 이유만이 아니었다. 당연히 가족들에게 칭찬을 받고 싶었던 것도 있었지만 대학 자체에 다니고 싶었다. 어째서 형이 그렇게까지 학교를 싫어했던 건지 알 수 없다.

창고에 있는 동안 당연히 휴대폰을 볼 틈 같은 건 없었다. 그동안 이유건은 유온의 휴대폰으로 정인호와 연락을 했던 듯했다. 정인호가 곧바로 정이 떨어져 떠나가 버릴 내용으로.

윤서경에게서 가족들이 실종되었다는 소식을 듣고 며칠이 지났다. 그는 형과 아버지는 구속 수사 중이고, 어머니와 작은형은 조용한 곳에 있다는 소식만 알려 준 뒤로 조용했다. 상황이 바뀌면 바로 알려 주겠다는 말을 들은 게 마지막이다.

비행기 안에서 처음 그 이야기를 들었을 땐 충격을 받아 아무런 말도 하지 못했다. 다만 윤서경의 말을 생각하며 진정했다. 별일 없을 거라고. 그날 이후 그에게서 더 들은 건 없었으나, 유온은 먼저 뉴스를 찾아보거나 어떻게 되어 가는지 묻지 못했다.

윤서경이 알려 주지 않을 것 같아서, 또는 묻기 어려워서는 아니었다. 물론 그 탓도 없는 건 아니었으나 그보다…… 알고 싶지 않았다.

가족들에 대해서, 그들이 어떤 상황에 처해 있는지. 무슨 일이 일어나는 건지. 그냥 모르는 척 있고 싶었다.

거리란 신기한 것이었다. 가족들과 함께 살 때는 그렇게 부모님과 형들의 눈치를 보고, 그들의 기분을 신경 쓰고, 혼나거나 실망시키는 것이 두려웠는데, 지금은 담담하기까지 했다. 눈에서 멀어지면 마음도 멀어진다는 건 굳이 좋은 감정일 때만 하는 이야기가 아닌 모양이었다. 손발을 꽁꽁 묶고 있던 줄이 풀린 느낌이다.

그러던 중에 정인호에게서 대학 때 이야기를 듣자 한층 더 기분이 이상했다. 그의 말에 의문과 함께 그때 있었던 일들이 떠오르고, 그것이 시작이 되어 가족들에 대한 기억이 잇따라 불이 피어오르듯 떠올랐다. 얻어맞고, 매몰찬 무시를 당하고, 차갑게 다루어졌던 수많은 기억들.

……왜였을까?

가족들은, 자신이 뭐라고 그렇게까지 했을까.

"저는……."

안 들리지 않을까 싶을 만큼 작은 소리로 말을 꺼냈다. 의사는 계속 말해 보라고 하듯이 유온 쪽으로 몸을 기울였다.

"친구가 말해 줬는데, 형이, 옛날에 제 휴대폰으로 친구한테, 연락을 했다는 것 같아요……. 아, 안 좋은 내용으로요. 그 친구는 그것 때문에 저한테 화가 나서, 그 후로 저를 안 봤고, 어, 얼마 전부터 다시 만나기 시작한 건데. 그때 그런 일이 있었다는 말을 들었어요……."

갑작스럽고 두서없는 말이었으나 의사는 이미 유온과 가족들 사이에 있었던 일을 잘 알고 있다. 대강 앞뒤의 내용도 짐작했는지 그가 고개를 끄덕였다.

"친구가 한 말을 믿을 수 없다는 뜻인가요?"

"……그건 아니에요. 하지만, 뭔가……, 잘 모르겠어요. 형이 왜 그랬는지. 왜."

그렇게까지 했는지. 의사는 다시 가만히 유온을 보았다.

"제가 보기엔, 유온 씨는 이미 이유를 알고 있는 것 같아요."

유온이 시선을 들었다.

"다만 그 이유를 믿지 못하는 건 아닐까요?"

"……."

의사의 말이 가슴을 차갑게 누르는 것 같았다.

그 이유. 지금까지 외면하던 사실. 가족들은 자신에게 차갑다. 그건 자신이 못나서였다. 늘 잘못하고, 모자라고, 가족들이 원하는 만큼 해내지 못하니까. 그렇게 생각하며 더 자신을 탓했고 가족들의 틈에 들어가고 싶어 했다. 하지만 왜일까. 왜 그렇게 해도 안 될 만큼, 그렇게까지 자신을,

싫어할까.

언제나 그건 자신이 부족하기 때문이라고 생각했다. 스스로에게 되뇌었다. 그들의 마음을 충족하지 못해서라고. 열심히 하면 인정해 주고 사랑해 줄 거라고. 그러나 그렇지 않았다.

왜 가족들이 자신에게 그렇게까지 하는지, 사실은…… 믿고 싶지 않고, 인정하고 싶지 않았을 뿐, 알고 있었다. 가족들은 자신을 싫어했다. 자신이 무엇을 해도 가족들은 자신을 돌아봐 주지 않을 것이다. 유온은 이미 진작 그 사실을 깨달았다.

평범하고 화목한 가정이 어떤 형태인지 유온은 잘 안다. 바로 자신의 가족들이었다.

자신을 제외한 가족들.

자신은 가족의 예쁜 액자 밖에 있는 존재였다.

"유온 씨."

생각에 잠긴 유온을 의사가 불렀다. 그는 모니터에서 아예 시선을

뗀 채 유온을 쳐다보고 있었다.

"예전처럼 가족들이 유온 씨를 좋아하지 않는다는 사실이 중요하고 괴로운가요?"

"……."

유온은 의사를 마주 보다가 천천히 고개를 가로저었다.

가족들이 자신을 싫어한다는 사실을 지금이나마 인정한 건, 그걸 인정하는 게 예전만큼 고통스럽지 않았기 때문이다. 자신을 사랑해 주지 않으리라 확신한 것과 싫어한다는 걸 인정하는 일은 달랐다. 확신은 체념과 슬픔으로 받아들일 수 있었지만 인정에는 용기가 필요했다.

"가족들을 이해할 수 있나요?"

이해. 유온은 이번에도 고개를 저었다. 아는 것과 이해하는 것 또한 달랐다.

"그럼 이해하지 마세요. 답이 나오지 않을 문제니까요."

명쾌한 대답이었다. 조금 당황스러웠다. 이해하지 말라니. 하지만 답이 나오지 않으리라는 사실은 스스로도 잘 알고 있었다. 그들은 변하지 않고 변하고자 하는 의지도 없다. 자신 한 사람을 그토록 미워하는 건 확실히 이상한 일이었다.

이해하지 말아야 할, 답이 나오지 않는 문제.

그동안 자신은 얼마나 가족을 이해하기 위해 애썼던가. 그 이해가 되지 않아 지금까지 헤맸던 건지도 몰랐다. 이해란 곧 정신적인 만남이고 연결점이었다. 서로를 알아 가며 긴 길을 걷다가 마침내 마주치는 순간이다.

그러나 유온은 가족을 향해 걷고 있다고 생각하던 그 길을, 사실 가족들은 이미 멀리 떨어져 유온과 반대 방향으로 걸어가고 있었다. 한 번 돌아볼 생각도 하지 않고.

"가족 말고 다른 사람을 생각해 볼까요. 새로 사람을 많이 사귀고 있다고 했죠? 그 사람들은 어때요?"

"아, 다……, 좋은 사람들이에요. 잘해 주고."

최근 다시 만나게 된 정인호나, 이정윤과 성한영이나, 아직 좁은 인간관계였지만 그들은 모두 친절하고 다정했다. 함께 이야기를 나눠도 한 번도 유온을 부정하는 말을 한 적이 없었다. 물론 그런 인연을 자신이 먼저 찾아내 이어진 건 아니었으나, 최소한 그들과 평범한 관계를 맺고 있다는 사실만은 알 수 있었다.

그들은 자신을 때리지도 모욕하지도 않고 사소한 일에도 칭찬을 해 주었다. 윤서경이 아닌 사람이 자신을 그렇게 배려해 주는 건 처음이었다. 여전히 그들이 혹시 제 말에 심기가 상하지 않을까, 속으로 화를 참고 있는 건 아닐까 걱정이 된다. 하지만 적어도 그것 때문에 자신을 때리진 않을 것이다.

"오늘 친구랑 만나고 온 건 어땠어요?"

유온은 상담실에 들어올 때 자신의 표정이 분명 어두웠으리라는 걸 자각하고 손끝으로 뺨을 만지작거렸다.

"인호, 친구랑 무슨 일이 있었던 건 아니에요. 그냥 그 얘기를 듣는 바람에 조금 놀라서……."

"그럼 다행이네요. 아는 사람의 범위가 넓어지는 건 좋은 일이에요. 사람을 만나는 이상 즐거운 일만 있지는 않겠지만, 사실 그런 것도 건강한 관계의 일부니까요. 보통 사람들은 당신이 인지도 못하는 실수 하나를 했다고 해서 당신을 죽을 만큼 미워하지 않아요."

"……."

"그럼 다시 가족 이야기를 좀 해 볼게요. 지금 유온 씨는 가족을 어떻게 생각해요? 애써 이해해야 한다는 생각이 드나요?"

"이해를……, 아니요, 사실, 솔직히 말하면, 생각하고 싶지 않아요."

이해는 고사하고 가족을 떠올리는 것도 싫었다. 하지만 자꾸만 생각이 나고 만다. 그렇게 가족에게서 도피하려 하는 스스로의 모습이 옳은가, 가족들이 항상 말한 것처럼 나약하고 이기적이어서 그러는 걸까, 그런 비관이 따라왔다.

"말씀드렸다시피 굳이 이해할 필요가 없어요. 당신의 힘으로 해결할 수도 없고요. 사람을 치료할 수는 있어도 바꿀 수는 없거든요. 그렇다고 가족 문제를 당장 털어 버리라는 것도 아니에요. 그렇게 잘라내듯 털 수 있다면 아무도 여기에 오지 않겠죠?"

"……."

"천천히 생각하기로 해요. 생각하지 말라고 하면 더 떠오르겠지만, 너무 깊게 들어가서 파묻히지는 않도록 합시다. 생각이 너무 길어진다 싶으면 정신이 분산되는 다른 일을 하거나, 사람을 만나세요. 알겠죠?"

유온은 고개를 끄덕였다. 의사가 흘끗 심플한 디자인의 시계를 보곤 말했다.

"시간이 거의 끝나 가네요. 대표님이 지금 바깥에 와 있다고 하는데, 오늘은 일찍 마칠까요?"

"아……, 네."

대답하는 목소리에 반가움이 담겼다.

유온은 예전처럼 가족의 테두리 안으로 들어가길 간절하게 바라지 않았다. 오로지 이 세상에 가족들만이 자신을 인정하고 받아들여 줄 수 있는, 가족에게 인정받는 것 말곤 아무런 가치가 없는 사람이 아닐지도 모른다고 생각했다. 왜냐하면…….

약 처방을 받은 뒤 진료실에서 나오자 윤서경이 기다리고 있었다. 오늘은 짙은 회색 정장에 그보다 옅은 색의 코트 차림이었다. 유온은 그의 얼굴을 보자마자 뛰다시피 해서 품에 안겼다. 몸을 기대자 윤서경은 곧바로 두 팔을 들어서 유온을 끌어안고, 머리카락에 입을 맞췄다.

왜냐하면, 윤서경이 자신을 데리러 오기 때문에.

병원에 오는 동안 많은 생각을 했다. 전부 어둡고 무거운 생각이었다. 그게 윤서경의 체향을 맡자 스르르 흩어지는 것 같았다.

"서경 씨……."

"네."

대답하는 목소리는 낮은데도 상냥했다. 유온은 그의 품에 안겨서 한참 체향을 맡은 후에야 움직였다. 그 사이 말없이 유온을 안고 있던 윤서경은 이한영을 먼저 보내고 직접 운전석에 앉았다.

지하 주차장에서 나오며 보자 창밖이 생각보다 밝았다. 아직 5시도 안 된 시간이긴 했어도, 해가 슬슬 길어지는 게 느껴졌다.

"오늘은 선생님이랑 무슨 이야기 했습니까?"

"……."

드물게 윤서경이 의사와 한 대화 내용을 물었다. 상담이 끝날 때쯤 데리러 오는 일은 많았지만, 도중에 도착해 일찍 마치자고 하는 경우는 드물었다. 상담이 어떤 내용인지 묻는 일도. 어쩌면 정인호가 그런 말을 한 걸 이미 알고 신경을 쓰는 건지도 몰랐다. 유온은 조금 더듬거리며 오늘 있었던 일을 이야기했다.

알고 있을 거란 생각이 들긴 했지만 정인호가 한 말부터 먼저 꺼냈다. 거기서 가족이 자신을 어떻게 대해 왔는지, 그에 대해 의사가 뭐라고 말했는지, 천천히 말하는 동안 불안과 닮은 어두운 감정이 다시 거미줄처럼 올라와 가슴을 덮었다. 가족을 이런 식으로 말해도 되는지에 대한 혼란과 죄의식이 머릿속을 어지럽혔다.

"……그리고 오늘은 일찍 끝났어요."

윤서경이 오기 전 했던 이야기까지 다 한 후 말을 마무리하자, 윤서경은 룸미러를 통해서 유온을 보았다.

"다 이야기한 겁니까? 아직 할 말이 남은 것 같은데."

"아……."

아니에요, 하고 유온은 고개를 저었다. 하지만 윤서경은 시선을 돌리지 않았다.

"말해 봐요."

"……."

"어서요."

그는 왜 자신의 마음을 이렇게 잘 알고 있는 걸까. 마치 머릿속을 들여다보기라도 하는 것처럼. 무슨 말을 하고 싶은지, 무슨 말을 하지 못했는지 묻고, 끝내 들어준다. 유온은 그 후로도 한참을 더 망설이다가 말을 꺼냈다.

"서, 서경 씨, 저……."

"네."

"……가족들이랑 안 만나고 살고 싶어요……."

말하고 나자 역시 죄책감이 확 올라왔다. 부모님과 형들의 얼굴이 머리를 채웠다. 지금까지 겪은 모든 모진 행동 위로 한 번 뺨을 쓰다듬어 주고, 옷매무새를 고쳐 주거나 칭찬해 주던 모습이 더 떠올랐다. 혼란스러웠다. 항상 가족에게 은혜를 갚아야 한다는 말을 들으며 자랐다. 은혜는 고사하고 이런 생각을 하다니.

윤서경이 미간을 찌푸렸다.

"그 말을 하면서 표정이 왜 그래요."

"그야……, 이런 생각……."

"이런 생각이라니."

"하, 하면 안 되는 생각이잖아요. 어떻게 가족한테."

"하면 안 되는 생각이 세상에 어디 있어요. 어떤 생각을 하고 있기에 그럽니까. 당신 가족들이 다 같이 죽거나 사라지면 좋겠다고 생각해요?"

"네……?"

차선을 바꾸며 아무렇지도 말하는 목소리에 유온의 얼굴은 새파랗게 질렸다. 정말로 상상도 못 해 본 말이었다.

"생각은 죄가 아닙니다."

"그, 그런 생각은 안 했어요."

대답조차 바들바들 떨려서 나왔다. 윤서경은 룸미러를 보던 시선을 다시 유온에게 돌렸다.

"가족들이 영원히 사라지길 바란다 하더라도 당신은 당연히 할 수 있는 생각이에요."

"아니에요, 그런 게……, 그런 게 아니라, 그, 그냥 만날 일 없이, 가족들이 잘 살았으면 좋겠어요……."

"그래요."

차가 차도를 벗어나 집에 들어가는 길로 접어들었다. 윤서경이 말했다.

"당신이 원하지 않는다면, 앞으로 다신 만날 일 없을 겁니다."

단단한 목소리에 유온은 마음을 놓았다. 윤서경이 말하면 그게 무엇이든 그대로 이루어질 거라는 느낌이 들었다. 실제로 지금까지도 그랬다. 처음 유온을 데리고 왔을 때도 그는 집으로 돌아가지 않아도 된다고 말했고, 그대로 되었다. 몇 번이고 같은 걸 물어도 그는 한결같이 대답해 준다.

부모님, 형들…….

유온은 고개를 작게 저었다. 오늘은 더 깊게 생각하고 싶지 않았다. 생각이란 오래 할수록 마음을 어둠으로 몰아넣었다. 매몰은 고통스러운 일이었다. 그러니 당장은 아직 완전히 익숙해지진 못한 새집에 돌아가, 윤서경과 끌어안고 있고 싶을 뿐이었다.

물론, 지금 윤서경이 실제로 이유건을 어떻게 죽일지 고민하고 있다는 건 상상도 하지 못했다.

1

　이중권과 이유건은 아직 구치소에 있었으나 집행 유예로 풀려 나기 위해 안간힘을 쓰고 있었다. 윤서경은 생각했다. 감옥 안이 가장 안전할 거라는 걸 알아야 할 텐데. 뭐, 자신으로서는 그들이 모르는 편이 나았다. 알아도 상관은 없었지만.

　병원비를 내지 못해 쫓겨난 후 뉴스가 연달아 터지면서 그들은 항상 여유롭던 얼굴이 흙빛이 될 만큼 언론과 대중에게 시달렸다. 직후 화명의 임원은 대거 구속되었다. 거기에 회장과 부사장이 포함된 건 당연한 일이었다.

　두 사람이 구속된 후 성민희와 이유연은 신변의 위협이라도 느꼈는지 인천에 있는 다른 사람 명의의 아파트로 조용히 도망쳤다.

실질적으로 성민희의 소유였으나 그걸 아는 사람이 없으니 안전하리라 생각한 듯했다.

그러나 이틀 전 이유연은 그 집을 나와 진 회장에게 갔다. 계속되는 연락에 이어, 진 회장의 부하들이 근처를 서성거리자 무서움을 견디지 못한 듯했다.

결혼을 위한 건 물론 아니었다. 진 회장은 화명이라는 배경이 없는 이유연과 약속대로 결혼할 만큼 제대로 된 인물이 아니었다. 그는 일단 이유연이 갈 곳이 없으니 결혼을 예정했던 연도 있고 하여 한동안 머물게 해 주겠다고 말했지만, 그게 첩으로 들이겠다는 뜻인 걸 모를 사람은 없었다.

성민희는 진 회장이 찾아온 걸로 보아 그 집도 안전하지 않다고 판단하곤 화명만큼이나 위태로운 본가로 돌아갔다. 화명은 제일의 항공사에 기내식을 공급하는 등 연관이 많았고, 또한 성민희의 본가라는 이유로 이번 일에서 자유롭지 못할 것이다. 지금은 차례를 기다리고 있을 뿐 제일 또한 부도는 면할 수 없다.

그런 집안에서 성민희를 제대로 챙겨 줄 수 있을 리도 만무했다. 이제라도 성민희를 떨어뜨리면 화를 피할 수 있으리라 생각한 건지 제일은 그녀를 외면했다. 지금 성민희는 갈 곳을 잃고 학생들이 주로 사는 오래된 원룸에 머물고 있다고 한다.

제일 또한 부도 위기라고 하나 아직 아파트 한 채를 사 줄 돈조차 없는 건 아닐 것이다. 하다못해 본가에 머물게 할 수도 있었다. 그걸 보란 듯이 허름한 곳에 보내는 건 다분히 윤서경을 의식한 행동이었다.

'쓸데없는 짓.'

이제 와서 그런 짓이 통할 거라 생각하는 건지, 아니면 마지막 희망이라도 붙잡고 싶은 건지.

윤서경은 천천히 움직이는 시계 초침을 가만히 바라보았다. 영업 종료 시간이 지나갔다. 정각을 기점으로, 화명은 최종 부도 처리되었다.

* * *

다음 날, 유온은 오후가 다 되어서야 간신히 눈을 떴다. 윤서경은 출근한다는 메모를 남기고 나간 뒤였고, 식탁에 식사가 준비되어 있었다.

자는 사이 씻겼는지 불편한 곳은 없었지만 하체가 이곳저곳 욱신거렸다. 그렇지만 싫은 느낌은 아니었다. 아픔이 상처로 느껴지지 않는다는 건 신기한 일이었다.

이사한 집은 호텔과는 가구의 모양도 다르고 장식이 적어서 훨씬 안정적인 느낌이었다. 바닥에 앉아도 불편하지 않도록 푹신한 러그와 쿠션이 놓여 있었고, 거실은 천장까지 유리로 된 넓은 테라스와 연결되어서 그곳에 나가 시간을 보내기도 좋았다.

식사 후에 테라스 쿠션에 누워 한참 창밖을 구경하던 유온은 문득 몸을 일으켰다. 한창 바쁘게 돌아갈 시간의 풍경을 보고 있어서인지 밖에 나가보고 싶다는 생각이 들었다.

오늘 이정윤은 쉬는 날이어서 성한영에게 연락했다. 유온이 거의 집에만 있기 때문에 비서와 경호원들도 모두 같은 건물의 레지던스를 사무실처럼 쓰고 있었다. 가까운 카페까지 산책을 가고 싶다는 말에 성한영은 곧바로 올라오겠다고 대답했다.

유온은 바깥 날씨를 확인한 뒤 옷을 걸쳤다. 해가 길어진 것도 그렇고, 기온도 그렇고 겨울은 이제 끝나 가는 모양이었다.

목적지인 카페까지는 유온의 걸음으로 10분 정도 걸어야 했다. 성한영은 바로 옆에서 유온과 속도를 맞추어 걸어왔다. 직장 동료로도, 커플로도 보이지 않는 두 사람의 조합이 신기한지 가끔 지나치는 사람들이 흘끔거렸다.

"그저께 쉬는 날이셨다고…… 푹 쉬, 셨어요?"

"아, 네. 아는 동생이랑 만났습니다."

"동생이요?"

"네. 대학 때 만난 친굽니다."

"대학이면 경호……."

"네."

짧고 무뚝뚝하지만 쌀쌀맞진 않은 대답이었다. 성한영의 입에서 아는 동생이라는 말을 들으니 신기했다. 그 후 나쁘지 않은 분위기로 몇 마디가 더 오갔다. 용기를 내서 말을 건 보람이 있었다.

카페에서 커피를 사면서 성한영의 커피 취향도 알게 되었다. 그는 한겨울에도 커피는 꼭 차갑게 마신다는 것 같다. 얼음이 달그락거리는 커피를 받아 드는 그를 보며 유온은 자신이 그동안 성한영에게, 그는 물론이고 다른 사람들에게 얼마나 관심이 없었는지 새삼 깨달았다.

남에게 신경을 쓰는 것과 관심을 가지는 건 다르다. 남들이 자신을 어떻게 볼지만 생각했지, 남을 보겠다는 생각은 하지 못했던 것 같다.

집으로 돌아온 유온은 커피를 테이블에 내려놓고 잠시 서 있었다. 병원에 다녀온 후부터 가족들에 대한 생각이 머리를 떠나지 않았다. 윤서경에게 다시는 가족을 만나지 않고 싶다고 말한 게 오히려 의식 속에 부모님과 형들의 얼굴, 목소리를 새겨 놓았다. 어떤 것에 대해 생각을 하지 않으려 하면 할수록 그 생각이 선명해지는 것처럼.

유온의 시선이 거실을 한 바퀴 돌았다. 깔끔한 거실은 곳곳에 자연스럽게 소품이 장식되어 있었다. 그중 한 유리장에는 유온이 만든 이런저런 잡동사니가 들어 있었다. 유온과 윤서경이 스페인에 있는 사이 옮겨진 이삿짐에 포함되고 만 물건이었다. 버리자고 하자 윤서경은 비싼 장신구를 버리잔 말이라도 들은 것처럼 의아한 얼굴을 했다.

유리장을 보며 서 있던 유온은 테이블 앞에 앉았다가, 주위를 두리번거리곤 다시 일어나 서재로 들어갔다. 목적하던 물건은 금방 찾았다. 새 노트와 펜을 가지고 나온 유온은 다시 거실 테이블 앞에 앉았다.

윤서경과 의사가 종종 유온에게 시키는 일이 있었다. 어떤 주제를 두고 그게 타당한 이유와 타당하지 않은 이유를 죽 써 내려가는 것. 생각을 정리하는 데에 무척 도움이 되었다. 그걸 하면서 알게 된 사실인데, 자신은 다른 사람에 비해 터무니없는 자기 비하나 헛생각을 하는 경향이 있었다.

누가 시킨 건 아니지만 혼자서 그걸 해 보기로 했다. 주제는 간단했다. 가족들이 잘해 준 일, 못해 준 일.

하지만 몇 글자도 쓰지 못하고 고개를 들어야 했다. 얼굴이 창백해졌다. 글씨로 쓰려 하자 수많은 일들이 와르르 몰려와 머리를 덮쳤다. 먼저 떠올려달라고 말하는 듯이.

크게 다치거나 병원에 입원해야 할 정도로 다친 적은 없었다. 하지만 그 순간만은 당장 죽는 게 아닐까 싶을 정도로 괴로웠던 일이 많았다.

큰형은 유온의 몸에 흔적이 남아선 안 될 때엔 쿠션에 얼굴을 파묻거나 물에 집어넣었다. 또 몸을 헐겁게 묶은 채로 오래 방치하면 피부에는 고작해야 희미한 멍만 남지만 온몸이 뻐근해지고 머리까지 깨질 듯 아파 왔다.

얼굴만 아니면 어디든 흔적이 남아도 될 땐 좀 더 직접적이었다. 이유건은 손에 잡히는 물건으로 때렸다. 창고에는 그가 좋아하는 물건이 전부 갖추어져 있었으니, 내키는 걸 손에 드는 쪽에 가까웠다.

무조건 잘못했다고 울고 빌면 이유건의 기분이 풀릴 때쯤 풀려날 수 있었지만 가끔은 그게 통하지 않기도 했다. 정말로 자신이 맞고 있는 이유를 알 수 없을 때. 그럴 때면 뭘 잘못했는지도 모른다고 더 심한 체벌을 받아야 했다. 우는 소리가 너무 시끄러워 큰형의 심기를 거슬렀을 때도 마찬가지였다.

창고에서, 자신의 방에서, 이유건의 방에서 있었던 일을 천천히 적었다. 폭력의 기억이 되살아나 피부 아래로 떨림을 전달했다.

펜 끝이 흔들리지 않도록 하기 위해 힘을 꾹 주어야 했다.

그리고 아버지. 아버지에게 혼나는 일은 드물었지만 이유건의 잦은 폭력보다 더 두려웠다. 아버지의 서재에는 아버지가 음악을 듣기 위해 만들어 둔 작은 감상실이 있었다.

이따금 유온은 그곳에 끌려 들어가곤 했다. 형들과 어머니는 자신들이 원하는 음악을 듣고 싶을 때 그곳을 사용했다. 그러나 유온은 한 번도 그곳에서 즐겁거나 기분이 좋았던 적이 없었다. 유온이 기억하는 그곳의 소리는 오로지 누구인지도 모를 사람들의 높은 비명 소리, 사이렌, 파열음 같은 것들이었다.

아슬아슬하게 귀를 다치지 않을 정도의 음량으로 울리는 날카로운 소리는 신경을 무섭도록 곤두서게 만들었다. 수십 분에서 길면 몇 시간. 소음에 무뎌지지 않도록 소리는 불특정한 간격으로 끊겼다가 이어지길 반복했고, 그곳에 조금만 있어도 정신이 나갈 것만 같았다.

십여 분이면 벌써 구역질이 올라왔고 조금 더 지나면 귀에 대못을 박는 듯한, 머리를 쇠로 조이는 듯한 고통이 밀려왔다. 비명을 질러도 바깥에 들리지 않는다는 게 그나마 다행이었다.

감상실로 들어가기 전에는 신체적인 폭력도 있었다. 별다른 일이 없으면 몸에 멍을 남기는 큰형과 달리 아버지는 절대 눈에 띄는 곳에 흔적을 남기지 않았다. 아버지가 때리는 건 옷을 벗어도 좀처럼 보이지 않는 곳뿐이었다.

그러나 그 후 감상실에 들어갔다가 나오면 몸이 아픈 것 따위는 머릿속에 남지도 않았다. 그게 정신적인 고통인지 육체적인 고통인지 아직도 구분할 수 없다.

어머니와 작은형은 폭력을 휘두르는 일이 거의 없었다. 기껏해야 뺨을 때리고, 차 같은 것을 쏟아붓거나 하는 정도였다. 하지만 언어도 물리적인 것만큼의 고통을 주었다.

생각난 걸 전부 적지도 않았는데 벌써 잘해 준 일의 몇 배나 되는 양이 종이에 남았다. 손끝이 차가워져서 펜을 놓고 몇 번이나 쥐었다 펴야 했다.

이미 끝난 일이었다……, 몸이 더 아플 일도 없었다. 그런데도 자신이 당해 온 일을 마주하는 건 고통스러웠다. 당시의 아픔이 떠올라서일까, 아니면 이제 와 서럽고 비참해서일까.

유온은 결국 펜을 완전히 내려놓았다. 커피의 얼음이 녹아 달그락거렸다. 물방울이 맺힌 컵 표면을 바라보고 있는데 문 열리는 소리가 들렸다. 유온은 당황해서 얼른 노트를 덮었다.

"다녀왔습니다, 유온 씨. 조금……."

일찍 끝나서, 라는 말이 다 끝맺어지지 못했다. 윤서경은 유온의 얼굴을 보더니 단번에 표정이 얼어붙었고, 동시에 성큼 다가와 유온을 끌어당겨 안았다.

"왜 그래요? 무슨 일입니까."

"아니……."

"무슨 일 있었어요?"

말이 빨랐다. 조급한 것처럼 들렸다. 윤서경은 당장 깨지는 물건이라도 품에 안은 듯이 조심스럽게 유온을 다뤘다. 그는 평소와 마찬가지로 차분하고 서늘했지만 몸을 안은 팔과 목소리에서 당황이 느껴졌다. 자신의 표정 때문이다. 오로지 자신이 괴로운 얼굴을 하고 있었다는 것, 그 하나 때문에. 차가웠던 손끝이 조금 따뜻해졌다.

"무슨 일이에요."

윤서경이 다시 물었다. 유온은 숨을 크게 쉬었다. 언제부터인가 답답하게 막혔던 숨통이 어느새 트여 있었다. 아마 윤서경이 돌아온 직후부터일 것이다.

"아무것도 아니에요. 그냥, 종이에 써 봤어요. 부모님이랑 형들이, 저한테 잘해 준 일⋯⋯."

"잘해 준 일?"

"⋯⋯네. 그리고 못해 준 일도⋯⋯."

윤서경의 손이 등을 어루만졌다. 올라온 날개뼈를 쓸고 마른 등을 쓰다듬는다. 아이를 달래는 손길 같았다.

"그게 다예요."

"그래요⋯⋯."

이번엔 그의 숨소리가 들렸다. 길게 내쉬는, 안도가 담긴 한숨이었다. 팽팽해져 있던 공기가 서서히 가라앉았다. 유온은 익숙한 체향을 맡으며 윤서경의 가슴에 이마를 댔다. 한참 후 윤서경이 물었다.

"괜찮아요?"

"아, 아무렇지도 않아요."

그는 몸을 떼더니 유온의 뺨을 만지며 살피고, 머리카락을 쓸어 올렸다. 어디 한 군데 자신이 놓친 문제가 있진 않은지 찾는 것 같았다. 유온은 그가 내키는 만큼 자신을 살필 때까지 얌전히 있었다. 시선이 마주쳤다. 윤서경의 눈은 조금 일렁거리고 있었다. 괜한 걱정을 하게 한 것 같아서 미안해졌다.

"서경 씨……."

"……내가."

어쩐 일인지 윤서경은 대답하는 대신 그렇게 말했다. 그는 조금 전까지 유온이 쓰던 노트로 시선을 돌렸다.

"내가……, 저걸 좀 봐도 되겠습니까?"

* * *

유온이 두통으로 다른 병원을 찾았던 건, 자신의 몸에 그다지 신경을 쓰지 않는 성격임에도 걱정이 될 정도로 엄청난 아픔 때문이었다. 주치의가 가족과 먼저 상의해야겠다고 말했을 때, 유온은 묘한 느낌을 받았다. 주치의의 눈이 희미하게 웃는 것 같다고. 그리고 두려움을 느꼈다. 본능적인 것이었다. 자신의 아픔으로 주치의가, 가족들이 기뻐할 일이 있다. 그럴 만한 일은 유온이 생각하기론 임신뿐이었으나 임신이 되었을 리 없었다.

그 두려움 때문에 다른 의사를 찾아갔던 것이다. 아버지와 형을 거역하는 일이었지만 두통의 정체에 대한 공포가 폭력의 공포를 이겼다.

병명을 듣고 나서는 온몸의 힘이 빠지는 것 같았다.

주치의는 왜 자신에게 이걸 알려 주지 않은 걸까, 의문스러웠다.

어쨌든 자신을 위한 일은 아닐 게 분명했다. 가족들에게 제 입으로 전할 마음은 조금도 들지 않았다. 오히려 주치의에게도, 병원에도 가지 말걸, 하고 자괴감에 빠졌다. 후회를 멈춘 건 어차피 죽으면 모두가 알게 되었으리라는 생각 때문이었다.

자신이 죽으면 누가 슬퍼할까? 아마, 아무도.

아무도 슬퍼하지 않는다.

좀 더 잘해 줄걸 그랬다고 생각하는 사람이 있을까. 그것도 잘 모르겠다. 가만히 기억을 더듬었다. 누군가가 자신에게 다정하게 대해 주었던 일을, 빈약하고 헐거운 옛 기억을 힘겹게 끄집어냈다.

어머니가 자신에게 줄 물건을 직접 사 왔던 기억, 큰형이 게임기를 비롯해서 유온이 좋아하는 걸 이것저것 사 주었던 일, 작은형이 유온이 피아노를 배우기 시작한 걸 축하한다면서 케이크를 사 주었던 것, 아버지가 사람들 앞에서 자신을 칭찬해 주었던 어느 날……, 그런 애정이 유온을 이날 이때까지 버티게 했다.

아무도 자신을 원하지 않는 세상에서 사는 건 고통스러운 일이었다. 그런 현실을 짊어진 채 살아가기에 생은 너무 길고 세상은 너무 넓었다. 유온은 그런 외로움을 온전하게 견딜 수 있을 만큼 단단하지 못했다.

그리고 그 모든 애정들 속에서 유온을 가장 기쁘게 했던 사람은 윤서경이었다.

단 한 번의 진심 어린 친절은 비참하게 메마른 마음에 작은 물기를 떨어뜨렸다. 어설픈 사랑에 빠지는 건 순식간이었다. 어쩌다 같은 자리에 있으면 몰래 흘끔거리는 것밖에 못하는 주제였지만 그를 생각하면 가슴이 뛰었다. 직접 만날 일은 적어도 그의 소식을 들을 방법은 많았으므로 홀로 품은 마음은 쉽게 커졌다.

그렇게 훔쳐보며 사랑하던 어느 날 믿을 수 없는 일이 일어났다. 그가 먼저 청혼했다. 유온조차 어리둥절할 만큼 갑작스럽게. 이유온의 인생에서 가장 큰 전환점이 있었다면 바로 그 순간일 것이다. 돌이켜 생각해도 믿을 수 없는 일이다.

도둑질 같은 사랑은 그렇게 기적처럼 맺어졌다가 당연한 수순인 듯 시들었다. 그럼에도 불구하고 유온은, 죽을 만큼 고통스러우면서도 제발 그의 곁에 머물 수 있기만을 매일 기도했다.

이유건은 유온을 병원에 두고 윤서경을 부르는 짓을 자주 했다. 처음 병원에 왔을 때 윤서경은 걱정스러운 얼굴이었다. 그에게 거짓말을 하고 있다는 죄책감에 유온은 눈도 제대로 들지 못했다. 두 번, 세 번 불러낼 때까지도 그는 걱정스러워했다.

그 걱정이 차츰 지워지고 환멸로 바뀌어 가던 순간순간. 그의 변해 가던 눈빛, 나날이 딱딱해지던 표정, 점점 싸늘해지던 분위기.

유온은 그 일이 반복될 때마다 그가 어떻게 변했는지 그 입술이 굳어 가던 모양까지 전부 선명하게 기억했다. 그러니 병원에 다녀왔다는 말에 그런 반응을 하는 건 당연했다.

머리가 아팠다. 배도, 가슴도, 손끝과 발끝도, 온몸이 아팠다. 너무 아파서, 이대로 죽어 버리고 싶었다.

죽어서 전부 끝내고 싶었다.

죽으면…….

유온은 눈을 느리게 깜빡였다. 조금 전까지 온몸을 짓누르던 아픔이 물에 녹듯이 사라지고, 주위는 기분 좋은 향과 편안한 공기로 가득했다. 그리고 따뜻하다. 가만히 고개를 들자 바로 곁에 윤서경이 잠들어 있었다.

꿈이었다. 아니, 이쪽이 정말 현실이 맞을까? 유온은 머뭇머뭇 손을 들어 윤서경의 턱 끝을 조심스레 만졌다. 닿은 것도 느껴지지 않을 만큼 소극적인 움직임이었으나 윤서경의 속눈썹이 살짝 떨리더니 눈꺼풀이 열렸다. 잠이 완전히 깬 건 아닌 듯 검게 가라앉은 눈이 유온을 바라보다가 등을 안아 제 쪽으로 끌어당긴다.

이마와 정수리에 차례로 입술이 닿고, 잠결로 느린 손이 등을 토닥였다. 윤서경이 자신을 재울 때 늘 하는 행동이었다. 자신은 꿈을 꾼 게 맞았다. 윤서경의 손길에 이게 현실이라는 확신이 들었다. 꿈의 여파에 긴장해 있던 어깨가 축 늘어졌다. 하지만 다시 잠들진 않았다.

꿈에서 본 건 자신이 죽기 직전의 모습이었다. 하지만 그때 죽고 싶다고 생각했었나? 무슨 생각을 했었더라. 병에 걸린 게 실감이 나지 않고, 조금은 억울하고, 멍하고……. 그렇게 선명하게 죽음을 원하지 않았던 것 같은데.

아닌가? 어쩌면 원했는지도 몰랐다. 그때는 몰랐을 뿐. 어쩌면 그 전에도 몇 번이나 같은 생각을 했었을 수도 있다. 내내 가시에 찔린 채 있으면 그게 아픈 것임을, 그 가시가 없을 땐 어떤 느낌이 드는지를 알지 못한다.

유온은 윤서경에게 더 가까이 달라붙었다. 두통 같은 건 조금도 느껴지지 않았다. 어디도 아프지 않다. 심지어 마음조차도.

낮에 유온은 가족들과 있었던 일을 종이에 옮겨 적었다. 쓰는 내내 힘든 기분이었다. 그때의 일이 비참하기도, 울적하기도 했지만 시간이 조금 지나고 생각하니 누구에게 인지는 모르겠지만 창피하고 무안하기도 했다.

윤서경이 노트를 봐도 되겠느냐고 했을 때 망설였다. 이렇게 부정적인 말만 가득한 내용을 그에게 보여도 되는 걸까, 하는 생각이 들었다. 그러나 윤서경은 조금도 재촉하지 않고 유온의 허락이 떨어지기를 기다렸다. 결국 유온은 조심스럽게 노트를 그에게 주었다.

사실은 누구나 원한다. 누군가 자신의 아픔과 고통을 알아주기를. 그게 이미 지나간 일이라 할지라도.

윤서경이 노트를 받아 들었을 때 자신이 품은 비참함의 일부가 그에게 넘어간 것처럼 느껴졌다. 윤서경은 노트를 받고는 그걸 넘겨준 게 엄청나게 잘한 일이라는 듯 칭찬을 쏟아 주었다.

기쁜 동시에 걱정이 되었다. 이렇게까지 남에게 마음을 쏟아 주는 건, 그도 자신의 기력을 소모하는 일일 텐데 힘들지 않을까. 자신이라면 못 할 일이었다. 역시 윤서경은 신기한 사람이었다.

자신도 무엇이 되었든 그에게 돌려주어야 하는데, 그렇게 하고 싶은데 그는 가진 게 너무 많아서 자신이 줄 수 있는 게 없다. 답답했다. 유온은 조심스레 상반신을 일으켜 윤서경을 보았다.

피곤한지 깊게 잠들어 있다. 편안하게 잠든 얼굴을 바라보자 가슴이 간질간질해졌다. 조용히 숨을 들이쉬고, 내뱉지 않도록 입을 꾹 다문 채 얼굴을 기울였다. 입술이 가까워졌다.

그러나 완전히 닿기 전에 멈칫했다. 차마 입술을 맞댈 용기까진 나지 않았다. 혼자서 얼굴을 새빨갛게 물들인 채로 유온은 몸을 다시 일으켜 꾸물대며 윤서경의 품속으로 되돌아갔다. 그러곤 입술 대신, 뒤척이며 닿은 것처럼 살짝 그의 셔츠 자락에 닿을 듯 말 듯 입 맞추고 다시 눈을 감았다.

* * *

이유온이 써 내려간 학대의 기록은 담담했다.

기억을 볼 때 사람으로 대하지도 않는 것처럼 악랄하던 폭력도 그의 동그랗고 단정한 글씨 안에서는 그 강도가 훨씬 약하게 표현되었다. 그럼에도 정말로 지독했다. 분명 이유온의 가족들은 이 폭력을 즐기고 있었다.

재미로 동물을 학대하는 것과 같다. 그 대상이 사람이 되었을 뿐이다. 동물보다 가까이 있고, 언제든 손을 휘두를 수 있고, 들킬 염려가 없는.

가족들이 잘해 준 일이라고 쓰인 건 대여섯 줄 정도였다. 어머니가 옷을 사 왔다, 침구를 바꿔 주었다, 대체로 이런 내용이다. 황당할 지경이었다. 이 집안사람들은 쇼핑하는 걸 좋아해서 대부분의 물건을 직접 나가 사곤 했다. 그런 집에서 이유온의 옷이나 물건을 사다 주는 건 굳이 '잘해 준 일'에 적을 정도로 드문 일이었다는 뜻이다.

자신이 보고 온 기억 속 이유온의 방은 언뜻 보기엔 괜찮지만 하나하나 살피면 허름했다. 그가 평소 입고 다니던 옷은 그 집의 사정에 걸맞은 고급 브랜드였던 걸 생각하면, 남들에게 보이지 않는 부분은 일부러 질이 안 좋은 물건을 고른 것이었다. 이유야 당연히 드러내 놓고 차별하기 위해서였을 테고.

그 외에도 전부 잘해 주었다고 말할 수 없는 일들이었다.

그러고 보니, 이유온이 이전에 고양이 이야기를 했었다. 자세한 내용이 노트에 있을 것 같아서 찾아보았으나 별다른 말은 나오지 않았다. 제 방에서만 조용히 기르던 고양이. 이유온은 고양이가 죽었다고만 했지 무슨 일이 있었는지 자세히 말하지 않았다.

아무래도 자신 때문에 고양이가 죽었다고 생각하는 느낌이었다. 아팠는데 병원에 가지 못했다거나, 창밖으로 나가 버렸다거나. 하지만 그렇게 죽은 것이라기엔 고양이를 떠올리던 이유온의 표정이 너무 어두웠다.

형이 싫어해서. 윤서경은 눈을 가늘게 떴다. 고양이를 싫어했다는 건 이유온에게 직접 그렇게 말했다는 뜻이겠지. 그러면, 키우지 말라는 말을 들었는데도 이유온이 계속 끌어안고 있었던 그 고양이를 이유건이 과연 가만히 놔뒀을까?

그 고양이는 이유건의 손에 죽었을 것이다. 충분히 있을 수 있는 일이었다. 이유온의 관심이 고양이에게 기울어지거나, 기르지 말라고 말하는데도 기르고 싶다고 하거나, 이유건은 그런 하찮은 이유로 동생이 애지중지 기르는 고양이를 죽일 수 있는 인물이다.

노트 한 바닥을 가득 채운 기록을 윤서경은 여러 번에 걸쳐 읽었다. 전부 읽고 나서 처음으로 돌아가고, 또다시 돌아갔다. 읽는 내내 생각했다. 그 작고 약한 몸으로 어떻게 스무 해가 넘도록 이 모든 일을 견뎠는지.

그렇게 살아왔음에도 아직까지도 그렇게 선량하고 다정할 수 있는 건지.

그리고 그런 그에게 자신이 무슨 짓을 했는지.

그가 가족을 만나고 올 때면 어김없이 이런 일을 당했을 것이다. 보이지 않는 곳에 멍을 숨기고, 혹은 겉으로 남는 어떤 흔적도 없이 몸속이 곪은 채로 그는 더 맞게 될 걸 알면서도 집에 돌아가게 해 달라고 빌었다. 그렇게 돌아온 자신과 그, 두 사람의 집에서 그가 항상 가장 먼저 본 건 혐오가 섞인 차가운 눈길이었다.

아무것도 없는 그의 방, 그가 살아 있을 때 들어가 본 적도 없는 그곳에서 이유온은 혼자 아픔을 참으며 밤을 보냈을까. 무슨 생각을 했을까. 그가 아무도 원망하지 않았을 거라는 확신이 윤서경을 더욱 괴롭혔다.

노트를 내려다보는 눈동자가 어두웠다. 이 짓을 한 이유온의 가족들에 대한 분노만큼 자기혐오가 치밀었다. 가슴이 짓뭉개지는 것 같았다.

윤서경은 노트를 조심스레 덮고 열쇠가 달린 서랍 안에 집어넣었다. 다른 물건을 다 치웠기에 서랍에는 노트 한 권만 덩그러니 놓였다. 서랍을 잠그고 사무실 문으로 시선을 올렸다. 닫힌 문 밖, 비서들이 계속 오가거나 자리를 지키고 있는 공간에 성민희와 이유연이 얼굴이 벌게진 채로 서 있었다.

일부러 불러들인 건 아니다. 제 발로 찾아왔다. 공교롭게도 윤서경이 이유온의 노트를 가지고 출근한 오늘. 이중권과 이유건의 보석 신청 때문일 것이다. 성민희야 찾아가 도움을 청할 곳이 없어 안달 난 상황일 테고, 이유연도 감금을 당한 건 아니니 움직이기엔 자유롭겠지. 합세하여 찾아온 게 결국 이곳이었다.

우스운 일이었다. 보석으로 나오면 그들을 가장 위험하게 할 자신에게, 보석을 도와달라고 찾아오다니. 저들에게나 구치소에 있는 두 사람에게나 지금 상태가 그나마 가장 안전할 텐데.

무릎을 꿇려 놓은 것도 아닌데 이따금 비서가 전하는 말이나, 그들이 오고 가며 문이 열릴 때 얼핏 보이는 건 모욕을 참지 못해 어쩔 줄 모르는 모습이었다. 벌써 두 시간이 다 되어 가도록 저 자리에 서 있었으니 힘들기도 힘들 텐데 자존심 때문에 버티는 모양이었다. 윤서경은 내선을 연결했다.

─네, 대표님.

"진 회장한테 연락해서 집안사람 데리고 가라고 해. 성민희는 여기 남겨 두고."

* * *

벌써 얼마나 여기에 서 있었는지 알 수 없었다. 이유연은 귀가 뜨겁게 달아오른 채 다른 사람들과 시선을 맞추지 않도록 바닥만 노려보고 있었다. 다리도 허리도 아팠다. 왜 자신과 어머니가 또 이런 수모를 겪어야 할까. 먼저 찾아온 건 사실이지만 설마 이렇게 많은 사람들이 오가는 곳에 세워 둘 줄은 몰랐다.

윤서경의 사무실 문은 열릴 생각을 하지 않았다. 아니, 열리지만 자신들을 들일 마음이 없어 보였다. 데스크에 앉아 있거나 사무실 안으로 들어가는 비서들은 자신과 어머니를 무시했다. 가끔 흘끗 시선이 닿아 올 때면 그대로 가서 머리채를 잡고 싶어졌다. 다들 신경을 쓰지 않는 척해도 속으로 무슨 생각들을 하고 있을지 뻔했다.

그로부터 또 시간이 얼마쯤 흐른 후, 엘리베이터가 도착했다. 또 어떤 손님이 온 건지. 사무실에 들어가면서 자신들의 모습을 보겠지. 얼굴을 알 테니 저게 무슨 꼴들인가 호기심을 가지거나 우습게 볼 테고, 여길 빠져나가면 이 사람 저 사람에게 말을 퍼뜨리며 낄낄거리겠지.

요즘 인터넷에는 온통 그런 소리들뿐이다. 가당찮게 이유온이 불쌍하다느니 어쩌니, 그 멍청한 것을 한껏 추어올리면서 자신을 비롯한 어머니나 형, 아버지는 비난하고 비웃어 댄다. 대부분 부경에서 조작한 의견이겠지만 볼 때마다 속이 터져서 미칠 지경이었다. 윤서경과 이유온이 친근한 척 꾸며 내 찍은 사진이 보란 듯이 올라올 때면 화가 나 머리가 돌아 버리는 것 같았다.

그래서 이번엔 또 누가 등장했을까. 문이 열리는 소리에 새삼 모욕감으로 얼굴이 달아올랐으나, 다음 순간 숨을 삼켜야 했다. 뒤쪽에서 훅 느껴진 건 며칠 사이 익숙해진 체향이었다. 이유연은 순식간에 파랗게 질린 얼굴을 확 돌렸다.

역시 엘리베이터가 열린 자리에 남자 하나가 서 있었다. 알파답게 키가 크고 멀끔하지만 뭐라 말할 수 없이 비열한 인상의 중년

사내였다. 그는 이유연과 성민희를 기분 나쁘게 훑어보더니 슥 다가왔다.

"아이고, 여기서 뭐 하고 계십니까, 장모님? 왜 저 바쁜 사람이 나한테 연락을 하게 하세요."

"회, 회장님."

이유연은 금세 겁에 질린 목소리로 말했다. 성민희도 뭐라 입술을 달싹거렸지만 아무런 말도 하지 못했다. 이전엔 그래도 이 정도로 그에게 눌리진 않았지만 이제 상황이 바뀌었다. 진 회장은 두 사람 앞에서 완벽히 우위를 점하고 있었다.

웃는 얼굴을 한 진 회장이 좀 더 가까이 왔다. 얇은 입술만 비틀어 올렸을 뿐인 웃음은 가늘어진 눈이 뱀 같아서 징그러웠다. 그가 이유연에게 한 걸음 더 다가오더니 사뭇 다정하게 어깨에 손을 얹었다.

"집에 가야지. 윤 대표 귀찮게 하지 말고. 장모님도 가시죠. 모셔다드리라고 하겠습니다."

"아, 아니, 저는, 회장님."

기껏 여기까지 왔는데 윤서경의 얼굴도 못 보고 갈 수는…… 와중에도 그런 생각이 들어 멈칫멈칫 말하자, 진 회장이 어깨에 얹은 손에 힘을 콱 집어넣었다. 몸이 휙 그쪽으로 젖혀졌다. 동요를 보이지 않는 직원들조차 일순 당황해 두 사람을 스치는 게 느껴졌다.

"악……!"

"유연아!"

성민희의 비명 같은 목소리가 들렸다.

"말 나오지 않게 집에 처박혀 있으라고 했지. ……내가 윤서경한테 그딴 전화를 받게 해? 밖에서 문 잠가 놓은 거 아니라고 네가 멋대로 돌아다녀도 되는 위치 같아?"

말 나오지 않게, 라니. 마치 시선을 신경 쓰는 것처럼 말한다. 그랬다면 비서들이 다 보고 있는 앞에서 이런 짓은 하지 않을 텐데.

진 회장이 밖에 나오지 말라는 식으로 경고한 건 사실이었다. 하지만 경호원을 두어 감시하거나 문을 잠가 놓진 않았다. 마음만 먹으면 나갈 수 있는 상황이었고, 진 회장은 오늘 바쁜 일이 있다고 했고, 성민희와도 시간이 맞았다.

기회는 오늘 뿐이라고 생각해서 손톱을 물어뜯으며 고민한 끝에 나온 것이다. 설마 이렇게 들킬 줄은 몰랐다. 진 회장이 말하는 걸 보면 윤서경이 연락한 듯했다.

진 회장은 윤서경을 싫어했다. 거만하고 위아래를 모르는 놈이라고. 눈에 보일 정도로 명확한 열등감이었다. 안 그래도 감정이 안 좋던 게 이유온이 이번에 진 회장이 아닌 윤서경과 결혼을 하게 되면서 더욱 자극을 받은 듯했다. 그는 이제 윤서경의 이름만 들어도 얼굴을 일그러뜨릴 정도였다.

이유연은 살짝 비서들 쪽을 확인했다. 그들은 이 상황에도 아무 것도 보이지 않는다는 듯 일에 집중하고 있을 뿐이었다.

이 미친 인간이 그나마 얌전한 건 이유연을 차지했기 때문이다. 이유온보다 어떻게 보아도 훨씬 나은 상대니까. 그러나 애초 결혼하기 전 했던 약속과 달리 그는 이유연을 제 집에 들이지도 않고, 함부로 취급했다.

순간 화가 치민 이유연이 입술을 깨문 순간이었다. 진 회장은 이유연의 어깨를 놓곤 팔을 거칠게 움켜쥐어 잡아끌었다. 이유연은 맥없이 끌려갔다. 그나마 여기서 머리채를 잡히지 않은 게 다행이었다.

진 회장이 아들을 그렇게 데려가려는 것 같자 성민희도 급하게 뒤를 따라갔다. 하지만 엘리베이터에 이르기도 전에 따라온 비서에게 붙잡혔다.

"성민희 님은 남으시라고 대표님이 말씀하셨습니다."

"……할 말 없다고 전해요."

"남아 계시라고 하십니다."

"윤 대표가 그렇게까지 말하는데, 이야기 나누고 오시죠."

진 회장은 태연하게 이유연을 엘리베이터 안으로 밀쳐 넣고, 벽에 등을 부딪친 그에게 눈길도 주지 않은 채 문을 닫았다. 곧 층수 표시가 빠르게 아래로 내려가기 시작했다.

"안으로 모시겠습니다."

비서를 홱 째려보았던 성민희가 그를 앞질러 사무실로 향했다. 윤서경이 무서워 차마 먼저 열지 못하고 있던 문을 열자, 그는 무감한 얼굴로 서류를 들여다보고 있었다. 차를 내오는 사람을 보는 것보다 못한……, 차라리 차를 내오면 쳐다보기라도 할 것이다. 진 회장에게 끌려간 아들이 신경 쓰여 뒤쪽을 흘끔거리고 있는데 윤서경이 입을 열었다.

"한 가지만 물어보려고 불렀습니다."

"……."

"유온 씨가 당신 친자가 맞습니까?"

갑작스러운 질문이었다. 성민희는 인상을 찌푸리다 대답했다.

"그래요, 맞아요. 내가 낳아 줬고, 이날 이때까지 키워 줬어요."

자신이 품고 있다가 낳은 자식이 맞았다. 그래서 그 아이가 싫었다. 그 아이가 태어나고 나서 잘된 일이라곤 하나도 없었다. 열 달 동안 고생하고 출산할 때 몸이 아팠던 것마저 전부 미움의 이유였다. 이후로 자신이 예전만큼 건강하지 못한 걸 보면 그 아이가 태어나면서 뭔가를 잔뜩 빼앗아 간 것만은 분명했다.

성민희는 항상 이유온이 제 형들의 것까지 빼앗아 갈까 전전긍긍했다. 그 애 때문에 집안에서 동등하던 권력이 남편에게 넘어간 것도 불쾌했다. 남편과의 사이는 좋았지만, 사소한 결정권이나 재산 소유권은 감정적인 관계와 또 다른 문제였다.

"그 애는 지금까지 부족한 것 없이 컸다고요."

내다 버릴 수도 있던 아이를 키워 줬는데. 성민희는 인상을 더욱 찡그렸다. 어느 정도 자라면 사람 구실을 하면서 키워 준 은혜는 갚을 거라는 생각으로 지금까지 길러 주었다. 그런데 그 결과가 어떻게 돌아왔는가. 윤서경은 자신들이 그 아이에게 대단한 잘못이라도 했다는 것처럼 비난하고 있다. 대체 왜? 어떻게 은혜를 이런 식으로 갚을 수가 있지?

진 회장에게 끌려간 둘째 아들의 모습이 떠올랐다. 이유온의 탓이었다. 그 자리에 왜 둘째 아들이 있어야 한단 말인가. 그 아이가 그 자리를 떠넘겼기 때문이다. 분노로 몸을 떨고 있는데 시선이 느껴졌다. 어느새 윤서경이 고개를 들고 자신을 보고 있었다. 그는 속을 알 수 없는 검은 눈으로 빤히 바라보다가, 부하에게 말하는 듯한 태도로 말했다.

"알겠습니다. 나가 봐요."

"뭐……!"

그때 말을 끊듯이 내선 신호음이 울렸다. 윤서경이 수화기를 들자 곧 목소리가 넘어왔다.

─대표님, 로비에 이유온 님 와 계십니다. 모시고 올라갈까요?

공교롭게도 성민희는 귀가 밝았고, 실내가 고요했고, 안내 데스크 직원이 조금 큰 목소리로 말을 했기 때문에 이유온이라는 이름을 어렴풋이 들었다. 무슨 뜻인지 바로 알아챈 그녀는 귀신처럼 눈을 번뜩이더니 재빨리 돌아서서 뛰쳐나갔다.

윤서경은 그 뒤에서 한숨을 내쉬었다. 이유온이 회사로 찾아오는 건 처음이었다. 언제든 그가 찾아온다면 막을 생각이 없지만, 하필이면 타이밍이 좋지 않았다. 아직 연결된 내선을 통해서 성민희가 1층에 내려가자마자 붙잡으라는 말을 하고 로비에 있는 직원이나 손님을 일단 내보내든 다른 층으로 보내든 하라고 전했다.

자신도 자리에서 서둘러 일어나 난데없이 바빠졌을 로비로 향했다. 엘리베이터는 막 문이 닫히고 내려가기 시작했다. 이미 성민희가 타고 가 버린 듯했다. 윤서경은 난감한 듯 선 비서를 지나쳐 그대로 비상계단을 통해 내려갔다.

로비에 도착했을 때 아직 소란은 없었다. 1층으로 가까워지는 붉은 숫자를 보며 윤서경은 안내 데스크 쪽으로 걸음을 옮겼다.

이유온이 이정윤과 성한영 옆에서 안절부절못하는 얼굴로 서 있었다. 당장이라도 돌아서서 나가고 싶다는 기색이었다. 윤서경이 다가가자 그는 안도하더니 표정을 누그러뜨렸다.

"어쩐 일이에요."

"아, 그게, 지나가다가……, 한지영 씨를 만나서요, 들어갔다가 가라고 해서……."

한지영은 윤서경의 비서실 인원이었다. 오늘은 외근을 나갔던 것으로 아는데, 회사 앞에서 마주치곤 별생각 없이 이유온을 안으로 떠민 듯했다. 어쨌든 그가 회사로 찾아온 건 나름대로 기념할 만한 일이었으나…….

"이유온!"

이름을 부르는 목소리가 들리자 그는 얼어붙었다. 윤서경이 혀를 찼다. 더 빨리 어디로 데리고 들어가든, 나가든 했어야 했는데. 성민희는 엘리베이터 앞에서 곧바로 보안 요원에게 붙잡혔으나 이유온을 향해서 날카롭게 소리쳤다. 윤서경은 유온을 끌어당겨 안았다. 하지만 품으로 들어오기 직전 그는 어머니와 눈이 마주쳤다.

"어떻게 엄마한테, 너 벌 받을 거야! 천벌 받는다고!"

윤서경도 고개를 돌렸다. 이유온의 머리를 가슴에 푹 묻으며 본 성민희의 눈은 시뻘겋게 뜨인 게 섬뜩하기까지 했다. 갑자기 저런 걸 본 이유온이 깜짝 놀랐을 것이다. 제 실수였다. 가족과 절대 마주칠 일 없게 해 주겠다고 한 지 얼마나 지났다고.

성민희가 뭐라 소리치며 더 날뛰었으나 윤서경은 조용히 이유온의 귀를 막고 보안 요원에게 눈짓했다. 양쪽에서 팔을 붙들린 그녀는 놓으라고 소리를 지르며 발악하다가 뒤쪽 비상문을 통해 밖으로 끌려 나갔다.

미리 사람을 물려 두었기에 넓은 로비에는 보안 요원과 이정윤, 성한영밖에 없었다. 저 패악을 들어도 입을 확실히 다물 사람들뿐이었다는 뜻이다. 소란이 잦아든 뒤 윤서경은 이유온의 상태를 확인했다.

그는 핏기가 가신 얼굴로 바들바들 떨고 있었다.

"약은?"

"제가 가지고 있습니다."

이정윤이 말했다. 윤서경은 위로 올라오라고 말하듯 엘리베이터 쪽을 눈짓하고, 유온을 어린애 안듯 안아 든 채 자신도 걸음을 옮겼다.

대표실로 들어가 푹신한 소파에 앉히곤 약을 먹였다. 다른 사람을 모두 내보낸 후 품에 안은 채 한참 동안 체향으로 감싸고 있자, 15분에서 20분쯤 지났을 무렵 이유온의 어깨에서 힘이 빠졌다. 검고 부드러운 머리카락을 쓸어내린 뒤 눈을 마주쳤다. 이유온은 물기가 조금 어리고 가라앉은 눈으로 윤서경을 마주 보았다. 눈이 흔들리는 게 갑자기 마주친 어머니 때문에 무척 놀란 것 같았다.

"괜찮아요?"

"네……."

"미안합니다."

사과에 이유온은 얼른 고개를 저었다.

"아, 아니에요. 왜 서경 씨가 사과하세요."

"마주치지 않게 해 주겠다고 했는데, 그 말을 못 지키지 않았습니까."

"그, 그건, 제가 멋대로 찾아와서."

"어느 쪽이든. 내가 빨리 돌려보냈어야 했습니다."

찾아온 성민희와 이유연을 밖에 세워 둔 건 자신이었다. 괜한 짓 말고 곧바로 돌려보냈어야 했는데, 설마 이유온이 찾아올 줄은 몰랐다. 윤서경은 약을 먹고 한결 진정된 이유온의 머리를 쓰다듬었다.

"찾아와줘서 기쁩니다. 어쩐 일이에요?"

"그냥, 밖에 나오고 싶어서……. 이 앞을 지나가다가 한지영 씨랑 만났어요. 여, 연락도 없이 죄송해요."

"한지영 씨랑 안 마주쳤으면 그냥 지나가려고 했습니까?"

아마도 그랬겠지. 이 근처까진 왔지만 들어갈 용기는 나지 않아서 서성거리다가 그냥 돌아가려 했던 게 아닐까 싶었다. 어쩌면 지금까지도 몇 번 그랬는지도 몰랐다. 이유온의 동선은 그의 안위와 관련된 게 아니라면, 그가 원하지 않을 경우엔 전부 보고할 필요가 없다고 해 두었으니 이정윤도 굳이 알리지 않은 것이다.

그 생각이 맞았는지 이유온이 슬쩍 눈을 피하다가 말했다.

"바쁘시잖아요."

"바빠도 괜찮습니다. 당신만 괜찮으면 원하는 곳 어디에든 앉아서

하고 싶은 걸 해도 돼요. 당신이 여기 있어 준다면 나야 당연히 좋으니까요."

이유온이 커다란 눈을 깜빡거렸다. 그래도, 라고 하는 듯한 시선이었다. 정말로 윤서경은 그가 여기에 와서 웅크리고 앉아 잠을 잔다고 해도 좋았다. 오히려 고개만 들면 이유온이 보인다니 감사해야 할 일이었다. 심지어 무릎 위에 올라와 있다고 해도 상관없을 것 같았다. 그의 성격상 절대 있을 수 없는 일이겠지만.

뭔가 더 말하려 하던 그가 무심코 책상 쪽으로 눈을 돌렸다가 의아한 얼굴을 했다. 뭘 봤지? 따라서 고개를 돌리자 보인 건 햇볕을 받아 반짝거리는 캔들의 유리병이었다.

"저걸 왜 저기에……."

"저기가 제일 눈에 잘 띄지 않습니까."

그러자 이유온의 뺨이 꿈틀했다. 무슨 생각을 하는지 알 수 있다. 칭찬이나 그 비슷한 말을 들으면 그가 늘 하는 생각이다. '그렇게까지 해 주다니', 혹은 '그렇게까지 말해 주다니.' 같은.

이 사고방식을 황당하게 보는 사람도 있을 것이다. 실제로 자신도 그랬다. 하지만 그는 자신이 무슨 행동만 하면 비웃는 가족들 사이에 둘러싸여 자라서, 남이 자신을 칭찬한다는 것 자체를 아직 제대로 이해하지 못한다. 그나마 점점 나아지고 있긴 해도…….

"오늘은 일찍 들어갈 겁니다. 저녁은 집에서 먹을까요?"

고개를 끄덕이는 이유온에게 입 맞춘 뒤 가서 쉬도록 집으로 돌려보냈다. 이정윤에게서 그가 오래 목욕을 한 뒤 잠들었다는 연락을 받은 뒤에야 마음이 놓였다.

여유가 생기자 성민희의 말이 떠올랐다.

천벌?

미쳤군. 알고 있던 사실이지만 역시 그 집안은 제정신이 아니다. 그들이 자꾸만 윤서경을 찾아오는 건, 윤서경이 이유온과 결혼하고 그를 보호하려 하는 이유를 알아내기 위해서였다.

또 그렇게 계속 찾아오면 무언가가 바뀔 거라 생각하기 때문이기도 했다. 자신들은 세상의 중심인데, 세상의 중심이 끊임없이 행동하니 주변이 바뀌어야 한다는 논리였다.

이유온과 결혼하는 이유는 그를 사랑해서이고 그들이 아무리 기를 써도 달라지는 건 없다. 하지만 유온이 자신을 칭찬하는 말을 이해하지 못하듯, 그들은 자신을 부정하는 말을 이해하지 못하는 것이다.

"이 비서, 진 회장 지금 결혼하려는 사람 있는지 알아봐."

"동운건설 말씀이십니까?"

윤서경은 고개를 끄덕였다. 진 회장, 자칫했다간 유온과 결혼했을지도 모르는 사람이었다. 가벼운 소문만 들었을 때는 버릇이 좀 안 좋은 정도로만 알았으나 이번에 자세히 조사하니 웬만한 집안에선 결혼을 꺼리는 이유가 있었다. 화명 집안과는 다른 의미로 질이 안 좋은 자였다. 이제 이유연과 정식으로 결혼할 필요가 없어졌으니, 적당히 도움이 될 상대를 새로 찾고 있을 것이다.

곧 정리해 올리겠다는 이한영의 말에 알겠다 대답하곤 다시 업무로 돌아갔다. 아까 이유온에게 말한 대로 일찍 끝내고 집에 돌아가 같이 식사할 생각이었다.

돌아가는 길에 작은 사고가 나지 않았다면 그렇게 했을 것이다.

* * *

푹 자고 일어나자 해가 저물어 있었다. 잠에서 깨기 위해 미지근한 물로 얼굴을 씻고 집 안을 서성거리다가 주방에 들어갔다. 가사 도우미가 만들어 두고 간 크림스튜 냄비 뚜껑을 괜히 열어 보고, 오븐에 살짝 데우기만 하면 되는 빵도 바구니의 천을 걷어서 확인하고, 냉장고의 샐러드까지 잘 있나 한 번 들여다보았다.

휴대폰이 울린 건 식탁에 장식된 꽃을 만지작거리고 있을 때였다. 화면을 확인하자 이한영이었다. 유온은 고개를 갸웃하며 전화를 받았다.

"네, 여보세요."

─아. 깨어 계셨네요. 다름이 아니라, 대표님이 타고 계시던 차가 작게 사고가 나서요. 조금…….

늦어지실 것 같은데, 라는 다음 말이 들리지 않았다. 온몸의 피가 단숨에 온기를 잃었다. 전화를 받고 몇 분도 안 되어서 유온은 휘청거리며 집을 뛰쳐나왔다.

다급하게 나오면서도 혼자 밖에 나가지 말라던 윤서경의 평소 당부를 어떻게 떠올려서 이정윤과 성한영에게 연락을 했다. 아직 사무실에 있던 그들은 유온이 1층에 도착하기 전에 먼저 와서 기다리다가, 침착하게 어떻게 된 일인지 물었다.

유온은 대답할 말이 없었다. 윤서경이 부경 병원에 있다는 이한영의 말만 듣고 옷도 손에 잡히는 아무거나 걸친 채 나온 차였다.

"그, 그게, 서경 씨가, 사고……."

"사고요? 대표님이? 진정하세요. 저희한테 연락 들어온 게 없는 거 보면 큰 사고가 아니에요."

"……."

이정윤이 자신을 달래려 말하는 건지, 정말인지 알 수 없었다. 멍하니 쳐다보자 그녀는 우선 가 보자고 하며 주차장으로 내려갔다. 조수석 대신 유온의 옆에 올라탄 성한영이 운전석에 앉은 이정윤과 함께 계속 유온을 진정시키려 했다.

그러면서 성한영은 어디론가 전화를 걸었다. 몇 번 연결이 안 되는가 싶더니, 휴대폰 너머에서 목소리가 넘어왔다. 유온이 고개를 휙 들었다.

"그렇군요. ……네, 지금 가고 있습니다. 곧 도착할 것 같습니다."

상대방이 뭐라 말하는지까진 들리지 않았다. 성한영은 동요 없는 얼굴로 통화를 마치곤 유온을 보았다.

"큰일이 아니라고 합니다. 뒤에서 오던 차가 살짝 충돌했는데 이한영 실장님이 혹시나 해서 병원에 모시고 간 거고, 검사 마치고 나오셨답니다. 유온 씨가 오신다는 말에 걱정하고 계시고요."

"아……. 저, 정말요?"

몸에서 힘이 빠져나갔다. 병원에 도착하면 알게 될 일을 굳이 거짓말하진 않을 것이다. 이어 성한영의 휴대폰이 다시 울렸다. 전화를 받은 그는 곧바로 유온에게 휴대폰을 건넸다. 의아하게 받아 들자 익숙한 목소리가 들려왔다.

―유온 씨?

"……아."

윤서경이었다. 순간 눈물이 날 것처럼 눈가가 뜨거워지는 바람에 애써 참았다.

―휴대폰 두고 나왔습니까?

"네……? 아."

그 말에 그제야 품을 만져 보자 휴대폰이 없었다. 이정윤에게 연락한 직후 현관이나 그 앞에 떨어뜨린 모양이었다. 휴대폰만 없는 게 아니라 대강 걸친 겉옷은 너무 얇았고, 집에서 입고 있던 티셔츠를 갈아입지도 않았다. 신발을 제대로 신은 게 다행일 정도였다.

"그, 그런 것 같아요."

―아무 일도 없었습니다. 미안해요. 도착이 그렇게 늦어질 것 같지도 않아서 그냥 빨리 처리하고 들어가려 했던 건데, 내가 검사하러 들어간 사이에 이 실장이 괜한 연락을 했습니다.

"아니요……."

윤서경이 자초지종을 설명하는 동안 유온은 네, 아뇨, 하고 스스로도 의미를 알 수 없는 대답만 중얼거렸다. 사고라는 말에 놀란 가슴이 윤서경의 목소리를 들어도 좀처럼 가라앉지 않았다. 사고 소식을 들은 순간 머리를 가득 채운 것은 어머니의 목소리였다.

오랜만에 본 어머니는 유온을 원망스럽게 노려보며 벌을 받을 거라고 말했다. 어머니의 말은 대체로 옳았다. 어머니가 너는 시험에서 떨어질 거라고 하면 떨어졌고 어떤 결과가 좋지 않을 거라고 말하면 정말로 좋지 않았다.

어머니에게 상처를 주고 실망시켰다. 그래서 이런 형태로 벌이 찾아오는 것 같았다. 유온은 휴대폰을 꼭 쥐며 윤서경이 계속 말하기를 기다렸다.

―와서 확인하면 알 겁니다. 내 차에선 알기도 어려울 만큼 가볍게 부딪친 거고……. 어쨌든 조심해서 와요. 얼마나 걸릴 것 같습니까?

그 말에 유온은 창밖을 두리번거렸다. 차들이 빠르게 달리는 차선 너머 길게 늘어선 건물의 모양과 이름을 머릿속에서 연결하기까지 시간이 걸렸다.

"10분 정도면……."

―그래요. 여기서 기다리겠습니다.

"네."

간신히 전화를 끊고 성한영에게 고맙다는 인사와 함께 휴대폰을 내밀었다. 이정윤이 속도를 조금 높이는 게 보였다. 10분이 채 지나지 않아서 차량은 부경 병원에 도착했다.

차에서 내리기 전 성한영이 웃옷을 벗어 내밀었다. 의아해하다가 제 몸을 내려다보곤 어쩔 수 없이 받았다. 얇은 재킷 하나만 입은 차림이다. 차 안은 괜찮지만 병실까지 올라가는 길에 덜덜 떨며 갈 게 분명했고, 그러면 윤서경은 보자마자 걱정부터 할 터였다.

VIP 통로를 이용해서 누구의 눈에도 띄지 않은 채 윤서경이 있는 층으로 올라갔다. 문이 열리자마자 윤서경이 유온을 끌어당겨 안았다.

"놀라게 해서 미안합니다. 이럴 줄 알았으면 내가 먼저 전화할 걸 그랬죠."

어느새 이한영도 곁에 다가와 있었다.

"죄송합니다. 작은 사고였어요. 저녁을 같이 드신다고 하셔서, 혹시 기다리실까 봐 연락드린 겁니다."

그도 어쩔 줄 모르는 기색이었다. 유온은 두 사람을 번갈아 보다가 윤서경의 얼굴을 가만히 살폈다. 정말 아무데도 다치지 않은 게 맞을까? 조심스레 손을 들어서 슬금슬금, 들키지 않을 정도로만 그의 단단한 몸 여기저기를 눌러 보았다. 윤서경은 유온의 탐색이 끝날 때까지 가만히 있었다.

"다 확인했어요?"

"……."

유온의 얼굴이 조금 붉어졌다. 웃으며 묻는 윤서경을 보니, 몰래 한다고 했는데 이미 알아차린 듯했다. 유온이 마음을 조금이나마 놓는 기색이 보이자 윤서경은 고개를 모로 기울이곤, 유온의 몸에 걸쳐진 재킷 자락을 슥 들었다.

"이건 뭡니까?"

"아."

"죄송합니다, 대표님. 추우실 것 같아서 제가 드렸습니다."

"……그래요. 잘했습니다."

하지만 몸에 걸쳐진 다른 알파의 옷을 탐탁지 않게 생각하는 듯했다. 그는 유온을 품에 집어넣고는 성한영의 옷을 벗기고, 대신 제 코트를 벗어 유온의 어깨에 걸쳤다. 조금 전까지 그가 입고 있던 옷은 체향과 온기로 가득했다.

"너무 놀란 것 같은데, 잠깐 의사를 만나고 갈까요. 수액이라도 맞는 게 좋겠습니다."

"아니에요, 괜찮아요."

유온은 얼른 고개를 저었다. 놀라긴 했으나 그렇게 수선을 피울 정도는 아니었다. 어느새 이한영과 이정윤이 주위에 있던 사람들을 몰고 나가서 대기실에 유온과 윤서경, 둘만 남았다. 더욱 안심이 되었다. 한참 후 유온을 조용히 토닥거리던 윤서경이 말했다.

"미안합니다. 이럴까 봐 바로 안 알리고, 집에 가서 말할 생각이었습니다."

유온은 당황해서 고개를 들었다. 이한영은 정말 사소하다 생각해서 말을 전한 건데, 자신이 공연히 일을 키워 버린 것 같았다. 괜히 사고 당한 사람을 걱정이나 시키고.

"서경 씨가 왜 미안해하세요……. 사고가 난 건 서경 씨인데."

"정말 별것 아니었어요. 사실 병원에 올 정도도 아닌데, 이한영 실장이 유난을 피운 겁니다."

"하필, 하필 지금 사고가 나서. 놀라서요……."

유온은 늦은 변명을 중얼거렸다. 몸이 싸하게 식으며 아파오는 느낌이 들었다. 손끝과 발끝은 한겨울에 맨살을 드러내고 있는 것처럼 뻣뻣하니 차가웠다. 긴장이 온몸의 체온을 빼앗아 가서 윤서경의 코트를 걸치고 있는데도 한기가 들었다. 그래도 바로 곁에 윤서경이 있으니 얼어 죽진 않을 거란 확신이 들어 무섭지 않았다.

"하필 지금 사고가 난 게 왜요. 운 나쁘게 뒤에서 차가 브레이크를 잘못 밟았을 뿐입니다. 도심에선 사고가 난다고 해도 크게 다치지도 않고요."

"……."

집에서 뛰쳐나오기 전 유온이 생각한 건 오래전에 잠시 기르던 고양이였다. 항상 나른하게 움직이며 유온의 손길이 닿으면 그릉그릉 기분 좋은 소리를 내던 고양이. 이유건은 그 고양이를 싫어했다. 결국 유온 앞에서 고양이를 죽였다.

유온은 어떻게도 하지 못하고 고양이가 죽어 가는 모습을 보고 있어야 했다. 제 탓이라 생각했다. 형을 거역하고 끝까지 기르고 싶다고 우겼으니까. 그러지 않았다면 고양이는 학대당하듯 침대 위에서만 갇혀 지낼 일도, 그러다 가여운 방식으로 죽게 될 일도 없었을 거라고.

윤서경과 고양이는 하늘과 땅만큼 다른 걸 알아도 어쩔 수 없이 떠올랐다. 어머니가 소리친 천벌이라는 말도 머릿속에서 떠나지 않았다.

"어머니가."

갈라진 목소리가 제 입에서 흘러나왔다.

"어머니가 그랬잖아요, 벌을 받을 거라고. 그래서……."

그래서 사고라는 한 마디가 너무 두려웠다. 병원에 가면 싸늘하게 눈을 감은 윤서경의 모습이 있지 않을까, 무거운 기계를 매단 채 호흡기에 의지하여, 온몸이 상처에 뒤덮인 채로 의식을 잃고 있는 건 아닐까, 눈앞이 어지러울 정도로 두려웠다. 자신이 그렇게 침대에 누워 있는 고통을 아는 만큼 더욱.

"벌이요?"

윤서경이 고개를 갸웃했다.

"벌을 왜 받습니까."

"……."

"신경 쓰고 있을지도 모른다고 생각했는데 역시 그렇군요. 유온 씨, 벌은 잘못한 사람이나 받는 겁니다. 당신은 아무것도 잘못한 적이 없고요."

"제, 제가 잘못……."

"아니요."

단호한 부정에 유온은 입술을 달싹거렸다.

항상 저는 잘못으로 가득한 삶을 살고 있다고 생각했다. 태어난 순간부터 지금까지. 그걸 이렇게까지 정면으로 부정하는 말은 처음 들어 보았다. 너무 확신에 가득 찬 목소리여서 자신의 생각이 순식간에 날아가 버리는 것 같았다. 먼저 느낀 건 당황이었다. 이어서, 그런가? 라는 말이 떠올랐다.

"유온 씨."

네, 짧게 대답하며 고개를 들었다. 윤서경과 눈이 마주쳤다.

"당신이 노트에 적었던 일, 그걸 당신과 가까운 누군가가 당했다고 생각해 보세요."

"……."

"예를 들면 내가 말입니다."

자신이 노트에 적은 일들은 머릿속에 선명했다.

그걸 윤서경이 당한다고? 얼마 지나지도 않아 유온은 신음했다. 윤서경이 그런 상황 속에 있다니 상상하는 것만으로도 괴로웠다.

"어때요. 힘듭니까?"

"……네."

"벌을 받을 잘못이라는 건 그런 걸 말하는 겁니다. 당신 가족들이 한 일 말입니다."

"……."

유온은 한참 말을 하지 못했다. 자신이 당할 때는 고통스럽지만 이렇게까지 심장이 비틀어 짜이는 것 같진 않았다. 이름만 아는 누군가가 당한다고 해도 마음이 안 좋은데, 그게 윤서경이라고 하면. 가슴을 손으로 꼭 누르고 있던 유온은 불현듯 든 생각에 윤서경을 보았다.

"서경 씨."

"네."

"서경 씨는 저 때문에……, 슬프세요?"

다른 누군가, 윤서경이 그런 일을 겪었다. 그렇게 생각한 것만으로 슬픔이 밀려들었다. 그렇다면 윤서경도 똑같을까. 슬플까?

대답은 금방 나왔다. 그의 검은 눈동자에 어둠이 깔렸다. 어슴푸레한 어둠 사이로 그의 감정이 손에 잡힐 듯 보였다.

"네. 슬픕니다."

느낀 감정을 또렷하게 만들어 주듯이, 낮은 목소리가 말했다.

유온은 잠시 그 눈에 시선을 빼앗겨 움직이지 못했다. 주위를 감싼 체향도 질량을 갖추며 젖은 듯 내려앉는다. 깊은 숲의 안개처럼 무거워서 순간 숨을 쉬는 게 불편해질 정도였다.

"말로는 다 하지 못할 만큼 슬픕니다."

윤서경의 언어가 느리게 끼쳐 왔다. 말, 표정, 눈빛, 체향, 긴장한 온몸의 근육, 희미한 떨림을 담은 목소리, 유온에게 느껴지는 모든 게 그가 느끼는 슬픔을 전달하고 부연했다. 유온은 가만히 윤서경을 보았다. 그의 얼굴과 온몸과, 여과 없는 슬픔을 한동안 바라보고 있었다.

가슴이 일렁거렸다. 몸 어딘가에 최초로 사랑을 느끼는 기관이 있다면 그건 이미 마비되었을 거라고 생각했다. 처음 만난 순간부터 이때까지 쌓인 사랑으로.

하지만 크게 두근거린 심장이 어디에 있는지 모를 기관을 향해서 온기가 넘치는 맥박을 쏟아부었다. 심장과 그 기관이 동시에 같은 박동으로 뛰었다. 손끝까지 두근거리는 것 같다. 유온은 쿵, 쿵, 나지막하게 울리며 떨리는 손을 윤서경의 뺨으로 가져갔다. 차가운 제 손과 달리 그의 뺨은 따뜻했다.

그 온기가 사락사락, 따스한 물처럼 번져 차디찬 손을 녹였다. 유온은 참지 못하고 속삭였다.

"서경 씨. 서경 씨……, 좋아해요. 너무 좋아요."

윤서경은 뜻밖이라는 듯 눈을 크게 떴다.

"서경 씨가 너무 좋아요. 사랑해요. 예전부터, 오래전부터, 당신이 너무 좋았어요. 사랑했어요. 지금도 너무, 당신을. 당신이 좋아요."

유온의 흔들리고, 겁먹고, 열기로 가득하고, 솔직한 말을 따라서 공기가 덥게 들떴다. 주위에는 윤서경과 유온의 체향이 뒤엉켜 섞이며 두 사람의 체향 자체이자, 조금 다르기도 한 향기가 가득했다. 윤서경은 유온이 말을 마치고 입을 다물 때까지 홀린 듯 몽롱한 눈으로 유온을 바라보다가, 입술이 다물리자 곧바로 머리를 끌어당겨 키스했다.

키스는 길었다. 목 안쪽으로 가느다란 신음을 흘리던 유온이 점점 숨을 쉴 수 없게 되어 버둥댈 때까지 길고도 집요하게 이어졌다. 한참 후에야 윤서경은 유온을 놓았다. 유온은 부어오른 입술 사이로 참았던 숨을 내뱉었다. 삼키지 못한 타액이 입가를 적시고 있었다. 윤서경은 유온의 머리카락 사이로 손을 집어넣어, 의미를 가득 담아서 가만히 쓸어내리며 속삭였다.

"나도 그렇습니다. 나도……, 당신을 사랑합니다. 이 이상 어떻게 말해야 할지 모를 정도로."

그렇게 말하는 목소리가 그답지 않게 조급했다. 빨리 말하지 않으면 들을 사람이 사라져 버리기라도 한다는 듯이.

"당신을 다시 잃는다는 걸 상상도 할 수 없습니다."

유온의 어깨가 멈칫했다. 자신이 죽은 후 윤서경은 어땠을까, 라는 생각이 들었다. 죽기 직전 보았던 그의 기묘한 표정이 떠올랐다.

그때는 그게 어떤 감정을 담은 표정인지 알지 못했다. 지금은 알 수 있을 것 같았다. 유온은 그의 품 안에서 팔을 뻗어 몸을 끌어안았다.

사랑한다는 말은 수천 번을 해도 부족할 것 같았다.

* * *

화명의 임원 중에서 가장 먼저 보석으로 풀려난 건 이중권이었다. 여느 돈과 권력이 있는 사람들이 그랬듯 그는 휠체어에 앉아서 나왔다. 물론 그 보석의 배후는 윤서경이었다.

이중권은 어쩌다 갑자기 보석 신청이 받아들여졌는지 의문을 가지면서도 나오자마자 가족들에게 연락했다. 평소 사용하던 번호가 아니라, 만약을 위해 가족들 모두가 만들어 놓은 비상용 전화였다.

이중권이 없는 사이 진 회장은 앞으로 돌봐 주겠다는 말을 핑계로 이유연을 데리고 갔다. 진 회장과의 결혼은 워낙 예전부터 말이 오가던 일인지라 피할 수 없었다. 그는 함부로 파혼하기에는 껄끄러운 사람이었다.

어떻게든 이유연을 보내는 걸 피하고 싶었지만 어쩔 수 없었다. 그래도 결혼하면 배우자로서 존중하겠다는, 그러지 않으면 이혼하겠다는 다짐을 듣고 나서 결혼 준비를 시작했다. 이유온과 결혼할 경우와 달리 조건이 붙은 게 마음에 안 든 듯했지만 그쪽도 수긍했다.

애초 그는 미인으로 알려진 데다 나이도 한참 어린 화명의 두 아들 중 하나와 결혼하는 게 목적이었기에 대외적으로 결혼 사실이 알려지기만 하면 만족할 터였다. 존중하겠다고 제 입으로 말한 만큼 점잖게 굴 것이고.

하지만 이유연이 정식 배우자로 그 집에 들어가는 게 아니라면 이야기는 달랐다. 이유연은 진 회장에 대해서 소문이 좀 나쁘고 나이가 많은 사람이라는 정도밖에 몰랐다. 그 정도가 아니었다. 동운건설은 물밑에서 폭력 조직과 연결되어 있었다.

건설회사가 폭력배인 일이야 드물지 않으나, 동운건설 집안은 선대 회장부터 조직에 깊숙이 관여하면서도 절대 그런 부분이 알려지지 않도록 했다. 인간은 떳떳하지 못할수록 더욱 숨기는 법이었다. 그들은 폭력 조직 중에서도 특히 더 질이 안 좋은 부류였다.

진 회장은 이유연과 결혼하면서 첩을 들이게 해 주는 대신 이유연과는 평범한 부부 생활을 하겠다고 약속했다. 차라리 그쪽이 나았다. 이유연이 진 회장을 자주 보지 않아도 되는 만큼 더욱.

그보다 한층 나은 건 이유연이 진 회장과 결혼하지 않는 것이었다. 원래 그 자리는 이유온, 그 아이가 가야 할 곳이었다.

원래 이중권은 시간을 끌 수 있는 만큼 끌어 진 회장을 달래면서 이유연을 윤서경에게 보낼 생각이었다. 진 회장이 입을 다물 유일한 방법은 이유연이 진 회장도 어쩌지 못할 만큼 대단한 집안, 이를테면 부경과 결혼하는 것뿐이었다. 그러면 자연스럽게 처가인 자신들도 부경의 보호를 받게 된다.

이유온을 마약에 연루시켜 처리하려 했다. 그러다 살아남으면 진 회장에게 주고, 죽으면 죽는 대로 진 회장과 이야기를 하는 것으로. 상대가 다른 사람과 결혼한 게 아니라 죽었다고 하면 진 회장도 강하게 나오지 못할 것이기 때문이다.

그런데 그게 어디서부터 어그러진 걸까. 이유연은 순식간에 가장 좋지 못한 형태로 진 회장에게 끌려갔다. 뿐만 아니라 화명이라는 거대한 회사는 이제 회생의 여지가 없었고, 자신은 보석으로 간신히 풀려났으나 재판을 앞두고 있다.

우선은 진 회장의 집에서 이유연을 데리고 나오는 것부터 해야 했다. 진 회장이 이유연을 존중하겠다고 말한 건 어디까지나 정식으로 결혼했을 때였다. 지금은, 당연히 그런 생각은 하지 않을 것이다. 하다못해 이유건이라도 있었다면 막았을 텐데.

이중권은 구형 휴대폰으로 초조하게 전화를 걸었다. 아내에게, 둘째 아들에게. 그러나 어느 쪽도 연결되지 않았다. 대체 어떻게 된 일일까. 이건 혹시 집안에 무슨 일이 생길 때를 대비해 만들어 둔 전화였다. 이런 상황이니 두 사람 다 잊지 않고 간수했을 터다. 전쟁이 난 것도 아닌데 전화 하나 못 챙길 리가 없었다.

가구와 물건마다 압류 통지서가 붙은 거실에 서서 아무리 통화 버튼을 눌러도 헛일이었다. 이중권은 출입 금지 표시를 찢어서 무시하고 집에 들어왔을 때와 마찬가지로, 이제 제집의 물건이 아닌 장식품 하나를 내던져 깨뜨렸다.

조바심이 났지만 휴대폰은 차마 던지지 못하고 꽉 움켜쥐었을 때, 현관문이 갑작스레 열렸다. 추심자인가 하고 고개를 들자 번듯한 정장을 갖춘 앨파 사내 둘이 있었다.

"이중권 회장님, 윤 대표님께서 찾으십니다."

보석이 되도록 한 게 윤서경이었을 테니 만나려 하는 건 놀랍지 않았다. 단지 마음에 안 드는 건 이들의 태도였다. 뵙고 싶어 한다고 아니고, 찾는다고?

"뭐, 찾아? 건방진 놈이."

"죄송하지만 대표님께선 바쁘셔서."

말과 함께 사내들이 이중권을 붙잡았다. 똑같이 알파라 해도 이중권은 이미 나이가 많이 들었고, 힘으로도 이 건장한 사내들을 이기지 못했다. 질질 끌려간 그는 중후한 세단 뒷좌석에 밀어 넣어졌다.

차는 고즈넉한 주택가를 벗어나 고속도로로 접어들었다. 빠르게 달린 차량이 목적지에 도착했을 때 이중권은 눈을 크게 떴다.

어떻게 윤서경이 여기를 알았지?

눈앞에는 잘 지은 2층짜리 단독 주택이 있었다.

이중권이 아무도 모르게 준비해 둔 도피용 집이었다. 딱 네 식구가 살 수 있는 공간으로, 이곳과 이 일대 토지가 이중권의 소유인 건 땅을 마련한 브로커 말고는 아무도 몰랐다.

재판에서 집행 유예를 받는 게 목적이었지만 이제 판결이 어떻게 되든 아무래도 좋았다. 이중권은 이곳에 몸을 숨기고 조용해지기를 기다렸다가, 가족과 함께 외국으로 나갈 생각을 하고 있었다. 어차피 도피와 정착을 위한 현금은 가지고 있다.

그러나 그 모든 계획이 윤서경이 보낸 차를 타고 이곳에 도착한 순간 금이 가는 느낌이었다. 무언가 크게 잘못되었다는 생각이 들었다.

운전석과 조수석에 각각 앉아 있던 사내들이 내려 문을 열었다. 남이 차 문을 열어 주는 건 이중권에겐 당연한 일이었는데, 지금은 그게 껄끄럽기만 했다.

버티고 있을 수도, 어디로든 도망칠 수도 없다. 이중권은 결국 사내들을 따라 집으로 들어갔다. 그들은 제집인 양 오토 록을 열고 안으로 들어갔다. 집 안은 이중권이 기억하는 그대로였으나 이상하게 스산했다.

사내들이 이중권을 소파 손님석으로 이끌었다. 묶어 놓거나 한 건 아니었지만, 알파 둘이 바로 등 뒤에 서서 묶인 것이나 마찬가지였다. 정작 자신을 부른 윤서경은 보이지 않았다.

윤 대표는 어디에 있는지 물으려 했을 때 밖에서 차 소리가 들렸다. 이어 문이 열리고 바로 그 윤 대표가 모습을 드러냈다. 그는 머리부터 발끝까지 어두운 색의 옷을 입고 있었다.

인사도 없이 상석에 앉은 윤서경이 천천히 다리를 꼬았다. 당장 뭐라 소리를 치려던 이중권은 저도 모르게 입을 닫았다.

그래도 이중권은 수십 년 동안 기업을 경영한 사람이었다. 누군가에게 기에서 눌린 적이 없는데, 지금 이 새파랗게 젊은 놈을 보고 있자니 무거운 위압감에 소름이 끼칠 정도였다.

알파가 더 강한 알파를 볼 때 본능적으로 느끼는 공포심이었다. 지금껏 윤서경이 다른 사람들 앞에서는 이것을 누르며 살아왔다는 걸 깨달았다. 묵직한 공기가 이중권의 나이든 몸을 내리눌렀다.

"지내는 건 편하셨습니까?"

윤서경이 갑자기 입을 열었다. 구치소에서의 생활을 묻는 것이었다. 편했을 리 있겠는가. 불쾌하게 입을 실룩거리자, 윤서경은 미소를 지었다. 호의는 한 점도 느껴지지 않는 미소였다.

"당분간 여기서 계시죠. 며칠에 한 번은 집안일할 사람이 들어올 테니 불편하진 않으실 겁니다. 괜히 밖으로 나가실 생각은 않는 게 좋을 거고요."

"가둬 두기라도 하겠다는 건가?"

"편할 대로 생각하세요. 얼마 안 있어서 이유건 부사장도 보석으로 풀려날 겁니다."

대수롭지 않다는 듯한 어조로 말이 이어졌다.

"당신들 가족을 어떻게 할지 생각은 많이 했었는데, 딱히 내가 손댈 것도 없어 보이더군요. 당신들이 뿌려 놓은 씨앗이 꽤 많아서. 전부 그대로 거두게 하는 걸로도 충분할 것 같습니다."

"무슨 소리야."

"이 회장은 여기 가만히 앉아서 가족들 소식을 듣기만 하면 됩니다. 자주 전달하도록 하죠."

그렇게 말하며 윤서경이 품에서 USB를 하나 꺼내 테이블에 올려놓았다. 말하는 것으로 보아 저기에 가족의 안부가 들어 있는 듯했다. 왜 하필 USB인지는 알 수 없었다.

"앞으로 다시는."

"……."

"마음이 편할 날이 없을 겁니다."

차분한 목소리에 이중권은 가슴이 서늘해지는 걸 느꼈다. 이 나이가 되어 느껴 보리라 생각도 하지 못한 공포감이었다.

"글쎄……. 죽을 때가 되면 드디어 죽게 됐다고 행복하게 생각할지도 모르겠군요."

"대체 우리 가족한테 왜 이러는 건가?"

"난 처음부터 이유를 말했는데요."

이중권이 눈을 부릅떴다. 한순간 공포를 잊고 몸을 벌떡 일으키려 했으나, 뒤에 서 있던 사내들이 즉시 어깨를 짓눌러 제자리에 앉혔다. 어깨부터 몸통이 부서지는 듯했다.

"그 사생아 놈 하나 때문에 이런다고?"

"당신들이 입만 다물고 있었어도 지금보단 나은 결과였겠지."

윤서경은 테이블 위의 USB를 흘끗 보더니 자리에서 일어났다.

"사흘 후에 오죠."

그렇게 말하고 일어난 윤서경은 흘끗 집 안에 눈길을 줬다.

"음악 감상이 취미라고 하시더군요. 여기도 좋은 스피커를 갖춰 두셨고."

"그, 그게 갑자기……."

"기왕 사 두신 거 사용하셔야죠."

윤서경은 뜻 모를 말을 남긴 뒤 휙 떠났고, 그를 따라 이중권을 지키고 있던 알파들도 나갔다. 혼자 남은 이중권은 소파에 앉아 잠시 눈치를 보다가 일어나선 집 1층 곳곳의 창문을 조심스레 내다보았다. 창마다 정원을 서성거리는 감시인들이 있었다. 이중권은 어처구니가 없어 헛웃음을 터뜨리고는 온 집 안의 커튼을 쳤다.

밖에 나갈 순 없지만 적어도 밖에서 안을 들여다보진 못한다. 이중권은 테이블 위의 USB를 한 번 보고는 거실을 지나쳐 걸음을 옮겼다. 가족의 안위도 중요하지만, 그것보다 우선 먼저 확인해야 할 게 있었다. 1층 서재로 들어간 그는 책장 사이의 붙박이처럼 생긴 협탁을 밀었다.

나무 바닥 위에서 요란한 소리를 내며 밀린 협탁 자리에, 판자의 선을 따라 정교하게 만들어 둔 문이 하나 있었다. 이중권은 서재의 커튼이 틈 없이 닫힌 걸 확인하곤 조심스레 그 문을 열었다. 오랫동안 열지 않았던 문이 쩌적, 하고 갈라지는 소리를 냈다.

긴장한 채 문을 연 이중권의 안색이 밝아졌다. 문 안쪽에는 자신이 숨겨 놓은 물건이 그대로 있었다. 하나도 빠짐없이 정리되어 놓인 금과 세탁이 끝난 현금을 보자 마음이 편해지는 동시에 통쾌했다. 분명 이 집을 뒤졌을 텐데, 윤서경이 이걸 발견하지 못했다는 사실이.

협탁을 제자리로 돌려놓은 이중권은 거실로 가서 그제야 USB를 집어 들었다. 가족들의 소식을 이걸로 알려 주겠다니. 금괴를 걱정하느라 잠시 눌려 있던 가족들에 대한 걱정이 다시 일어났다.

서재에는 새 노트북도 그대로 있었다. 이중권은 책상에 앉아 노트북을 켰다. USB를 꽂아 넣을 때만 해도 무슨 짓을 하는 건가, 하는 불쾌감 쪽이 더 컸다. 그러나 USB에 들어 있던 영상을 재생했을 때 그의 얼굴은 흙빛이 되었다.

재생된 영상은 어디에서 열린 건지 모를 작은 파티의 모습이었다. 기록 보존용으로 남긴 건지 자세하게 촬영된 건 아니었다. 하지만 그 화면 안에 아들의 모습이 있었다. 진 회장과 가까이 붙어 선 이유연은 새파랗게 질린 얼굴이었다.

화면으로도 몸이 안 좋은 게 보였다. 주위에 있는 사람들이 가만히 그를 지켜보다가 저들끼리 뭐라고 소곤거리는 것도. 반면 바로 옆에 선 진 회장은 태연한 모습이다.

이중권은 이유연이 왜 그러는 건지 잘 알 수 있었다. 몸 어딘가에 외상이 있는 게 분명했다. 그것도 남에게 말하기 어려운 이유로 다친 상처. 생각할 것도 없이 진 회장의 짓이었다. 이유연을 데리고 간 지 얼마나 되었다고 벌써 손찌검하는 버릇이 나온 것이다.

다친 모습을 직접 본 건 아니었지만 확신했다. 진 회장이 어떤 사람이던가. 그의 성정은 물밑에선 이미 모르는 사람이 없다. 이중권조차 눈살을 찌푸리게 했던 그 폭력의 대상이 이유연이 되었다니, 이렇게 빨리. 진 회장이 무슨 짓을 저지르기 전에 서둘러 데리고 돌아오려고 했건만, 집에 들인 지 얼마나 되었다고 저자가…….

정신을 차리고 재생 목록을 보았다. 영상은 하나가 아니었다. 총 세 개, 길이는 모두 짧았다. 두 번째는 이유연이 부경 사옥의 주차장에서 진 회장에게 끌려가는 영상이었다. 이전 영상에 비해 화질이 떨어졌고 음성이 없었으나 이유연이 뭐라고 소리치며 억지로 차에 태워지는 건 알 수 있었다.

주름진 손이 벌벌 떨리며 다음 영상을 눌렀다. 이번엔 음성만 있었다.

—어떻게 지내나 궁금해서요.

—…….

이중권은 목소리의 주인을 알아보았다. 집에서 일하던 가사 도우미였다.

—요샌 일자리 찾는 것도 쉬워요. 예전처럼 파출부 소리를 듣는 것도 아니고, 일할 집만 잘 찾아가면 편해. 이력서만 등록해 놓으면 금방이라니까.

—……무슨 말이에요?

전화를 받은 건 성민희였다.

―뭐라도 해서 먹고살아야 하지 않겠어요? 내가 이쪽 업체에 추천해 줄 수 있는데.

―지금 나보고, 남에 집에 가서 일을 하라는 거예요?

―그게 어때서요. 다들 하는 일인데. 하기야, 그쪽이 집에서 일하는 사람을 그런 식으로 봤으니 하기 싫을 수도 있겠네요. 그런데 그렇게 대하는 집이 더 드물어요.

―그렇게 대하다니, 무슨 뜻이에요. 고작 가정부한테 얼마나 더 잘해 주라고요?

―휴……. 어쨌든 생각해 보세요. 나도 큰맘 먹고 전화한 거예요. 아무리 그래도 얼굴 아는 사람인데, 길거리에 나앉아서 굶어 죽었다고 하면 마음이 안 좋잖아요.

―고맙지만 아직 그런 일까지 해야 할 정도는 아닌 것 같네요.

통화가 뚝 끊겼다. 이중권은 재생이 멈춘 화면을 멍하니 보았다. 지금 아내가 가정부로 일하라는 권유를 받은 건가? 다른 사람도 아닌 화명의 안주인이?

이 세 개의 영상만으로 이중권은 기가 막혀 신음이 나올 지경이었다. 그런데 윤서경이 사흘 후에 오겠다고 한다. 다른 소식을 가지고. 그게 이것보다 좋은 소식일 리 만무했다. 넋이 나가 있던 이중권의 표정이 이내 굳어지고, 책상을 쾅 내리쳤다. 책상에 올려놓았던 값비싼 장식품 몇 개가 떨어져 바닥을 굴렀다.

이중권은 곧 정신을 차리고 낡은 휴대폰을 들었다. 저장은 하지 않았지만 외우고 있는 번호로 전화를 걸었을 때 그의 안색은 더더욱 나빠졌다.

―지금 거신 번호는 없는 번호이오니…….

"뭣……."

외국에서 살 집과 여권을 준비해 둔 브로커의 번호였다. 신용이 생명인 자들이라 갑자기 회선을 해지할 리가 없는데, 몇 번이나 다시 걸었지만 마찬가지였다. 없는 번호라는 안내음을 계속 들으니 단조로운 안내 메시지의 목소리마저 자신을 놀리는 걸로 들렸다.

잠적한 건가? 이런 자들이 맘먹고 숨으면 어디서도 찾지 못한다. 아니……, 일단 돈이 있으면 브로커 따위는 얼마든지 새로 구할 수 있다. 이중권은 침착해졌다. 연락이 안 되는 이상 마냥 기다릴 순 없다. 그쪽에 지불해 둔 돈이 있다 해도, 지금같이 급박한 상황엔 그냥 날린 셈치고 다른 사람을 찾는 게 나았다.

진 회장이 아무리 폭력배와 연관이 있다고 해도 어떻게든 이유연 하나는 빼낼 수 있을 것이다. 그걸 도와줄 사람도 찾아야 한다. 이유건이 보석으로 나오고 수사망이 느슨해지는 걸 기다렸다가 외국으로 가자. 윤서경의 눈길이 닿지 않는 곳으로. 어차피 흉악범이 아닌 이상 사람들의 관심은 금방 수그러들게 마련이었다. 그건 검찰의 수사 의지도 약해진다는 의미였다. 그때 조용히 도망치면 아무도 모른다.

거기까지 생각하고 분노가 치밀었다. 이유온.

처음부터 그걸 집에서 기르는 게 아니었다. 그게 그토록 눈엣가시에 거슬리던 이유가 있었다. 이런 미래를 예견했던 건지도 모른다. 지금쯤 키워 준 은혜도 잊고 윤서경에게 꼬리를 흔들고 있겠지.

이중권은 생각만 해도 피가 거꾸로 솟는 그 얼굴을 애써 지우며 새로운 브로커를 찾기 시작했다.

* * *

해가 길어지고 창밖에서 흘러드는 햇살이 한층 맑아졌다 싶더니 어느새 봄이었다.

분명 마른 가지만 있던 가로수에 작은 눈송이처럼 분홍빛 꽃봉오리가 맺히기 시작했다. 산책을 나왔던 유온은 피어날 준비를 하는 꽃나무를 가만히 올려다보았다.

해가 바뀐 게 어제 일 같은데 벌써 겨울이 멀어졌다. 거리 곳곳에 봄의 생기가 돌았다. 오가는 사람들의 옷차림도 한결 가벼워졌다. 유온은 봄 한정 메뉴라며 추천받은 연분홍색 음료를 보았다. 날씨가 따뜻해서 차가운 음료를 들고 있어도 손이 시리지 않았다.

"거기 테라스석 분위기가 정말 좋대요. 이번 주 토요일에 대표님 하루 종일 일정 없으시던데, 같이 가 보시는 거 어때요?"

이정윤의 화제는 언제나 어디서 어디로 흐를지 모른다. 지금도 꽃이 피는 이야기를 하다가 언제부턴가 풍경이나 분위기가 좋은 카페 이야기로 넘어갔다. 서울 외곽, 차로 40분 정도 걸리는 곳에 괜찮은 카페가 있다고 한다. 기분 전환 삼아 윤서경과 가 보는 게 어떠냐는 말이었다.

딱히 자신은 기분을 전환할 일이 없었지만, 윤서경은 늘 일 때문에 바쁘다. 그가 드라이브를 좋아하는지는 모르겠으나 강이든 호수든, 바다든 물을 보는 건 나쁘지 않게 생각하는 듯했다. 이정윤이 말한 카페 테라스석에서는 너른 강물이 보인다.

자신은 휴일이라고 할 게 없다. 꼭 해야 하는 일이나 활동이 없으니까. 휴일이 없다기보다는 매일 쉰다는 게 더 맞는 말일 것이다. 그런데다 자신은 밖에 나가는 것보다 집에 틀어박혀 있는 걸 좋아하는데, 윤서경은 달랐다. 그는 몸 움직이는 걸 좋아하고 예전에 결혼 생활을 하는 동안엔 취미로 아웃도어 활동을 하러 가는 날도 많았다. 요즘은 전혀 가지 않는 것 같지만.

혹시 그가 쉬는 날에도 집에만 있는 이유가, 자신이 밖에 나가지 않아서는 아닐까? 너무 자기중심적인 생각 같기도 했으나 만약 그렇다면 그에게 미안했다.

"말해 볼게요……."

"네! 좋아하실 거예요."

과연 좋아할지는 모르겠지만 이야기나 꺼내 보자는 생각이 들었다. 마침 그에게 하고 싶던 말도 있다. 어떻게 말해야 좋을지 알 수 없어서 생각만 했었는데, 좋은 기회가 될 것 같았다.

유온은 집으로 돌아와 늦은 저녁이 될 때까지 그를 기다렸다. 그는 이번 시즌에 호텔 델리에 새로 나온다는 케이크를 가지고 돌아왔다. 그걸 앞에 두고 차를 마시면서 유온은 우물쭈물 고민하다가 조용히 말을 꺼내 보았다.

"저기, 서경 씨, 정윤 씨가 말해 준 건데, 음……. 혹시 이번 휴일에……."

"휴일에요?"

"네, 저, 바쁘지 않으시면, 드라이브…… 가실래요?"

망설임과 불안이 무색하게도 윤서경은 유온이 드라이브 이야기를 꺼내자마자 눈을 둥글게 뜨더니 그를 끌어안으며 웃었다. 대단한 말을 한 것도 아닌데 왜 이러는 걸까 싶어 어색하게 움찔거리자, 윤서경은 기분이 좋은 목소리로 말했다.

"좋습니다. 피곤하지 않으면 지금 출발할까요?"

……저녁 9시였다.

"아, 아니요, 지금이 아니라 이번 주 토요일에……."

"아, 휴일이라고 했죠. 그래요. 몇 시에 갈까요."

"아무 때나, 서경 씨 편하실 때요."

"그럼 11시쯤 출발해서 점심 먹고, 근처도 좀 돌아보고 옵시다."

유온은 고개를 끄덕였다. 정말 그동안 외출이 많이 하고 싶었나. 역시 자신 때문에 못 간 걸까, 안절부절못하며 올려다보자 윤서경은 유온의 이마에 입을 맞췄다.

"당신이 어디에 가자고 말한 게 기뻐서요."

"……."

"앞으로도 그렇게 하고 싶은 건 뭐든 말해요."

고작 드라이브를 가지 않겠느냐고 말한 것뿐인데 돌아오는 칭찬이 과했다. 괜히 얼굴이 발개져선 윤서경의 입술이 닿았던 이마를 매만졌다. 윤서경은 그 손 위에 또 입을 맞췄다.

토요일은 금방 다가왔고, 다행히 날씨가 맑았다. 윤서경이 말한 대로 11시쯤 출발해서 카페에 도착하자 유명한 곳인데도 생각만큼 사람이 많진 않았다.

"결혼식 장소는 생각해 봤습니까?"

식사를 마치고, 커피가 담긴 잔을 내려놓으며 윤서경이 물었다. 결혼식은 다시 돌아오는 올해 겨울 외국의 따뜻한 도시에서 올리기로 했다. 어디에서 할지는 아직 정하지 못했고, 신혼여행 장소도 결혼식 도시가 결정되면 그와 분위기가 다른 곳으로 하자는 정도로만 애매하게 생각해 두었다.

"음……."

안 그래도 결정은 어려운 일인데 그게 결혼식과 신혼여행이라는 중요한 장소면 더더욱 곤란했다. 난감한 표정의 유온을 본 윤서경이 웃음을 지었다.

사실, 신혼여행으로 가고 싶은 곳은 있었지만……. 그것도 왜인지 말이 나오지 않아서 그냥 입을 우물거릴 뿐이었다.

"천천히 생각하죠."

대답을 못 하는 유온을 재촉하지 않고 윤서경이 말했다. 고개를 끄덕인 뒤 유온은 그의 뒤로 보이는 풍경에 시선을 돌렸다. 테라스석에서는 강물이 햇빛을 받아 반짝거리면서 흐르는 모습이 보였다.

사람들이 왜 답답할 때면 탁 트인 곳으로 놀러 가는지 알 것 같았다. 널찍한 테라스에 앉아 강을 바라보고 있자 마음이 편안해졌다. 시야의 끝에서 끝까지 강이 흐르고, 하늘과 산자락은 땅에 닿아 있었다. 새삼 세상이 넓다는 생각이 들었다.

저 땅은 어디로든 연결되어 있었다. 두 사람이 사는 집으로, 윤서경의 회사로, 유온의 병원으로, 더 멀리 나아가면 자신의 것이 되어 버린 스페인의 고성, 아직 정해지지 않았지만 결혼식을 올릴 도시, 신혼여행 장소까지.

가족이 있는 좁은 집에만 한정되어 있던 유온의 세계는 이제 놀랄 만큼 넓어졌다. 그리고 더는 그 넓은 세계가 무섭기만 하진 않았다.

"서경 씨, 저……."

"네."

유온은 고개를 들어 윤서경과 눈을 맞췄다.

"부모님이랑 형들을 한 번만 만나 보고 싶어요."

윤서경이 뜻밖이라는 얼굴을 했다. 스스로도 말해 놓고 이상하고 뜬금없게 들리겠다 싶었다. 가족을 만나고 싶지 않다고 불과 얼마 전에 제 입으로 말했었다.

하지만 유온도 줄곧 생각한 결과였다. 어머니와 마주쳤던 이후, 윤서경은 가족들에게 별일이 없다고 계속 말했으나 그렇지 않다는 걸 알았다. 유온은 이제 TV를 피해 다니지 않았다. 바보가 아닌 이상 아버지와 형의 상황이 점점 걷잡을 수 없게 안 좋아지고 있다는 걸 알 수 있었다. 아버지도, 형도, 보석으로 나왔다가 그대로 잠적하고 말았다.

어머니와 작은형의 소식까진 뉴스에서 듣지 못했다. 그렇지만 그것 또한 어렵게 않게 짐작이 가능했다. 유온이 스무 해 넘게 산 그 집에 가족들이 다시 모여 살게 될 날은 오지 않으리라고.

윤서경은 유온이 가족들에게 빼앗긴 것들을 하나하나 돌려줄 거라고 말했다. 그 말을 처음 들었을 땐 이해하지 못했다. 빼앗긴 게 너무 많아서 자신에게 무엇이 없고 무엇이 있는지조차 알지 못하던 상태였으니까. 하지만 지금은 달랐다.

이대로 만나지 않고 윤서경의 손에 모든 걸 맡겨 둔다면 편할 것이다. 그가 유온을 보호할 수 없는 곳은 세상 어디에도 없었다. 소식을 듣는 일 없이 영원히 멀어진 채 살 수 있다면 좋겠지.

그러나 그렇게 해서는 아무것도 달라지지 않는다.

언제까지고 보호만 받아야 하는 사람으로 남는다.

무엇 하나라도 윤서경에게 해 주고 싶었다. 그리고 자신이 무언가를 극복하는 것, 이 물러 터진 상태에서 조금이라도 벗어나는 것이 그를 위한 행동이자 자신을 위하는 행동이 되리라는 걸 이제는 조금이나마 알았다. 그래서 정말로, 너무 두렵지만, 그래도…….

"만나 보고 싶어요."

용기를 내서 말했다.

윤서경은 잠시 생각하는 기색이었다. 이상하게 들렸을까, 괜한 말을 했나. 윤서경에게서 대답이 돌아올 때까지 유온은 안절부절 못하며 다른 어느 곳으로 시선을 돌릴 생각도 못 하고 제 손끝만 쳐다보았다. 유온의 체감으로 수십 시간은 되는 것처럼 느껴지는 몇 초 동안, 수많은 쓸데없는 생각이 머릿속을 둥둥 떠다녔다. 대부분이 자신의 말을 윤서경이 어떻게 볼까에 대한 것들이었다. 그런 생각 속에서 유온을 건져 올리듯 윤서경이 입을 열었다.

"알겠습니다. 대신 하나만 약속해요."

"약속이요……?"

"직접 만난다고 해도 쉽게 그들을 용서하지 않겠다고요."

용서라니, 낯선 단어에 유온이 몸을 움츠렸다.

"만약 조금이라도 그런 기미를 보이면 당신의 가족은 그게 당연한 일이라고 생각할 겁니다. 용서는…… 당신이 원한다면 마음이 가는 대로 해야겠죠. 하지만 당신이 어떤 마음을 가지고 있는지, 그걸 분명하게 판단해야 해요."

고개를 들어 다시 윤서경을 보았다. 그는 차분한 태도로 설명하고 있었다. 타이르거나 충고하는 게 아니라 정말로 왜 그러면 안 되는지에 대한 설명. 길게 이어져 한 번에 알아듣기 어려운 그의 말을 유온은 천천히 되새겨서 이해의 회로에 집어넣었다.

"당신 가족들이 억지로 느끼게 만든 부채감이나 죄책감을 용서하고 싶은 마음으로 착각해서는 안 된다는 뜻입니다. 애초에 그건 당신이 가져야 할 감정이 아닙니다. 과거의 당신이 겪은 일을 별 것 아니라고 생각해서는 안 됩니다. 가족들을 만나고 마음이 약해지더라도, 정말로 그들을 용서하고 싶은 건지 꼭 다시 생각했으면 합니다."

"네……."

유온은 고개를 끄덕였다. 용서까지는 생각하지 않았다. 그저 가족들을 만나서 하고 싶은 말이 있었다. 하지만 윤서경의 말을 듣고 생각해 보니, 가족들을 만나면 자신은 안 좋았던 기억을 모두 잊어버린 것처럼 그들의 품으로 들어가 버릴지도 모른다는 생각이 들었다. 모진 말을 듣든, 다정한 말을 듣든.

억지로 느끼도록 만든 부채감과 죄책감.

그 말 그대로였다. 지금도 유온은 때때로 치미는 죄책감을 애써 누르려 애쓴다. 노트 한 바닥을 가득 채울 정도였던 학대의 기억에도 불구하고 자신은 왜 이렇게 가족에게 얽매여 있을까.

영원히 만나지 않기를 바란 건 많은 이유가 있지만 그중 하나는 다시 만나면 마음이 흔들릴 것 같아서, 도 있었다. 지금도 만약 어머니가 자신을 안아 주기라도 하면 그걸 매몰차게 뿌리치고 빠져나올 수 있을지 자신이 없었다.

"노, 노력할게요."

내가 할 수 있을까. 그런 생각이 언제나 그렇듯 따라왔다. 하지만 유온은 노력하겠다는 말로 생각을 꾹 눌렀다. 아무리 두려워도 해야 하는 일이 있으니까. 유온의 말에 윤서경이 진중하던 표정을 풀었다.

"그래요. 당장은 어렵고, 일주일 정도 걸릴 것 같습니다."

윤서경은 그렇게 말하며 유온의 앞으로 디저트 접시를 밀어주었다. 아이스크림과 함께 예쁘게 놓인 브라우니를 보며 유온은 생각했다. 일주일…… 그 안에 해야 할 말을 제대로 정리해 둬야 할 것 같았다.

* * *

조바심 또한 병의 일부였다. 자신의 스트레스를, 서두르면 결과가 안 좋아질 수 있는 상황에서도 빨리 처리해 버리려 마음이 급해지는 것.

이유온의 정신적 문제 치료는 아직 극히 초기 단계였다. 이전이 워낙 상태가 안 좋았던지라 눈에 띄게 경과가 좋은 듯 보이지만, 태어나서 이때까지 차곡차곡 쌓인 병증은 고작 이 정도로 나아질 수 없었다. 인내심을 가지고 가자는 게 의료진의 의견이었다.

그는 갑자기 가족을 만나게 해 달라고 말했다. 아마도, 가족을 만나 뭐든 자기 나름의 매듭을 짓고 싶은 것이다. 최대한 빨리. 불과 얼마 전에 가족과 다신 만나고 싶지 않다고 말했다. 그 생각이 빠르게 바뀌어 여기로 왔다.

너무 서두르고 있긴 하지만 아예 피하고 싶어 하던 걸 대면하겠다고 말한 것이니…… 긍정적이지 못한 건 아니다. 게다가 이유온의 가족은 이제 곧 만날 수 없는 사람들이 될 것이다. 한 번쯤 만나고 싶어 한다면 기회가 사라지기 전에 만나 두는 게 나을 수도 있다.

생각하며 창밖을 보고 있는데 전화벨이 울렸다. 이유온이었다.

"네."

—아, 서경 씨……. 저녁은 드셨어요?

"네, 먹었습니다. 당신은요."

—으음. 오징어 볶음 먹었는데, 맛있었어요.

"다행이네요."

호텔 룸서비스보다 새로 이사한 집에 고용한 요리사가 이유온의 입에 잘 맞게 음식을 하는 모양이었다. 그렇게 저녁 안부를 묻는 대화로 통화를 이어 갔다. 잠깐 통화를 하는 동안 윤서경의 얼굴은 부드럽게 풀어졌고 목소리에서는 꿀이 떨어지는 것 같았다.

"그럼 일찍 자요. 나는 조금 늦을 것 같습니다."

알겠다고, 이따 보자고 말하는 걸 보니 안 자고 기다릴 생각인 듯했다. 이유온이 잠을 안 자야겠다고 버티는 일은 많았으나 대체로 성공한 적은 드물었다. 돌아가면 침대 한쪽에 웅크리고 잠들어 있을 거라 생각하니 전화를 끊은 후에도 입가에 미소가 지어졌다.

윤서경은 좋은 기분을 잠시 유지한 채 시간을 확인했다. 저녁 8시를 조금 넘겼다. 볼일을 마치고 돌아가면 자정을 넘길까. 차는 강원도에 있는 윤서경의 별장으로 가는 중이었다. 산자락에 자리한 곳으로 구불구불한 흙길을 한참 가야 하는지라 지나는 사람조차 거의 없다.

별장 앞마당에 도착해 차에서 내리자 주위는 스산할 정도로 고요했다. 말끔한 전원주택은 윤서경이 온다는 말에 켜 놓은 조명등 덕분에 밝고 고즈넉한 분위기였다.

그러나 그 고급스러운 느낌은 집 뒤로 돌아가 지하실로 들어가는 문을 열 때까지만 이어졌다. 묵직한 철문의 자물쇠를 풀고 문을 열자 초봄 산속의 서늘한 공기를 내몰며 습하고 더운 공기가 훅 밀려 나왔다.

아래로 내려가는 계단과 벽은 원래 지하 창고임에도 깔끔하게 지어졌지만, 지금은 불이 전부 꺼지고 더운 습기와 악취가 벽과 바닥에 눌어붙어 잠시 서 있기도 불편한 공간이 되었다. 윤서경은 미끄러운 바닥을 망설임 없이 내려갔다.

계단으로 한 층 반을 내려와서 있는 지하 창고는 원래 이런저런 잡동사니를 보관하기 위해 사용했으나 지금은 다른 물건이 들어 있었다. 계단을 내려와 안쪽으로 이어지는 문을 열자 실내 온도는 더욱 높아졌다.

원래 있던 조명을 전부 끄고 간이로 설치한 전구에 날벌레가 모여들어 탁탁 부딪치고 있었다. 최소한의 바람만 통하도록 틈새가 벌어진 창으로 바깥에서 막 기어 들어온 커다란 벌레가 스르르 미끄러졌다. 창밖의 스산한 바람 소리와 환풍기 소리가 섞여 들렸다.

환기가 안 된 실내에서는 지저분한 냄새가 났다. 눅눅하고 후덥지근한 공기 때문이기도 했고, 눈앞에 엎어진 남자 때문이기도 했다. 벌써 며칠을 이 더운 곳에서 한 발자국도 나가지 못하고 있으니 악취를 풍기는 게 당연했다.

윤서경은 천장 바로 밑에 붙은 형태의 길쭉한 창문으로 손을 뻗었다. 지하실을 환기할 때만 여는 창은 그리 크지 않았고, 그나마 덧창까지 닫아 두면 창으로 보이지도 않았다. 느슨하게 걸어 둔 자물쇠가 윤서경의 손에 풀어졌다.

창이 열리자 차가운 바람이 쏟아져 들어왔다. 쓰러져 있던 남자가 찬 공기에 움찔하더니 고개를 들었다. 넋이 나간 얼굴은 수염이 엉망으로 자라 보기 싫고 지저분했다.

그자가 머리를 휘적거리며 들었다. 엉망이 된 옷이며 머리, 너절한 행색은 평소는 물론이고 보석으로 막 나왔을 때의 모습조차 상상도 할 수 없게 했다.

밖으로 나오자마자 누구와 연락을 취할 새도 없이 이곳으로 끌려 온 그는 열대처럼 찌듯이 무더운 실내에서 물도 식사도 거의 섭취하지 못한 채로 감금되어 있었다. 알파의 체력이 아니었다면 진작 죽었을 것이다.

"이유건."

이름을 불렀지만 눈이 탁하게 풀린 게 대화할 상태가 아닌 듯했다. 윤서경은 전화로 어딘가에 짧게 명령을 전한 뒤, 두 발자국 정도 뒤로 물러서서 기다렸다. 곧 발소리 두 개가 지하실 계단을 뛰어 내려왔다.

정장을 입은 체구 큰 남성 둘이 들어오더니 곧바로 움직였다. 한 사람은 커다란 통에 물을 받았고 다른 사람은 주사기를 준비했다.

산속 지하를 흐르던 얼음처럼 차가운 물이 머리 위로 쏟아지자 이유건이 헉 소리를 내며 몸을 뻣뻣하게 굳혔다. 아직 정신을 차리지 못한 그의 팔뚝에 주삿바늘이 꽂혔다. 이유건은 흐릿한 정신으로도 그걸 알아차리고 난리를 쳤으나 알파 두 명의 힘을 당해내지 못했다.

이유건은 저 주사를 보면 일단 난동부터 피웠다. 주사기에 든 약물이 무엇인지 알고 있기 때문이다. 그가 이유온에게 상습적으로 주사하던 약이었다. 어떤 효과가 있는지 알고 있으니 두려워하는 것이다. 윤서경도 약물의 이름까지는 알지 못했었다. 유온의 주치의가 털어놓기 전에는.

이 약을 그는 이유온을 폭행하는 동안 정신을 잃지 못하게 하거나, 이유온을 우울감에 빠뜨리는 용도로 사용했다. 다른 약물과 함께 써서 그를 자신하게 의존하게 만들려 시도하기도 했다. 실제로 이유온은 지금까지 그런 짓을 당했음에도 불구하고 '형은 무섭지만 자신에게 잘해 준 사람'이라는 인식을 가지고 있었다.

세 번째 목적은 생각만으로도 역겹고 시간도 오래 걸릴 터라 시도하지 않았으나, 약물 덕에 이유건은 벌레가 몸을 기어 다니고, 숨이 막히도록 덥고 습하고, 식사도 제대로 못 하는 환경 속에서 흘러가는 시간을 고스란히 버텨야 했다. 감정이 몸집보다 거대하게 커져 버리는 듯한 우울감 속에서, 잠조차 제대로 자지 못한 채로. 이유건의 눈에 초점이 희미하게 돌아왔다.

"정신 놓지 못하게 하라고 했을 텐데."

"죄송합니다."

지옥 같은 시간을 생으로 버티게 하려 쓰고 있는 주사인데 어느새 효과가 반감된 듯했다. 관리자들이 시간을 놓치진 않았을 테니, 이유건이 버티는 시간이 짧아진 모양이다. 윤서경은 산송장 같은 이유건을 내려다보다가 말했다.

"유온 씨가 당신들 가족을 만나고 싶다고 합니다."

"……."

"일주일 후에 자리를 만들 겁니다. 말은 알아서 조심하면 좋겠군요. 여기로 다시 돌아오고 싶은 게 아니라면."

"유온이……."

갈라진 목소리에 윤서경이 미간을 찌푸렸다.

"유온이는 어떻게……."

이유건의 얼굴은 멍했다. 넋이 나간 와중에 저게 진심으로 궁금한 모양이었다.

"그걸 왜 당신이 묻습니까."

"……."

미친 새끼가 따로 없었다. 이유온이 어떻게 지내는지, 이유건은 그걸 알 자격도 이유도 없다. 윤서경이 여기에 온 건 그에게 유온의 안부를 전하기 위해서가 아니라 자리를 만들기 전에 상태가 어떤지 확인하기 위해서였다. 역시 미리 봐 두길 잘했다고 생각했다. 이유온이 저걸 그냥 봤으면 얼마나 놀랐겠는가.

일주일 동안 사람 꼴로 만들어 두라고 전한 뒤 지하실을 빠져나왔다.

다른 가족은……. 이중권은 글쎄, 일주일 후까지 제정신을 찾을 수 있을지 의문이었다.

그는 고작 계절이 봄으로 바뀌는 동안 다른 사람처럼 말라비틀어졌고 눈빛은 완전히 죽었다. 그 집에서 얼마나 편안하게 살려고 했는지 음향 장비를 제대로 갖춰 두었기에 마음껏 사용하도록 해 주었다. 소리를 트는 건 이중권 본인이 아니라 바깥에서 집과 그 근처를 통제하는 관리인이었지만.

밤낮을 가리지 않고, 시간도 일정치 않게 이어지는 날카로운 소음이 퍽 듣기 싫었던 모양이다. 그래 봐야 집 전체에 울리는 것이니 소리의 울림도, 크기도 '감상실'보다는 훨씬 견딜 만할 텐데.

또한 그에게는 사흘에 한 번씩 다른 가족의 근황이 전달되었다. 지하실에서 죽어 가는 이유건의 모습을 포함하여. 무슨 일이든 할 수 있는 권력을 가지고 있던 알과 사내에게 자신이 더는 어디에도 영향을 줄 수 없는, 가족이 무너져 가는 걸 바라보기만 해야 할 무력한 인간이 되는 상황은 엄청난 스트레스인 모양이었다. 지켜보는 것밖에 못 하는 게 얼마나 괴로운지는 윤서경 또한 누구보다 잘 안다.

하루에 대여섯 번씩 서재 협탁을 치우고 그 안에 든 물건을 확인하는 꼴이 우스웠다. 그것만이 구명줄이라는 듯이. 물건은 진짜긴 했지만 이중권이 그걸 쓸 날은 영원히 없을 것이다. 윤서경은 언제쯤 그것을 그 웃기지도 않은 비밀 공간에서 치울지 고민 중이었다.

이중권에게 보낼 영상은 윤서경도 미리 확인하고 있었다. 영상은 그의 가족 세 사람이 어떻게 지내는지를 찍은 것이었다.

성민희는 옆집 사람이 음식을 나누어 주자 무슨 뜻으로 이런 걸 주는 거냐고 소리치며 그릇을 내던졌다. 이유연은 이건 내가 당해야 할 일이 아니라고 매일 몇 번이고 중얼거렸다. 이유건이야, 말할 것도 없이 비참한 하루하루를 보내고 있었다.

그들을 더욱 고통스럽게 만드는 건 그들 자신의 생각이었다. 호의를 모욕으로 받아들이고, 타인에게 떠맡기려던 괴로움이 방향을 바꾸어 자신에게 돌아오자 견디지 못한다. 이유온 한 사람에게 몰려 있던 불행과 고통이 나뉘어 돌아왔을 뿐인데 저들이 대단한 고난 속에 있는 것처럼 굴었다.

역시 그런 가족을 만나야 할 이유가 있을까? 아직 심하게 불안정한 상태인데, 설마 그들이 이유온에게 갑자기 다정하게 굴어 줄리는 없고. 아니, 다정하게 군다면 그것대로 문제겠지만.

언제까지 이중권과 이유건을 살려 둘지 안 그래도 생각하고 있었다. 이유온을 만나고 난 후에 처리한다면 나름대로 깔끔한 마무리가 될지도 몰랐다. 하지만, 이유온이 그들을 만나도 정말 괜찮을지. 주치의와 상담사하고도 이야기를 마쳤으나 심란한 건 어쩔 수 없었다.

윤서경은 걱정스러운 기분으로 집으로 향하는 창밖의 풍경을 바라보았다.

* * *

어릴 때 놀이공원에 간 적이 있다.

여러 번 갔었지만 유온이 기억하기로 처음 갔을 때가 가장 강하게 머릿속에 남아 있다. 그때 서너 살쯤이었을까. 놀이공원이 너무 넓고 풍선을 주겠다고 달려오는 마스코트 인형이 무서워서 움츠러들어 있었다.

또 누가 같이 갔었는지는 생각이 나지 않지만 어머니와 두 형은 확실하게 있었다. 기념품점에서 막 나왔을 때였다. 두 손에 가득 인형을 끌어안은 작은형의 손을 큰형이 잡고 있었다. 어머니는 유온의 손을 잡은 채였다. 신이 나서 떠드는 작은형의 목소리를 듣고 있다가, 어머니가 문득 고개를 기울였다.

제 손을 잡은 어머니의 손이 갑자기 차가워진 것 같았다. 흘끗 유온을 본 어머니가 희미하게 웃으며 말했다.

'우리, 유온이 여기에 두고 갈까?'

'네?'

'왜요?'

두 형이 차례로 대답했다. 어머니는 여전히 웃는 얼굴이었지만 어딘가 무서웠다. 너무 싸늘하고 냉정해서 정말 이대로 자신을 두고 갈 것 같았다. 버려지는 것에 대한 본능적인 공포로 유온은 어머니의 손을 꽉 잡았지만, 어머니는 매몰차게 그걸 뿌리쳤다.

'얄밉잖니.'

웃음기가 실린 목소리가 진심이라는 건 자신을 보는 눈빛으로 알 수 있었다. 얄밉다. 어머니가 유온에게 입버릇처럼 하는 말이었다. 유온은 손을 더 뻗지도 못하고 움찔거리며 매달리듯 어머니를 보았다.

'그런 말 하지 마세요, 어머니. 유온이 놀라겠어요.'

'맞아. 이런 데다 버리고 갔다가 죽으면 어떡해?'

열세 살과 일곱 살, 나이 차이를 생각해도 유온보다 훌쩍 키가 크던 두 형이 차례로 말했다. 자신을 감싸 주는 게, 버리고 가지 말라고 하는 게 기뻐서 얼굴을 붉힌 채로 형들을 보았다.

형들이 말려 준 덕분에 유온은 그곳에 남겨지지 않고 집으로 돌아왔다. 아무리 어린 나이여도 알 수 있었다. 어머니는 유온이 죽는다고 해도 그곳에 두고 오고 싶었다는 걸.

그런 기억이 몇 가지인가 남아 있다. 지금 말하면 가족들은 기억도 못 할 테지만 유온에게는 마음 깊게 남은 호의와 친절, 다정함. 생일에는 케이크를 사 주었고 매 계절 옷장을 채워 주었다. 또 자신이 가지고 싶어 하던 걸 큰형은 항상 먼저 알고 선물해 주곤 했다.

게임기며 유명한 화가의 도록이며, 제 용돈으로는 살 수 없는 물건들. 가질 수 없을 게 분명해서 휴대폰으로 검색해 사진을 보는 걸로 만족했던 것은 얼마 지나지 않아 이유건이 안겨 주었다.

그저 큰형이 자신의 마음을 알아주는 게, 생각해서 선물을 주는 게 기뻤다. 또 큰형은 아버지에게 혼이 나러 들어갈 때 여러 차례 구해 주고 감싸 주기도 했다.

하지만 지금 생각하면 묘했다. 큰형이 선물해 주는 건 언제나 유온이 휴대폰으로 검색을 해 보았던 물건이었다. 어떻게 그렇게 공교로웠을까.

정인호에게 자신인 척 문자를 보낸 사람.

그런 일까지 하는데 검색 기록을 보는 게 어려웠을까? 그렇지 않을 것 같았다. 선물을 받을 때마다 느꼈던 고마움과 감동이 천천히 머릿속에서 다른 색으로 물들어 갔다.

그리고 결혼 예물······.

지금은 윤서경의 취향을 어느 정도 알고 있다. 예물을 준비하며 받았던 카탈로그의 내용도 기억한다. 물건의 상품 코드까지 아직도 기억할 정도로 카탈로그를 자세히 봤으니까. 하지만 그중에서 무엇 하나 윤서경의 취향인 게 없었다. 예복, 시계, 반지에 이르기까지.

오히려 큰형의 취향이지 않았나?

발밑이 텅 비어 있는 기분이었다. 그래도 가족들이 자신에게 잘해 준 적이 있다고 생각했다. 하지만 되짚어 보니 그 기억은 전부 허상이다. 자신이 살았던 시간 대부분을 함께한 가족들은 자신을 그저 온전히 미워하고, 싫어했던 건지도 몰랐다.

유온은 눈을 내리깔았다.

어느새 차는 이미 유온이 살던 집 앞에 도착해 있었다. 다른 장소를 권하는 윤서경에게, 이곳이 좋을 것 같다고 말했다. 자신이 조급하게 생각하고 있다는 건 잘 안다. 이게 정말 도움이 될지, 가족에게 하고 싶은 말을 할 수나 있을지 알 수 없으며 지금은 겁이 나서 다시 도망치고 싶을 정도였다. 손바닥에 땀이 고였다.

그러나 반드시 말해야 한다면 이곳에서 하고 싶다. 이곳은 이유온의 모든 시간과 기록이 떠도는 장소였다. 해가 잘 들지 않고 먼지로 가득한 창고, 아버지와 큰형의 방, 항상 속이 메스꺼워지는 식사를 하던 주방, 편히 쉴 공간은 아니었던 자신의 방.

자신의 사방에는 벽이 있다. 너무 높고 두꺼운 벽이어서 빛을 가리고 편히 앉을 수도 없게 만든다. 눈에 보이지 않는 것 같다가 어느 순간 자신을 덮치듯 기울어지며 무겁고 버거운 그늘을 드리운다.

켜켜이 쌓인 기억을 여기서 끊어 낼 수만 있다면. 두려움을 새로운 기억으로 얇게나마 덮을 수 있다면, 가족들에게 자신이 하고 싶은 말을 해낼 수 있다면, 그 벽에 작지만 틈이 생길 것 같았다. 그 틈은 자신이 바깥과 연결되어 있고, 언젠가 벽은 무너지리라는 확신을 줄 것이다.

유온은 고개를 들었다. 바로 곁에 윤서경이 있었다. 그는 유온이 생각에 잠겨 있는 동안 묵묵히 자리를 지켜 주다가 유온의 움직임에 손을 뻗었다. 그의 손이 자신의 손을 감쌌다. 유온은 얽히듯 잡힌 손으로 천천히 시선을 내렸다.

이 손은 절대로 차가워지지 않으리란 걸 확신했다.

"그 사람들이 무슨 말을 할지 예상하죠?"

"……."

가만히 끄덕였다. 집에는 어머니와 두 형이 있었다. 아버지는 움직일 상황이 못 되어서 오지 못했다는 것 같다. 하지만 아버지가 자리를 비웠어도 크게 달라지는 건 없다. 아버지를 제외한 다른 가족들이 지금까지 자라면서 수도 없이 들어온 말들로 어떻게 자신을 물어뜯을지 충분히 짐작할 수 있었다.

"아무 말도 듣지 말고, 당신이 하고 싶은 말만 해요. 문 바로 앞에 내가 있을 겁니다."

"서경 씨……."

"아무것도 걱정하지 말아요."

손을 잡은 채로 짧은 키스가 이어졌다. 윤서경의 체온이 전해져 혼자 한겨울로 끌려간 것 같던 몸이 따스해졌다. 가슴에 욱신욱신하게 퍼지는 불안감도 누그러지고, 발끝에 힘이 생긴다. 가만히 그 온기를 받아들이던 유온은 눈을 내리뜨고 한참을 고민한 끝에 제 쪽에서 살며시 윤서경에게 입을 맞췄다.

눈이 녹듯 짧은 입맞춤이었으나 윤서경은 멍한 표정을 짓다가, 떨어진 유온의 입술에 재차 입술을 눌렀다. 입술이 가만히 닿아 있을 뿐인 입맞춤이 잠시 이어졌다. 잠시 후 입술을 뗀 윤서경이 말했다.

"갈까요."

고개를 끄덕인 유온은 윤서경과 함께 차에서 내렸다. 눈앞에 익숙한 현관문이 보였다. 항상 열 때면 거실에 누가 있을지, 외출했다가 돌아온 자신을 보고 무슨 말을 할지 겁을 내며 서던 문이다. 손잡이를 향하려던 손이 몇 번이고 멈칫하며 움직이지 않다가 겨우 그것을 꽉 쥐었다.

손바닥에 쇠의 서늘한 감촉이 전해졌다. 옆에는 윤서경이 서 있었다. 유온은 문손잡이의 차가움이 손바닥에 남은 윤서경의 온기를 다 지워 버리기 전에 숨을 들이마시며 문을 열었다.

"……."

중문은 열려 있었다. 거실로 들어서자 세 쌍의 시선이 일제히 유온을 향했다.

집 안은 따뜻하고 깨끗했다. 회사가 기울어지고 가족들은 정신없는 상황에 놓이면서 집도 어지럽혀지지 않았을까 했는데, 크게 달라진 게 없는 것 같다. 누군가 여기서 지낸다는 말은 못 들었으니 윤서경이 미리 정돈을 해 둔 모양이었다.

두려움이 커졌다. 마지막으로 보았을 때보다 눈에 띄게 초췌해진 가족들은 입을 한일자로 꽉 다물고 있었다. 조용히 있겠다는 게 아니라, 무슨 말부터 쏟아내 유온을 찢어발길지 생각하는 듯했다. 유온은 망설이다 입을 열었다.

"자, 잘 지내셨어요."

"……하, 뭐라고?"

가장 먼저 말한 건 어머니였다.

"네가 지금 그런 말이 나오니?"

"……."

"지금 너 때문에 아버지는 누워서 일어나지도 못하시고, 형들이랑 엄마는 또 어떻게 사는지 알아? 대체 너 하나 때문에 몇 명이 피해를 보는 거야. 어떻게 그렇게 고개를 빳빳이 들고 들어와?"

역시나 쏟아진 어머니의 말에 유온은 반걸음 정도 뒤로 물러났다. 눈에 보일 듯 선명한 악의가 쏟아졌다.

"그래, 다 너 때문이야."

작은형이 중얼거리더니 자리에서 벌떡 일어났다. 다가와 뺨이라도 때릴 줄 알고 몸을 움츠렸으나, 일어났던 그의 팔을 큰형이 잡아서 막았다.

"너 때문에 내가 이 꼴을 당하고 있다고! 내가 왜 그런 취급을 받아야 해? 내가 왜 그따위로 살아야 해."

그가 진 회장과 결혼하게 되었다는 말은 들었다. 유온은 진 회장에 대해 잘 알진 못했다. 나이가 조금 많고 얼굴이 무섭고, 화명에 도움을 줄 커다란 회사를 가진 사람이라는 정도였다.

작은형은 계속해서 소리를 지르고 있었다. 진 회장이 무슨 짓을 하는지 그가 하는 말을 통해 어렴풋이 알게 되었다. 역시 무서운 사람이었다.

유온은 또 반걸음 물러섰다. 작은형이 그런 일을 겪고 있다니, 가슴이 철렁 내려앉았다. 자신 때문에, 자신이 진 회장과 결혼하지 않아 작은형이 대신 가서…….

"……."

불안하게 흔들리던 유온의 눈동자가 초점을 되찾았다.

그건 자신 때문인가?

진 회장과의 결혼을 밀어붙인 건 아버지와 어머니였다. 진 회장과 유온의 나이 차이는 아들이라 해도 이상하지 않을 정도였다. 그러나 진 회장의 회사가 워낙 커서, 가장 도움이 될 상대라는 이유로, 돈이 될 테니까, 아버지는 유온이 어릴 적부터 그와의 혼담을 진행시켜 왔다. 아마 이미 받은 도움도 많을 것이다.

유온이 윤서경과 결혼하게 되고 그 혼담은 무산되었다. 원래 결혼하려던 사람이 사라졌으니 집안의 다른 오메가라도 그에게 가야 했다. 그러지 않으면 진 회장이 가만히 있지 않을 테니까.

그러니까, 지금 작은형이 저렇게 소리치며 말하는 그의 비참한 상황은 원래라면 유온이 겪어야 했던 일들이었다. 또한 처음부터 부모님이 유온을 진 회장과 결혼시키려 하지 않았다면 그 사람이 유온이나 유온의 가족과 엮일 일도 없었다.

유온은 한동안 묵묵히 작은형의 말을 듣고 있었다. 윤서경이 청혼하지 않았다면 자신이 당했을 일들을. 이전 같으면 놀라고 당황한 채로 죄송하다고, 자신이 잘못했다고 사과를 쏟아내며 당장 형과 자리를 바꿔서 진 회장의 집으로 갔을 것이다. 형은 좋은 일만 겪어야 하니까, 불행은 자신이 당연히 짊어져야 할 몫이니까.

"유온아."

작은형이 지친 듯 소파에 털썩 주저앉고 짧은 침묵이 지나간 후, 큰형이 입을 열었다. 그는 마르고 안색이 안 좋았다. 무심코 어디 안 좋으세요, 하고 물어보려다 입을 다물었다.

"형이…… 지금 너무 힘들다. 우리 가족이 어쩌다 이렇게 된 건지. 유온이 너도 알잖아. 부모님이 너한테 엄해도 얼마나 널 사랑하시는지. 형들도 그렇고. 유연이도 기분 좀 풀리면 너한테 사과할 거야."

"……."

"형도 그래, 유온아. 너도 알지. 형은 가족 중에 네가 제일 안쓰럽고 예뻐. 그런데 우리가 왜 이렇게 떨어져서 힘들게 살아야 하는지 모르겠다."

큰형이 한숨을 내쉬었다. 그의 목소리는 다정했다. 이따금 유온에게 잘해 줄 때 내는 목소리였다. 큰형이 저렇게 말을 하면 유온은 뻣뻣하게 긴장한 가슴이 사륵 녹아내리는 걸 느꼈다. 큰형에게 의지하고 싶어졌다.

"지금까지 힘들었을 텐데 형이 몰라 줘서 미안하다. 형은 네가 그렇게 상처를 받았는지 몰랐어. 다신 그러지 않을게. 약속해."

"……."

유온은 물끄러미 큰형을 보았다.

"아직 안 늦었어. 지금이라도 윤 대표한테 말하자. 네가 잘못 알았다고, 한 마디만 하면 돼. 그럼 우리 가족 다시 예전처럼 살 수 있어. 우리 서로한테 많이 잘못했잖아. 사과할 건 사과하고, 이번엔 잘……."

"……아니에요."

떨리는 목소리가 간신히 흘러나왔다. 서로에게, 잘못.

아니.

사랑……. 자신은 대체 이들의 모습 어디에서 애정을 찾았던 걸까. 다정한, 다정하게 꾸민 말 한 마디, 적선에 가까운 생일 케이크와

옷 따위, 비웃음이 담긴 꽃다발, 그 모든 무의미한 것들. 그건 사랑이 아니다. 그런 걸 사랑이라 부르는 건 사랑에 대한 모욕이었다.

사랑은, 윤서경이 자신에게 주는 그 마음이 사랑이다.

"전 잘못한 거 없어요."

"뭐……?"

머릿속에서 수없이 정리하고 정제한 한 마디.

반드시 해야 하는 말.

"저는, 저는 지금까지, 태어나서 지금까지, 형들이랑 어머니, 아버지한테…… 잘못한 거 아무것도 없어요."

해묵은 죄책감이 말과 함께 비어져 나와 익숙한 거실의 바닥으로 떨어졌다. 아직도 여전히 발치에 고여 있었지만 내뱉은 순간 온몸이 짐을 내려놓은 것처럼 가벼워지는 것 같았다. 자신은 아무것도 잘못하지 않았다. 아무것도.

"다시는 죄송하다고 하지 않을 거예요."

그런 말을 해야 할 이유가 없었다. 아무런 잘못도 없었기에. 그러니 사과하지 않을 것이고, 그렇게 해서 자신이 이때까지 빼앗겨 온 가치를 되찾을 것이다. 윤서경이 사랑하는 자신의 가치를.

할 말은 그것 하나였다. 말을 내뱉은 순간 후련함과 함께 두려움이 밀려들었다. 역시나 가족들은 일순 멍해졌다가 뭔가 말을 쏟아내려 했다. 어떤 말을 할까, 얼마나 화를 낼까 무서워 귀를 막고 싶은 심정으로 뒷걸음질했다.

그때 뒤에서 문이 열렸다. 세 사람의 시선이 그리로 쏠리면서 익숙한 체향이 느껴졌다. 유온은 저도 모르게 몸을 돌려 윤서경에게 향했다. 그는 유온이 두 걸음 정도를 겨우 떼는 사이 가까이 다가와 유온을 품에 안았다. 모든 게 멀어진다. 세상이 윤서경으로 가득 찼다.

"충분합니까?"

나지막하게 묻는 목소리가 다정했다. 이 한 마디만을 하고 싶었다는 걸 그는 알고 있는 것만 같았다. 그리고 곧바로 도망쳐 나가게 해 주기 위해서 자신을 데리러 왔다.

살짝 들린 유온의 시선이 현관 바로 옆의 창고 문으로 향했다. 그 문은 단단히 닫혀 있었다. 이제야 자세히 보고 알았지만 문틀과 문 사이에 납작한 잠금쇠까지 덧대 두었다. 아무도 다시는 들어갈 수 없도록, 유온을 개처럼 끌고 들어갈 수 없도록.

"그럼 갈까요."

유온이 고개를 끄덕였다. 그대로 윤서경은 유온과 함께 집에서 나왔다. 등 뒤에서 집의 현관문이 닫혔다. 안에 남겨진 가족들이 어떤 얼굴을 하고 있을지, 무슨 말을 할지, 이제 들리지도 보이지도 않게 되었다.

모든 감정을 칼로 잘라내듯 내버릴 수는 없다. 하지만 문이 닫힌 순간, 그 너머에 자신의 음울한 감정을 두고 온 듯한 기분이 들었다. 유온은 무겁게 내리누르는 벽에 작게 갈라진 틈새를 찾듯이 윤서경의 손을 잡았다.

윤서경의 체향이 가득한 차에 오르자 마음은 더욱 안정되어 갔다. 차가 집을 향해 가는 동안 그는 아무것도 묻지 않고 유온을 안고 있을 뿐이었다. 불편하지 않은 침묵이 흘렀다.

그대로 집에 도착해서 윤서경이 자신을 씻겨 줄 때까지 유온은 가만히 있었다.

그의 손길이 지나는 자리마다 거품과 따뜻한 물로 더러움이 씻겨 나갔다. 어머니와 형들이 자신에게 한 말, 그 집의 공기, 그리고 그곳에서 자란 지난 시간들, 모든 게 흘러내려 물길을 따라서 사라졌다. 머리에 거품이 가득한데도 유온은 가늘게 눈을 떠 보았다. 윤서경이 눈을 마주치더니 웃었다.

"아직 눈 뜨지 말아요."

말과 동시에 눈에 거품이 들어갔다. 눈이 따끔따끔한데도 그게 왜인지 재미있어서 웃다가, 갑자기 눈물이 고였다. 아마도 거품 때문인 것 같았다. 윤서경은 말없이 물을 틀어 유온의 눈에 들어간 거품을 깨끗하게 씻어 냈다.

그는 유온을 좋은 냄새가 나는 욕조에 앉혀 두고 자신도 몸을 씻은 뒤, 가벼운 옷차림으로 돌아왔다. 유온은 욕조에 앉아 물끄러미 그를 올려다보았다.

"왜요. 그림책이라도 읽어 줄까요?"

아이에게 하는 듯 다정한 어투가 귀에서 녹는 것 같았다. 한참 그대로 윤서경을 보던 유온은 가만히 입을 열었다.

"서경 씨, 있잖아요, 우리⋯⋯."

"우리?"

"그러니까⋯⋯, 서경 씨, 약 먹는 거요. 그거, 아, 안 먹고."

윤서경이 고개를 조금 기울였다. 그가 먹는 약이라곤 하나였다. 피임약.

"안 먹고…… 해도, 돼요?"

"……."

"저……."

그가 입을 다물어 버리자 유온은 금방 또 안절부절못했다. 지금까지 줄곧 윤서경이 관계 전에 약을 먹고 있었다. 유온이 여러모로 아이를 가질 상태가 아니었기 때문이다. 가장 큰 이유는 아이를 낳는 것과 그에 수반되는 일들에 대한 유온의 끝도 없는 걱정과 두려움이었다.

하지만 오늘 집으로 돌아오면서 그런 생각을 했다. 섹스는 사랑을 확인하기 위한 행위였다. 지금은 오로지 그것만을 위해 몸을 겹치고 있다. 그 행위에, 사랑의 결실을 함께 바라는 것도 괜찮을 것 같다고.

"저, 아이……, 이, 임신, 해도 괜찮을 것 같아요."

"……."

여전히 윤서경은 말이 없었다. 역시 그는 별로 원하지 않았나? 괜히 또 혼자 앞서 나간 걸까. 눈을 굴리는데 윤서경이 한숨을 내쉬었다. 움찔하며 그를 보자 뭔가 복잡한 표정을 짓고 있었다. 그는 스타일링이 풀어져 자연스레 내려온 머리를 쓸어 올렸다.

"……미안합니다. 사실 지금까지 그런 말에 흥분하는 건 이상한 놈들이라고 생각했는데."

그가 짐짓 심각하게 인상을 찌푸렸다.

"내가 그 이상한 놈일 줄은 몰랐네요."

"……."

"키스해도 됩니까?"

유온은 보일 듯 말 듯 고개를 끄덕였다. 커다란 손이 뒤통수를 감쌌다. 윤서경이 상체를 둥글게 굽혀 입을 맞췄다. 입술이 닿자마자 혀끝이 유온의 아랫입술을 세게 눌렀고, 그것에 맞추어 입을 벌렸다. 잠깐의 틈도 주지 않은 채 혀가 입 안으로 들어와 점막을 샅샅이 핥았다.

혀뿌리가 당겨져 뻐근한 느낌에 몸을 비틀자 윤서경은 도망가겠다는 뜻으로 생각했는지 더욱 바짝 붙어 왔다. 입 안 가득 서로의 타액이 고였지만 흘러내릴 틈새가 없을 만큼 입술은 깊게 맞물려 있었다.

습한 욕실의 공기는 소리를 민망할 정도로 크게 울려 퍼지게 했다. 젖은 점막이 촉촉 소리를 내며 닿았다 떨어졌다. 윤서경은 능숙하게 유온의 혀를 꾹 눌러 머금은 타액을 전부 삼키도록 했다. 고개가 뒤로 밀리듯 가볍게 젖혀졌다. 알파의 체향이 담긴 체액이 목구멍을 타고 넘어갔다. 한 방울, 두 방울, 몸속에 설탕물이 떨어지는 기분이었다. 흥분을 부르는 달콤한 약이었다.

점점 제대로 숨을 쉬기 어려워졌다. 유온의 마른 가슴팍이 힘이 들어가 빳빳해지고, 할딱거리는 숨으로 가쁘게 오르내릴 때쯤 윤서경이 잠시 떨어졌다. 혀를 깊게 밀어 넣는 대신 벌써 부푼 입술을 잘근잘근 깨문다. 앞니가 그 사이에 입술을 넣고 아프지 않게 우물거릴 때마다 등줄기에 이상한 소름이 번졌다.

윤서경은 숨을 쉬라고 말하듯이 유온의 목 뒤쪽을 손끝으로 쓰다듬었다. 그걸 따라 힘겹게 숨을 들이쉬고 내뱉었다. 축축한 산소가 머릿속으로 밀려들었지만 도저히 정신이 돌아오진 않았다. 윤서경이 옷이 젖는 것도 아랑곳 않고 유온의 등과 허벅지를 감싸 안아 올렸다. 유온은 욕조의 넓은 가장자리에 앉은 그의 무릎에 올라타게 되었다.

몸의 물기가 윤서경의 옷을 적셨다. 머리카락에서 뚝뚝 떨어진 물이 그의 어깨에 방울방울 흔적을 남겼다. 옷이 젖는다고, 몸을 닦고 나서 하자고 말하기도 전에 키스가 이어졌다. 유온은 하려던 말을 금세 잊고 입맞춤의 감각에 취해서 목으로 앓는 소리를 냈다.

윤서경이 두 손으로 유온의 머리를 감쌌다가, 계속 각도를 바꾸어 입 맞추며 손을 천천히 내렸다. 유온이 조금만 움직여도 집요하게 따라오는 듯한 입술에서 조급함이 느껴졌다. 손은 매끈한 목선을 지나 도드라진 척추를 더듬고, 양쪽 날개뼈를 어루만지며, 얇은 살 아래 드러난 늑골을 지나서 날씬한 허리를 두 손으로 쥐었다. 윤서경의 손은 크고 유온의 몸은 말랐기에 손 안에서 허리는 많이 남지 않고 딱 잡혔다.

입욕제가 섞인 물로 젖은 몸은 윤서경이 몸을 수월히 더듬도록 하기 위한 것처럼 미끄러웠다. 허리에서 골반으로 이어지는, 뼈가 툭 튀어나온 부분을 매만지며 내려간 손이 엉덩이를 움켜쥐고 그대로 벌렸다. 유온이 몸을 움찔했다. 벌어진 틈새로 순간 미지근하고 미끌미끌한 액체가 주룩 흘렀다.

손끝이 꼬리뼈와 엉덩이 골을 더듬어 내려와서 구멍 입구를 만졌다. 키스와 몸을 더듬는 것만으로 아래는 젖어 들었다. 윤서경의 손끝이 습하게 흘러나온 애액을 걷어 내듯 근처를 눌렀다. 예민한 입구가 자극되는 느낌에 유온이 움찔했다.

두 손의 손가락이 하나씩 안으로 들어왔다. 그대로 엉덩이까지 움켜쥔 채 소리가 나도록 구멍을 벌리곤 질컥질컥 빠르게 안을 드나들었다. 이물이 들어와 안을 문질러 대는 느낌에 몸은 애액을 울컥거리며 쏟아냈다. 윤서경의 손이 자꾸만 젖었다.

손가락은 급하게 늘어났다. 귓가에 느껴지는 윤서경의 숨결이 거칠었다. 임신을 해도 될 것 같다는 게 그렇게 흥분을 자극할 만한 말인지 모르겠지만……, 스스로도 그런 생각을 하자 묘하게 평소보다 몸이 달아오르는 느낌이 들었다. 유온은 점막을 문지르는 손가락에 휘청거리며 신음했다.

평소보다 조급한 손길에 아래는 금세 벌어졌다. 단단하게 발기한 윤서경의 성기 기둥이 입구에 문질러졌다. 충분히 벌어지고 젖긴 했지만, 바로 넣을 수 있는 정도일까. 흘끗 고개를 돌렸던 유온은 언제나와 다름없는 크기에 작게 신음하며 윤서경을 보았다.

"유온 씨……."

"아, 아……!"

그건 아무래도 역효과였던 듯했다. 유온은 온몸을 굳힌 채 바들바들 떨었다. 눈이 마주친 순간 윤서경의 눈동자에 확 열이 오르더니 탁해졌고, 곧바로 그는 성기 끝을 구멍에 맞춘 뒤 힘을 실어서 퍽 소리가 나도록 유온의 몸을 내려앉혔다.

뿌리 부분만 조금 남고 거의 다 들어온 것 같았다. 유온이 아으, 아, 하고 떨리는 신음을 흘리는 사이 윤서경은 숨을 고르다가, 유온의 몸을 조금 들곤 다시 제 몸 쪽으로 거세게 끌어당겼다.

"흑, 아으……, 아, 아……."

이번엔 정말 끝까지 들어왔다. 두툼하고 미끈거리는 성기 끝이 몸속 깊은 곳, 아기집이 있는 입구까지 들어와 있었다. 윤서경의 탄탄한 배에 힘이 들어갈 때마다 몸속에서 성기가 사납게 꺼떡거렸다. 그의 허벅지 양쪽으로 늘어진 유온의 다리가 파득거리며 떨렸다. 배 속이 꽉 차서 꼼짝도 할 수 없었다. 시선을 내리자 납작하던 배가 희미하게 융기해 있는 것이 보였다.

유온은 숨도 쉬지 못하는 채로 윤서경의 어깨에 손톱을 세웠다. 옷을 입고 있는데도 손톱이 살을 꽉 누를 만큼 강하게. 축축한 숨결과 신음이 윤서경에게 고스란히 쏟아졌다. 길고 촘촘한 속눈썹에 눈물이 그렁그렁하게 맺혔다가 유온이 눈을 깜빡이자 후드득 떨어졌다.

"우, 움직이면, 안 돼요……, 아, 아……."

간신히 그렇게 부탁한 뒤 몸을 움찔거렸다. 조금만 움직여도 굵은 성기가 배 속을 무겁게 압박했다. 흥분으로 뜨겁게 달아오른 기둥은 윤서경이 움직이지 않아도 꿈틀댔다. 둥글게 튀어나온 귀두 모양과 힘줄이 불거진 형태까지 지나칠 정도로 생생하고 열기로 가득했다.

제 점막도 분명 똑같이 온도가 올라 있을 텐데 어떻게 이렇게 덥게 느껴질까. 파르르 떨린 몸속에서 애액이 쉴 새 없이 흘러나와 윤서경의 성기를 적셔 대는 게 느껴졌다.

일부러 조이려 하지 않아도 구멍은 이미 벌어질 대로 벌어져서 그 주위 근육까지 바짝 잡아당기는 듯했다. 내벽이 꿈틀꿈틀 경련한다. 성기를 우물거리듯 조이는 젖은 속살에 윤서경이 숨을 내뱉었다. 유온의 말대로 움직이지 않기 위해서 온 힘을 다해 참고 있는 것 같았다. 유온은 천천히 숨을 내쉬고 몸의 힘을 풀기 위해 애썼다. 얼마쯤 지나고 간신히 고개를 끄덕일 수 있었다.

"이제, 괜찮아요, 아으, 앗, 아!"

기다렸다는 듯 윤서경은 유온의 양쪽 골반을 움켜쥐곤 아래에서 위로 몸을 쳐올렸다. 눈앞이 핑 도는 것 같았다. 향이 강한 편인 입욕제의 냄새를 멀리 밀어 버릴 만큼 윤서경의 체향이 사방으로 퍼졌다. 어느새 자신도 체향을 흘리고 있었다. 뒤엉킨 몸처럼 두 향기가 섞여 들었다. 몸이 어지럽게 흔들렸다. 윤서경은 앓는 신음을 뱉으며 유온의 배 속을 자신으로 꽉 채워 댔다.

"으응……, 흐, 윽, 아아, 아……!"

어지러움은 점점 온전한 열이 되었다. 피부에 소름이 돋았다가 열기에 밀려 가라앉기를 반복했다. 욕실의 레몬색 조명이 점멸하는 것 같았다. 아찔한 절정이 배 속을 짓누르듯 전신으로 내달려 퍼졌다. 눈앞이 희부옇게 되었다. 절정으로 힘이 들어간 몸은 윤서경의 성기를 와락 조였고, 이어 깊게 삽입한 상태로 그가 정액을 쏟아냈다. 평소보다 빠른 사정이었다.

넘쳐날 듯 양이 많은 알파의 정액이 몸속으로 쏟아져 스며들었다. 절정의 여운에 휩쓸린 두 사람의 정신은 욕실의 더운 공기 속을 부유했다. 먼저 정신을 차린 건 윤서경이었다. 그는 벽으로 손을 뻗어 부드럽고 두툼한 샤워 가운 두 개를 잡았다. 몸을 닦으려면 옆에 있는 타월이 나을 텐데, 바로 옆에 아직 뜨거운 물도 있고.

그러나 유온의 생각은 틀렸다. 윤서경은 샤워 가운을 바닥에 던지듯 깔았다.

"어⋯⋯."

얼빠진 소리를 내던 유온의 몸이 들렸다. 유온은 안을 가득 채웠던 성기가 빠져나가는 느낌에 신음을 터뜨렸다. 윤서경은 그런 유온의 뒷덜미와 어깨에 쪽쪽 입을 맞추곤 그대로 샤워 가운 위에 유온을 엎드리게 했다. 아무래도 그는 정신을 차린 게 아니었던 모양이다.

호텔에서 사용하던 것과 같은 재질의 샤워 가운은 하나만 깔아도 푹신할 만큼 두꺼웠다. 두 겹이 겹쳐지자 욕실의 딱딱한 대리석 바닥이 느껴지지 않을 정도였다. 문제는 자세였다. 팔다리를 바닥에 댄 채 엎드린 유온의 뒤에 윤서경이 있었다. 그의 시선이 빤히 구멍과 허벅지를 향해 있었다. 방금 안에 쏟아진 정액이 빠끔 열린 구멍 밖으로 줄줄 쏟아졌다.

애액과 섞여 더욱 질척해진 정액은 희끄무레한 색으로 유온의 몸에서 얼마 되지 않는 말랑말랑한 살을 타고 흘렀다. 윤서경은 그걸 바라보고 있다가 두 손으로 다시 유온의 엉덩이를 벌렸다. 안쪽에 그가 쏟아낸 정액은 그대로 한참을 더 흘러내릴 만큼 많았다.

아무리 수도 없이 몸을 겹친 사이라 하더라도 부끄러운 건 부끄러운 것이었다. 유온은 저도 모르게 몸에 힘을 주었다. 정액이 흐르던 게 멈추자 윤서경은 한숨인지 웃음인지 모를 소리를 내며 유온의 허벅지 안쪽을 살짝 쳤다. 아이를 귀여워할 때 톡톡 치는 정도로 약한 손길이었으나 그것에 힘이 쭉 풀어졌다. 허벅지를 친 그대로 여린 살을 쥔 윤서경의 손에 정액이 왈칵 흘러내렸다.

유온은 어쩔 줄 모르고 자기도 모르게 앞으로 도망치려 했다. 당연히 윤서경은 놓아주지 않았다. 그는 유온의 몸 위로 엎드리고는, 아직 충분히 풀어지고 흐물흐물한 구멍으로 다시 성기를 집어넣었다. 등 위로 윤서경의 체온이 느껴지고 그가 완전히 몸을 겹쳤다. 헐떡이며 신음하는 유온을 끌고 가듯이 삽입은 격렬하게 이어졌다. 노팅을 할 때까지.

"으, 응……!"

거친 움직임을 멈춘 윤서경이 손을 꽉 쥐어 왔다. 동시에 배 속에서 알파의 성기가 조금씩 부풀기 시작했다. 기둥 모양을 하고 있던 물건이 점점 둥글게 모양을 바꾸는 것은 몇 번을 해도 익숙해지지 않았다. 단단하게 부푼 성기가 내벽을 죄다 압박했다. 이대로 배도, 등도 짓눌려서 어떻게 되어 버리는 게 아닐까 싶을 만큼 언제나 낯설고 무섭고, 아프고, 동시에 정신이 아득해질 만큼 기분 좋았다.

알파의 노팅을 더욱 달콤하게 받아들이기 위해 안쪽이 더욱 젖었다. 애액보다 진한 액체가 성기에서 흘러나오는 액체와 섞여 배 속의 온도를 끌어 올렸다. 윤서경의 살에 부딪쳐 새빨갛게 된 허벅지로 뜨겁고 말간 애액이 물처럼 흘러 샤워 가운을 축축하게 적셨다.

숨을 멈췄던 윤서경의 입에서 신음이 흘러나왔다. 유온 또한 신음하고 있었기에 이제 숨결이 누구의 것인지, 목소리는 누구의 것인지 서로 분간하기 어려울 정도였다. 어차피 따지는 건 의미가 없었다. 고개를 뒤로 돌린 채 서로 매달리듯 키스하기 시작했으므로. 입술 사이로 모든 열기가 한데 뒤엉켰다. 키스는 부푼 성기가 유온의 배를 둥글게 채우고 있는 내내 계속되었다.

한참 후, 변형되었던 성기 끝에서 진한 정액이 터져 나왔다.

몸의 가장 깊은 곳으로 정액이 흘러 들어오는 느낌에 유온은 숨을 내쉬며 눈을 가늘게 떴다. 순하게 처진 눈매가 바르르 떨렸다. 히트 사이클도 돌아왔고, 의사도 몸이 많이 안정되었다고 말했다. 그렇다고 해서 이대로 임신이 될 확률은 높지 않았으나 이상한 고양감이 들었다.

고개를 뒤로 돌리고 있던 목, 어깨, 불편할 정도로 벌리고 있었던 다리와 골반, 팔, 온몸이 아팠다. 그러나 역시 그 아픔이 괴롭다는 생각은 들지 않았다. 유온은 다시 뒤를 돌아보며 키스를 졸랐다. 곧바로 와서 닿는 입술은 끝없이 뜨겁고 다정했다.

유온이 몸을 움츠리자 윤서경은 유온을 똑바로 눕히곤 평소에도 자주 아파하는 골반 언저리를 손으로 살살 주물러 주었다. 뼈근해서 움직이지도 못할 정도였던 다리가 그 손에 조금씩 풀어졌다. 축 늘어지듯 눕자 샤워 가운의 푹신한 감촉이 느껴졌다. 윤서경은 유온의 몸에 멍이 든 곳은 없는지 한참 살핀 뒤에 유온을 끌어안았다.

"이대로 조금만 누워 있다가 다시 씻을까요."

나른한 목소리였다. 무슨 일이든 곧바로 처리하는 윤서경이 유일하게 게으름 아닌 게으름을 피우는 게 섹스를 하고 난 후였다. 그는 땀이 아직 식지 않은 몸으로 누워 오래도록 그 공기를 느끼는 걸 좋아했다. 유온 역시 마찬가지였다. 유온은 고개를 끄덕이며 제 몸을 덮은 알파의 몸을 끌어안았다.

* * *

이유연은 사과를 깎고 있었다. 시대에 안 어울리는 종이 신문을 든 진 회장은 무척 기분이 안 좋아 보였다. 혼처를 구하는 일이 마음대로 안 된다는 듯했다. 그와 결혼해 집에 들어올 사람은 그의 본처였다.

자신은 그가 가진 번듯한 2층 저택이 아니라 그곳보다 작고 오래된 다른 집에 있었다. 집에 들어올 본처와 구분이 되어야 한다는 이유에서였다. 툭툭 떨어지는 사과 껍질을 보는 이유연의 눈은 가라앉아 있었다.

진 회장의 시선이 느껴졌으나 모르는 척했다. 그는 잠시 이유연을 바라보다가 크게 혀를 찼다.

"이건 얼굴이 괜찮기를 한가, 하는 짓이 얌전하길 한가, 아무리 생각해도 밑지는 장사였는데."

"……."

"안 그래? ……대답 안 해?"

진 회장이 가까이 와 이유연의 팔을 잡아챘다. 그 바람에 과도의 날이 손을 스치며 살갗이 베였다. 툭툭 떨어지는 핏방울을 본 이유연의 눈에 점점 기이한 빛이 담겼다.

왜 내가 여기에 있어야 하지?

여기 있어야 하는 건 내가 아닌데. 나는 윤서경의 집에 있어야 하는데……. 이 천박한 남자한테 어울리는 건, 얻어맞고 비참한 취급을 받아야 하는 건, 내가 아니라……. 내 자리를 빼앗고 날 여기에 밀어 넣은…….

"쯧……, 아무리 봐도 네 동생이 훨씬 나았어. 얼굴이든 뭐든."

"……."

그 한 마디가 이유연의 아슬아슬한 신경을 툭 무너뜨렸다.

이유연은 천천히 고개를 들어 진 회장을 보다가, 칼을 쥔 손에 힘을 주었다.

* * *

빛이 거의 들지 않는 원룸은 욕실을 통해 넘어오는 담배 냄새와, 아무것도 없는데 어디서 나는 건지 모를 퀴퀴한 냄새로 가득했다. 성민희는 올라가기도 싫은 낡은 매트리스 옆에 앉아 울리지 않는 휴대폰을 노려보고 있었다. 더 떨어져 앉고 싶으나 바로 옆이 싱크대인 좁은 구조라 자리가 없었다.

벌써 며칠째 제대로 자지도, 먹지도 못했다.

친정에서 이런 집을 내주었을 땐 잠깐일 거라고 생각했다. 아무리 그래도 여기에 내버려 두진 않을 거라고.

그러나 친정이든, 남편과 아이들이든 자신을 데려갈 거라 생각하고 기다리고 있던 중에 부모님은 회사가 부도 처리되면서 성민희를 둔 채 자취를 감췄다. 남편과 큰아들 역시 연락이 안 된 지

오래였다. 심지어 둘째 아들도 전화를 받지 않았다.

집에는 먹을 수 있는 게 아무것도 없었다. 카드는 모조리 정지되었고, 현금도 가지고 있지 않았다. 이곳에 왔을 때는 아직 사용할 수 있는 카드가 있었으나 먹을 음식을 채워야 한다는 생각조차 하지 못했다.

초조하게 손톱을 물다가 결국 통화 기록을 열었다. 며칠 전 자신에게 전화를 걸어왔던 번호가 아직 남아 있었다. 번호를 띄우고도 한참 망설인 끝에 전화를 걸었다.

—네, 여보세요.

"……."

—여보세요?

"나, 나예요."

—어머……, 사모님.

이전에 집에서 일하던 가정부였다. 성민희의 입이 조금 열렸다가 다시 다물어졌다.

—여보세요? 말씀하세요.

"……."

차마 말이 나오지 않았다. 남의 집 집안일을 해 주러 간다고? 자신이? 안 될 말이었다. 성민희는 아무 말 없이 전화를 끊어 버렸다. 그러자 허기가 밀려들었다. 식사를 못 한 지 벌써 이틀은 된 것 같았다. 그러나 배고픔이 체면을 이기지는 못했다. 차라리 굶어 죽는 게 나을 것이다.

갈증까지 느껴져 자리에서 일어났다. 당연히 물도 없다. 수도를 틀어 한쪽 손에 물을 받아 몇 번 마신 후 고개를 들었다. 쏟아지는 물줄기를 멍하니 쳐다보던 그녀는 숨이 턱 막히는 듯한 느낌에 신음했다. 태어나서 처음 겪는 굶주림은 분노를 동반하는 감각이었다.

'그때⋯⋯.'

그때, 기회가 있었을 때, 아니면 언제든 기회를 잡아서라도⋯⋯ 그 애를 죽였어야 했는데. 그래야 이런 일이 일어나지 않았는데.

직접 낳은 자식이기에 더욱 치열한 원망이 온몸을 덮었다. 끝도 없는 분노와 울화가 치밀어 어떻게도 해소되지 않았다. 다 그 애 때문에. 성민희는 결국 스스로의 몸만 태우고 찌르며 끝날 격렬한 악감정 속에서 부들부들 떨었다. 물이 떨어지는 소리만 요란했다.

* * *

이중권은 머리를 감싸 쥐고 있었다. 오늘 또 새로운 영상이 왔다. 이제 윤서경이 직접 찾아오진 않았지만, 그 부하가 꼬박꼬박 USB를 던지고 갔다.

사흘에 한 번 영상이 오는 날, 그날만은 하루 종일 집 안이 조용했다. 벽과 천장에 매립한 형태의 스피커에서 아무런 소리도 흘러나오지 않았다. 영상이 오는 날은 소리가 들리지 않는다고 해야 할지, 소리가 들리지 않는 날은 영상이 온다고 해야 할지 알 수 없었다.

영상을 보는 건 두려운 일이었다. 이번엔 또 무슨 내용이 있을지.

그러나 가족들이 지금 어떤 상황인지 알 수 있는 방법은 이것뿐이라 볼 수밖에 없었다.

영상 속에서 무슨 일이 일어나도 이중권은 끼어들 수 없었다. 사랑하는 가족들이 말라 가는 걸 그저 지켜볼 수밖에 없는 심정은 참혹했다. 하지만 이제 자신에게 굽실거리던 그 많던 사람들은 아무도 연락이 되지 않았고, 연락이 된다 해도 막대한 빚 때문에 자신 쪽에서 피해야 하는 경우가 더 많았다. 도울 방법이 없다.

아니야, 하지만 어떻게든 방법이 생길지도 모른다. 언제나 운은 자신의 편이지 않았는가. 심지어 아내와의 관계에서도 그랬다. 사업을 경영하면서도 늘 운이 좋았다. 혹은 스스로 운을 만들어 냈다. 그러니 분명 앞으로도 그럴 것이다.

우선……, 우선은 금고를 확인하는 게 좋을 것 같았다. 하루에 두세 번은 하는 일이었다. 세상은 돈이 있으면 하지 못할 일이 없었다. 금고에 숨겨둔 그 돈만 있으면, 어떻게든 가족들을 구할 수도 있을 테니까.

이중권은 그 얼마 사이 수십 년은 늙은 듯 시커먼 얼굴로 비척대며 서재에 들어갔다. 협탁을 밀어 치우는 팔도 짧은 사이 여위어 작은 힘을 사용하는 것임에도 벌벌 떨렸다.

헐떡이며 금고의 문을 연 이중권은 그 순간 딱딱하게 굳었다.

"……."

금고는 텅 비어 있었다. 처음부터 아무것도 없었던 것처럼. 눈앞에서 집이 불타는 것이라도 본 듯이 시퍼렇게 질려 아무런 말도 못하던 이중권이 금고 안으로 다급히 기어 들어갔다. 금고에는 지폐

한 장이 그를 놀리듯 떨어져 있을 뿐, 매일 그에게 희망을 주던 금과 현금은 모조리 사라진 채였다.

이제 완전히 노인으로 보이는 사내의 입에서 꺽꺽거리는 소리가 새어 나왔다. 영상 속 아내와 두 아들의 모습이 지나갔다. 이 돈이 없으면 그들을 구해 내지도 못하게 된다. 쓸 수 있는 모든 방법이 사라지고야 만다.

언제, 언제 들켰을까. 윤서경이 언제 알았던 거지? 이제 모든 가망이 꺾여 버렸다. 윤서경은 언제까지고 괴로워하는 아내와 아이들의 영상을 전달할 거고, 역설적이게도 그들이 무사한지 확인하려면 그걸 봐야만 했다.

"으, 으어, 어⋯⋯, 내, 내 돈⋯⋯."

먼지 쌓인 바닥을 더듬고 기어 다니며 찾아봐야 사라진 물건은 다시 나타나지 않았다. 한참을 금고의 좁은 공간에 엎드려 추한 눈물을 떨어뜨리던 사내는 비실비실 밖으로 나왔다. 그리고 집 안을 헤매고 다니다 다용도실 구석에서 빨랫줄을 찾아냈다. 그걸 들고 다시 서재로 들어가, 작은 의자를 놓고 그 위로 올라간 순간, 묵직한 발소리 여러 개가 들이닥쳤다. 바깥에 있던 감시인들이었다.

"괜한 생각 않는 게 좋을 겁니다, 회장님."

이중권을 끌어 내린 사내 하나가 말했다. 회장님이라는 호칭이 지극히 모멸적으로 들렸다. 고개를 든 이중권은 그제야 천장 구석에 숨겨진 CCTV를 발견했다. 눈치채고 나서 보니 한두 개가 아니었다.

"저, 저거⋯⋯."

"이제 아셨습니까? 이 집 안에 설치된 것만 100개가 넘습니다. 행동 조심하셔야 할 걸요. 그리고 이제 하루에 두 번씩 USB를 전달해 드릴 겁니다. 영상에서 소리가 더 잘 나오게 신경을 써 두셨다고 합니다. 아, 이제 음악 감상도 시간제한을 안 두고 자유롭게 하실 수 있다고 하고요. 대신 영상을 보고 계실 때는 저 스피커를 꺼 둘 테니, 영상에 집중하실 수 있을 겁니다."

"……."

사내의 목소리 위로 천장에서 번들거리는 CCTV의 렌즈가 보였다. 매립된 스피커에서 끼익, 하고 잡음 같은 소리가 조금씩 흘러나왔다. 이중권은 거품을 물며 기절했다.

* * *

이유온은 이제 막 세상이 보이기 시작하여, 무엇이든 손으로 만지고 입에 넣어 보고 싶어 하는 어린아이와 같았다. 세상의 모든 것이 단지 그를 괴롭게 하고 고통을 주기 위해 존재한다는 강박에서 간신히 벗어나 주위를 둘러보고 있었다. 성장의 과정이자 모든 걸 알아 가는 단계였다.

위험한 것에도 무작정 손을 뻗는 건 곤란하지만 사실 그것 또한 성장의 일부였다. 고작 몇 달의 결과치고는 제법 대단했다. 알파의 체향이 불안정한 오메가에게 안정제 역할을 하는 탓도 있을 것이다. 안락한 둥지에 돌아와 몸을 둥글게 말고 쉬는 새와 같다.

때문에 오히려 적절한 보호가 필요했다. 가족을 만나고 싶다고 했을 때나, 아이를 가져도 좋겠다고 말했을 때처럼.

이유온의 그 말에 머리가 확 뜨거워질 만큼 흥분하긴 했지만 다행히 이미 윤서경은 약을 먹은 뒤였다. 유온이 어떤 의미로 말한 건지 알았기에 그때는 다른 말을 하지 않았다.

가족을 만나는 것과 달리 임신 문제는 천천히 설득할 수 있었다. 그는 임신을 할 수 있는 상태긴 했지만 해도 좋은 상태인 건 아니었다.

차분해진 후 그와 이야기를 나눴다.

그에게는 먹지 않겠다고 말하고 자신이 계속 몰래 약을 먹는 것, 약을 안 먹는 것, 그를 설득하는 것, 세 가지 중에 가장 나은 건 마지막 선택지라고 생각했기 때문이다.

지금의 몸 상태와 앞으로의 일들을 들어 지금은 임신을 피하는 게 좋은 이유를 하나하나 설명하자, 그는 처음엔 조금 실망하는 기색이다가 곧 이해했다.

침울해지고 실망할 수 있는 일이기에 그가 괜찮은 척만 하는 건지, 정말 괜찮은 건지 예민하게 살펴야 했다. 다행히 그는 약간 풀이 죽었을 뿐이고, 그것도 윤서경의 설명을 완전히 납득하면서는 풀어져 금방 괜찮아졌다.

―그래서……, 한영 씨 친구분도 다음에 한번 만나 보기로 했어요. 좋은 분이래요.

"그래요? 괜찮은 사람이면 좋겠네요."

―음, 한영 씨랑 비슷한 성격이라는 것 같아요.

이유온은 늘 그렇듯 오늘 있었던 일을 조곤조곤 늘어놓고 있었다. 성한영의 친구를 만날 예정이라는 듯했다. 경호학과 동기라는 그 친구에 대해선 프로필을 대강 보고 받았다.

어지간히 이상한 사람을 만나는 게 아니라면 인간관계가 넓어지는 건 좋은 일이었다. 정인호 같은 경우도, 옛날에 한 짓을 비롯해 썩 맘에 들진 않지만 당장 만나서 해보다는 득이 많았기에 유온에게 다가오는 것을 그냥 두었다.

그의 목소리를 집중해 들으며 흘끗 눈앞을 보았다. 악취가 풍기는 바닥에 한 남자가 멍하니 윤서경을 올려다보며 상체만 겨우 일으키고 있었다. 그, 이유건의 모습은 유온을 만나기 위해 잠시 사람 꼴을 갖추고 나오기 전보다 훨씬 더 피폐하고 너저분했다.

이유온을 만난 날 이 가족은 예상한 것과 똑같이 굴었다. 어차피 기대하지도 않았기에 놀랄 것도 없었다. 오히려 이유온……, 혹시나 가족들이 구질구질하게 매달렸을 때 그의 마음이 약해지지 않을까 걱정했었다. 그러면 그 후로 그의 가족들을 처리하는데 제약이 생길지도 모르니. 하지만 그가 해낸 말은, 윤서경이 생각한 것보다 훨씬 더 강인하고 단단한 말이었다.

형이 제 고양이를 죽인 것조차 제 잘못이라고 말하던 그가 자신은 가족 누구에게도, 아무것도 잘못한 게 없다고 했다.

그야말로 과거에 매듭을 짓는 말이 아닌가.

성민희와 이유연은 각자 있던 곳으로 돌려보냈고, 이유건도 다시 별장 지하실로 끌고 왔다.

아무래도 이 별장은 나중에 지하실을 정리한 후 매각해야 할 듯했다. 가지고 있으면 이유온과 올 일도 많을 텐데, 그를 데리고 오기엔 너무 지저분해졌다.

통화 음량을 높여 두었기에 고요한 지하실에서 유온의 목소리는 그에게도 그대로 들릴 것이다. 재잘거리는 듯한 목소리에 이유건의 표정이 점점 굳었다. 한참 후 윤서경은 집에 돌아가서 만나자는 다정한 말과 함께 전화를 끊었다.

이유건은 탁한 눈으로 윤서경을 보다가, 믿을 수 없다는 듯 말했다.

"유온이는, 그런 목소리……, 한 번도……."

말을 하는 것도 힘겨워 보일 만큼 갈라진 목소리였다. 이제 와 한다는 소리가 그것이었다. 전화 너머 이유온은 말을 더듬지도 않았고, 말투가 조금 느리긴 하지만 편안하고 기분이 좋다는 게 느껴졌다. 그렇게 온화하게 풀어진 목소리를 이유건은 들어 본 적이 없겠지. 그의 앞에서 유온이 편했던 날은 단 한 번도 없었을 테니.

이유온에게 필요했던 피임약. 주치의가 먼저 알아차릴 정도로 선명했던 이유건의 감정. 소유욕과 통제와 억압으로 점철된 폭력적인 그것을, 이유건 같은 사람은 어쩌면 애정이라 부를지도 모르겠다. 하지만 애정을 가지고 있다는 본인의 감정에 도취된 착취에 지나지 않았다.

자신은 한 번도 들어 본 적 없는 이유온의 다감한 목소리에 이 남자는 곧바로 표정이 흐려졌다. 마치 절망하거나 상처를 받은 것처럼 보였다. 역겨운 얼굴이었다.

유온은 얼마 전까지 자신이 타인의 체향에 민감하다고 생각하고 살았다. 그건 이유건의 은근한 교육 때문이었다. 그는 유온에게 제 체향을 쉴 새 없이 내뿜어 댔다. 수많은 호르몬 계통 약물 때문에 감각이 흐릿해진 유온은 체향을 간헐적으로만 맡을 수 있었다.

그런데 그런 상태에서도 빈번히 이유건의 향을 느꼈을 테니, 그에 대해 위화감을 가지지 않게 하려면 유온에게 '너는 원래 민감한 거 다'라고 인식시키는 방법밖에 없었다.

그 많은 약을 먹이고 체향을 뒤집어씌운 목적은 물론 유온을 완전히 지배하고 싶다는 욕구와, 또 제 딴에는 유온의 호르몬을 억눌러 자신이 손을 뻗는 것까진 막겠다는 알량한 의지였다.

아니⋯⋯. 그런 안전장치를 해 두었다는 자신에 대한 변호라고 하는 게 맞다.

나는 이렇게까지 했다. 하지만 어쩔 수 없었다. 이유온이 그렇게 태어나 자신을 자꾸만 흔들리게 했으니까. 난 할 만큼 했지만 알파의 본능은 억누를 수 있는 게 아니다.

그런 혐오스러운 변명.

만약 이유온이 가족의 원래 계획대로 진 회장에게 갔으면 어땠을까. 그는 이 가족만큼이나 쓰레기 같은 작자였다. 결혼한 오메가에게서 형의 페로몬이 풍기면 그걸 즐겁게 학대의 빌미로 삼고도 남을 자. 오히려 이 둘이 손을 잡았을지도 몰랐다. 상당히 가능성이 높은 일이었다. 그랬다면 유온은 지금보다 훨씬 괴롭고 가혹한 삶에 내던져졌을 것이다.

진 회장은 화명의 여파가 가라앉았을 때 조용히 처리할 작정이었다. 그것 때문에 그가 결혼을 생각하는 상대를 하나하나 알아

보아 파혼을 권했다. 동운건설이라는 이름값에 결혼을 고민하던 이들은 금방 떨어져 나갔다.

그가 어쩌면 유온과 결혼을 했을지도 몰랐다. 지난 생에도 이번 생에도 일어나지 않은 일이긴 했으나 이유온이 어릴 때부터 그를 어떤 눈으로 쳐다봤을지 생각하면 분노로 속이 뒤집히는 것 같았다. 다만 화명의 여진이 가라앉은 이후에 하기 위해 잠시 미뤄 두었는데…….

결과적으로 지금은 굳이 윤서경이 나설 필요가 없게 되었다. 윤서경보다 먼저 진 회장에게 칼을 들이댄 사람이 있었다. 말 그대로 칼을.

이유연은 그 상황을 견디지 못했다. 진 회장의, 너는 네 동생보다 못하다는 말에 눈이 뒤집혔고 결국 그를 칼로 찔렀다. 소식을 들었을 때는 윤서경도 놀랐다. 당연히 그가 칼에 찔려 병원으로 실려 갔다는 말은 어디에도 알려지지 않았다. 신문과 뉴스 보도는 지병이 위중하게 악화되었다는 것으로 나왔다.

그자가 사경을 헤매든 말든 윤서경은 알 바 아니었다. 직접 손을 쓴 것보다 그자에게 더 안 좋은 결과가 나왔으니 족하다. 그쪽 또한 뿌린 대로 거둔 게 아닌가. 그러나 이유연이 그를 찔렀다는 사실은 덮었다.

지금도 이유온과 연을 끊은 가족들이 모습을 감췄다는 사실만으로 가끔씩 괜한 관심을 받는데, 이유연에 대한 사실이 보도라도 되면 진 회장까지 조명될 것이다. 그러면 관심은 폭증할 게 분명했다. 그건 피해야 했다.

이유연은 아직 병원에 있었고, 거기서 나와 어디로 갈지는 윤서
경도 알지 못했다. 제 어머니를 찾아갈지, 도망쳐 나와서 길바닥
을 전전하며 살아갈지. 진 회장을 찔렀으니 동운건설의 손에선 어
쨌든 도망쳐야 할 테니까. 윤서경이 신경 쓸 것은 그가 쓸데없이
이유온을 언급하며 언론 어딘가에 머리를 들이밀지 않는지 여부
정도였다.

윤서경은 지저분한 바닥에서 벌레처럼 꿈틀거리는 이유건을 내
려다보았다. 후텁지근한 실내에서 윤서경은 혼자 찬 바람을 휘감
고 있는 것처럼 한 점 흐트러짐도 없고 차분했다. 그와 대조적으
로 이유건은, 수염이 덮인 얼굴은 흙빛이고 옷에 피며 바닥의 축
축한 때, 곰팡이 같은 게 묻어 사람의 몰골이 아니었다.

"내가 유온 씨를 데리고 갔을 때, 갑자기 파혼을 주장하면서 나
왔죠."

"……."

"결혼한 후에도 이유온을 마음대로 다룰 생각이었는데 그게 어
려울 것 같아졌으니까. 아닙니까?"

이전 생의 결혼에서 그랬던 것처럼 이유온을 제 손 밑에 둔 채
로, 페로몬을 이용해 윤서경에게서 멀어지도록 하고 멋대로 이용
할 생각이었을 것이다. 그들이 한 번 저지른 일을 이번 생에서도
똑같이 저질렀으리라는 건 그들의 행동으로 알 수 있었다. 몇 번
을 살아도 악인은 똑같이 악인이다.

만일 이전 생에서든 지금이든 이유온이 진 회장과 결혼했다면
그는 어떤 폭력에 노출되어도 그저 자신이 잘못해서 그런 거라

생각하며 살았겠지. 괴로운 삶…… 이유온에게는 남을 찌를 수 있는 칼이 없다. 아무도 그에게 칼을 주지 않았고, 자신을 고통스럽게 하면 그 칼로 상대를 찔러야 한다는 걸 알려 주지 않았다. 그저 오로지 순종만 하도록 길들여졌다.

"유, 유온이는, 내……."

"당신 어머니는 닷새째 아무것도 못 먹었다고 하더군요."

"……."

"아버지는 당신들 가족이 쥐새끼처럼 숨어들려고 하던 집에 금이며 현금 같은 걸 숨겨 놨습니다. 매일 몇 번씩 그걸 확인하면서 헛생각을 한 모양인데…… 그것까지 치웠더니 정신이 나간 모양입니다. 목을 매달려고 하는 걸 감시하던 사람이 들어가서 막았죠."

윤서경이 고개를 기울였다.

"벌써 죽으면 곤란합니다. 당신한테 전하는 건 이게 마지막 소식이 되겠지만. 가족 중에 누가 죽어도 알려 주지 않을 생각인데, 매일 부모나 동생이 죽은 건 아닐까 걱정하며 사는 것도 꽤 괴롭지 않겠습니까."

셋 다 벌써 여러 번 시도를 하고 있다. 윤서경은 그걸 전부 막았다. 스스로 목숨을 끊겠다고? 어떻게 그렇게 편하게 보내 주겠는가. 이유건이 윤서경을 보았다. 눈가가 시뻘겠고 눈물이 맺혀 있었다.

"대체, 대체 어디서부터 잘못된 거지? 우리는, 유온이는……."

"처음부터지."

아무런 죄도 없이 그저 태어났을 뿐인 이유온을 네 사람이 둘러싸고 바라보며 이걸 어떻게 사용할지 각자의 생각을 했을 때부터. 윤서경은 입구 쪽으로 손짓했다. 체격이 큰 알파들이 그곳에 서 있다가 다가왔다. 손에는 은색 트레이박스가 각각 들려 있었다. 안에 든 것은 수백 개는 될 주사제 약병과 주사기였다.

이유건이 죽을 때까지 천천히, 전부 주사할 생각이었다.

공포에 질린 이유건의 눈이 약병을 향했다.

"지금까지 당신이 유온 씨한테 먹인 약의 주사제입니다. 당신이 먹인 만큼 준비했어요."

"……."

"쇼크가 올 때를 대비해서 의사도 대기하고 있습니다."

약을 준비하며 새삼 생각했다. 이 많은 약물에 휩쓸린 채 살아야 했던 이유온의 지난 삶을. 트레이에 꽉 찬 약병을 보자 이유온의 몸에 흐르는 피를 제 것으로 바꿔 주고 싶을 정도였다.

"너무 쉽게 죽지 않기를 바라겠습니다."

마지막 말을 남기고 윤서경은 돌아섰다. 주사를 들고 다가가자 발작하듯 소리치는 이유건의 목소리가 경멸스러웠다. 지하실을 나와 차에 오른 윤서경은 기사에게 집에 가기 전 호텔에 잠시 들르라고 말했다.

호텔에서 몸을 씻고, 집에서 나올 때와 똑같은 디자인의 새 옷으로 갈아입은 후 다시 집으로 향했다. 그곳의 덥고 축축한 공기, 이유건이 내뱉은 숨결을 집까지 가지고 가고 싶지 않았다.

"서경 씨."

현관문을 열자 거실에 있었는지 곧바로 이유온이 마중을 나왔다. 엘리베이터를 타면서부터 풀어졌던 윤서경의 얼굴이 더더욱 부드럽게 바뀌었다. 그는 웃으며 이유온에게 다가가 머리를 감싸고 늘 하듯이 키스했다.

몸을 씻고 왔지만 그러지 않은 척 유온과 함께 욕실에 들어가고, 따뜻하게 데운 아로마 오일로 여전히 뭉치곤 하는 유온의 어깨와 팔을 풀어준 뒤에 거실로 나왔다. 머리를 말린 뒤 유온은 차를 끓여 주겠다며 간이 주방으로 향했다.

거실에선 차를 끓이는데 사용하는 간이 주방의 모습이 잘 보였다. 이유온은 여러 개의 티 캐디를 가만히 보며 고심해서 차를 고르곤 제 몫으로는 우유와 설탕, 윤서경의 몫으로는 메이플 시럽을 약간 준비해서 가지고 나왔다.

윤서경은 보통 차에 아무것도 넣지 않지만 피곤한 날엔 설탕이나 시럽을 조금 섞었다. 얼굴이 꽤나 피곤해 보였던 모양이다. 유온이 테이블에 찻잔을 내려놓았다.

"시럽은 그냥 가지고 와 봤어요……."

"고맙습니다. 오늘 일이 많아서 피곤했는데, 어떻게 알았어요?"

"그, 그냥."

고맙다는 말에 유온의 뺨이 약간 빨개졌다. 작은 물고기에게도 해를 끼치지 못할 것 같은 순진한 얼굴이었다. 이런 사람을 그렇게 괴롭힐 수 있다니 신기하기까지 한 인간들이었다.

이제 윤서경은 그들을 지금만큼 신경 쓰지 않을 생각이었다. 도망을 시도했다거나 죽을 뻔했다거나, 혹은 죽었다거나, 그 정도의 소식만 받을 것이다. 당연히 죽어도 유온에게 알리지 않는다. 이 유온은 그들에게 하고 싶던 말을 했다. 더는 정말로 그들과 엮일 필요가 없었다. 눈에서 멀어지면 마음에서도 멀어진다. 차차 잊어 갈 것이다. 그들이 먼 곳으로 떠나 살고 있다고 알면 그걸로 충분하다.

유온은 지금도 제 가족들이 어딘가에 가서 죽어 버리면 좋겠다든가, 비참한 최후를 맞으면 좋겠다, 밑바닥의 밑바닥을 기며 살았으면 한다……, 그런 생각을 하지 않았다. 그저 소식이 들리지 않는 곳에서 잘 살기를 바란다.

고작 만나고 싶지 않다고 생각하는 것만으로 나쁜 생각을 했다고 죄책감을 가지는데, 거기에 대고 내가 하는 나쁜 생각은 그들을 모두 죽여서 시체도 못 찾게 하고 싶다는 거라곤 차마 말할 수 없었다.

어쨌든, 그들은 이제 쓸모를 다했다. 그저 이유온의 과거를 중화하기 위한 발판, 도구. 그들이 유온을 취급했듯, 찢어도 되는 종이, 깨뜨리기 위한 도자기로. 이제까지 이유온에게 해 오던 그 짓의 거울. 재기의 여지조차 없다. 외국으로 도망칠 길도 막혀(외국에 간다고 해서 찾지 못하는 건 아니지만) 죽는 날까지 쫓기고 굶주리고 남에게 머리를 조아리며 살아야 할 것이다.

"……씨, 서경 씨."

"……."

윤서경이 퍼뜩 고개를 들었다. 유온이 난감하다는 얼굴을 하고 있었다. 아까부터 불렀는데 자신이 듣지 못한 모양이다.

"차 식어요……."

"아. 미안합니다, 잠깐 뭘 좀 생각했어요."

달콤한 시럽을 넣은 홍차는 입에서 부드럽게 넘어갔다. 차를 한 모금 마시고 보자 정작 차가 식는다고 말한 유온의 차는 전혀 줄어들지 않았다. 우유를 섞지도 않아서 맑은 다홍색 그대로였다.

"당신은 안 마셔요?"

"아."

그제야 유온이 제 잔을 내려다보았다가, 다시 천천히 고개를 들었다.

"서경 씨. 저, 예전부터 말하고 싶었던 건데요……."

"네."

"사실, 저 신혼여행으로 가고 싶은 곳 있어요."

"그래요? 어디요."

묻자, 유온은 물끄러미 윤서경을 바라보다가 천천히 입을 열었다.

0. PM 07:23

3월, 한국보다 훨씬 따뜻한 작은 나라에서 열린 결혼식에는 친지들만 간소하게 참석했지만 어김없이 기자가 몰려들었다. 물론 멀리 떨어진 곳에서 서성일 뿐 접근하지는 못했으나, 둘을 향한 사람들의 관심을 증명하기에는 충분했다.

두 사람이 어떤 예복을 입을 것인지에 대한 추측에서 결혼 선물로 이유온이 받은 고성을 비롯한 여러 것들의 가격, 결혼반지 브랜드, 그 외 짐작해볼 수 있는 모든 것들이 뉴스로 떠다녔다.

유온은 그런 관심이 부담스럽긴 하지만 예전처럼 무섭진 않았다.

눈앞에 꽃으로 장식한 긴 아치가 있었다. 바닥에는 넘치도록 꽃잎이 깔렸고, 양쪽 하객석에는 윤서경의 부모님과 형, 누나, 유온이 얼굴을 아는 사람들이 위치 구분 없이 자유롭게 앉았다.

몇 번 만나 본 윤서경의 가족은 좋은 사람들이었다. 이전 상견례 자리에서 의례적 칭찬으로 받아들였던 말들이 진심이어서 조금 놀랐다. 그들 모두가 하객석에 앉아서 다정한 눈길로 두 사람을 바라보고 있었다.

남을 진심으로 축복하고 싶은 사람들은 저런 표정을 하는구나. 유온은 뜨거워지려 하는 눈가에 힘을 꾹 주었다. 아직 주례의 앞에 가지도 않았는데 벌써 울 수는 없었다.

눈을 내리깐 채 깜빡이고 있자, 손에 뜨거운 온기가 전해졌다. 윤서경이 자신의 손을 잡았다. 유온은 가만히 그를 올려다보았다. 자신과 비슷한 모양의 예복을 입고, 머리를 깔끔하게 넘기고, 흰 장갑을 낀 모습을.

그의 품에는 자신과 마찬가지로 결혼반지가 들어 있을 것이다.

윤서경이 손을 더 힘주어 잡은 순간 음악 연주가 시작되었다. 두 사람은 같은 걸음으로 천천히 꽃잎이 덮인 길을 걸었다. 아치의 라일락을 투과하여 맑은 햇살이 눈부실 정도로 쏟아졌다.

한 걸음, 한 걸음, 푹신한 꽃잎은 구름 같았다. 하늘의 구름을 바라보면 푹신할 거라고, 그 위에 누워 보고 싶다고 생각한다. 사실 구름은 사실은 작은 물방울 덩어리라서 아무리 푹신하게 보여도 누울 수 없다. 행복이란 언제나 그런 것이라고 생각해 왔다. 예쁘고 포근해 보이지만 너무 멀고, 몸을 기댈 수는 없는 것. 그러나 지금 유온은 윤서경과 함께 구름 위에 있었다.

주례는 윤서경의 대학교 시절 은사라는 분이었다. 그분은 짧은 주례를 마치고 부부를 장난스러운, 또는 기특해하는 눈길로 한 번 보았다.

결혼 서약이 이어졌다. 언제까지고 서로를 사랑하며, 믿고, 의지하고, 존중하며 살아갈 것을. 윤서경이 먼저 대답했다. 맹세합니다. 확신으로 가득 찬 목소리였다. 그리고 자신이 대답할 차례가 되었다.

"……네."

맹세합니다, 까지 말해야 했지만 목소리가 나오지 않았다. 다시 입을 열면 눈물이 나올 것 같았다.

유온은 바들바들 떨리는 입술을 꾹 물었다. 시선을 툭 떨어뜨렸다가 다시 들자 주례도, 윤서경도 자신을 보고 있었다. 괜찮다고 말하는 듯한 눈길이었다. 결국 거기서 끄덕이는 것으로 답을 대신했다.

주례는 다정하게 웃으며 다음 순서로 넘어갔다. 반지를 교환해야 했다. 윤서경은 조심스럽게 유온의 장갑을 벗기고, 벌써 1년도 전에 맞춘 결혼반지를 다시 꺼냈다. 웨딩 촬영에 사용했지만 결혼식을 미루면서 잠시 보관해 두던 반지였다. 그동안 손에 착용한 적은 없다. 결혼식에서 다시 처음 끼는 듯한 기분을 느끼고 싶었기 때문이다.

왼손 약지에 딱 맞는 크기의 반지가 끼워졌다. 윤서경은 반지를 끼워 놓고 잠시간 그 손을 바라보고 있었다.

유온도 그의 장갑을 벗기고 그 손에, 그 역시 유온과 같은 이유로 한동안 끼우지 않던 반지를 끼웠다. 한 쌍의 디자인으로 된 반지가 두 사람의 손 위에서 반짝거렸다.

이어 입맞춤할 차례가 되었다. 윤서경은 햇살을 받으며 오래도록 유온을 바라보다가, 유온이 뭔가 말하고 싶은 것처럼 입술을 달싹인 순간 입 맞췄다. 영원을 맹세하는 키스는 그 이름만큼이나 믿을 수 없도록 달콤했다.

그 후에 유온은 눈물을 닦고 울었던 흔적도 멋쩍게 웃으며 정돈했다. 잔뜩 찍은 결혼사진 중에서 한 장은 멀리서 서성이는 기자들에게도 제공되었다. 두 사람이 라일락을 늘어뜨린 아치의 시작점에서 서로를 바라보고 있는 사진. 작은 꽃잎이 하늘하늘 날리고, 금빛 햇살이 두 사람의 윤곽을 타고 흐르는 모습이었다.

사진을 먼저 본 유온은 조금 놀랐다. 자신이 이렇게까지 간절한 눈으로 윤서경을 보고 있을 줄은 몰랐기 때문이다. 이 사진을 찍힐 때 유온은 온통 그의 눈에만 정신이 팔려 있었다. 자신이 본 그의 눈빛은, 이 사진 속 자신의 눈빛과 똑같았다.

기자들은 곧바로 포털 사이트에 사진을 올렸고 실시간 검색어 같은 곳에 두 사람의 이름이 열심히 오르내렸다. 한국에서 얼마나 소란이 되고 있는지도 모르는 채 행복한 부부는 결혼식과 작은 피로연을 마치고 몰디브로 향했다.

"피곤하죠, 유온 씨. 오늘은 바로 쉴까요?"

입국장으로 나오며 윤서경이 말했다. 유온은 공항의 유리창 너머로 보이는 하늘을 한 번 보았다. 얼마 지나지 않아 해가 질 것 같았다.

결혼식이 끝나고 그곳의 호텔에서 하루 종일 푹 쉬긴 했지만 그 후 다시 여기까지 비행기로 한참을 오느라 피곤했다. 오랫동안 준비한 결혼식이 무사히 끝나 긴장이 풀려서 더 나른해지는 것 같았다.

한적한 수상 비행기에 올라 기울어지는 금빛 햇살에 감싸인 산호섬의 바다를 구경했다. 거기서 내려 버기를 타고 섬 안에서도 안쪽에 있는 커다란 워터 빌라까지 가고 나니 한층 더 몸이 축축 늘어졌지만, 주위로 보이는 파스텔톤의 바다가 너무 아름다워서 힘든 걸 잊어버리게 되었다.

두 사람이 버기에서 내리고 직원은 인사와 함께 돌아갔다. 온통 바다에 둘러싸인 건물을 바라보다가 안으로 들어가려 했다. 하지만 윤서경이 왜인지 문을 등진 채 서서 유온을 바라만 보고 있었다.

"왜요……?"

"안에 준비해 둔 게 있습니다."

"준비해 둔 거요?"

"마음에 들면 좋겠습니다."

그렇게 말하며 윤서경이 문을 열었다. 문을 열자마자 쏟아진 향기에 유온이 눈을 동그랗게 떴다. 신선하고 깨끗한 꽃 냄새. 튤립 향이었다. 향기에 이어 방 안의 모습이 눈에 들어왔다.

"이게……."

방 안은 온통 꽃으로 가득했다.

청보라색에서 분홍색으로 명암이 진, 몽환적인 색상의 튤립이었다.

"이, 이거⋯⋯."

유온은 당황해서 윤서경을 보았다. 이 꽃은 유온도 잘 알고 있었다. 꽃의 이름을 안 순간 꼭 구해서 윤서경에게 주고 싶었다. 그가 받아 줄지 어떨지도 모르는 결혼기념일 선물이었다. 그런데 이게 어떻게 여기에 있을까. 지금 시점에서는 2년은 지나야 나올 품종일 텐데. 윤서경이 웃음을 지었다.

"원래 상용화는 개발 후에도 한참 지나야 되는 경우가 많아서요. 계속 알아보고 있었는데, 다행히 결혼식 시기에 맞춰서 찾았습니다."

어디를 보아도 튤립뿐이었다. 비단처럼 섬세한 꽃잎을 가진 꽃들은 지금 커다란 창 너머로 바다를 향하여 흐르기 시작한 석양과 똑같은 색을 가지고 있었다.

가슴이 무언가로 꽉 차는 느낌이었다. 멍하니 꽃의 바다를 바라보는데, 윤서경이 바스락거리는 소리를 내며 유온에게 꽃다발 하나를 내밀었다.

"자. 이건 당신이 나한테 주세요."

"⋯⋯."

튤립 꽃다발이었다. 꽃의 개수는 윤서경의 나이만큼. 자신이 준비하고 찾아오지 못했던, 그 꽃다발일까. 유온은 물끄러미 윤서경을 올려다보다가 물었다.

"제가 이거 주문해 둔 거, 어떻게 아셨어요⋯⋯."

"꽃집에서 연락을 받고요."

그때 그는 어떻게 생각했을까. 귀찮았을까, 괜한 짓을 했다고 생각했을까. 아니면…… 어쩌면 슬펐을까. 아니, 분명 슬펐을 것이다.

유온은 어느새 품에 안은 꽃다발의 향기를 맡았다. 단정하게 꽃을 장식한 포장이 어쩌면 자신이 죽은 후 그가 받았던 그대로일지도 모른다고 생각했다. 그의 슬픔을 짐작할 수 있었다. 혼자 남겨진 절망, 아마 자신이 그때껏 느낀 슬픔 그 이상의 고통을.

유온은 꽃다발을 품에 꽉 끌어안았다가 천천히 윤서경에게 내밀었다.

지난 생에는 주지 못했던 꽃이었다.

그리고 긴 시간을 거쳐 마침내 그에게 내밀게 되었다. 윤서경은 유온과 한 쌍인 반지를 낀 손으로 꽃다발을 받았다. 표정이 조금 흔들리던 그는, 그대로 고개를 숙였다. 입을 맞추는 입술이 평소보다 조금 떨리는 것 같았다.

입술이 거의 닿아 있는 상태에서 유온이 말했다.

"서경 씨, 우리 내일은 해변에 산책하러 나가요."

"……좋습니다."

"기대돼요……."

나도 그렇습니다. 윤서경이 속삭였다.

당연히 찾아올 행복한 내일.

아무것도 가지지 못했던 손에는 어느새 꽃과 반지와 수많은 기쁨이 찾아와 있었다.

유온은 해변을 생각했다. 여린 파도 소리, 모래의 온도, 햇살의 감촉. 곁에 있는 윤서경의 모든 것. 따뜻하고 부드러운 백사장을 윤서경과 함께 맨발로 걸을 것이다. 긴 발자국이 두 사람을 따라올 것이고, 두 사람은 서로의 향을 가장 가까운 곳에서 맡을 것이다.

창밖은 어느새 푸른 밤하늘이 석양을 어둡게 물들이고 있었다. 벌써 떠오른 별들이 조용히 반짝거렸다. 뭔가를 원하는 것조차 못 했던 삶에 내려올 무수한 환희. 이제부터 있을 삶을 비출 불빛. 아무것도 가져 본 적 없는 사람이 처음으로 원한 유일한 사람, 가지지 못한 게 없었던 사람이 간절하게 원한 유일한 사람.

유온은 고개를 들어 자신이 먼저 윤서경에게 입을 맞췄다. 아무런 거절도 없이 입맞춤이 돌아왔다. 입술이 잠깐씩 떨어질 때마다 유온은 윤서경에게만 들릴 작은 목소리로 하염없이 속삭였다. 윤서경 역시 같은 말을 그에게 들려주었다. 꽃의 향기만큼 진동하는 사랑의 말들이 두 사람을 감쌌다.

헤아릴 수 없이 많은 행복이 그들의 현재와 미래를 찬란한 빛으로 물들이고 있었다.

돌아와서 말하기, 〈完〉

외전 01

유온은 편하게 선 채로 고개를 들어 쏟아지는 햇살로 반짝이는 스테인드글라스를 바라보았다. 성당은 다 비슷비슷하다고 말하는 사람도 있지만, 유온의 눈엔 아무리 작은 성당이라도 저마다 다른 특징이 있었다. 십자가를 둘러싼 신상부터, 그리로 뻗어 가는 길과 양편의 기도하는 단, 아치까지.

휴대폰으로 사진을 찍어 보려 했으나 색유리가 끼워진 창의 모습은 휴대폰 카메라에 잘 담기지 않았다. 눈으로 바라보는 것만큼의 반짝임이 보이지 않는다. 아쉬운 마음으로 휴대폰을 집어넣고, 대신 질릴 때까지 실컷 구경했다.

그 후엔 오르간과 양쪽 벽에 있는 대리석 조각상 같은 걸 더 구경하다가 성당 문을 밀어 열고 밖으로 나섰다. 축축한 공기 사이를 관광객과 현지인이 적당히 섞여 어디론가 바쁘게 이동하고 있었다.

눈에 보이지 않지만 가까운 곳에 있을 비서와 경호원을 잠시 생각하며 시계를 확인했다. 어느새 식사할 시간이었다. 휴대폰으로 이정윤에게 메시지를 보낸 뒤 입구 옆쪽에 서서 기다리자, 곧 이정윤과 성한영이 나타났다.

유온은 그들 뒤로 보이는 눈 덮인 산에 다시 눈길을 주었다. 길을 다닐 때, 어딘가에서 나올 때 어디서든 보이는 풍경이지만 아무리 보아도 눈을 뗄 수가 없었다.

지금 유온이 있는 곳은 스위스의 호수에 둘러싸인 한 도시, 로잔이었다.

"다 보셨어요? 유온 씨, 제가 이 근처에 맛있다는 집 찾아 놨는데 어때요? 이탈리안이래요."

여행지의 음식이 아무리 입에 맞고 맛있어도 세 끼를 내리 며칠 동안 먹으면 약간 질린다. 해서 식당은 이정윤을 비롯한 비서실과 경호팀까지 머리를 맞대어 다양한 나라의 음식으로 정하고 있었다. 여러 사람이 고민한 결과 끝에 나온 식당은 지난 며칠 동안 한 번도 실패한 적이 없었다.

식당으로 가는 동안 이정윤은 늘 그렇듯 재잘거리고 성한영은 묵묵히 있었다. 그리고 윤서경은 자리에 없다. 이번에 유온은 혼자서 여행을 왔다.

물론 아주 혼자 가는 건 여러모로 위험했기에 수행하는 팀 전체가 같이 왔다. 사실 윤서경이 움직일 때도 이렇게 많은 사람이 따라 다니진 않는다. 이번엔 유온이 처음으로 혼자서 가는 여행이었고, 여행지도 한국에서 멀어서 특히 신경을 쓴 것이었다.

그래도 첫 심부름 가는 아이를 카메라가 따라가며 촬영하던 프로그램이 생각나는 건 어쩔 수 없었다.

이정윤이 말한 식당은 호수의 둘레에 있었다. 노천에 꾸며 놓은 자리에는 딱 점심을 먹을 시간인 만큼 사람이 거의 찼다. 그 안에서 용케 빈자리를 확인한 이정윤이 두 사람을 이끌었다. 메뉴판을 유심히 보던 유온은 오일 파스타를 하나 골랐다.

자신이 간 식당들이 유독 그랬는지, 스위스 식당이 원래 양이 많은 건지 모르겠지만 나오는 식사는 언제나 유온이 혼자 한 그릇을 다 비우지 못할 정도였다.

한참 열심히 먹다가 배가 불러져서 냅킨으로 입가를 닦으며 고개를 들었다. 만년설에 덮인 알프스가 레만호 둘레를 거대한 조각상처럼 둘러싸고 있었다.

따라온 일행은 유온이 혼자 돌아다니는 동안 떨어진 곳에서 살피다가 식사 시간이 되거나, 주위에 수상한 사람이 꼬이거나 하면 바로 나타났다. 그러니까 유적을 돌아보거나 틈만 나면 호숫가에 앉아 호수를 구경하는 동안에는 혼자였다. 그렇게 여행하기를 오늘로 나흘째. 유온은 약간 외로웠다.

혼자서 여행을 가 보는 건 어떨까, 하는 윤서경의 말에 신기하고 설렜던 건 사실이다. 비행기에서 내려 첫날 낮에 주위를 둘러볼 때는 괜찮았다. 하지만 그날 밤 혼자 침대에 눕자 묘한 기분이 들었다. 낮에 관광을 할 땐 워낙 주위 풍경이 아름다워 기분이 좋아진다.

그래도 이걸 윤서경과 보았다면, 맛있는 식사를 해도 윤서경이 같이 먹었다면, 하는 생각이 들곤 했다.

아직은 혼자 있을 때 느끼는 게 자유가 아니라 쓸쓸함인 듯했다. 아마…… 어릴 적부터 내내 혼자였고, 혼자만의 시간에도 안도와 편안함이 아니라 누가 문을 벌컥 열고 들어올지 모르는 불안감과, 아래층에서 화기애애하게 이야기하며 시간을 보내는 가족들을 향한 부러움이 지층처럼 몸속에 쌓여 있어서 그런 건지도 몰랐다.

식사를 한 뒤 다시 혼자 남은 유온은 따뜻한 음료 한 잔을 들고 호숫가에 앉아서 멍하니 그 광대한 풍경을 바라보았다. 깊이를 알 수 없이 검푸른 호수는 느리게 일렁거렸고, 언제까지고 녹지 않을 만년설은 산을 오래된 문양처럼 덮고 있었다.

물기 섞인 바람이 불었다. 쌀쌀한 공기에도 오래도록 호수를 구경하다가 느릿느릿 일어섰다. 이정윤에게 이만 호텔로 돌아가고 싶다고 메시지를 보내자 금방 두 사람이 나타났다.

"오늘은 이만 돌아가려고요……."

"아, 피곤하실 때 됐죠. 스파 서비스 불러 둘까요?"

유온은 작게 고개를 흔들곤 호텔로 돌아갔다. 역사가 오래된 고급 호텔로, 얼마 전 부경에서 거액에 매입하여 일부 리모델링을 거친 곳이었다.

이 여행이 싫은 게 아니었다. 오히려 좋았다. 곁에 아무도 없이 홀로 걷고, 유적이 아니어도 신기한 게 있으면 가만히 서서 바라보고, 내키는 대로 어디든 갔다. 호수와 산, 언덕이 많은 길, 골목

골목의 이국적인 집과 가게, 대각선으로 이어진 계단, 꽃을 파는 가게까지도 하나하나 아름다운 곳이었다. 처음 가는 길을 가더라도 데리러 올 사람들이 있으니 길을 잃을까 걱정하지 않아도 되었다.

하지만…….

씻고 나와 창밖의 풍경을 바라보고 있는데 휴대폰이 울렸다. 유온은 반가움에 확 밝아진 얼굴로 전화를 받았다. 스위스가 오전일 때 한 번, 저녁일 때 한 번 걸려오는 전화였다.

"서경 씨."

—잘 놀고 있어요?

"네. 오늘은 성당 보고 왔어요……. 성당이 많더라구요."

—아, 그렇죠. 나도 유명한 곳 한두 군데만 알았는데 생각보다 많더군요. 뭐 필요한 건 없습니까?

"네. 풍경도 예쁘고, 사람들도 다 친절하고, 좋아요. 다."

그럼 다행이라고 웃는 윤서경의 목소리에 유온은 휴대폰을 꼭 쥐었다. 입술이 몇 번, 말을 해도 좋을지 고민하며 달싹거린다. 그러다 결국 입을 열었다.

"전부 너무 좋아요. 볼 것도 많고, 음식도 맛있고, 그런데…….."

—그런데?

"……서경 씨가 보고 싶어요."

—…….

결국 털어놓았다.

모든 게 다 좋았다. 하지만 윤서경이 보고 싶었다.

스스로도 이게 그에게 의존해서인지, 그저 보고 싶은 건지 알 수 없었으나 지금의 마음은 그랬다. 예쁜 풍경도 맛있는 음식도 그와 함께하고 싶었다. 유온의 말에 잠시 조용해졌던 윤서경이 작은 소리로 웃었다.

털어놓고 나자 괜히 쑥스럽기도 하고, 편한 것도 같은 마음에 유온은 뺨을 긁적이며 오늘 있었던 일로 한참 더 사소한 이야기를 나눴다. 서로 잘 자라고, 다정한 인사를 나눈 뒤 전화를 끊고 나서는 유온은 지난 며칠보다 더 따끈따끈한 마음으로 잠이 들었다.

그리고 그로부터 15시간 후 윤서경은 제네바 국제공항에 서 있었다.

이유온에게 여행을 권하기까지 그는 깊은 고민과 갈등을 반복했다. 둘이 함께라면 벌써 몇 번이나 다녀왔다. 하지만 이번엔 그를 혼자 보내는 것이었다.

그의 세계는 제법 넓어졌고 교류하는 사람도 늘어났다. 이제 슬슬 다른 활동을 해 볼 때가 된 것 같았다. 유온과 의사, 상담사와 함께 상의한 결과는 혼자서 하는 여행이었다.

여행 장소는 한참 고민한 끝에 스위스로 정했다. 자연 경관과 관광 유적이 적당히 섞여 있을 것, 치안이 좋을 것, 부경의 호텔이 있을 것 등등, 여러 가지를 고려한 결과였다.

이정윤에게서 유온이 길에서 이상한 놈에게 팔찌 따위를 강매당하지도, 소매치기에게 지갑을 빼앗기지도, 껄떡거리는 알파 놈을 만나지도 않으면서 나름 즐기고 있다는 말을 들었을 땐 안심했다. 그러나 그렇게 재미있게 놀면서도 한편 쓸쓸했던 모양이다.

'보고 싶다'는 말을 듣고 어떻게 가만히 있겠는가. 세상이 무너져도 가야지. 이정윤에게 유온의 일정만 확인한 뒤, 놀라게 해 주고 싶어서 몰래 스위스로 왔다. 기차로 로잔에 도착해 호텔로 갈 때까지는 장난을 치는 것처럼 즐거운 마음이 되기까지 했다.

스위트룸으로 올라가 초인종을 눌렀다. 이 호텔은 리모델링을 했다 해도 오래된 곳이라 바깥을 확인할 수 있는 인터폰이 없었다. 유온의 발소리가 타박타박 다가왔다. 밖에서 먼저 신원을 밝히지 않는 게 이상했던지, 그는 바로 문을 열지 않고 서성였다.

"나예요."

그 말을 하자마자 문이 벌컥 열렸다. 밖으로 열리는 문에 윤서경은 작게 웃음을 터뜨리며 뒤로 물러났다. 유온의 얼굴에 놀라움이 가득했다.

"아……. 어, 어떻게, 왜 여기 계세요?"

"보고 싶다면서요."

"……."

벌어진 입이 수많은 말을 하고 싶어 하는 것 같았다. 화면을 멈춰 놓은 것처럼 꼼짝도 하지 않던 유온이 겨우 한 마디를 내뱉었다.

"와 달라고 한 건 아니었는데……."

"내가 와서 싫습니까?"

"아니. 아니요, 아뇨!"

재빨리 고개를 휘저으며 부정한 그가 얼굴을 붉히더니 중얼거렸다.

"바쁘신데, 괜히……."

언제쯤 알아줄까.

아무리 바빠도 그의 말보다 중요한 건 없다는 걸.

"조절이 가능한 일정이라서 온 겁니다. 걱정하지 말아요."

사실 전혀 아니었지만 유온이 부담을 가질까 걱정되어 그렇게 말했다.

"……."

유온이 가만히 윤서경을 올려다보았다. 동그란 눈동자에 수많은 감정이 어른거렸다. 윤서경이 와서 기쁘고, 한편으로 바쁠 텐데, 이 시간을 빼느라 나중에 더 고생하는 건 아닐까 걱정이 되고, 괜한 말을 했다 싶고, 하지만 그러면서도 좋고. 윤서경에게는 알기 쉬운 표정이었다.

"멀리서 왔는데 반겨 주지 않을 겁니까?"

"……."

그제야 유온은 표정을 풀더니, 웃는 얼굴로 다가와 윤서경의 품에 안겼다.

* * *

로잔에서 파리까지는 기차를 탔다. 원래 유온 혼자서도 제네바에서 하루, 로잔에서 사흘을 보내고 파리로 이동하는 일정이었다.

윤서경이 왔지만 스케줄을 바꾸지 않고 움직이기로 했다. 유온은 윤서경이 로잔 관광을 하지 않아도 될지 생각하는 기색이었지만, 이곳 호텔을 매입할 때 많이 와 봤다고 하자 그제야 깨달은 얼굴로 고개를 끄덕거렸다.

파리는 기차로 다섯 시간 거리였다. 창밖으로 빠르게 지나가는 초록색 풍경을 한참 보고 있던 유온이 파리에 거의 도착했을 때 입을 열었다.

"서경 씨, 우리……."

"네. 하고 싶은 거 있습니까?"

그러자 유온은 입을 다문 채 입술을 우물거리더니 약간 머쓱한 기색으로 말했다.

"놀이공원 갈까요……?"

"놀이공원?"

파리에는 대규모 테마파크가 있었다. 놀이공원이라고 하면 그곳일 것이다. 그런데 갑자기 왜 놀이공원일까.

"그냥 한번 가 보고 싶었어요."

"그래요. 지금까지 다닌 곳보다 사람이 많을 텐데 괜찮겠습니까?"

"이제 그 정도는 괜찮아요."

그렇게 말한다면 괜찮을 것이다. 자신도 곁에 붙어 있고.

파리에 도착해 그날은 호텔에서 쉬었다. 윤서경이 씻고 나오자, 유온은 거실 테이블 앞에 앉아서 방에 비치된 카탈로그를 보고 있었다. 호텔 1층 쇼핑가의 브랜드 카탈로그였다. 쇼핑에 관심이 없는데 오늘따라 어쩐 일로 상품 카탈로그를 본다.

심심하기라도 했나. 신기해서 바라보고 있자니, 유온이 고개를 확 들었다. 눈이 반짝거리고 있었다.

"서경 씨……."

고개를 옆으로 기울이자 유온이 정말 뜻밖의 말을 꺼냈다.

"저 이거 갖고 싶어요……."

이유온이 뭔가 갖고 싶다는 말을 하다니.

이 정도면 기념일로 지정해도 될 것 같았다. 그는 물욕이라는 단어에서 가장 먼 곳에 있던 사람이었다. 그러다 윤서경이 사다 안겨 주는 물건에 큰 부담을 느끼지 않게 되었고, 지금 심지어 뭔가를 사 달라고 말한 것이다. 윤서경은 마치 갓 태어나 누워 있는 것밖에 못하던 아기가 성장해 혼자 힘으로 발딱 일어나는 걸 본 기분이었다.

"어느 거요?"

그렇다고 지금 유온을 끌어안고 칭찬을 해댈 수도 없었다. 그러면 부담을 느끼고 다신 말하지 않을 수도 있으니까. 그를 칭찬하는 건 적당한 조절이 필요했다. 윤서경은 짐짓 아무렇지도 않은 척 카탈로그를 보았다.

이유온이 프랑스어는 전혀 못 하는 게 다행이었다. 커플용으로 나온 시계는 전 세계 3세트 한정이라고 적혀 있었다. 가격은 안 쓰여 있었지만, 보면 이유온이 언제 사 달라고 했냐는 듯 카탈로그를 저 멀리 치워 버렸을 게 분명했다. 윤서경은 우선 이한영에게 메시지부터 보냈다. 가격은 문제가 아니지만 이미 팔렸으면 곤란해진다.

다행히 시계는 한 세트가 남아 있었다. 이 호텔에는 없고, 다른 지점에서 가지고 있는 듯했다. 호텔로 가지고 오도록 말하고 유온에게도 그렇게 말했다.

"여기 지점에 없어서 다른 곳에서 가지고 온다고 합니다."

"네? 아, 지금 바로 받지 않아도 괜찮아요……."

"서울보다 파리에 더 가까운 지점이라 여기서 받는 게 나을 겁니다. 더 갖고 싶은 건 없어요?"

유온이 고개를 저었다.

"그냥 구경하고 있는데 그 시계가 너무 예뻤어요. 서경 씨한테도 잘 어울릴 것 같고……."

"고마워요."

"사, 사 주는 건 서경 씨인데요."

"당신이 골라 줬으니까요. 그리고 내 돈이 당신 돈입니다."

빈말이 아니었다. 윤서경에게 중요한 건 그 물건을 유온이 골랐다는 사실이었다. 부부이니 자신의 재산이 그의 재산인 것도 맞고.

"어쨌든, 오늘은 일찍 잘까요."

유온은 고개를 끄덕이고는 순순히 윤서경의 품으로 들어왔다. 아직 침대로 간 것도 아닌데 이렇게 자연스럽게 안겨 드는 것도 사랑스러운 버릇이었다. 윤서경은 유온을 안아 들고 침실로 향했다.

* * *

유온은 탈것보다는 곳곳에 돌아다니는 마스코트 캐릭터에 더 관심을 가졌다. 어쨌든 즐거워 보이긴 하는 것 같아 다행이었다.

슬슬 해가 지려 할 때쯤 유온이 짧게 한숨을 내쉬었다. 피곤해진 듯했다. 이만 돌아갈지 물으려 했을 때 유온은 가만히 놀이 기구를 바라보다가 중얼거렸다.

"어릴 때 어머니가 놀이공원에 저를 두고 가려고 한 적이 있어요. 세 살이었나."

"……."

"그때 형들이 그러지 말라고 해서 집에 돌아갔는데……, 지금 생각해도 그건 고맙긴 해요."

글쎄, 고마운 일일지. 유온이 세 살쯤이었다면 이유건과 이유연도 아직 어린 나이였다. 성민희처럼 진심으로 유온을 어떻게든 해 버리고 싶다는 생각을 못했을 뿐인지도 몰랐다. 그러나 그의 몇 안 되는 가족에 대한 좋은 기억이다. 그걸 굳이 지적해 망가뜨리고 싶지 않으니 이유온에게 그런 말을 할 마음은 없다.

안 좋은 기억이 모두 흐릿해지면 그때는 이런 일도 있었지, 하는 좋은 기억만 남곤 한다. 그렇게 좋은 것만 남아서 나중에 어쩌다 유온이 가족을 떠올릴 때면 고통이 아닌 담담함을 느끼기를 바랐다.

유온이 손을 뻗더니 윤서경의 손을 잡았다.

"서경 씨는 절 두고 가지 않을 거니까…… 그냥 말해 봤어요."

"……."

올려다보는 눈동자는 차분하게 반짝였다. 오직 자신에게만 보여 주는 눈이었다. 잠시 홀린 듯 그 눈을 보던 윤서경은 그의 손을 힘 주어 마주 잡았다.

그를 두고 가지 않는 건 당연한 말이었다. 오히려, 유온이 자신을 두고 가지 않을지 걱정되었다. 한 번 겪었기에 얼마나 고통스러운지 알고 있다. 그렇게 생각하며 유온을 보았을 때 조금씩 어두워지려 하던 주위로 일제히 불빛이 점등되었다. 일대의 모든 상점과 가로등에 불이 켜졌다.

유온은 그의 뒤쪽 아케이드의 지붕 위치에 서 있었다. 그래서 불이 켜지자 마치 그를 중심으로 주위가 밝아진 것 같았다.

그가 없는 세계는 달도 없는 밤처럼 새카맣게 어두웠다. 지금은 그가 서 있다는 것만으로 이렇게나 환하다. 윤서경은 물끄러미 유온을 바라보다가 사람들의 눈을 피해 몰래 그에게 입을 맞추고 떨어졌다. 당황한 유온이 주위를 둘러보았다. 각자의 행복으로 즐거운 사람들은 두 사람을 신경 쓰지 않았다.

"이만 돌아갈까요?"

유온도 가만히 윤서경을 보다가 끄덕였다.

* * *

"시계는 방에 가져다 뒀다고 합니다."

메시지를 확인한 윤서경이 말했다. 유온은 안전벨트를 매다 말고 그를 보았다.

"벌써요?"

"네. 그렇게 멀지 않은 지역에 있어서요."

찰칵, 하고 벨트가 잠기는 소리가 났다. 야간 개장으로 관람객은 한창 돌아다닐 시각이라 주차장이 한적했다. 걸어 들어오면서도 사람을 거의 마주치지 않을 정도로. 유온의 얼굴이 가로등 불빛에 비쳐 흐리게 음영이 져 있었다.

윤서경은 조용히 손을 뻗었다. 잠겼던 안전벨트가 그의 손가락 아래에서 풀어졌다. 의아한 표정을 하는 유온을 그는 몸을 숙여 팔로 허리를 감곤 그대로 끌어당겼다. 유온은 순식간에 윤서경의 허벅지 위에 앉혀져 잔뜩 당황했다.

"서, 서경 씨, 잠깐만요, 이, 이, 이런 데서……."

그는 윤서경의 어깨를 밀며 꾸물꾸물 뒤로 도망쳤다. 보통 두 사람은 집에서, 기껏해야 주방에서 점잖게 관계를 맺었다. 물론 차에서 한 적이 없는 건 아니지만, 장소가 문제였다. 윤서경은 흘 끗 차 밖을 보았다. 주차장에서도 테마파크의 밝은 불빛이 잘 보였다.

차는 선팅이 강하게 되어 안에서 뭘 해도 보일 일이 없었다. 그러나 아무래도 테마파크 주차장이라니, 이유온이 진심으로 고개를 젓는 것도 이해가 갔다. 윤서경은 말없이 그를 제자리에 돌려놓고 시동을 걸었다. 유온은 멍하니 있다가 안전벨트 미착용 경고가 깜빡거리자 그제야 벨트를 맸다.

주차장을 빠져나와 얼마쯤 갔을 때 윤서경은 핸들을 꽉 쥐었다. 차 안을 스멀스멀 익숙한 향기가 채우고 있었다. 유온은 귀와 목덜미까지 새빨개진 채로 고개를 푹 숙이고 있다. 향이 제어가 되지 않는 듯했다. 그에 대해 말할 것도 없이, 자신의 향도 한창 내뿜어지는 중이었다.

윤서경은 액셀을 꾹 밟으며 옆으로 핸들을 틀었다. 고개를 숙인 유온은 차가 어느 방향으로 가는지 알아차리지 못한 것 같았다. 넓은 도로를 빠져나간 차는 이내 어둑하고 조용한 길로 들어섰다.

차를 세우자 그제야 불온한 기운을 알아차렸는지 유온이 고개를 들었다. 주위에는 정말 아무것도 없었다. 간신히 가로등이 있었으나 일대 어디를 보아도 집이고 차고 보이지 않았다. 게다가 외길이라 어느 쪽에서든 차가 오면 바로 눈에 띌 것이다.

가로등 바로 아래에 차를 세워 시야는 그런대로 괜찮았지만 만족할 만큼 잘 보이진 않았다. 윤서경은 실내등을 켠 뒤 유온을 보았다. 한 손만 운전대에 얹은 채로 가만히 보고 있자, 유온은 조금 망설이는 듯하다가 몸을 앞으로 뻗었다. 가까워진 그를 낚아채듯 안아 다시 허벅지 위에 앉혔다.

익숙한 체향이 차 안을 밀도 높게 채우고 있었다. 바지 위에서 허벅지 사이를 더듬다가 밀부로 손을 가져가자 유온은 움찔거리며 얼굴을 붉혔다. 실내등의 주홍색 불빛에 붉어진 뺨 위의 솜털이 보였다. 윤서경은 그 뺨에 입을 맞추며 유온의 허리며 엉덩이를 더듬다가 옷을 내렸다.

서늘한 기운에 유온이 몸을 잠시 굳혔다. 속옷까지 벗겨 아래를 드러내자 달콤한 체향이 한층 짙어졌다. 손가락으로 만져 보니 밀부가 완전히 젖어 있었다. 귓가에 대고 숨을 내쉬자 유온이 움츠러들며 윤서경의 어깨에 얹은 손에 힘을 주었다.

그대로 목덜미를 빨며 젖었지만 좁은 아래를 어루만졌다. 딱딱한 손가락 끝이 입구 주위를 지분거리자 그곳은 한층 젖어 들며 향기를 퍼뜨려 댔다. 뜨겁고 축축한 구멍 입구가 벌써 손가락을 빨아들이려 하는 것 같았다. 윤서경은 한 손으로 꼬리뼈를 짚고, 다른 쪽 손가락을 조금씩 안으로 밀어 넣었다. 촘촘하게 조여진 점막이 손가락을 감쌌다.

그러자 유온은 어깨를 짚고 있던 손을 천천히 내려 윤서경의 바지 앞섶을 풀었다. 이미 일어선 성기가 툭 튕겨지듯 옷 사이로 빠져나왔다. 유온은 섹스할 때 수동적인 편이었지만 가끔 이렇게 대담하게 굴 때가 있었다. 얼마나 하는지 볼 생각으로 목덜미에 입만 맞추며 계속해서 아래를 만졌다.

하지만 유온은 두 손으로 한 번 성기를 감싸고 문지르나 싶더니, 축축하게 젖은 손으로 윤서경의 손을 밀어냈다.

"……호텔로 돌아갈까요?"

아무리 외진 곳이라 해도 언제 차가 지나갈지 모른다. 아무래도 싫은가 하고 묻자, 유온은 망설이다가 천천히 고개를 저었다. 그러곤 꾸물거리며…… 아래로 내려갔다.

"……."

자그마한 머리가 윤서경의 다리 사이에 자리를 잡았다. 윤서경이 의자를 뒤로 많이 빼놓는다곤 하지만, 이 좁은 공간에 잘도 들어가 있었다. 유온은 윤서경의 허벅지 위에 손을 올렸다가 그대로 내려 성기 뿌리를 감싸고 끝을 입에 물었다. 씁쓸한 맛에 얼굴을 조금 찡그리면서도 입을 물리진 않았다. 좁고 습한 입 안이 조금씩 더 성기를 삼켰다.

유온이 윤서경의 것을 삼키려면 작은 입을 한껏 벌려야 했다.

힘겹게 귀두를 머금은 얼굴이 벌써 찌푸려졌다가, 눈을 질끈 감아 버린다. 유온은 겨우겨우 조금씩 더 성기를 입에 넣곤 구역질이 올라오는지 홱 빼내며 입을 다물고 침을 몇 번 삼켰다.

열이 담긴 얼굴로 그를 내려다보던 윤서경은 결 좋은 검은 머리카락을 쓰다듬었다. 유온은 그 손길이 기분 좋은 듯 눈을 가늘게 뜨다가 혀끝으로 입술을 핥고는 다시 성기를 입에 넣었다.

성기의 모양대로 뺨이 볼록하게 솟았다가, 그대로 입 안 깊은 곳까지 들어갔다. 유온은 눈을 반쯤 감은 채 입술 끝에 머금는 것조차 버겁게 큰 것을 안으로 삼켰다. 윤서경은 그에게 좀처럼 이런 것을 시키지 않았고, 유온도 부끄러워하기에 아직도 서툴렀다.

그러나 그 서툰 행동이 윤서경에게는 더할 나위 없는 자극이었다. 유온이 입에 물고 있는 모습을 보는 것만으로 흥분이 가중되는데 어설프게 고개를 움직여 어떻게든 목구멍까지 집어넣으려 하고 있으니 숨이 거칠어질 수밖에 없었다. 윤서경은 유온의 뒤통수를 움켜쥐고 성기를 목 안쪽까지 처넣지 않기 위해 온갖 노력을 다 해야 했다.

유온 역시 입 안의 물건을 삼키려 애쓰고 있었다. 이를 꽉 물고 있던 윤서경의 인내심은 유온이 성기를 목까지 문 채 침을 삼키고, 그 순간 눈물이 툭 흘러내리는 걸 본 순간 날아갔다. 그는 유온의 뒤통수를 제 몸 쪽으로 거세게 눌러 붙이며 목구멍을 헤집었다. 유온에게서 앓는 듯한 신음이 새어 나왔다.

"우, 으……."

입술 사이가 아닌 목이 울리는 소리로 흘러나온 신음은 가늘고

높았다. 괴로운 게 아닐까 싶도록 들리는 신음이었으나 그걸 듣고도 스스로를 통제할 수 없었다. 목 안으로 성기를 힘주어 밀쳐 넣은 순간 가느다란 이성이 돌아와 허리의 힘을 빼며 유온을 놓았다. 그러자 유온은 의아한 듯 한쪽 눈을 뜨더니, 고개를 뒤로 젖혀 성기를 빼내곤 혀 위에 얹었다가 다시 핥고 빨기 시작했다.

몰아쳤던 흥분은 가라앉지 않았다. 어설픈 구음에도 사정감은 빠르게 차올랐다. 배가 뻐근해진 순간 윤서경은 유온의 머리를 몸에 꽉 붙였다.

"으, 으응, 읍······."

유온은 입 안으로 쏟아지는 정액을 열심히 삼켰다. 그러나 어느 순간 사레가 들린 듯 도망쳐 성기를 뱉어내며 콜록거렸고, 덕분에 채 그 목으로 넘어가지 못한 정액은 희고 작은 얼굴에 전부 쏟아졌다. 멍하니 벌어진 입에서도 질척거리는 액체가 주룩 흘렀다. 턱을 타고 흐른 정액이 툭툭 유온의 허벅지와 차 바닥으로 떨어졌다.

숨을 색색거린 유온이 힘이 빠진 듯 머리를 윤서경의 무릎에 기댔다. 윤서경은 그대로 유온의 몸을 끌어 올려, 주머니에서 손수건을 꺼냈다. 그러나 닦으려다 말고 멈칫한 채 가까이 다가온 얼굴을 빤히 쳐다보았다. 긴 속눈썹, 눈썹, 이마를 가리는 머리카락, 동그란 뺨과 입술에 온통 흰 정액이 흩어져 있었다.

입 안도 제대로 삼키지 못한 정액이 남아 혀 위에 희부옇게 고인 채였다. 손끝으로 입술을 매만지며 윤서경은 작은 소리로, 전부 삼키라고 속삭였다. 유온이 입을 다물더니 입술을 우물거리며 힘겹게 입 안의 것을 삼켰다. 목울대가 두 번 오르내렸다.

감겨 있던 눈이 가늘게 뜨이며 윤서경을 보았다. 온통 자신의 정액으로 엉망이 된 얼굴은 묘한 감정을 자극했다. 윤서경은 말라 가는 정액을 손으로 만지곤 그 위로 입술을 가져갔다. 눈꺼풀 위를 혀로 누르자 유온이 반사적으로 눈을 꽉 감았다. 감긴 눈을 혀로 몇 번 핥고 이마며 뺨에 묻은 것도 천천히 닦아 냈다.

손은 아래로 내려가 아직 허벅지에 걸려 있는 바지를 쥐었다. 유온이 상체를 기대며 허벅지를 세워 옷을 벗기기 편하도록 자세를 바꾸었다. 위쪽으로 올라온 엉덩이가 핸들에 얼핏 닿았고, 유온이 그에 곧바로 신음하며 윤서경에게 더 바짝 붙으려 했다.

바지를 벗겨 떨어뜨린 윤서경은 손으로 유온의 몸이 닿았던 핸들 아래쪽을 만져 보았다. 미끌미끌한 액체로 젖어 있었다. 그걸 몰랐을 리 없는 유온은 윤서경이 핸들을 만지자 고개를 흘끗 돌렸다가 다시 윤서경을 보며 어쩔 줄 몰라 했다.

당장 이 몸 안으로 들어가고 싶었다. 좁고 촘촘하고 뜨겁고, 자신을 받아들일 준비가 되어 있는 젖은 안으로. 아직 너무 비좁고 빡빡했으나…….

유온의 다리 사이에 손을 넣은 윤서경은 눈매를 좁혔다. 아래를 만졌던 것도 아닌데 허벅지 사이로 애액이 흐를 만큼 젖어 있었다. 그럼 입으로 하는 동안 적셨다는 뜻이었다.

배가 뜨끈해지는 것 같았다. 윤서경은 그대로 유온을 안아서 몸에 꽉 붙여 안았다. 흉흉하게 발기한 성기가 유온의 엉덩이 골에 미끄러지듯 눌렸다. 곧바로 손가락을 구멍에 대고 더듬자 유온이 작게 신음했다.

미끌미끌한 아래는 입을 벌리듯 꾸물대며 윤서경의 손가락을 집어삼켰다. 질질 흐를 정도로 나온 애액 때문에 두 손가락을 바로 넣어도 삽입이 어렵지 않았다. 러트라도 온 것처럼 마음이 조급했다.

"아으, 으……, 응……!"

귀 바로 옆에서 들리는 신음을 듣고 있으니 더욱 그랬다. 윤서경은 철벅철벅 소리를 내며 급하게 유온의 아래를 풀었다. 야외에 있다는 긴장 때문인지 가느다란 몸은 평소보다 뻣뻣했다.

"괜찮아요, 정말 아무도 안 올 겁니다."

"으, 그래도……, 앗, 아……!"

굵직한 손가락 네 개가 다 들어가자 유온은 압박감에 이리저리 몸을 비틀었다. 손가락 사이로 조금씩 있는 틈을 따라 새로 흐른 애액이 쏟아졌다. 윤서경은 작게 웃으며 말했다.

"입으로 하면서 이렇게 적실 줄은 몰랐네요."

"아……! 아, 그, 그런 말 하지, 마세요."

윤서경은 다음 말을 하는 대신 유온의 귀에 입 맞췄다. 러트에 이성이 날아갔을 때를 제외하면 좀처럼 그에게 난폭하게 행동하는 일도, 음담을 하는 일도 자제했다. 섹스에도 이제 막 적응했을 뿐인 어린애 같은 유온을 놀라게 할 순 없었다. 그가 섹스를 결코 폭력으로 인식하지 않기를 바랐다.

손가락을 깊이 밀어 넣을 때마다 유온은 할딱거리다가 윤서경의 어깨에 이마를 문질렀다. 부드러운 피부가 얇게 맺힌 땀으로 젖어 가고 있었다. 미끄러워진 피부를 손으로 더듬으며 손가락을 넓혀 아래를 더 벌리고는 손을 빼냈다. 뜨거운 애액이 길게 선을 그리며 따라왔다.

곧바로 유온의 몸을 조금 들어 구멍에 성기 끝을 가져다 댔다. 유온은 오늘의 행위가 다소 급하리라는 걸 알았는지, 놀라지 않고 좁은 운전석 안에서 어설프게 다리를 벌렸다. 푹 젖어 말랑말랑해진 아래와 그 행동에 더 참지 못하고 윤서경은 성기 끝을 밀어 넣었다.

"아……!"

안은 언제나 그렇듯 조밀하고 빠듯했다. 힘들게 집어넣은 귀두를 젖은 점막이 와락 감싸 꿈틀거리며 안으로 빨아들이려 했다. 숨을 고른 윤서경이 유온의 허리를 잡고, 허벅지에 힘을 주며 완력으로 그 몸을 콱 잡아 내려앉혔다. 유온의 입에서 비명에 가까운 소리가 터져 나와 차 안을 울렸다.

"흐아, 으, 응……, 아, 아파, 너무, 너무……."

"……그렇게 아파?"

유온이 고개를 가로저었다.

"너무, 갑자기……, 꽉 차서……."

"하……, 윽, 조이지 마."

또 고개를 가로젓는다. 못 하겠다는 뜻인 듯했다. 안은 마구 조여들며 윤서경의 성기를 문 채 거세게 압박하고 있었다. 물결치듯 꿈틀대는 내벽의 촉감이 쾌감의 근원인 곳을 고루 빨아댔다. 안쪽은 그간의 관계 때문에 완벽하게 서로의 모양에 들어맞았다.

"유온아……."

유온이 고개를 조금 들었다가 대답하듯 끄덕였다. 아직 그에게 말을 낮추는 건 섹스할 때뿐이었다. 그리고 유온은 그렇게 제 이름을 부르는 목소리를 좋아했다. 윤서경은 허리를 약간 세우며 아래에서 위쪽으로 몸을 치대듯 쳐올렸다. 유온의 상체가 휘청거리며 뒤로 기울어졌다가 돌아왔다.

작지 않은 차체인데도 윤서경의 몸 위에 유온이 올라타 있자 당장 머리가 천장에 닿을 것 같았다. 얼른 손을 뻗어 유온의 머리를 감싼 윤서경은 밀려드는 쾌감에 눈을 가늘게 뜬 유온을 잡아 안고 자세를 바꾸었다.

침대 위처럼 움직이는 게 자유롭지 않았다. 윤서경의 커다란 체구로는 더욱 그랬다. 다소 힘겹게 자세를 바꾸어 유온을 운전석에 눕히곤 의자를 뒤로 젖혔다. 안에 성기를 품은 채 자세가 바뀌자 유온은 몸을 부르르 떨었다. 윤서경은 꽉 감겨 버린 눈을 혀끝으로 핥아 뜨게 했다.

실내등의 부족한 광량 아래에서 눈이 마주쳤다. 황홀한 체향을 온통 피워 대고 있는 유온의 눈은 검고 축축했다. 이대로 눈동자에도 키스하고 싶을 정도였다. 눈동자 대신 순하게 처진 눈매에 입을 맞춘 윤서경은 유온의 두 허벅지를 붙들었다.

새하얀 허벅지는 이전보다 살이 붙어 좀 더 부드러워졌다. 손으로 꽉 움켜쥐면 연한 살이 손가락 사이로 둥그런 굴곡을 만들었다. 이따금 손힘을 제어하지 못하면 그 위에 멍이 남곤 했다. 윤서경은 더운 숨을 내뱉었다. 오늘도 손자국대로 멍이 들 것 같았다.

허벅지 안쪽에서 오금 아래까지 밀치듯 누르자 유온의 두 발이 차 천장에 거의 닿을 듯했다. 한쪽 신발은 어느새 어디론가 사라졌고, 다른 한쪽도 반쯤 벗겨져 달랑거렸다. 윤서경은 유온의 발목에 입 맞추고 몇 번 깨물다가 다시 힘을 주어 성기를 밀어 넣었다.

"흐윽……!"

허리와 다리를 높게 든 채 위에서 아래로 찍어 내리자 성기는 단번에 깊은 곳까지 들어갔다. 성기를 받아들이는 길 거의 끝이었고, 사정하면 곧바로 아기집으로 정액이 흘러들 몸속의 비밀한 곳이었다. 고환이 유온의 살에 짓눌릴 정도로, 뿌리 끝까지 성기를 파묻은 윤서경 또한 신음을 흘렸다. 눈앞이 번뜩였다. 어떻게 하면 더 낱낱이 눈앞의 오메가를 삼킬 수 있을까, 그런 생각만 들었다.

다리를 눌려 움직임이 자유롭지 않은 유온은 한쪽 팔을 들어 헤드레스트를 움켜쥐다가, 안전벨트를 붙들었다가 허둥거리다 결국 손을 뻗어 윤서경의 어깨에 올렸다.

윤서경은 멋대로 그것을 계속해도 좋다는 신호로 받아들였다. 무릎을 의자에 붙여 몸을 지탱한 채 거칠게 제 것을 밀어붙였다. 당장 유온의 입에서 야한 신음이 쏟아졌다. 평소 말하는 목소리는 차분하고 조곤조곤하면서 어떻게 조금만 만지면 이런 소리가 나오는지 신기할 정도였다.

퍽, 퍽, 두 번 정도 안을 때리자 유온이 입술을 깨물더니 하체를 약간 움직였다. 저도 모르게 한 건지, 조르는 건지 구분할 수 없었으나 윤서경의 이성을 날리기엔 충분했다. 그는 유온의 다리를 붙들고 빠르게 몸을 때렸다. 습해진 차 안의 공기를 음탕한 소리가 꽉 채웠다.

"아아, 아……, 서경 씨, 자, 잠깐, 너무……."

사납고 빠른 삽입에 유온이 벌벌 떨었다. 어깨를 잡고 있던 두 손은 위로 뻗어와 윤서경의 목을 끌어안았다가, 등을 붙들었다가 했다. 밖에서 보면 분명 차체가 흔들릴 것이다. 유온은 그 사실을 모르는 채 그저 밀려드는 쾌감에 떨며 신음만 하고 있었다. 등과 목에 휘감긴 손이 몇 번씩 손톱을 세워 옷 위에서 윤서경의 몸을 긁었다.

옷을 벗을 걸 그랬다고 생각했다. 유온이 남겨 놓은 손톱자국은 묘하게 달콤한 아픔을 남기기에.

"아윽, 아, 아, 아……! 아!"

쏟아지는 신음에 조금씩 갈라지는 목소리가 섞였다. 윤서경은 유온의 다리를 더 높게 끌어당겨 들었다. 허리가 들리면서 삽입은 더욱 깊어졌다. 맞물린 연결부에서 넘칠 듯 나온 애액이 유온의 허리를 타고 흘렀다. 두 발이 맥없이 흔들리다가 몇 번쯤 천장을 스쳤다.

"아, 안 돼, 아……, 흑, 윽, 안 돼……."

"그만할까?"

물론 진심은 아니었다. 웃음이 섞인 목소리로 묻자, 유온은 흠칫하더니 윤서경을 원망스럽다는 듯 쳐다보았다. 그 얼굴을 보며 한 번 더 세차게 성기를 박아 넣었다. 유온의 고개가 뒤로 젖혀지며 더욱 새빨갛게 물들었다. 크게 뜨인 눈, 더욱 빠르게 꿈틀거리는 내벽, 힘이 들어가는 아랫배와 떨리는 몸까지, 절정이 가까운 듯했다.

윤서경은 다시 허리를 움직이기 시작했다. 한층 포악하고 빠른 허리 짓이었다. 짓치듯 사나운 움직임에 유온은 속절없이 비명 섞인 신음만 터뜨리다가 어느 순간 확 굳어졌다.

"……흐읙……."

유온의 앞과 뒤에서 동시에 말간 액체가 쏟아졌다. 안쪽을 적시는 액체는 그대로 윤서경의 성기에 휘감겼다. 절정을 감당하는 내내 유온은 움찔움찔 몸을 떨었다. 목에 감았던 두 팔이 툭툭 떨어졌다. 그 얼굴을 윤서경은 고개를 비스듬히 한 채 집요할 정도로 바라보았다. 몽롱해진 얼굴로 할딱거리는 유온을 보며 몸을 조금 뒤로 물렸을 때였다. 유온이 떨리는 손을 뻗더니 윤서경의 팔을 쥐었다.

"서경 씨, 이대로……."

성기를 아예 빼내려 한 줄 아는 듯했다. 이대로? 다음 말이 이어지길 기다렸다.

"이, 이대로……, 안에다, 해 주세요……."

이대로 계속 해 주세요, 그 정도 말이 나오리라 생각했다. 그러나 예상보다 더 강렬했다. 윤서경은 피식 웃었다. 나름대로 진정하기 위한 행동이었으나 아무런 소용도 없었다. 윤서경은 유온이 방금 절정을 맞아 예민해질 대로 예민해진 걸 알면서도 다시 다리를 움켜쥐었다.

"흐읙……! 아, 아……! 아, 아, 앗!"

거친 움직임에 유온은 몸을 버둥거렸다. 의자가 삐걱거릴 정도로 난폭했다. 벽처럼 커다란 몸에 눌린 유온은 이내 버둥거리는 것도 못 하게 되어 맥없이 윤서경의 아래에서 흔들려야 했다.

"그런 건 누구한테, 배웠어?"

"아, 아…… 뭘……."

"안에 해 달라는 말. 누가 가르쳐 준 거냐고."

말하며 윤서경은 유온의 배를 꾹 눌렀다. 안에 성기를 가득 문
채 배를 누르는 감각이 이상했는지 유온이 고개를 젓고는 대답했다.

"그냥, 그냥 아는……."

"정말?"

"……흐, 윽, 서경, 씨한테, 서경 씨가……."

가르쳐 줬잖아요, 뒤의 말은 목소리가 기어들어 갔다. 그런 걸
가르쳤었나? 그랬던 것 같기도 하고. 마른 몸이 주체할 수 없는
쾌감으로 떨렸다. 신음에는 이내 울음이 섞였다. 뚝뚝 떨어지는
눈물을 윤서경이 손끝으로 닦고, 눈가에 입을 맞췄다. 간신히 윤
서경이 안에 사정할 때까지 울음소리는 점점 커졌다.

"으, 흑……, 흐윽……."

몸속에 정액이 쏟아지는 동안에도 유온은 계속 흐느꼈다. 사정
하고 조금 정신이 돌아온 윤서경은 유온을 안고 조심스럽게 다시
자세를 바꾸어 앉았다. 유온은 윤서경의 몸 위에 똑바로 누운 채
온몸을 축 늘어뜨렸다. 아직 단단한 성기를 천천히 꺼내자 벌어진
구멍에서 왈칵 정액이 쏟아졌다. 그 느낌에 몸을 떤 유온은 훌쩍
거리며 윤서경을 끌어안고 매달렸다.

그러다 뒤늦게 그도 정신이 드는지 퍼뜩 고개를 들고 주위를
둘러보다가 얼굴이 조금 창백해진다. 차 안에서 이렇게까지 한 건

처음이었다. 사방에 흩어진 정액과 애액을 대체 어떻게 처리하면 좋을지 고민하는 기색이 역력했다. 그리고 제 몸 안에 아직 잔뜩 들어 있는 정액도.

윤서경은 아무렇지도 않게 뜨겁게 부어오른 유온의 안으로 손가락을 집어넣었다.

"서경 씨……!"

"어차피 지저분해지지 않았습니까. 이 정도 더해진다고 해서 달라질 것도 없어요."

"……."

맞는 말 같았는지 그가 입을 다물었다. 윤서경은 손가락이 깊게 들어올 때마다 움찔거리는 그를 안은 채 몸속의 정액을 긁어냈다. 흘러나온 정액은 윤서경의 바지와 의자, 바닥으로 두서없이 쏟아졌다. 손수건으로 유온의 하체를 닦은 윤서경은 다행히도 깨끗한 바지를 다시 입히곤 유온을 옆자리에 앉혔다.

유온의 시선은 바닥과 윤서경의 바지에서 떠나지 않았다. 입술은 웃듯이 약간 벌어지고, 눈매는 가늘어진 얼굴이었다. 어떻게 해야 할지 난감해하는 표정이다. 이 차를 누군가가 청소할 텐데 보이는 게 부끄러운 모양이었다.

어차피 방에서 섹스하는 것도 가사 도우미가 청소하는데……, 그러나 그 말은 하지 않기로 했다. 했다가 그때부터 괜히 유온이 신경 쓰기 시작하면 좋을 게 없었다.

"차는 내가 청소할 테니 걱정하지 말아요."

"아, 아니에요, 제가……."

"당신이 하겠다고 하면 직원을 부르고요."

"……."

유온은 입을 다물었다. 시동을 걸자 헤드라이트가 인적이라곤 찾아볼 수 없는 으슥한 길을 비췄다. 차를 청소하는 것이라고 해 봐야 곳곳에 뿌려진 액체를 닦는 게 전부였다. 그리고 가는 길에 환기를 좀 하면 된다.

윤서경은 아무런 일도 없었다는 것처럼 차를 출발시켰고, 유온은 부끄러운 기색으로 잠시 조용하다가 짧지만 격렬했던 섹스의 피로를 이기지 못하고 픽 잠들었다.

* * *

호텔에 도착한 건 새벽에 가까운 늦은 시각이었다. 비몽사몽한 유온을 데리고 방으로 올라왔고, 그는 멍하니 있다가 몸을 씻긴 후에야 정신을 차렸다.

그제야 생각하니 식사를 하지 않은 상태라 간단하게 먹을 걸 가지고 오도록 했다. 유온은 음식을 봤을 땐 입맛이 별로 없는 기색이었으나 막상 먹기 시작하자 금방 그릇을 비웠다.

식사한 트레이를 현관 밖으로 내놓은 뒤 윤서경은 직원이 두고 간 시계를 가지고 나왔다. 상자를 열어 본 유온은 저도 모르게 웃음을 지을 정도로 그것을 마음에 들어 했다. 정말 모처럼 눈에 차는 물건이었던 모양이다. 뭘 사 달라는 말을 하지 않는 사람이 갖고 싶다고 말한 걸 보면.

"마음에 들어요?"

"네, 너무 예뻐요……. 고마워요."

얼굴이 발개진 채 그렇게 말한 유온은 윤서경의 손목에 먼저 시계를 채워 주고, 자신의 손목에도 찼다. 찰칵 하고 잠금이 닫히는 소리가 났다. 윤서경 역시 시계가 마음에 들었다. ……앞으로 절대 멈출 일이 없는 시계이기에.

시계는 유온의 가느다란 손목에 딱 맞게 어울렸다. 얼마 전까지도 그는 어떤 물건이 자신에게 어울린다는 말조차 쉽게 믿지 않았다. 이제 뭔가가 갖고 싶다고 말하게 되었다는 사실에 윤서경은 새삼, 감동과 비슷한 감정을 느꼈다.

보고 싶다는 한 마디에 거의 지구의 반 바퀴를 날아왔다. 어쩔 수 없었다. 이유온의 입에서 그런 말이 나왔는데, 어떻게 가만히 돌아오기를 기다릴 수 있겠는가.

유온이 휴대폰으로 자신의 손목을 한 번, 그리고 윤서경의 손목을 한 번 찍었다. 사진첩에 저장된 두 장의 사진을 보며 기분이 좋은 듯 웃는다. 윤서경은 그런 유온의 머리를 끌어안고 머리카락 위에 입을 맞췄다.

나는 이 세상에 어디든 당신을 찾아서 갈 곳이 존재하기만 한다면, 그걸로 충분합니다. 그게 갈 수만 있는 곳이라면.

그 말은 그저 입 안으로 중얼거리며 윤서경은 자신이 돌아온 자리를 온 힘을 다 해 끌어안았다.

외전 02

　평소보다 묘하게 피곤하고 몸이 무겁다 싶었다. 아랫배도 뭔가 아픈데다 음식을 먹으면 더부룩했다. 늘 마시던 차를 마셨을 땐 속이 메스꺼울 정도였다.

　고작 반나절 그 상태였을 뿐인데 윤서경은 집으로 이한영을 보낼 만큼 걱정하다가 일찌감치 집에 돌아왔다. 아직 회사 일이 많이 남았을 텐데. 다른 의미지만 유온도 걱정하며 다시 돌아가 보라 했으나 윤서경은 전혀 그렇게 할 마음이 없어 보였다.

　결국 그대로 부경 병원으로 달랑 들려오다시피 했다. 윤서경의 손에 진료실에 집어넣어진 뒤, 유온은 어색하게 웃었다.

　"하, 하하……, 사실 어디가 많이 아픈 건 아닌데요."

"대표님은 유온 씨 일엔 걱정이 많으시니까요."

늘 유온을 봐주는 중년의 의사도 웃음을 지었다. 하지만 약물 문제로 워낙 조심할 부분이 많은 유온이기 때문에 아주 걱정이 없는 건 아닌 듯했다. 유온의 상태를 이리저리 살피던 의사는 얼마 후 눈을 둥글게 뜨더니 말했다.

"잠깐 대표님 좀 모시고 들어올게요."

"네?"

그 말에 덜컥 불안해진 유온은 손을 꼭 쥐며 진료실 문만 쳐다보고 있었다. 곧 그 문으로 윤서경과 의사가 들어왔다. 윤서경도 미간을 찌푸린 모습이었다. 그러나 의사는 자기 자리에 앉더니, 다소 들뜬 기색으로 말했다.

"임신 3주 차예요."

유온과 윤서경이 동시에 눈을 크게 떴다가 서로를 마주 보았다.

"축하드려요, 두 분."

마치 자기 일이라도 되는 것처럼 의사가 기뻐했다. 임신……. 유온은 얼떨떨한 기분으로 제 배를 내려다보았다. 아이를 낳아도 된다는 생각은 벌써 오래전부터 해 왔다. 하지만 윤서경이 피임약을 끊고 노팅을 여러 번 해도 생기지 않아 반쯤 포기하고 있던 차였다.

그런데 생각지도 않은 때에. 믿을 수 없어서 그냥 멍하니 있던 유온은 집에 온 후에야 정신을 차렸다. 그래도 그때까지 윤서경이 말을 걸면 꼬박꼬박 대답은 했다. 먹고 싶은 건 없는지, 많이 피곤한지, 그런 물음이었지만 사실 평소 하던 질문과 거의 비슷했다.

"아……."

유온이 그런 소리를 낸 건 그날 밤 침대에 누워서였다. 진단을 받고 무려 몇 시간이 지나서야 드디어 실감이 나기 시작한 것이다. 유온의 목소리에 윤서경이 멈칫 놀라 들여다보았다.

"왜 그래요."

"아, 아니, 그냥……."

유온은 우물거리다가 배에 손을 얹었다. 배 속에 있는 태아는 생명체라고 부르기도 조심스러울 만큼 작다. 그러나 아기였다. 윤서경과, 자신의 아기. 그 아기가 배 속에 있다. 부지런히 자라나 태어나서 두 사람의 품에 안길 것이다.

"너무 신기해서요……."

"……네."

윤서경이 바짝 다가오더니 유온의 몸을 끌어당겨 자신의 품 안에 꼭 맞도록 안았다. 아직까지 들리는 건 두 사람의 심장 소리뿐일 텐데, 신기하게도 한 사람의 소리가 더 들리는 것처럼 느껴졌다.

그렇게 그때부터 유온의 생활은 임신한 몸에 맞춰졌다. 사실 임신 전에도 윤서경은 유온을 애지중지했으나 그게 한층 더 심각해졌다. 그는 낮에 일하는 시간을 대폭 줄이고 집에 있으면서 유온의 발이 땅에도 닿지 않게 했다.

운동을 해야 한다고 했다고 소극적으로 주장하자 매일 가벼운 스트레칭 같은 걸 가르쳐 줄 강사를 집으로 부르고, 하루에 한두 번씩 바깥을 산책했으나 어쨌든 집 안에서 유온을 들고 다니는 건 멈추지 않았다.

임신이라는 진단을 받은 후 유온 역시 걱정이 많아졌다. 원래 자신은 스트레스며 압박에 취약한 편이고 환경에도 영향을 많이 받는다. 병원에도 여전히 다니고 있었다. 약은 임신 중에도 먹을 수 있는 것으로 바꾸었지만 임신을 하면 우울증이 심해진다거나, 그것 말고도 감정 기복이 커진다는 말을 여러 번 들어 아무리 생각해도 불안했다.

그래도 그럭저럭 나쁘지 않은 상태에서 임신 8주 차에 접어들었다. 한 장 한 장 늘어가는 초음파 사진에서 아기는 조금씩 자라는 듯했지만 아직 배는 아무것도 없는 것처럼 납작했고, 입덧 같은 것도 없었다. 윤서경이 워낙 잘 돌봐주니 뭔가가 불편하지도 않았다.

문제는 8주 차를 막 넘기면서 시작되었다.

아주 심한 건 아니었으나 가끔씩 별것도 아닌 일에 공연히 마음이 서러워지곤 했다. 이전에 우울증이 아주 심할 때에 비하면 정말 아무것도 아닌 수준이긴 했어도, 제법 곤란했다.

이를테면 이랬다. 어느 날 새벽 유온은 갑자기 잠에서 깨어났다. 윤서경을 돌아보자 그는 깊게 잠이 들어 있었다. 새벽 3시 20분. 잠에서 깨 뭔가를 하기엔 너무 애매한 시간이었는데 눈이 말똥말똥했다. 그리고…… 콜라가 너무 마시고 싶었다.

대체 왜 콜라인지 알 수 없었다. 그런 탄산음료는 거의 마시지 않는데. 거의가 아니라 아예 안 마셨다. 손으로 꼽을 것도 없을 정도로 아예. 그런데 갑자기 콜라를 당장 마셔야 할 듯한 기분이 드는 것이다. 임신한 몸에도 태아에게도 해로울 걸 아는데 참을 수가 없었다. 결국 유온은 슬쩍 침대에서 빠져나왔다.

주방으로 가서 커다란 냉장고를 열었다. 가사 도우미가 깔끔하게 정리해 둔 냉장고에는 뭐가 들어 있는지 한눈에 파악할 수 있었다. 음료 칸에는 물과 차갑게 한 차 종류 말고는 아무것도 없었다.

"……."

포기하지 못하고 다른 칸에 심지어 냉동실까지 뒤졌으나 콜라는 발견되지 않았다. 그야 윤서경도, 유온도 그런 건 마시지 않으니 처음부터 있을 리가 없긴 하지만. 냉장고 문을 탁 소리가 나게 닫은 뒤 유온은 그 앞에 쪼그리고 앉았다. 콜라가 없다는 사실에 침울해져서 멍하니 있는데 계단을 내려오는 소리가 들렸다.

저도 모르게 고개를 돌리자 윤서경이 서서 고개를 의아하게 기울이고 있었다.

"왜요, 먹고 싶은 거라도 있습니까?"

"……."

"말해 봐요."

한밤중에 냉장고 앞에 앉아 있었을 뿐인데……, 아니, 충분히 의미를 알 수 있는 행동이었다. 그 사실을 들킨 게 부끄러워서 한 층 침울해진 채 유온이 중얼거렸다.

"콜라요……."

그러자 윤서경은 두 말도 하지 않고 휴대폰을 만지작거린 뒤 유온을 바닥에서 끌어 올려 품에 안았다.

"잠시만 기다려요."

입술이 관자놀이에 닿고 정말로 얼마 지나지 않아 현관문 두드리는 소리가 들렸다. 윤서경은 유온을 거실 소파에 앉히고 나가서 쇼핑백을 받아 들어왔다.

"일단 종류별로 사 왔다고 하는데요."

쇼핑백 안에 콜라가 브랜드별로 있었다. 심지어 어디서 사 온 건지 병에 든 유기농 제품도 있는 것 같았다. 그걸 집어야 할 것 같았지만 손은 가장 유명한 상품으로 갔다. 쥐면 손이 시릴 정도로 차가운 캔을 든 채 윤서경을 올려다보았다.

"몸에 안 좋다던데……."

"괜찮습니다. 매일 마시는 것도 아니고. 그것 때문에 스트레스를 받는 게 더 안 좋을 거예요."

그렇게 말하며 윤서경은 유온의 손에서 콜라를 가지고 가, 얼음이 든 유리잔에 옮겨 담고 레몬 슬라이스까지 올려서 가지고 왔다. 목이 따가운 것도 잊고 급하게 마시자 물을 마셔도 사라지지 않던 갈증이 가시는 것 같았다. 홀짝홀짝 한 잔을 다 비우고 나니 서럽던 기분이 가라앉았다. 얼음이 달그락거리는 잔을 들고 있다가 윤서경을 보았다.

"좀 이상한 것 같아요."

"뭐가 이상합니까?"

"그냥 이것 하나 못 마셨다고 우울하고."

그러자 윤서경이 짧게 웃음을 터뜨리더니 다가와 유온의 머리를 끌어안았다.

"원래 그런 거라고 합니다. 그래도 지금은 구하기 쉬운 게 먹고 싶어서 다행이네요."

그것도 맞는 말이었다. 갑자기 어디서도 구할 수 없는 게 생각나면 어떻게 해야 할지, 아까의 그 울적함을 달래지도 못하는데 어떻게 해야 할지 막막했다.

그 표정을 본 윤서경이 웃으며 유온의 뺨을 쓰다듬었다.

"어떻게든 구해 줄 테니 걱정하지 말아요. 오늘은 이거면 됐습니까?"

유온이 고개를 끄덕였다. 윤서경은 유온의 손에서 유리컵을 빼내고 안아 올려 다시 침실로 향했다.

다행히도 입덧이나 다른 몸이 힘든 증상은 없었고, 먹을 것 문제 말고는 감정이 크게 널뛰지도 않았다. 먹을 것도 대체로 쉽게 구할 수 있는 것들이었다. 물론 윤서경의 기준에서이긴 했지만……

유온은 집에서 나름 태교와 비슷한 이런저런 취미 생활을 하며 습관처럼 배에 손을 올린 채 지냈다. 개월 수가 이 정도 차면 배 속에서 아기가 움직인다, 그게 몸으로 느껴진다, 그런 말을 들었기 때문이다. 하지만 좀처럼 아기는 움직이지 않았다. 유온은 약간 시무룩해진 채로 치즈 과자를 집어먹었다. 아까부터 계속 먹고 있었고 작은 포장이긴 해도 벌써 두 봉지째였다.

임신하기 전엔 이런 과자 종류는 별로 좋아하지도 않았고, 먹으면 속이 안 좋아서 오래전에 한 번 먹어 보곤 그 후로 손도 뻗어 본 적 없다. 그게 갑자기 못 참게 먹고 싶어져서 박스로 사 버렸다.

대체 임신이라는 게 뭐기에 이렇게 식성을 완전히 바꿔 놓는 건지 모를 일이었다. 테이블 위에 수북하게 쌓인 귤껍질도 그랬다. 가끔 생각나면 한두 개 먹는 정도였는데 이젠 과일 바구니에 귤이 떨어질 일이 없다.

입 안에 있던 과자를 꿀꺽 삼킨 유온은 귤 하나를 굴려 끌어당겨서 껍질을 까기 시작했다. 한 조각 떼어 입에 넣자 기분이 확 좋아질 정도로 새콤하고 맛있었다.

마지막 남은 귤에 손을 뻗으려 하는데 차 소리가 들렸다. 주택으로 이사한 후 좋은 점은 많지만, 그중에서도 윤서경이 타고 오는 차 소리를 들을 수 있는 게 좋았다. 유온은 손을 털고 일어나서 현관 앞에 섰다. 이르게 돌아온 윤서경이 현관문을 열었다.

이 시간이 좋았다. 당연한 듯이 그가 문을 열고 들어오고, 자신은 마중을 나오는 시간이. 그리고 함께 욕실에 들어가 하루 종일 있었던 소소한 이야기를 나누며 함께 씻는 것도. 매일 하루하루가 비슷하게 흘러가는 것 같은데, 서로가 할 말은 끝도 없이 많았다.

"저녁은 좀 적게 먹을까요?"

어느 틈에 테이블 위를 본 건지 윤서경이 그렇게 물었다. 유온은 자신이 테이블에 만들어 놓은 잔해를 생각하며 얼굴을 조금 붉혔으나 고개를 가로저었다. 먹은 과자와 귤이 다 어디로 가 버렸는지 배가 고팠다.

심지어 푸짐하게 차려진 저녁 식사를 유온은 평소보다 반 그릇 정도 더 먹었다. 식사를 마친 후 차를 마시며 유온이 조금 심각해졌다.

"저 너무 많이 먹는 것 같아요……."

"그렇지도 않습니다. 보통 사람은 그 정도는 먹어요."

아닌 것 같은데. 하지만 유온은 늘 그렇듯 '아닌 것 같은데…….'라고 생각하다가, '그런가…….'로 넘어갔다. 윤서경이 한 말이기에.

실제로 유온은 임신 전에 먹는 양이 워낙 적었기에 스스로 느끼기에 먹는 양이 확 늘어났다고 해도, 보통 사람과 비슷하거나 조금 많은 정도에 지나지 않았다.

저녁을 먹고 나니 아직 8시도 안 된 시간인데 꾸벅꾸벅 잠이 오기 시작했다. 그러고 보니 임신하고 나서는 잠도 많이 늘었다. 하루 종일 먹고 자는 것 말고는 하지 않는다. 덕분인지 뺨이 약간 동그래졌고 뽀얀 빛이 돌았다.

소파에 앉아 졸고 있자 윤서경이 그런 유온을 안아 침실로 데리고 갔다. 비몽사몽한 중에도 유온은 배 위에 손을 얹고 있었다. 아기가 움직이지 않을까, 하는 생각 때문이었다. 윤서경은 말없이 한쪽 다리를 세우고 앉아 유온을 끌어안듯 앉혀 놓고 있을 뿐이었다.

그대로 막 잠이 들려 할 때였다. 유온은 퍼뜩 눈을 뜨며 일어났다. 하마터면 머리를 부딪칠 뻔했으나 윤서경이 능숙하게 몸을 뒤로 빼 피했다. 그걸 신경도 쓰지 못한 채 유온은 윤서경의 팔을 잡았다.

"왜 그래요?"

"아, 아, 아기가 움직여서……."

정말 미세한 움직임이었지만 분명했다. 배에 손을 얹고 있자 또 얌전히 있다. 언제 다시 움직일지 몰라서 윤서경의 손을 잡아 아예 제 배에 올렸다. 그리고 얼마 후 배 속에서 묘한 느낌이 들었다. 윤서경도 신기하다는 듯 입을 조금 벌리곤 유온의 배를 내려다보았다.

"와……."

유온은 연신 신기한 감탄사를 내뱉으며 윤서경의 손 위에 제 손을 겹치고 있었다. 눈이 반짝반짝 빛났다. 아기는 더 움직일 마음이 없는지 그 후로 조용해졌지만, 태동을 처음 느낀 유온은 아직 그 여운에서 벗어나지 못했다.

"아기가 착하네요. 이렇게 기다리고 있는 걸 알아주고."

윤서경이 속삭였다.

자신의 배 속에 태아가 있다는 사실이 생생하게 다가왔다. 아직은 손바닥보다 작을 아이, 그러나 살아서 움직인다. 그런 아기를 자신이 품고 있는 게 신기했다. 자신과 윤서경의 아기였다.

"누굴 더 닮았을까요……."

"글쎄요. 어느 쪽이든 예쁘겠죠."

두 사람을 조금씩 닮은, 사랑으로 생겨난 결실.

아기가 세상에 태어날 날이 애타게 기다려졌다.

* * *

아기는 상당한 난산이었다. 유온이 힘들지 않도록 할 수 있는 일은 다 했는데도 오랜 시간이 걸렸고 한참을 괴로워했다. 윤서경은 앞으로 절대 아이를 가지지 않을 거라고 생각했다. 만약 유온이 바란다고 해도 다시는 낳지 않겠다고. 자신이 대신 낳을 방법이 생기지 않는다면.

유온 역시 기나긴 진통이 끔찍했기에 윤서경의 말에 동의했다. 아픔에 익숙하다고 생각했건만 아기를 낳는 고통은 뭐라 설명할 수 없는 것이었다.

그럼에도 태어난 아기는 사랑스러웠다. 머리카락은 젖어서 달라붙어 있고 얼굴이 아직 생긴 것도 알 수 없을 만큼 쪼글쪼글한데도, 한없이 귀엽고 예쁘게 보였다.

태어난 아기는 아슬아슬하게 저체중을 피했을 정도로 평균보다 자그마했다. 하지만 유온과 윤서경이 채 걱정하기도 전에 병원에 있을 때부터 하루가 다르게 자랐고, 퇴원할 때쯤엔 여느 우량아 못지않았다. 마치 아기가 유온이 난산일 걸 걱정해 덜 자란 채로 나온 것처럼 느껴질 정도였다. 유온 또한 난산이었던 게 믿기지 않을 정도로 회복이 빨랐다.

집에는 아기를 돌보기 위해서 일하는 인원이 늘어났으나 유온과 윤서경 또한 할 일이 많았다. 특히 유온은 자신이 집에 있는 만큼 아기와 더 많은 시간을 보내고 싶어 했다.

영인이라고 이름을 지은 아기는 빠르게 컸다. 며칠만 지나면 어느새 자라 있는 느낌이었다. 처음엔 누워서 아무것도 하지 못하던 아기는 곧 꿈틀거리다가 몸을 뒤집었다.

한 번 뒤집는 법을 터득하자 그 후로는 자유자재였다. 유온은 잠시 다른 곳에 시선을 돌리고 있다가도, 아기가 몸을 뒤집으려 하면 그때부터 가만히 관찰했다. 대체로 아기는 오른쪽으로 뒤집든

왼쪽으로 뒤집든 몸을 뒤집는 것에 성공하면 홀로 굉장히 뿌듯한 얼굴을 하곤 하는데, 그 얼굴이 무척 귀엽기 때문이었다.

기기 시작한 후로는 아기에게서 눈을 뗄 수 없었다. 아기를 봐 주는 사람이 더 있지 않으면 혼자서는 돌보지 못했을 거란 생각이 들었다. 왜냐하면, 아기가 기는 속도는 기겁할 만큼 빨랐다. 거실에 데리고 나왔다가 고작 몇 초 시선을 돌리고 있으면 어느새 식탁 밑까지 들어가 있곤 했다.

아기의 옷과 신발 따위를 사는 것도 또 다른 즐거움이었다. 아기는 아래위가 연결된 우주복을 입었는데, 이 우주복이 정말 귀여운 디자인이 많았다. 아기 옷을 전담하는 퍼스널 쇼퍼가 자주 집에 방문했고, 유온은 온갖 동물 귀가 달린 우주복 중에서 하나를 고르지 못해 결국 전부 다 사버리곤 했다.

그렇게 입히는 것보다 사는 게 더 많아서 유온은 산처럼 쌓인 옷을 다 한 번씩 입혀 보기 위해 열심이었다. 매일매일 혹시 아기가 옷을 더럽히진 않았는지 유심히 살펴보다가, 혹시나 이유식이라도 흘리면 얼른 옷을 갈아입혔다.

그래서 아기는 하루 종일 곰돌이가 되었다가 토끼가 되었다가 공룡이 되곤 했다. 새 옷을 입히면 사진을 잔뜩 찍어 놓곤 한 번씩 모아서 윤서경의 부모님에게 보내 드리고, 저녁에 윤서경이 돌아오면 함께 보았다.

또 아기는 유온이 보기에 윤서경을 닮아서 다정하고 세심했다. 한 번은 유온이 아기에게 먹일 간식을 가지러 갔다가 식탁 의자에 다리를 부딪쳤다. 아프긴 했지만 그냥 참고 아기 옆으로 돌아오자, 아기는 근엄하게까지 느껴지는 얼굴로 유온을 물끄러미 보다가 고사리 손으로 유온이 부딪친 자리를 토닥토닥 만져 주었다.

'다친 걸 아는 건가……?'

고개를 갸웃하며 보자 아기는 역시 곧 멍이 들 것 같은 유온의 다리를 쓰다듬고 있었다. 똑똑하긴. 유온은 웃으며 아기의 우유 냄새가 나는 머리에 입을 맞췄다.

마침 차 들어오는 소리가 들렸다. 조금 전 윤서경의 어머니, 서 회장이 곧 도착할 거라고 연락을 했다. 바쁜 시간을 겨우 쪼개 손자를 보러 오겠다는 것이었다. 그래서 오늘은 토끼 귀가 달리고 가슴엔 당근이 그려진 옷을 입혔다. 가장 귀여워 보이는 옷으로 고심해 고른 것이었다.

초인종 소리에 유온은 일어나서 현관으로 나갔다. 문을 열자 서 회장이 두 손 가득 무언가를 든 채로 서 있었다.

"밖에서 부르지 그러셨어요."

"아냐. 별로 무겁지도 않아."

비서와 운전기사의 손길도 물리치고 직접 들고 온 모양이다. 쾌활하게 웃은 서 회장은 집 안으로 들어와선 손부터 씻고 나와 아기 앞에 앉았다. 아기는 할머니를 알아보는지 두 손을 흔들었다. 한참 아기를 안고 어르고 예뻐하던 서 회장이 문득 중얼거렸다.

"그런데, 정말 서경이 아기 때랑 똑같다니까. 좀 무서울 정도구나."

"그, 그래요?"

"그렇다니까. 유온이 너를 안 닮은 건 아닌데……. 특히 표정이 똑같아."

그 말에 유온도 아기를 들여다보았다. 아기치고는 좀 딱딱한 얼굴이긴 하지만, 그래도 아기였다. 입매가 보들보들하고 눈은 반짝거리는 아기. 유온은 윤서경의 얼굴을 가만히 떠올리다가 고개를 갸우뚱했다.

"얘는, 못 믿겠어? 참. 유온이 너 서경이 아기 때 사진 본 적 없지 않니?"

"아⋯⋯. 네, 없어요."

윤서경의 집에 가 보지 않은 것도 아닌데 어쩌다 보니 앨범 같은 건 볼 기회가 없었다. 거실에 장식된 어릴 때 사진만 보았을 뿐이다. 영인이와 똑같다는 윤서경의 갓난아기 때 모습⋯⋯. 그러고 보니 왜 한 번도 아기 때 앨범 볼 생각을 못 했는지 의아했다.

"그렇게 똑같아요? 저 볼래요⋯⋯."

서 회장이 잘됐다고 즐거운 얼굴을 하며 아기를 내려놓고, 휴대폰을 들었다. 한참 여기저기를 뒤적거리던 서 회장은 목적한 걸 찾았는지 유온에게 휴대폰을 내밀었다.

"거기서부터 다 서경이 사진이야."

"⋯⋯."

서 회장이 내민 사진을 한 장씩 넘겨 보던 유온은 점점 오묘한 표정이 되어 아기와 휴대폰을 번갈아 쳐다보았다. 사진 속 아기는 흡사 영인이를 다른 곳에 데려가 찍은 것처럼 놀랄 만큼 똑같았다.

아기가 누구를 닮았느냐에 대한 평은 분분했다. 윤서경의 가족들은 둘 다 닮았지만 지금 얼굴은 윤서경과 똑같다고 말했다. 반면 윤서경은 자신은 거의 닮지 않았고 이유온의 얼굴이라고 했다.

주변의 다른 사람들은 의견이 갈리거나 둘을 놀라울 정도로 반반 닮았다고도 말했다.

하지만 이렇게 보니 정말 어디서 어떻게 보아도 아기는 윤서경의 아들이었다. 나중에 알파로 발현하고 나면 분위기까지 비슷해질 아들.

"그냥 그렇다는 거야. 누굴 닮았으면 어떠니? 예쁘기만 하면 됐지. 유온이 너는 어디 아픈 데 없고?"

"아……. 네, 전 괜찮아요. 어머니는요?"

"멀쩡하지. 내가 너보다 건강할 걸. 또 살 빠진 거 아니지?"

"그대로예요."

고개를 저으며 대답했지만 서 회장은 의심이 담긴 눈길로 유온을 보다가 어깨를 으쓱했다.

"저건 영인이 간식이랑 옷이랑 유온이 네 영양제고, 권 실장한테 전복이랑 닭 전해 뒀다. 네가 그때 맛있다고 한 농장에서 잡은 닭이야. 권 실장한테 삼계탕 해 달라고 해."

"네, 어머니……. 감사합니다."

"감사하긴. 아이고, 이 귀여운 것. 우리 집 애들은 하나같이 쌀쌀맞고 무뚝뚝하고. 서경이가 어쩌다 너 같은 애를 만났다니."

서 회장이 유온의 볼을 주물거리다가 머리를 세게 쓰다듬었다. 유온은 그녀가 상견례 자리에서 자신을 칭찬했을 때 그 뜻을 다르게 받아들였다. 다소곳하다는 말을 그대로 알아듣지 못해선 음침할 정도로 조용하다는 의미인 줄 알았다. 지금은 그게 아니었다는 걸 안다.

유온은 뺨을 따뜻하게 붉히며 서 회장의 손길 아래 얌전히 있었다.

부경은 세간이 재벌 집안에 대해 가지는 생각과는 가풍이 퍽 달랐다. 윤서경의 부모님은 항상 자식들에게, 가족끼리 칼을 들이대는 것이 가장 어리석은 일이라고 가르쳤다. 가족이 세상에서 가장 큰 아군이며, 그런 가족이 적으로 돌아서면 그보다 무서운 적이 없다고. 아군과 싸울 시간에 힘을 합쳐서 더 높은 곳으로 올라가라는 게 집안의 교육이었다.

그런 교육 속에서 자란 윤서경의 눈에 자신의 집안은 꽤나 이상하게 보였을지도 몰랐다. 정확히는 유온 하나가. 아예 집안 전체가 서로에게 등을 돌린 채 날을 세우는 경우라면 모를까, 사이가 좋은 집안에서 혼자만 외따로 떨어져 있었으니까.

어쨌든, 그 사이가 좋은 집안에 유온은 생각보다 쉽게 받아들여졌다. 부모님, 형, 누나, 모두 유온에게 다정했다. 자신이 그런 사랑을 받게 될 거라고 생각도 해 본 적 없는 유온으로선 아직도 신기하고 적응이 안 되는 일이었다.

자신을 위해 준비해 왔다는 음식, 머리를 쓰다듬는 손길이 곧 사라지는 게 아닐까 불안해하지도, 그들의 성의에 어떻게 대답해야 심기가 상하지 않을까 걱정하지 않아도 된다. 있는 그대로 받아들이고 느끼는 마음만큼 고맙다고 말하면 충분했다.

한참 유온을 쓰다듬고, 영인이도 다시 안아 요람처럼 흔들어 준 뒤 서 회장이 물었다.

"서경이는 오늘 늦는다고 하니?"

"네, 저녁에 회의가 있대요."

"걔는 이런 애기랑 너 두고 회사 갈 때 발이 떨어진대?"

"가기 싫대요……."

아침에 출근할 때 영인이를 안고 배웅하면 그는 두 사람에게 각각 입을 맞추곤 복잡한 얼굴을 하고 했다. 안 그래도 유온이 혼자(도우미가 몇 명이나 있으니 결코 혼자 하는 건 아니었다) 아이를 보게 하는 게 미안하다고 회사에 있는 시간을 최대한 줄인 그였다. 우뚝 서 있는 그에게 다녀오시라고 말하며 발돋움해 뺨에 입을 맞추고 나서야 그는 현관을 나섰다.

회사에 가기 싫어 한다는 말에 서 회장은 호탕하게 껄껄 웃었다.

"나도 애들 아기 때는 두고 출근하기 싫었다. 서경이는 유온이 너도 있으니 더하겠지. 너를 얼마나 걱정하겠니."

"이, 이젠 좀 덜해요."

이전만큼 안절부절못하지는 않는다고 생각한다. 서 회장은 윤서경과 닮은 눈매를 휘며 웃더니, 한 팔로는 아기를 안고 다른 손으로 유온의 머리를 쓰다듬었다.

얼마쯤 더 아기와 놀던 서 회장은 시간이 없다며 아쉽게 일어났다. 아기를 안고 대문까지 배웅하러 나가자, 아기는 차에 오르는 할머니에게 꺅꺅 소리를 내며 몸을 휘저었다. 얼마 전에 배운 '안녕'이었다. 서 회장은 그 모습을 보며 함박웃음을 짓고는 돌아갔다.

유온은 차의 뒷모습이 멀리 사라질 때까지 서 있다가 들어왔다. 사람 한 명이 잠시 다녀갔을 뿐인데 집 안이 적적했다. 영인이를 안고 어르자 아기는 까르르 웃다가 짧은 두 팔을 앞으로 뻗어 유온의 뺨을 감쌌다. 그러고 보니 이건 윤서경이 자주 하는 행동이다. 아기가 어른을 보고 배워서 그러는 건지, 윤서경을 닮아서 그러는 건지 모르겠지만 어느 쪽이든 사랑스럽다.

"영인아, 낮잠 잘 시간이네."

"아우우⋯⋯."

낮잠이 별로 내키지 않는 기색이었다. 하지만 늘 자던 시간에 침대에 눕히면 영인이는 대체로 열을 세기도 전에 잠들었다. 아기를 토닥토닥하며 방으로 들어와 눕히자 역시나 속으로 다섯을 셌을 때 아기의 눈이 감겼다.

색색거리며 자는 찹쌀떡 같은 얼굴을 보고 있자 유온도 잠이 쏟아졌다. 영인이가 푹 잠들면 나가서 잠 깨게 뭐라도 해야지. 그렇게 생각했으나, 아기 이불 옆에서 느리게 눈을 깜빡이던 유온은 그대로 스르르 자 버렸다.

퍼뜩 깨어났을 때 아기는 아직도 새근새근 자고 있었다. 자그마한 두 손을 오므려 쥔 채였다.

가만히 아기를 바라보던 유온은 손끝으로 아기의 손가락을 톡톡 두드렸다. 대답이라도 하듯 벌어진 아기의 손은 가까이 있던 유온의 손가락을 잡은 채 다시 오므라들었다.

유온은 슬쩍 손을 빼 보았다. 잠들어서 잔뜩 풀어졌던 아기의 표정이 찌푸려지더니, 손이 오물오물 움직이며 손가락을 따라왔다. 결국 웃으며 손가락을 다시 쥐여 주고는 곁에 가만히 누워 아기의 자는 얼굴을 바라보았다.

어린 윤서경의 사진은 보았지만 완전히 갓난아기 때 모습은 처음 봤다. 정말…… 똑같았다.

워낙 바쁜 윤서경의 가족들이기에 아직까지 제대로 시간을 가지고 아기를 본 건 서 회장뿐이었다. 다른 가족들은 거의 스친 것에 가깝게 보았을 뿐이다. 윤서경의 누나 윤세경은 아기를 보자마자 윤서경과 너무 똑같이 생겨서 소름이 돋는다고 말했다가, 영인이한테 한 말이 절대 아니라면서 사과하기도 했다.

그러는 게 이해가 갈 만큼 영인이와 윤서경은 닮았다. 그런데 신기하게 자신을 전혀 닮지 않은 건 아니다. 유온은 깊이 잠든 아기의 동그랗고 따뜻한 정수리에 입을 맞췄다. 조금 더운지 머리가 축축했다. 이불을 절반만 걷고, 깨지 않을지 확인한 다음 거실로 나왔다.

서 회장이 가지고 온 선물은 제자리에 정리가 되어 있었고, 주방에선 유온이 자는 사이 벌써 닭을 삶아 두었는지 고소한 냄새가 났다.

평온한 집 안을 가만히 바라보다가 눈을 가늘게 떴다. 어느새 이 평화에 익숙해졌다. 어느 날 이 모든 게 사라질까 봐 무섭다는 생각도 이제 들지 않았다. 오랜 시간 이런 평온한 감정을 모른 채 살아왔지만, 이제라도 알았으니 충분했다.

잠시 그대로 있다가 영인이에게 돌아가려 몸을 돌렸을 때였다. 영인이가 자고 있던 방의 문이 작게 흔들리더니 스르르 열렸다.

문이 저절로 열릴 리는 없다. 유온은 저도 모르게 바닥으로 시선을 내렸다. 역시 아기가 한쪽 손을 번쩍 든 채로 엎드려 있었다.

얼굴에는 자신이 해냈다는 자랑스러운 기색이 가득했다. 깨어나서 여기까지 기어와 문을 연 모양이었다. 유온이 생각하기에도 대단한 업적이었다. 영인을 안아 올린 유온은 아기의 푹신한 엉덩이를 토닥이며 한참 칭찬했다.

낮에 거의 잠을 안 잤는데도 아기는 오늘따라 잘 기분이 아닌지 동그란 눈을 깜빡거리기만 했다. 유온은 저녁을 먹은 후에도 영인을 안거나 눕혀 둔 채로 책을 읽어 주고, 피아노를 쳐 주며 시간을 보냈다. 아기가 간신히 눈을 감은 건 저녁 8시가 다 되어서였다.

영인이 나이의 아기가 낮잠을 안 잔다는 건 어른이 하루 종일 활동을 하는 것과 같았다. 평소 자는 시간인 8시를 넘기자 아기는 정말 기절하듯 잠들었다. 동그랗게 올라온 아기의 배 위에 손을 얹은 채 유온은 또 한참 동안 자는 얼굴을 바라보았다. 뽀얀 솜털에 감싸인 뺨이 발그레했고, 길고 가느다란 속눈썹이 조금씩 움직였다.

아무리 보고 있어도 질리지 않을 것 같은 자는 얼굴이었다. 이대로 아침까지 잘 것이다. 머리에 손을 얹어 덥진 않은지 확인한 뒤 거실로 나왔을 때 마침 현관문이 열렸다. 손에 호텔 로고가 쓰인 케이크 상자를 들고 있었다. 곧 호텔 델리의 시즈널 디저트가 일제히 바뀔 시기인지라 요즘 그가 저렇게 상자를 들고 오는 일이 잦았다.

"다녀왔어요. 영인이는 자고 있습니까?"

성큼 다가와 익숙하게 닿는 입술에 눈을 가늘게 뜬 유온이 고개를 끄덕였다. 저녁이 되면서 고용인용 별채로 넘어가 있던 직원 한 명이 조용히 들어와 윤서경이 가지고 온 디저트를 바로 먹을 수 있도록 준비했다. 오늘은 다섯 종류였다.

그동안 윤서경은 욕실로 들어갔고, 유온은 문을 살그머니 열곤 아기가 깨어나지 않을지 확인했다. 꼼짝도 안 하고 자고 있는 게 당장은 깰 기색이 없었다. 깨도 새벽이거나, 아니면 내일 아침까지 내리 자거나. 침실로 올라갈 때 안아 들면 잠깐 깰 수도 있지만 어차피 그때 깨면 또 금방 잠든다.

다과를 다 차린 직원이 다시 돌아가고 얼마 후 윤서경도 편안한 차림이 되어 나왔다. 가을 시즌을 겨냥한 디저트는 밤과 유자가 주 재료였다. 전부 손가락 한 마디보다 작은 크기로, 샘플로 열다섯에서 스무 종류를 만든 뒤 호텔 각 브랜드와 레스토랑 코스 디저트를 포함해서 여섯 종류 정도가 선택된다.

물론 유온이 그 결정권을 가지는 건 아니었다. 유온은 이런저런 알레르기가 많아서 먹을 수 없는 재료가 많았고, 또 본인이 그런 중요한 결정을 하는 건 여전히 불편해했다. 윤서경은 그냥 판매하기 전에 샘플로 만들어진 것들을 가지고 돌아와 유온에게 먹일 뿐이었다.

그중에서 유온이 맘에 들어 했는데 정식 메뉴로 채택하지 않은 건 가끔씩 델리에 전달해서 따로 만들어 가지고 오기도 했다.

윤서경은 한 손에 찻잔을 든 채 다른 손으론 턱을 괴고 유온이 밤 타르트를 먹는 걸 바라보았다. 윤서경을 만난 후로 지금까지 꾸준히 먹는 양이 늘어난 유온은 이제 조각 케이크 하나 분량쯤 되는 디저트는 무리 없이 먹을 정도가 되었다.

타르트를 다 먹고 위에 잘게 썬 유자 껍질이 올라간 무스를 손에 들었다. 어느 정도 새콤할 거라고 생각하고 한 스푼을 떠서 입에 넣은 순간 입이 다물어졌다. 어느 정도가 아니고 입술과 혀가 움찔거릴 정도로 시었다.

유온을 보고 있던 윤서경이 그걸 보고 눈썹을 까딱하더니 입을 벌렸다. 한두 입 거리인 디저트였기에 혹 유온이 먹다가 맛이 없는 기색이면 남은 걸 그가 먹어 주곤 했다. 하지만 이건 너무 신데…… . 좀 고민하다가 남은 한 입을 스푼에 떠서 그의 입에 넣어 주었다.

윤서경의 미간이 약간 찌푸려졌다. 그게 재미있어서 작게 웃음을 터뜨리자, 윤서경도 웃더니 고개를 기울여 입을 맞췄다. 혀끝이 겨우 닿을 듯 말 듯했을 때였다. 갑자기 영인이 자고 있는 놀이방의 문이 열렸다.

황급히 몸을 떼고 일어나자 아기가 바닥에 엎드린 채 또 뿌듯한 얼굴을 하고 있었다. 윤서경이 몸을 일으켜 다가가서 영인을 안아 올렸다.

"영인이가 지금 혼자 문을 연 겁니까?"

"네, 아까도 그랬어요."

두 사람은 잠시 아기의 영특함을 칭찬했다. 뿌듯한 얼굴이 더더욱 뿌듯해진다. 그러다 시간을 확인한 윤서경이 고개를 갸웃했다.

"오늘 잠을 많이 잤나요?"

"아니요…… . 왜 자꾸 깨지…… . 낮에도 거의 안 잤어요."

아기가 잠을 너무 많이 자도, 많이 안 자도 걱정되는 게 부모의 마음이었다. 하지만 가까이 다가가서 보자 영인은 더없이 기분 좋은 얼굴로 유온을 보고 있었다.

"영인아⋯⋯. 잠이 안 와?"

그러자 영인은 도톰한 입술을 우물거렸다. 그렇다고 대답하는 것 같았다. 으음, 하며 영인의 얼굴을 들여다보던 유온은 문득 윤서경을 보았다. 아까 서 회장이 보여 주고 간 윤서경의 아기 때 사진을 떠올리자 웃음이 나왔다. 영인이가 아기치고 크다고 해도 아기라, 윤서경이 안으면 늘 작은 치와와라도 안고 있는 것처럼 보였다.

어릴 때 얼굴이 거의 남지 않은 것 같았는데, 아기 때 사진을 보니 또 비슷한 부분이 있다. 다 자란 상태로 어디서 뚝 떨어진 것처럼 생겨서는 영인이만큼 작게 태어나 이렇게 되었다고 생각하니 신기하고 재미있었다.

그리고 확실히 영인이와 똑같이 생겼다.

"왜요?"

"아니, 아까 어머니가 다녀가셨는데⋯⋯. 영인이가 서경 씨 아기 때 얼굴이랑 똑같대요."

"⋯⋯네, 온 가족한테 돌아가며 듣고 있습니다. 사실 난 잘 모르겠어요. 당신이랑 더 닮은 것 같은데."

윤서경이 아기의 몸통을 잡고 슥 들어 유온과 얼굴을 나란히 놓았다. 무심코 아기 쪽으로 고개를 돌리자, 아기도 동그란 머리를 돌렸다. 정면에서 아기와 마주 보니 역시 작은 윤서경이었다.

유온은 웃으며 영인의 뺨에 입을 맞췄다. 영인이 까르르 웃음을 터뜨렸다.

팔을 뻗어 아기를 자신이 받아 안고는, 윤서경이 한 것처럼 아기와 윤서경의 얼굴을 나란히 두었다. 자신이 하려니 팔을 위로 들어 올려야 했다.

역시 닮았다고 생각하고 있는데 영인은 무슨 놀이로 생각했는지 고개를 돌려 윤서경을 쳐다보았다. 그걸 알고 윤서경은 장난치듯 시선만 조금 옆으로 한 채 가만히 있었다. 그러자 아기가 묵직해 보이는 머리를 갸웃거리다가 손을 뻗었다.

하지만 짤막한 팔 때문에 원하는 곳까지 손이 닿지 않았다. 바동대는 아기의 몸을 팔의 방향대로 옮겨 주자, 아기는 손바닥을 제 아빠의 뺨에 탁 얹더니 그대로 힘을 주었다. 윤서경의 고개가 그걸 따라 아기 쪽으로 돌아갔다.

겨우 눈을 마주치게 되자 영인이는 좋아서 작게 바동거렸고, 그런 아기에게 윤서경이 입을 맞췄다. 아기는 또 깔깔 웃었다. 몇 번 그 놀이를 반복해 주다가 9시를 넘겼을 때였다. 아기는 코를 찡긋거리더니 우우……. 하고 끙끙대는 소리를 내다가 눈을 무겁게 깜빡깜빡했다. 윤서경은 들어 올린 채 놀던 아기를 품에 안고 등을 토닥거렸다. 영인은 건전지를 빼낸 것처럼 움직임을 뚝 멈춘 채 멍하니 있다가 갑자기 잠들었다.

아기를 제 방에 눕혀 두고 침실로 들어왔다. 지난달부터 따로 자기 시작한 아기는 처음엔 자신을 방에 혼자 두고 나간다는 걸 이해하지 못한 듯했으나 다행히 금방 적응했다. 며칠에 한 번 정도 새벽에 잠깐 깨는 것 말고는 푹 잠들어서, 아침에도 잠투정 없이 일어나곤 했다.

가끔 유온은 아기가 겨우 7개월인데 너무 어른스러운 것 같다는 생각에 심란해지곤 했다. 아기를 낳기 전과 낳은 직후에 읽은 책에 아기는 울고 보채고 부모님을 힘들게 하지만, 그 값을 사랑스러움으로 돌려준다는 말이 가득했기 때문이다. 그런데 아기는 그저 사랑스럽기만 했다. 유온과 윤서경을 힘들게 하는 일이라곤 없는데 오히려 그게 걱정스러웠다.

그 말을 하자 윤서경은 별것 아니라는 듯, 자신도 어릴 때 그래서 어머니가 이런저런 검사를 받으러 다닐 정도였다고 대답했다. 그냥 원래 타고난 성격이 침착한 거라고.

아직 어떻게 될지 모르는 신생아였지만 영인은 알파로 발현할 확률이 무척 높다고 한다. 생긴 것도, 행동도 비슷한데 알파이기까지 하다면 정말 윤서경을 많이 닮겠지. 차분하게 자라서 다정하고 단단한 사람이 되는 것이다. 윤서경처럼. 그런 아이를 자신의 배로 낳았다.

신기한 기분이 들어 윤서경을 물끄러미 올려다보았다. 태블릿을 보고 있던 그가 의아하게 고개를 돌렸다. 그렇게 쳐다보기만 했을 뿐인데 그는 눈을 마주치고 웃더니, 태블릿을 내려놓고 유온의 허리에 팔을 감아 끌어당겼다.

무릎 위로 올라가면서 얇은 바짓단이 말려 올라갔다. 유온의 뺨을 감싸고 키스하려 하던 윤서경이 시선을 내렸다. 낮에 의자에 부딪친 자리에 아직 멍이 남아 있었다.

"이건 왜 그래요?"

"부딪쳤어요……."

유온은 웃고 말았다. 멍든 자리를 매만지는 게 아까 영인이 했던 것과 똑같이 보여서였다. 왜 웃는지 눈을 둥글게 하는 윤서경의 귀에 그 이야기를 속삭여 주었다. 윤서경이 아, 하곤 유온과 함께 웃었다.

"내가 집에 없을 땐 영인이가 당신을 돌봐주겠네요."

"네."

윤서경은 농담으로 한 소리겠지만 정말 그럴지도 몰랐다. 키스가 이어지고 윤서경의 손이 단추를 하나씩 풀었다. 영인이를 재워두고 할 때면 늘 그렇듯 깰까 봐, 울기라도 할까 봐 걱정이 되었지만 신기하게도 아기가 깨면 뭘 하다가도 바로 알 수 있었다. 심지어 자다가도 갑자기 눈이 뜨였다.

혹시 알아채지 못해도 항상 영인이의 방 CCTV를 보고 있는 직원들이 아기 방과 바로 연결된 다른 통로를 통해 들어올 것이다. 유온은 숨을 내쉬며 두 팔로 윤서경의 목을 끌어안았다.

굵은 팔이 마주 뻗어와 유온의 허리를 안고 등줄기를 천천히 더듬었다. 길게 팬 등의 골을 따라서 단단한 손가락이 내려갔다. 유온은 따뜻한 물에 잠겨 가는 것처럼 윤서경에게 몸을 기댔다. 자신의 체온을 온전히 다른 사람에게 맡기는 감각은, 상대가 윤서경이기에 조금도 두렵지 않고 편안했다.

상의 단추가 전부 풀어지고 바지와 속옷이 차례로 벗겨졌다. 유온은 자신도 손을 뻗어 윤서경의 옷 단추를 풀었다. 짙은 색의 편안한 상의가 벗겨지고 그 안에 있던 몸이 드러났다. 곡선을 그리며 융기하고, 그 줄기를 따라 잘게 쪼개진 근육이 윤서경이 숨을 쉴 때마다 느리게 오르내렸다.

바지가 허벅지까지 내려간 것을 보고 유온은 윤서경의 단단한 배에 두 손을 얹으며 무릎을 한쪽씩 들었다. 속옷과 바지가 발목을 지나 빠져나가선 바닥에 떨어졌다.

두 사람 다 옷이 어디로 떨어졌는지는 신경 쓰지 않았다. 어느새 맞물린 입술이 더 중요했다. 키스하며 유온은 윤서경의 한쪽 허벅지 위에 걸터앉은 모양이 되었다. 아래가 돌처럼 단단한 허벅지에 고루 눌렸다. 도망치려고 해도 윤서경이 등을 꾹 누르고 있어서 아래를 문지르는 것밖에 되지 않았다.

교묘하게 구멍 입구와 성기 아래쪽을 누르는 허벅지에 밑부가 금방 젖어 들어 축축해졌다. 윤서경의 맨살에도 고스란히 느껴질 것이다. 유온이 움찔움찔 몸을 움츠리자 그는 더욱 세게 아래를 눌러 댔다. 눈을 꾹 감은 유온이 어쩔 수 없이 신음했다. 그러자 윤서경은 유온의 얼굴로 손을 뻗어 눈꺼풀을 톡톡 두드렸다.

눈을 뜨자 그의 눈과 시선이 마주쳤다. 멍하니 그 눈을 보고 있자, 윤서경이 유온의 허리를 두 손으로 쥐며 말했다.

"이리 올라와요."

"……?"

고개를 갸웃하고 꾸물꾸물 허벅지에서 배 위로 자리를 옮겼다. 윤서경이 등을 쓰다듬었다.

"조금 더."

이번엔 가슴 근처까지 올라갔으나 윤서경은 여전히 허리를 잡고 있다. 그제야 어디까지 올라오라는 건지 알아들은 유온은 얼굴이 새빨개져선 그 자리를 벗어나려 했다. 하지만 그런 행동을 미리 예상이라도 한 것처럼 윤서경은 허리를 잡은 손에 힘을 주더니 그대로 끌어 올렸다.

"아……!"

아래가 거의 윤서경의 얼굴에 닿을 듯했다. 유온은 당황해서 입만 벙긋거리며 조금이라도 거기서 떨어지려 애썼다. 윤서경은 그런 유온의 허벅지를 잡곤 잡아당기고, 유온은 침대 헤드에 손을 얹은 채 버텼다. 그러나 윤서경은 힘을 다 주지도 않은 것인데 도저히 버틸 수 없었다.

결국 몸이 미끄러지듯 그 위로 앉혀졌다. 그래도 순간적으로 다리에 힘을 주어 완전히 주저앉아 버린 건 아니었으나, 윤서경이 아래를 빨기에는 충분했다.

"아으, 아, 아……, 놔, 놔주세요, 싫어……."

그러나 윤서경은 유온의 허벅지를 안아 움직이지 못하게 하고 계속 혀며 입술을 움직일 뿐이었다. 아래에서 찰박거리는 소리가 났다. 배 바로 아래에 보이는 윤서경의 얼굴에 유온은 정말 어찌할 바를 모르고 새빨개졌다.

"서경 씨, 아, 아……, 놔줘요, 흐윽……."

대답 대신 젖은 소리가 더욱 커졌다. 그는 도저히 놓아줄 마음이 없어 보였다. 이대로 성기를 집어넣을 수 있게 될 때까지 있으려는 생각인지도 몰랐다.

"다, 다른 자세로 해요……. 네? 다, 다른 건 다 괜찮으니까……."

"다?"

순간 들린 장난기가 섞인 목소리에 유온은 움찔했다. 다……, 다 괜찮은 건 아니고, 그렇게 말하려 했으나 윤서경이 한 발 빨랐다.

"그럼 엎드려 봐요."

"……."

"다 괜찮다고 했잖아요."

"아, 아니, 그게……."

"얼른."

제 입으로 한 말을 주워 담을 수도 없는 일이었다. 게다가 이렇게 나온 이상 저 말대로 순순히 엎드리지 않으면 윤서경이 어떻게 괴롭히고 나올지 몰랐다. 유온은 어쩔 수 없이 느릿느릿 몸을 움직여 윤서경의 몸 위에 엎드렸다. 그대로 그의 아랫배와 허벅지에 팔을 얹고 나자 정말로 창피해서 죽을 것 같았다.

눈앞에 보이는 윤서경의 성기는 단단하게 일어서 있었고, 자신 또한 마찬가지였다. 윤서경이 천천히 손끝으로 구멍 입구를 쓸었다. 그에 마치 재촉이라도 받은 듯 유온도 그의 것을 두 손으로 감싸 쥐었다. 손 안에서 맥박 치는 성기는 뜨겁고 단단했다. 상체를 약간 일으킨 윤서경이 유온의 다리를 안고는 다시 아래에 혀끝을 댔다.

이럴 거면 차라리 얼굴에 아래를 댄 채가 나았을지도 모른다. 아니, 아닌가, 이게 낫나. 혼란한 채로 유온은 우선 입을 벌려 성기를 입술 사이에 물었다. 매끈한 귀두를 입술 사이로 조여 물다가 혀로 핥자 뒤쪽에서 윤서경도 조금씩 거칠어진다. 겨우 혀를 내밀어 성기를 감싸듯 핥다가 입에 물고, 기둥을 입술로 문지르길 반복했다.

어느 것도 진득하게 하진 못했다. 윤서경이 계속해서 아래를 자극해서였다. 잔뜩 젖은 안쪽까지 파고드는 혀와 입술은 유온의 입이 열릴 때 성기를 머금는 대신 신음만 잔뜩 하게 만들었다. 정신이 들자 자신은 윤서경의 것을 두 손으로 쥐고 뺨에 붙여 문지르며 우는 소리를 내고 있었다.

"아, 흐윽……, 시, 싫어, 이거, 창피해요, 싫어……."

몇 번을 그렇게 중얼거렸는지 모르겠다. 말과 달리 아래는 녹진하게 풀어져 있었다. 당장 이것을 받아들일 수도 있을 정도로. 아래를 그렇게 풀어놓은 윤서경 역시 그걸 알았는지, 입술을 떼더니 그대로 상체를 일으켰다. 유온도 그의 손에 잡혀 몸을 바로 세웠다.

그렇게 등을 윤서경의 가슴에 기댄 채, 별다른 자극도 받지 못하고 있던 성기가 천천히 안으로 들어왔다. 유온은 고개를 잔뜩 젖히곤 벌어진 입술 사이로 가쁜 신음과 숨결을 토해냈다. 안을 와락 벌리며 들어오는 성기의 감촉이 낯익고도 버거웠다.

"하, 아……, 아……."

아직 절반도 채 들어오지 않았다. 윤서경이 팔로 자신의 허리를 껴안아 유온의 몸에 무리가 되지 않도록 지탱하고 있었다. 힘줄이 곤두선 그 굵은 팔을 보고 있자 가슴이 간질간질한 기분이 들었다.

유온은 입술을 꽉 물고는, 윤서경의 팔을 안으며 스스로 허리를 움직였다.

"유온 씨."

갈라진 목소리가 귓가에 들려왔다. 유온은 고개만 끄덕이고는 조금씩 더 몸을 비틀어 성기를 몸속으로 집어넣었다. 한참을 애쓴 끝에 뿌리까지 온전히 품을 수 있었다. 가쁜 숨을 내뱉은 유온이 신음과 함께 고개를 돌렸다.

입맞춤을 조른다는 걸 곧바로 안 윤서경이 유온의 머리를 한 손으로 감싸고 키스했다. 입술도, 아래도 농밀하게 맞닿아 있는 감각이 기분 좋았다.

유온은 입을 더 크게 벌려 달고 깊은 키스를 요구하며, 쥐고 있던 이성의 끈을 제 손으로 놓았다.

* * *

저녁에 아기에게 분유를 먹이고, 거실에 눕혀 둔 뒤 잠시 책을 찾다가 돌아보았을 때였다.

"……."

유온은 자신이 잘못 본 게 아닌가 싶어 눈을 가늘게 떴다. 하지만 깜빡여도 보고, 다른 곳을 돌아보았다가 다시 봐도 똑같았다. 영인이가 앉아 있었다.

7개월이니 앉는 게 이상하지 않았지만, 보지도 못한 사이에. 유온은 무엇부터 해야 할지 몰라서 아기를 가만히 바라보았다. 앉아

있는 아기의 모습은 아직 머리가 무거워 똑바로 앉지 못해서 둥글
둥글한 삼각형 모양이었다.

'아, 사진. 사진⋯⋯.'

서둘러 휴대폰을 찾아선 찰칵찰칵 사진을 여러 장 찍었다. 하지
만 사진을 찍다가 아기의 동그란 볼이 우물우물 움직이는 걸 발
견했다. 먹을 걸 준 기억은 없었다. 눈에 보이는 건 뭐든 입에 넣
어 보는 나이인지라 깜짝 놀라 다가가자 영인이 고개를 들었다.
방금 전까지 입에 물려 있던 실리콘 인형이 침 범벅이었다.

안도의 한숨이 나왔다. 저건 어차피 누워서 입에 물고 놀라고
사온 장난감이라 빨아도 상관이 없었다. 하루에도 몇 번씩 닦아
놓기도 하고. 유온은 영인의 앞에 앉으며 말했다.

"놀랐잖아, 영인아⋯⋯."

생각해 보면 영인이가 기어서 갈 수 있는 범위에는 부딪칠 것도
없고, 입에 넣으면 안 되는 것도 없다. 그래도 놀란 건 사실이다.
유온의 반응을 본 영인이 입술을 오물거리며 유온을 올려다보았다.
그러다 머리를 기우뚱거리며 제 손에 들린 인형을 보더니, 배시시
웃으며 그걸 팩 내던졌다. 꼭 나쁜 짓을 들키고 이제 안 하겠다고
말이라도 하는 것처럼.

아니, 아기가 그런 게 가능한가⋯⋯. 설마. 일단 다시 휴대폰을
가져와 사진과 영상을 찍기 시작했다. 한참 찍는 동안 아기는 작은
발과 손을 꾸물거리며 얌전히 카메라를 보거나 몸을 꾸물거렸다.
유온은 뒤늦게 휴대폰을 내려놓고 영인이 던진 장난감을 다시 집
어서 건네주었다.

"자, 물고 놀아도 돼."

"우."

영인이 장난감을 두 손으로 쥐더니 유온을 보았다. '진짜?'라고 묻는 것 같았다. 유온은 그 앞에 웅크리고 앉아 한참 아기를 바라보다가 말했다.

"좀 더 네 마음대로 해도 되는데……. 너는 아기잖아."

"아우……."

"너무 착해도 걱정이네."

혹시라도 아이가 자신과 윤서경을 생각하고 있는 것일까 봐, 아직 7개월짜리 아기는 그러지 못한다는 걸 알면서도 염려스러웠다. 따뜻하고 말랑말랑한 볼을 손끝으로 만지작거리며 아기를 바라보고 있을 때였다. 갑자기 아기의 얼굴이 구겨지면서 눈에 눈물이 와락 고였다.

"우……, 아아앙!"

걱정스럽다고 말한 거지 갑자기 울라고 말한 건 아니었다. 유온은 당황해서 두 손을 뻗어 영인을 안아 들고 일어났다. 아기는 10분이 넘도록 울다가 겨우 눈물을 그쳤다. 아기의 등을 토닥거린 뒤 유온은 미지근한 물을 먹이고, 자신도 조금 마셨다.

금방 그친 편이긴 했지만 그래도 깜짝 놀랐다. 자신이 뭔가 아기가 울 만한 말이라도 한 걸까. 그냥 너무 착하게 굴지 않아도 된다는 말이었는데. 우느라 얼굴이 찐빵처럼 불어 버린 아기는 빨개진 코를 훌쩍거리다가 유온의 어깨에 고개를 푹 묻으며 잠들었다.

한숨을 내쉬는데 현관문이 열렸다. 의아하게 고개를 돌리자 윤서경이 들어왔다. 이르게 퇴근한 모양이었다. 영인을 안은 유온을 본 그는 천천히 다가왔다.

"계속 안고 있지 말아요, 힘든데."

"이제 막 안았어요. 울어서……."

"울었어요?"

유온이 고개를 끄덕이곤 자초지종을 설명했다.

"그냥, 너무 말 잘 듣고 그러지 않아도 된다고 한 건데."

"흠……."

한쪽 허리에 손을 얹은 윤서경이 고개를 기울이더니 다른 한 손으로 영인을 받아 안았다.

"영인이가 날 닮은 거면, 그 말을 알아듣고 운 걸 수도 있겠네요."

"네?"

"……."

윤서경은 잠시 말없이 있다가, 영인이 깊게 자고 있다는 걸 확인하고 조용히 말했다.

"당신이 그렇게 말하는 이유를 아니까요."

"……."

"아기가 순하고 조용한 건 그냥 성격이지, 부모가 힘들까 걱정해서 그러는 건 아닙니다. ……눈치를 보는 건 더욱 아니고. 그러니 너무 걱정하지 말아요."

그 다정한 목소리에 유온은 눈을 내리깔았다가, 천천히 끄덕였다. 아기의 순함이 걱정으로 다가온 것은 자신이 바로 그렇게 순한 아이였기 때문이다. 혹시나 자신이 무언가 못 해 주고 있는 건 아닌지, 그래서 아기가 착하게 구는 것으로 스스로를 보호하고 싶어 하는 건, 사랑을 달라고 말하는 건 아닌지. 조금 두려웠던 것 같다.

차라리 아기가 제멋대로에 예민하고 말을 안 들으면 이런 마음이 들지 않을 텐데, 윤서경이 말했다. 당신과 내 아이면 그럴 일은 절대 없을 거라고.

축 처진 유온에게 입을 맞춘 뒤 윤서경은 아이를 방에 눕히려 들어갔다. 그 후엔 같이 저녁을 먹고 거실에 앉아서 오늘 있었던 일을 이야기하고, 미처 그에게 보내지 못했던 사진을 같이 보았다. 아기가 운 것보다 혼자서 일어나 앉았다는 게 생각해 보니 훨씬 큰 사건이었다.

윤서경의 가족들에게 사진을 보내자 반응은 폭풍 같았다. 아직 아기가 기는 것도 제대로 못 본 어머니 외의 가족들은 빨리 시간을 내서 보러 가야 한다며 끙끙거렸다.

그렇게 시간을 보내다가 윤서경은 아직 마치지 못한 일을 하러 서재로 들어가고, 유온은 잠시 테라스에 나가 화초를 돌보았다. 한참 보다 거실로 돌아와 손을 씻고 나서 보니 집 안이 유달리 조용했다.

아까 윤서경이 영인을 데려다놓았던 놀이방을 열어 보자 아무도 없었다. 고개를 갸웃하며 2층으로 올라가 영인의 침실을 연 유온은 그대로 문가에 서서 웃음을 지었다. 영인은 바닥에 깔아 둔 매트 위에 작은 이불을 덮은 채 자고 있었고, 그 옆에서 영인을 팔 안에 둔 채 윤서경도 잠들어 있었다.

왠지 이상하게 눈물이 날 것 같은 기분이 들었다. 유온은 문틀에 손을 얹은 채 가만히 두 사람을 바라보다가, 등 뒤로 문을 조심스레 닫고 다가갔다. 깊이 잠들었는지 자신이 다가가도 둘 다 깨지 않았다. 매트 위에 앉은 유온은 영인의 옆에 조심스레 누웠다. 가까이 몸을 붙이자 이마에 윤서경의 손끝이 닿았다.

그 따뜻한 손에 이마를 댄 채로, 영인의 동그란 배 위에 손을 올리고, 유온도 깊고 편안하게 잠이 들었다.

외전 03

윤서경은 요새 조금 쓸쓸했다. 유온이 새로 생긴 취미 생활로 너무 바쁘기 때문이었다.

지금까지 유온의 손을 거쳐 간 취미 생활은 수도 없이 많았고, 어느 것에나 유온은 재능을 보이며 몰입하는 편이었다. 그런데 이번엔 유독 더했다.

문제는 유온의 이번 취미가 뭔지 모른다는 사실이었다. 뭘 만드는지 물어도 우물거릴 뿐 대답을 해 주지 않는다. 윤서경이 출근을 하고 나면, 현관에서 배웅하고 난 후에는 곧바로 작업실로 들어가 버린다는 듯했다.

무언가에 몰두하는 건 좋은 일이지만 뜻 모를 소외감이 느껴지는 건 어쩔 수 없었다. 한창 일하던 도중, 윤서경은 서류철을 책상으로 던지며 한숨을 내쉬었다.

"왜 그러십니까, 대표님?"

"……이한영 씨."

대표가 제 이름을 성까지 붙여 부를 때 별로 좋은 일이 없다는 걸 학습한 지 오래인 이한영이 움찔했다.

"다른 일에만 관심이 있어 보이는데, 내 기분 탓인가?"

"……."

앞뒤를 잘라먹은 대표의 말은 당연하지만 알아들을 수 없었다.

순간 대표가 싫어하는 '네?'라는 되물음을 던질 뻔했으나 간신히 정신을 차렸다. 이 상황에서라면 주어는 당연히 이한영 본인이어야겠지만, 그는 맹세코 윤서경에게 책잡힐 일을 한 적이 없었다. 또 대표가 궁금해하는 대상이 자신이 아니라는 확신까지 들었다.

대체로 윤서경이 뜬금없는 소리를 떠드는 건 이유온에 대해서였다. 거기까지 생각이 닿자 이 바쁜 와중에 마음이 콩밭에 가 있는 대표에게 사소한 짜증이 치밀었다. 해서 이렇게 대답을 해 주고 말았다.

"글쎄요, 사랑이 식은 거 아닐까요?"

"……."

물론 말하고 곧바로 후회했다. 진심으로 눈에 살기가 담기는 윤서경 때문에.

불쌍한 비서를 괜히 노려본 윤서경은, 이내 자신의 태도가 적절치 못했음을 깨닫고 헛기침 두어 번으로 분위기를 바꿨다.

"계속하죠."

윤서경에겐 제법 심각한 문제였던 잡담이 언제 지나갔냐는 듯, 그와 비서들 사이에는 중요한 이야기들이 한참 동안 오고 갔다.

하지만 그러는 동안에도 윤서경의 뇌리 한 구석에는 한 마디가 남은 채였다.

'글쎄요, 사랑이 식은 거 아닐까요?'

아닐까요…… 아닐까요…… 아닐까요…….

메아리치는 이한영의 말을 윤서경은 애써 지웠다. 그럴 리가 없지 않은가? 오늘 아침만 해도 입맞춤을 몇 번이나 하고 나왔는데. 비록 슥 돌아봤을 때, 현관문이 다 닫히기도 전에 이미 유온은 바삐 작업실 쪽으로 가고 있긴 했지만.

어쨌든 그건 아니다.

복잡한 일이 대략 정리된 뒤 윤서경은 휴대폰을 들었다. 단축키를 누르자 곧바로 익숙한 통화 연결음이 들려왔다. 이상한 건, 평소엔 두 번 정도 신호음이 가면 바로 받는데 늦어진다는 것이었다.

미간에 얕은 주름을 잡으며 기다리기를 1분쯤, 드디어 유온이 전화를 받았다.

—아, 여, 여보세요. 서경 씨? 늦게 받아서 죄송해요.

보아하니 살짝 숨이 거친 게 휴대폰을 멀리 팽개쳐 두고 다른 것에 몰두하다 뛰어온 느낌이었다.

"아닙니다. 뭐 하고 있었어요?"

—그냥……. 뭐 좀 만드느라…….

"요새 열심히 하네요."

그러자 유온은 헤헤, 하고 작게 웃었다. 그 순간 윤서경은 자신의 옹졸한 의심이 몹시 부끄럽게 느껴졌다. 뭘 하건 유온이 하고 싶은 걸 하는 게 중요하지. 그렇다고 집에 윤서경이 있는데 내던지고 작업실에 처박히는 것도 아니지 않은가.

설령 그렇다 해도 유온이 그렇게 하고 싶다면 상관없다. 구경이라도 하게 해 주면 좋고, 아니면 작업실에 있을 유온의 작은 움직임을 느끼며 거실에 있는 것도 나쁘지 않으니까. 그래서 윤서경은 대신 이런 말을 꺼냈다.

"바쁘지 않으면 같이 저녁 먹을까요?"

오랜만에 밖에서 데이트하는 것도 나쁘지 않을 듯했다. 하지만…….

―……아…….

……아?

―그, 그게, 지금 한창 잘되고 있어서…….

"그래요? 알겠어요. 음, 저녁은 다음에 하죠. 열심히 해요, 유온 씨."

―미안해요.

"미안하긴요. 내가 갑자기 말한 건데요."

윤서경은 최대한 아무렇지도 않아 보이기 위해 노력하며 전화를 끊었다. 유온이 하고 싶은 일을 하는 거라면, 정말 상관없었다.

그냥 약간 쓸쓸할 뿐.

그러나 그런 식의 퇴짜가 무려 두 번이나 이어졌다. 웬만해선 거절을 하지 않는 이유온이. 자신이 그렇듯, 언제나 윤서경을 가장 우선순위에 두는 이유온이!

사랑이 식었다는 이한영의 말이 망령처럼 머릿속을 맴돌았다. 윤서경은 집에 돌아가는 길에 직접 백화점에 들러서 선물과, 호텔에선 팔지 않는 유명 파티세리의 케이크를 샀다. 혼자 찔려서 사는 뇌물이었다.

"다녀오셨어요."

다행히도 이유온은 작업실에 틀어박혀 있지 않고 나와서 윤서경을 반겨 주었다.

"다녀오셨어요, 서경 씨."

"네. 하루 동안 잘 있었습니까?"

"네……."

평소보다 조금 열렬한 입맞춤을 받으며 유온은 좀 부끄러워했지만, 빼진 않았다. 한참 키스한 뒤 윤서경은 크고 작은 두 개의 쇼핑백을 내밀었다.

"선물입니다."

"……고마워요."

유온은 선물을 받을 때면 늘 그랬듯 수줍게 웃으며 쇼핑백을 받았다. 이젠 갑작스러운 선물을 받아도 당황하지 않는다. 윤서경이 심혈을 기울여 고른 가느다란 백금 뱅글 팔찌는 유온의 새하얀 손목에 잘 어울렸다. 다이아몬드가 박힌 양쪽 끝을 이리저리 돌려 본 유온이 감탄했다.

"너무 예뻐요. 저한테…… 어울려요?"

"맞춘 것 같네요."

그 말에 웃음을 지은 유온이 다시 제 팔을 내려다보았다. 아닌 게 아니라 팔찌는 정말 맞춤처럼 유온에게 크기도 모양도 딱 맞았다. 유온의 손목이 워낙 가늘어 팔찌를 고를 땐 신중해지는데 오늘은 아주 옳은 선택이었다.

빈 상자를 정리해 두고 거실 테이블로 가서 케이크 상자를 열었다. 호텔의 스타일과 다르지만, 과일과 초콜릿이 올망졸망 올라간 귀여운 케이크였다. 유온의 눈이 반짝거렸다. 일부러 퇴근길을 빙 돌아, 누굴 시키지도 않고 직접 사 온 보람이 있었다.

케이크를 먹고 있는 입술에 키스하자 그는 조금 부끄러워하면서 윤서경의 목에 팔을 감았고, 달콤한 분위기는 그대로 녹을 듯한 섹스로 이어졌다.

다음 날, 윤서경은 비서의 말 따위 멀리 날려 버린 채 기분이 잔뜩 좋아져선 출근했다. 이한영을 비롯한 비서들은 그 이유를 짐작했다. 하지만 정말로 알고 싶지 않았기에 필사적으로 못 본 척 했다.

그대로 며칠 시간이 흘렀다. 윤서경은 이한영의 말에 잊고 있던 사실을 하나 깨달았다.

"대표님, 이번에 들어온 선물 중에 중요한 목록만 추려서 올렸습니다. 이번에도 회장님 댁으로 가지고 갈까요?"

"아, 그렇게 해."

내일이 자신의 생일이었다.

바쁘게 살다 보면 잊을 법도 했지만, 부경호텔 대표의 생일이라는 게 그렇게 쉽게 넘어가는 행사는 아니었기에 기억하고 싶지 않아도 그럴 수 없었다. 곳곳에서 선물과 축하한다는 메시지가 들어오는데 어떻게 모르겠는가.

선물은 매해 그랬듯 이한영이 정리하고 괜찮은 물건은 서 회장, 부모님 댁으로 보낸 후 목록만 추려 윤서경에게 알려 주곤 했다.

예년과 크게 달라질 것 없는 풍경이지만 윤서경의 결혼 후 딱 하나 달라진 게 있다.

"다들 별일 없으면 일찍 들어가지."

"네, 일정 조절해 뒀습니다. 바로 들어가셔도 됩니다, 대표님."

윤서경이 생일 전날엔 제법 이르게 퇴근하게 된 것이다. 선물을 처리하는 것 말고는 통상적으로 업무를 보고, 야근이 필요하면 야근도 하고. 여느 날과 똑같은 하루였으나 그 한 가지가 달라졌다. 이유야 당연히, 유온이 기다리고 있으니까. 생일은 되도록 유온과 단둘이 보내고 싶었다.

아직 정체가 시작되지 않은 서울의 도로를 가로질러 한적한 주택가로 들어선 윤서경은 시계를 확인했다. 4시. 지나치게 이른 시간이긴 했다. 일찍 들어온다 해도 집에 도착하면 5시는 되어야 했었으니.

차고에 차를 세우고 현관에 들어섰는데 나오는 사람이 없었다.

"유온 씨?"

의아하게 주위를 둘러보던 윤서경은 작업실 문이 빠끔 열려 있는 걸 보곤 그리로 다가갔다. 하지만 문을 열어 확인하니 아무도 없다. 깔끔하게 정돈되어 있는 걸 보면 오늘의 작업은 끝난 모양이다.

잠깐 외출이라도 했나⋯⋯. 천천히 2층으로 올라가자 침실 쪽에서 작게 물소리가 들렸다.

설핏 웃음을 지은 윤서경은 안방 냉장고에서 물 한 병을 꺼내 욕실 탈의실 앞에 기대고 섰다. 얼마 후 물소리가 멈추고, 타월이 부스럭거리는 소리가 들렸다. 이내 가운을 입은 유온이 나오다가 윤서경을 보고는 펄쩍 뛰어올랐다.

"까, 깜짝이야, 왜, 왜 여기 계세요?"

"일찍 퇴근했습니다. 자요, 물."

샤워를 마치면 꼭 물을 찾는 유온의 습관을 따른 것이었다. 얼떨떨하면서도 병을 받은 유온이 꼴깍꼴깍 물을 삼키고는 가운 위로 가슴을 쓸어내렸다.

"진짜 놀랐어요."

"그렇게 놀랄 줄 몰랐네. 미안합니다."

"아니에요⋯⋯."

토끼처럼 놀란 모습이 귀여워서 윤서경이 뺨에 쪽 입을 맞추자, 유온은 온수의 열기로 달아오른 얼굴을 더욱 붉히며 웃었다.

"잠깐 있어요. 금방 씻고 나갈 테니까."

유온이 끄덕이고는 침실로 향했다. 머리를 말리는 소리를 들으며 윤서경도 몸을 씻고 나가자, 유온은 제 머리를 다 말리고도 침대에 드라이어를 든 채 앉아 있었다.

"유온 씨?"

"머, 머리 말려 드릴게요."

윤서경은 저도 모르게 웃음을 터뜨리고는 그 앞에 가서 앉았다.

"그럼 부탁할까요."

무릎으로 선 유온이 드라이어를 켜고는 윤서경의 머리를 꼼꼼하게 말리기 시작했다. 가느다란 손가락 사이로 머리카락이 감겼다가 빠져나오길 반복하면서 점점 물기가 날아갔다. 윤서경은 눈을 내리깔곤, 머리가 빠르게 말라 가는 걸 아쉽다고 생각했다.

달칵. 머리가 완전히 마르자, 유온이 드라이어를 끈 뒤 후다닥 정리하고 돌아와선 윤서경의 옆에 탈싹 앉았다. 팔이 붙을 정도로 가까운 거리가 이제는 지극히 자연스러웠다.

"저녁은 6시쯤에 차려 달라고 했어요."

"잘했네요."

"이렇게 빨리 돌아오실 줄은 몰라서……."

작업실에서 한창 일을 하다가, 윤서경이 돌아오기 전에 씻을 생각으로 욕실에 들어갔던 모양이다.

"당신이 빨리 보고 싶어서요. 생일이지 않습니까?"

"새, 생일 축하해요. 하루 빠르지만."

유온의 얼굴이 빨개졌다. 장난기가 생긴 윤서경은 고개를 기울이며 물었다.

"말로만 축하해 줄 거예요?"

응? 거의 입술이 닿을 만큼 얼굴을 가까이 붙인 윤서경은, 덕분에 거의 입술만 달싹이는 수준으로 유온이 하는 말을 들을 수 있었다.

"저기……, 서경 씨, 혹시, 저……, 하, 하고, 싶은 거……."

"음?"

"……저한테 하고 싶은 거…… 있어요?"

"……."

……음.

이 사람이 지금 누굴 잡으려고.

"그런 말 함부로 하는 거 아닙니다."

말랑말랑한 뺨을 살짝 꼬집자 유온이 고개를 저었다.

"하, 함부로 한 거 아니에요. 서경 씨…… 항상 조금씩 참잖아요. 그러지 말고 같이……, 같이."

좋아져요. 뒤의 말은 거의 유온의 마음을 읽어야 하는 수준으로 작았지만, 충분히 알아들을 수 있었다.

"그러니까 오늘은 서경 씨 마음대로 해도 괜찮아요……."

사실, 이런 말을 듣고 참을 수 있는 알파라면 수도승이 되어도 이상하지 않을 것이다. 윤서경은 곧바로 유온의 입술에 입 맞추며 그대로 같이 침대에 누웠다. 폭신한 침대가 두 사람의 몸무게를 지탱하느라 출렁거렸다.

누운 채 다리를 유온의 다리 사이에 집어넣고 벌리자 유온은 순순히 그에 따랐다. 말캉한 입술을 한참 맛보다 천천히 아래로 내려왔다. 원래 부드러웠던 피부는 지극한 보살핌을 받으며 진주처럼 희고 매끄러워져서, 혀끝이 미끄러질 때마다 짜릿한 느낌이 들게 만들었다.

"바라는 것, 있어요."

귀에 대고 작게 속삭이자 유온이 고개를 끄덕였다. 무슨 말을 할 줄 알고 이렇게 용감하게 구는지. 윤서경은 웃음을 지으며 말했다.

"전부 솔직하게 말해 줘요."

"솔직하게……?"

"여길 만지면 느낌이 어떤지."

"아!"

매끈한 가슴을 움켜쥐듯 잡으며 말하자 유온의 몸이 팔딱 튀어 올랐다.

"가슴만 만지면…… 얼마나 젖는지."

윤서경은 아예 두 손으로 유온의 가슴을 감싸 잡고 부드럽게 매만 졌다. 예민한 돌기를 살살 튕기며 말하자 유온이 바르르 떨었다. 가슴은 물론이고 키스만으로도 아래를 조금 적시는 유온이었다. 가 슴을 한참 동안 애무하면, 아찔할 정도의 향이 퍼지며 음부가 젖어 들 것이다. 그걸 하나하나 세세하게 말해 달라는 요구였다.

"어려워요?"

"그, 그게……."

"그러니까 마음대로 하라는 말을 함부로 하면 안 되지, 유온아."

"아, 응……!"

"말해 봐요."

유온이 고개를 가로저었다. 윤서경은 두 손에 힘을 주어 유온의 옆구리에서 가슴을 꾹 문지르며, 입술 사이에 유두를 물었다. 어 서 말하라는 재촉이었다.

"젖, 젖었, 어요……."

"얼마나?"

"조금……."

유온의 목소리에는 부끄러움에서 나온 울먹임이 섞여 있었다.

"아직 넣으면 안 될 정도로?"

"……서, 경 씨가 만져 보면, 되잖……."

"말해 주기로 했잖아요."

유온이 고개를 잘게 저었다. 싫다는 건지, 아직 아니라는 건지 알 수 없었지만 윤서경은 멋대로 후자라 받아들이기로 했다. 기왕 주겠다고 말한 생일 선물이다. 안 받으면 아깝지 않은가.

그대로 커다란 손이 한참 더 유온의 가슴을 만졌다. 희고 뽀얀 피부에 온통 새빨갛게 손자국과 입술 자국이 남았다. 가슴을 만지면 만지는 대로 응, 응, 작은 신음을 내뱉던 유온은 어느 순간 성감이 짙어졌는지 몸을 비틀기 시작했다.

"아으으……, 으, 응……."

이렇게 가슴만 집요하게 만져 대는 일은 드물었다. 유온이 다리를 모아 꾸물거렸다. 가느다란 허벅지를 꼬다시피 모아서 움직이자 질척질척, 젖은 소리가 아래쪽에서 들렸다. 유온의 얼굴이 더욱 빨개진다.

"이, 이제……, 이제 괜찮……."

유온이 기어들어 가는 목소리로 속삭였다. 윤서경은 세워서 모은 유온의 두 무릎을 한 팔로 안아 쥐어 옆으로 눕히고 그 아래를 만졌다. 괜찮다는 말 그대로 질척질척하게 젖어 있었다.

"이대로 조금만 더 하면 가슴으로만 가겠는데요."

"아, 아니, 아니에요!"

유온은 부풀어 오른 가슴을 가리듯 두 손을 그 위에 올렸다.

가슴으로만 절정에 이르는 게 어지간히 부끄러운 모양이었다. 안
해 본 것도 아니면서.

"가, 가슴은 그만……."

"그럼?"

"……."

윤서경의 손이 젖은 밀부를 살짝 두드렸다.

"거기…… 만져 주세요."

"만지기만?"

"……."

울컥한 듯 유온의 눈길이 사나워졌다. 하지만 금세 누그러져선
거의 울 듯한 목소리로 중얼거린다.

"너, 넣……."

"응?"

"……손가락……, 아!"

이쯤에서 만족하기로 했다. 더 시켰다간 유온이 울지도 몰랐다.
이미 물기에 흐물흐물 녹아 버린 밀부에 손가락을 밀어 넣자, 쫀
쫀한 내벽이 손가락 마디마디를 휘감았다. 가슴을 만진 것만으로
이미 아래는 손가락을 세 개는 받아들일 수 있을 만큼 잔뜩 젖어
있었다. 정말 조금만 더 했다면 그대로 절정에 이르렀을 것이다.

윤서경은 자극이 지나치지 않도록 느리게, 공들여 아래를 풀었
다. 깊게 들어오지 않는 손길에 유온이 의아한 듯 아래를 내려다
보았다. 눈매가 붉게 물든 눈은 축축하게 젖어 있었다.

"모자랍니까?"

"……."

무언의 긍정이었다. 윤서경은 손가락을 유온의 안에서 빼내고, 잔뜩 성이 난 채 뜨거워진 제 성기 머리를 밀부 주름 위에 문질렀다. 유온이 앓는 소리를 냈다.

그대로 말랑한 입구에 성기를 밀어 넣자 유온의 몸이 퍼뜩 떨렸다. 배가 한층 홀쭉해지며 새하얀 온몸이 바들바들 경련하는가 싶더니, 앞쪽에서 울컥거리며 정액이 쏟아져 나온다. 갑자기 찾아온 절정에 유온은 할딱거리며 어쩔 줄 몰라 했다.

"기분 좋아요?"

머리가 하얗게 된 와중에도 약속을 잊진 않았는지 유온이 고개를 끄덕끄덕했다.

"어떻게?"

"……배가……."

유온의 말을 들으며 윤서경은 자신보다 작은 몸을 꽉 쥐고 성기를 조금 물렸다가 다시 퍽 쳐올렸다. 비명 같은 신음이 유온에게서 쏟아졌다.

"앗, 배, 배가, 꽉……, 차서……."

"하……."

"좋, 아요……."

윤서경의 이성을 끊어 버리기에는 충분한 말이었다. 알파는 눈을 번뜩이며 짐승처럼 자신의 짝에게 달려들었다. 유온 역시 다소 거친, 조급한 그의 몸짓이 싫지 않았다. 한참을 뒤엉켜 함께 신음히던 두 사람의 움직임이 동시에 멈췄다. 윤서경의 성기가 조금씩 부풀어 오르려 했다.

"하으……."

평소대로 노팅을 받아들이려 하던 유온이 깜짝 놀라서 눈을 떴다. 무슨 일인지 윤서경은 노팅하기 직전에 몸을 뒤로 물렸다. 덕분에 성기는 정액이 들어가야 할 기관 입구를 막지 않고 좁은 내벽에 감싸였다.

"서경 씨……? 아, 으응……!"

위치가 조금 바뀌었어도 노팅은 똑같이 이루어졌다. 평소보다 낮은 위치에서 성기가 둥글게 부푸는 느낌이 유온에겐 생소했다. 배가 좀 더 아픈 것 같기도 했으나, 오메가의 노팅 페로몬은 똑같이 흘러나와 곧 그마저 격렬한 쾌감으로 느끼기 시작했다.

얼마 후 윤서경이 사정을 시작했다. 그 느낌에 유온은 몸서리쳤다. 원래는 기관 안으로, 몸 깊숙이 흘러 들어가야 할 대량의 정액이 전부 내벽에 쏟아지고 있었다. 노팅에 분출되는 정액은 정말로 대량이었고, 대부분 기관 안쪽으로 들어간다. 그러고도 남은 정액이 거기서 흘러넘쳐 내벽을 답답할 정도로 채우는데 지금은 그 정액이 온전히 안쪽만을 채웠다.

몇 리터나 되는 물이 배 속에 들어와 있는 것 같았다. 정액만으로 유온의 배가 임신한 것처럼 둥글게 부풀었다. 성기에 눌릴 때와는 다른 느낌으로 빠듯한 배 속 때문에 숨이 막혔다. 생경한 느낌에 유온은 부들부들 떨었다.

"하아, 아……, 이, 이상해요……. 배가……."

"배가, 왜요?"

윤서경은 모르는 척 유온의 배를 살짝 눌렀다. 유온이 비명을 질렀다. 부피가 조금 줄어든 성기와 결합부의 틈새로 정액이 거품을 질걱거리며 넘쳐흘렀다.

성기가 완전히 제 모양을 찾고 나자 윤서경은 유온의 안에서 빠져나왔다. 그러자 기다렸다는 듯이 배를 채우고 있던 정액이 물처럼 쏟아졌다. 평소보다 과하게 쏟아져 나오는 정액에 유온은 어찌할 바를 모르며 얼굴을 붉혔다.

"이상해, 진짜, 흐윽……."

……스스로도 조금 도착적이었다는 건 인정한다. 정액을 가득 머금고 부른 배가 보고 싶었다니. 용서라도 구하듯 유온의 뺨에 입 맞추자, 그는 잠시 원망스럽게 윤서경을 흘겨보았을 뿐 곧 두 팔을 목에 감아 주었다.

"많이 싫었어요?"

"……."

"다신 하지 말까요."

"……그."

그 정도는 아니었어요. 유온이 아주 작은 소리로 대답했다.

웃음을 지은 윤서경은 그에게 짙게 입을 맞추며, 아직도 정액이 찰랑거릴 정도로 남아 있는 유온의 안으로 다시 들어갔다.

* * *

윤서경은 유온이 품을 빠져나가는 기척에 잠에서 깨어났다. 아직

이른 시간이었다. 물이라도 가지러 가나, 했으나 유온은 가운을 챙겨 입고는 아예 안방에서 나가 버렸다.

잠이 훌쩍 깨는 듯했다. 물이라면 침실 냉장고에 채워 뒀을 텐데. 그러나 일어나 문을 열고 나서자마자 윤서경은 유온이 왜 그렇게 몰래 빠져나간 건지 알게 되었다. 아래층 주방에서 달그락달그락, 부산스러운 소리가 들리고 있었다.

바보가 아닌 다음에야 유온이 뭘 하려 하는지 모를 수 없었다. 미소를 지은 윤서경은 다시 침대에 누워 눈을 감았다. 유온이 깨우러 올 때까지. 문을 살짝 열어 두어 아래에서 들리는 소리와 희미한 냄새가 방으로 들어오게 하는 것도 잊지 않았다.

눈을 감은 채 아래에서 올라오는 소리에 귀를 기울이고 있었다. 머리가 넘실거리는 것처럼 기분이 좋았다.

한참 후, 유온이 살그머니 방으로 들어와 침대에 앉았다. 윤서경은 곧바로 두 팔을 뻗어 유온을 끌어당겨 품에 집어넣었다. 유온에게서는 흐릿하게 고소한 냄새가 났다. 그게 뭐라 말할 수 없이 사랑스러워서 머리카락과 이마, 뺨에 입술이 닿는 대로 키스했다.

"서, 서경 씨. 간지러워요."

작게 웃음을 터뜨린 유온이 웅얼거렸다.

"아침부터 어디 갔다 왔어요?"

"음……. 씻고 내려오세요."

그렇게 말한 유온은 이번엔 자기 쪽에서 윤서경의 뺨에 입을 맞추곤 몸을 일으켰다.

씻고 준비를 마친 뒤 주방으로 내려간 윤서경은 생각보다 더 본격적인 식탁에 조금 놀랐다. 미역국에 잡채, 불고기, 더덕구이에 나물까지.

"이걸 다 혼자 했어요?"

"저녁에 준비해 놨어요."

그러니까 혼자 했다는 뜻이었다. 뭐든 잘하는 건 알았지만 요리도 이렇게까지 잘할 줄이야. 이쯤 되면 유온이 못하는 건 뭔지가 더 궁금해졌다.

"그리고……."

식탁에 마주 앉자 유온은 자기 쪽 식탁 구석에 숨겨 두었던 무언가를 꺼냈다. 조그마한 쇼핑백에 담겨 있는 상자였다.

"생일 축하해요, 서경 씨."

"선물까지 준비하지 않아도 괜찮았는데요."

"그래도요."

말은 그렇게 하면서 윤서경의 입꼬리는 슬슬 올라가고 있었다.

"열어 봐도 됩니까?"

유온이 고개를 끄덕였다. 상자를 열자 나온 건 꽤나 뜻밖의 물건이었다. 튤립이 작게 새겨지고, 가운데에는 눈에 띄지 않을 만큼 자잘한 보석이 박힌 심플한 키 링. 은으로 만든 듯했는데 지금까지 어느 브랜드에서도 본 적 없는 디자인이었다.

"금속 공예는 처음 해 보는 거라서 시간이 좀 걸렸어요……."

"직접 만들었다고요? 이걸?"

그러니까…… 저 작업실에 틀어박혀서 매일 만들고 있었던 게 이거란 뜻인가?

사랑이 식긴.

윤서경은 괜히 의기양양해지는 기분을 느꼈다. 키 링을 자랑할 생각에 벌써 마음이 조급해졌다.

"반지는 두 개나 하고 다니면 불편할 것 같고, 생각해 보니까 자동차 키 링이 없더라구요. 그래서 만들었는데…… 마음에 드세요?"

"당연하죠, 누가 만든 건데요."

그러자 유온은 배시시 웃었다. 예전 같았으면 키 링이 진짜 파는 물건처럼 번쩍거리지 않는다고—물론 이유온이 만든 키 링은 특별하게 주문 제작한 물건처럼 고급스럽고 예뻤지만—주눅이 들어 있었을 텐데, 이젠 그저 윤서경이 받아 주는 것만으로 만족하는 듯했다. 윤서경으로서는 정말 달가운 변화였다.

더해서 유온이 작업실에 앉아 금속 공예용 납땜기며 칼 같은 걸 들고 꼬물꼬물 이걸 만드는 장면까지 자동으로 떠올라 더욱 즐거웠다. 그렇게 부지런히 작업실에 틀어박힌 게 자신의 생일 선물을 만들기 위해서였다니.

"정말 고마워요, 유온 씨. 소중하게 가지고 다니겠습니다."

차를 바꿔 탈 때마다 키 링도 바꿔 달면서 가지고 다닐 작정이었다. 그 말뜻을 알아들었는지 유온이 웃음을 터뜨렸다.

"식겠어요. 얼른 드세요."

"잘 먹을게요."

유온이 만든 생일상은 당연하지만 맛있었다. 입맛 까다로운 윤서경의 미각을 만족시키는 레스토랑의 음식보다 훨씬 더.

"서경 씨."

"네."

"생일 정말 축하해요."

"고맙습니다."

유온이 몸을 길게 빼더니 식탁 너머로 윤서경의 뺨에 짧게 키스했다. 뭐라 말할 수 없는 행복감이 발끝에서부터 차올랐다. 식사를 마치고 출근하기 위해 현관에 섰을 때, 유온이 배웅을 나왔다. 윤서경은 유온을 끌어안고 머리카락에 한참 입술을 대고 있다가 키스했다.

"출근하기 싫은데요."

"그래도 회사는 가야죠……."

"하하."

윤서경은 다시 한번 유온에게 입 맞췄고, 유온도 되돌려 주듯 발돋움해서 윤서경에게 키스했다. 만약 행복을 눈에 보이는 가치로 환산한다면…… 헤아릴 수 없는 숫자가 나올 것이다.

언제나, 이유온이 함께한다면 최고의 생일이 될 듯했다.

외전 04

처음 소식을 들었을 때는 심장이 멈추는 줄 알았다. 유온이 집에서 다쳐서 병원에 실려 갔다는 말에 평정을 유지할 재주 같은 건 윤서경에겐 없었다.

다행히도 크게 다친 게 아니었고, 태아도 무사했다. 모든 검사를 꼼꼼하게 마치고 잠든 상태라는 유온을 들여다보며 윤서경은 긴 숨을 내쉬었다.

병원 침대에 이렇게 누운 유온의 모습은 되도록 다신 보고 싶지 않았다. 검사 결과가 전부 정상으로 나온 게 아니었다면 자신도 어떻게 되었을지 몰랐다.

기분 탓인지 창백해 보이는 유온의 뺨을 쓰다듬었을 때였다.

유온의 속눈썹이 파르르 떨리더니 천천히 위로 올라갔다.

"유온 씨."

안도하며 이름을 부르던 윤서경은 곧, 뭔가가 잘못되었음을 느꼈다.

"아……."

"유온 씨?"

"제, 제가 또 병원에, 죄, 죄송, 죄송해요."

"……."

멍하니 뜨였던 이유온의 눈이 초점을 찾은 순간, 그 눈에 담긴 건 두려움이었다. 윤서경은 곧바로 일어나 의사를 찾았다.

* * *

"기억 상실이라고요?"

"정확히는 기억 혼란이라고 봐야 할 것 같습니다. MRI상으로도 아무런 문제가 없었으니 큰일은 아닐 겁니다. 충격 때문에 일시적으로 그런 게 아닐까 싶은데……."

"아무 문제도 없는데 기억 혼란이 왜 옵니까!"

화를 내는 윤서경을 진정시키듯 의사가 차분하게 말했다.

"그게, 드문 일이 아닙니다. 사고 순간을 잊어버리기 위해서 다른 기억을 잠시 잠재워 버리는 거라고 할까요."

"계단에서 구르는 게 그렇게 충격적입니까? 정말 뇌에 문제가 있는 건."

"어떤 사고가 되었든, 임신 중이시니까요. 심하게 놀라셨을 가능성이 큽니다."

뭐라 더 말하려던 윤서경은 입을 다물었다. 임신까지 한 유온이다. 주치의가 어지간히 꼼꼼히 검사했을까. 또 사고 순간을 잊기 위해 일시적으로 기억에 문제가 생기는 경우는 윤서경도 자주 들었다.

다만 문제는 유온의 기억이 다소 특이하다는 것에 있었다. 유온은 윤서경과 함께 죽은 뒤 과거로 돌아왔다. 그리고 지금 보이는 반응으로 보아, 아무래도 그의 기억은 죽기 전으로 가 버린 듯했다.

윤서경과 어떤 소통도 되지 않고 한없이 외롭기만 하던 그때로.

가슴이 답답했다. 윤서경은 의사와 몇 마디 말을 더 나눈 뒤 병실로 돌아왔다. 침대를 세운 채 멍하니 앉아 있던 유온이 깜짝 놀라 윤서경을 보았다.

"죄, 죄송해요, 제가, 계단에서 넘어졌다고⋯⋯, 이, 일부러 그런 게 아니에요."

"압니다. 죄송하다고 하지 말아요."

윤서경은 유온의 머리를 쓸어내리려 했다. 손을 뻗은 순간 유온이 온몸을 움찔거리지 않았더라면. 멈칫했으나, 이대로 손을 거두는 것도 이상했다. 유온이 더 놀라지 않도록 조심스럽게 머리를 쓸어 주었다. 유온은 굉장히 이상한 일이라도 일어났다는 듯이 윤서경을 보았다.

젠장, 대체 어떻게 대했길래 이래.

스스로에게 물어보아도 사실 답은 잘 알고 있다. 그래도 때린 기억은 없는데…… 아마 맞을까 봐 놀란 건 이유건 때문일 것이다. 그렇다고 유온의 이 겁먹은 태도에 제 탓이 없는 건 아니지만.

"의사 말로는 기억 장애라고 하더군요."

"기억…… 장애요?"

"네. 어디까지 기억납니까?"

윤서경은 유온이 더 겁을 먹지 않도록 최대한 부드러운 말투로 물었다. 그러는 윤서경 본인도 혼란스러운지라 표정까지 완전히 풀리진 못했지만, 다행히 유온은 약간이나마 긴장이 누그러진 듯도 했다.

"어, 오늘이 4월 5일인 거……."

"오늘은 11월 8일이에요."

유온의 눈이 동그래졌다. 윤서경이 손짓했다.

"계속 말해 봐요."

"그, 그리고 내일 주치의 선생님 만나고, 형도 보고 오기로……."

4월 5일, 주치의. 윤서경의 미간이 살짝 찌푸려졌다. 그 작은 표정 변화에 유온은 또 금세 주눅이 들었다. 정신을 차린 윤서경이 얼른 표정을 풀고 다정하게 물었다.

"혹시, 요새 머리가 아픕니까?"

"네? 어, 어떻게 아셨어요."

"……지금 머리가 아픈 건 계단에서 넘어진 상처 때문입니다. 다른 병이 있는 게 아니라."

가만히 설명하며 윤서경은 유온에게 보이지 않도록 주먹을 쥐었나. 하필이면 돌아간 기억이 최악의 때였다. 유온이 죽기 얼마 전.

윤서경에 대해서 가장 안 좋은 기억을 가지고 있을 때. 윤서경은 차분히 설명했다.

"잘 들어요, 유온 씨. 당신과 나는 결혼식을 다시 올렸습니다. 당신 가족들은 외국으로 나가서 당신과 다신 만나지 않기로 했고요. 그리고, 당신은 지금 임신 중입니다."

"⋯⋯."

유온은 순식간에 멍해졌다. 대답도 한 템포 느렸다.

"⋯⋯네?"

"우리가 제대로 된 부부가 되었고, 당신은 우리 아이를 임신한 상태입니다. 오늘 작은 사고가 있었지만 태아는 아주 안정적이라고 하고요."

여전히 유온은 멍한 얼굴이었다. 무슨 생각을 하는지 새카만 눈동자가 흔들리더니, 입술 사이로 흘러나온 말은 조금도 반갑지 않은 한 마디였다.

"죄송해요."

"⋯⋯."

이어 점점 유온의 얼굴이 새파래졌다.

"이, 임신이라니⋯⋯, 무슨 사정이 있었던 거라면, 제가⋯⋯."

"유온 씨."

"⋯⋯."

"아무런 사정도 없었어요. 유온 씨와 내가 서로 사랑해서 아이를 가졌습니다. 유온 씨의 가족은 합의하에 당신과 다시는 만나지 않기로 했고, 당신이 임신한 일에 가족의 개입은 조금도 없었습니다.

우리가 다시 결혼한 것에도 마찬가지고요."

윤서경은 어린아이에게 설명하듯 느리고 부드럽게, 같은 말을 몇 번이나 반복하며 유온에게 현실을 들려주었다. 그래도 좀처럼 유온의 표정은 밝아지지 않았다. 당연한 일이었다. 기억이 그날에 머물러 있다면, 말 몇 마디 한다고 쉽사리 믿을 수 있을 턱이 없었다.

'제가⋯⋯.'

다음에 이어질 말은 무엇이었을까. 뭐든 엄청나게 자기 파괴적이었으리라는 확신이 들었다.

"⋯⋯우선 집으로 갑시다. 퇴원해도 된다고 하니까."

"네⋯⋯."

넘어지며 다친 이마의 찰과상과 무릎, 팔의 멍 말고 다른 상처는 없었다. 다행히 계단을 다 내려와서 넘어진 모양이었다. 기억 혼란 말고 다른 문제는 없으니 퇴원해도 좋다는 의사의 말이 있었다. 익숙한 환경에 있는 편이 더 나을지도 모른다는 말과 함께.

하지만 집에 돌아온 유온은 더욱 어색한 얼굴을 했다. 당연한 일이었다. 이 집은 전생에 살던 그곳이 아니고, 유온에게는 처음 보는 장소나 마찬가지였다. 전혀 익숙하지 않다는 의미였다. 유온은 길을 잃은 사람처럼 멍하니 있었다.

그 모습을 물끄러미 보던 윤서경은 천천히 다가가 유온의 뺨에 입을 맞췄다. 유온이 깜짝 놀라 뒤로 물러났다.

"정말 아무것도 기억이 안 납니까? 아니, 내가 개새끼처럼 굴던 기억만 나나요?"

"개……."

갑작스런 폭언에 유온이 입을 벌린 틈에 윤서경은 그 입술에도 쪽 소리가 나도록 키스했다.

"같이건, 따로건 집에 돌아오면 항상 키스부터 했잖아요. 그것도 기억 안 나요?"

"……."

이제 유온의 얼굴은 망연해 보이기까지 했다. 넋이 나간 유온이 느리게 고개를 저었다. 그에 한 번 더 입 맞추자, 눈가부터 시작해 귀와 목까지 물이 번지듯 새빨갛게 달아오른다.

멍하니 있는 유온 앞에서 윤서경은 어깨를 으쓱하고는 팔을 내밀었다. 정신이 없는 상태로도 유온은 자연스럽게 겉옷을 벗어서 윤서경에게 주었다. 그러곤 제 행동에 스스로 더 놀라 흠칫했다.

"죄, 죄송해요. 제가 정리할게요."

"우리 옛날에 약속한 게 하나 있는데요."

"네……?"

"괜히 죄송하다고 한 번 말할 때마다 호텔 직원이랑 5분 동안 대화하기로요."

"오, 오 분……."

지금의 유온에게도 어색하게 긴 시간일 터다. 과연 과거의 유온은 얼굴이 파래졌다 빨개졌다 난리를 쳤다.

"원래 늘 이랬습니다. 옷은 내가 들어가서 정리해 두고, 그동안 당신은 먼저 씻고."

"괘, 괜찮아요. 제 방 어딘지 알려 주시면, 제가 할게요."

"당신이랑 나는 드레스 룸을 같이 씁니다."

"드레스 룸을 같이 쓴다고요……?!"

"방도 같이 쓰고요. 당연히 침대도."

"그……."

"어서 올라가요."

윤서경은 유온의 등을 살살 밀었다. 떠밀리듯 계단을 올라간 유온은 안방 욕실까지 죽 들어갔고, 윤서경은 드레스 룸으로 들어섰다.

옷을 의류 관리기에 집어넣은 뒤 그는 액세서리 수납장에 한 손을 짚고 섰다. 유온의 상태가 불안했다. 저 시기는 유온이 병으로 죽기 직전으로, 신체적으로나 정신적으로나 최악이던 상황이다.

휴대폰을 꺼낸 윤서경은 이한영에게 내일부터 모든 일정을 최소화하라고 전달한 뒤 욕실로 향했다. 유온의 사고 소식을 아는 이한영에게서 알겠다는 메시지가 돌아왔다.

유온은 탈의실에 등을 진 채 가만히 서 있었다. 고개가 조금 숙여진 채였다. 심장이 덜컹 내려앉았다. 유온이 저렇게 말없이 서 있을 때, 어떤 생각을 했었는지 알기 때문이었다. 재빨리 다가가 어깨를 잡자 유온이 고개를 들었다.

"왜 그래요?"

"그게……."

생각보다 유온의 얼굴은 어둡지 않았다. 오히려 붉게 상기되어 있었다. 안도한 윤서경의 시선이 살짝 들린 유온의 왼손으로 향했다. 유온은 빈지를 쳐다보면 중이었다.

"이 반지……."

"우리 결혼반지입니다."

왜 진작 이 생각을 못 했지? 윤서경은 얼른 제 왼손을 내밀었다. 누가 보아도 한 쌍인 결혼반지가 두 사람의 약지에서 각각 반짝였다.

"반지는 같이 고른 거고, 예물 시계는 당신이 골라 줬습니다. 시계도 보러 갈까요? 드레스 룸에 있어요."

"아, 아니에요."

반지의 효과는 꽤 좋은 듯했다. 유온의 얼굴이 제법 풀어졌다.

"어지러울 수 있으니까 씻겨 주겠습니다."

뜨거운 물을 맞았다가 갑자기 현기증이라도 일으키면 곤란했다. 당연히 씻겨 줄 생각으로 옷을 벗으라고 하자, 유온은 한참 우물거리다가 겨우겨우 셔츠를 벗곤 한 팔로 몸을 가리며 웅크렸다.

"……유온 씨?"

몸을 감추려는 듯한 그 움직임에 의아했다가, 곧 깨달았다. 이맘때쯤 유온은 이유건을 만나고 왔다. 아직 제 몸에 멍이 남아 있을 거라고 생각하는 것이다.

"유온 씨."

"……."

"잘 봐요. 멍은 없습니다. 당신 형을 최근에 만난 적도 없고, 앞으로 다신 만나지 않을 거고요."

유온은 모르지만, 이유건은 죽었다. 죽은 사람이 무슨 수로 와서 유온을 괴롭히겠는가.

"자. 괜찮으니까 봐요. 아무것도 없어요."

유온이 천천히 고개를 숙여 제 몸을 내려다보았다. 과연 멍은 넘어져 다친 곳 말고는 어디에도 없었다. 대신, 유온은 다른 것에 놀랐다. 유온의 손이 느리게 올라와 제 배를 덮었다. 작고 동그랗게 부푼 아랫배를.

"아, 아이는……, 정말 괜찮아요?"

"네. 아무 일 없었던 것처럼 건강하다고 합니다."

자신의 임신 사실을 그제야 제대로 깨달은 듯했다. 안도의 한숨이 작은 입에서 흘러나왔다.

"아이 태명은 소리입니다. 어머니가 태몽을 꿨는데, 꿈에서 들은 소리가 너무 예뻤다고 해서."

"소리……."

윤서경은 유온의 손 위에 제 손을 겹쳤다. 긴장 때문인지 손이 평소보다 차가웠다.

"임신한 게 싫습니까?"

"아, 아뇨!"

확실히, 싫은 게 아니라 믿을 수 없다는 눈이었다. 아이를 가진 게 그렇게 놀라운가…… 싶다가도 그때의 현실을 떠올리면 이상하지 않았다. 애초에 유온에겐 결혼식에서 손을 잡고 짧게 입 맞춘 기억 외엔 없을 게 아닌가.

멍하니 있던 유온이 갑자기 사과했다.

"죄……."

"호텔 직원은 여기 없지만, 집안일 하는 사람들이 별채에 있습니다. 지금의 유온 씨에겐 초면일 텐데, 이리로 부를까요?"

윤서경은 빠르게 유온의 말을 끊었다. '직원이랑 대화 5분'을 상기한 유온이 입을 다물었다. 예전에도 이런 일이 있었지. 윤서경은 상황도 잊고 웃을 뻔한 걸 참았다.

여기서 왜 사과를 하려고 하는지, 옛날엔 몰랐지만 지금은 알았다. 유온과 결혼해 함께 살며 과거 그의 사고가 어떤 식으로 돌아갔었는지 이해한 덕이었다. 지금은 유온도 그땐 왜 그렇게 생각했었는지 잘 모르겠다고 하지만.

아이를 가지려면 우선 섹스를 해야 한다. 그 섹스를 제 가족이 무슨 계략을 부린 걸로 생각하고 있을 터다. 윤서경이 합의하에—합의라 말하는 건 애정이 느껴지지 않아 불편했지만—생긴 아이라 아무리 말해도 믿지 못한다.

유온의 표현을 빌리자면, 감히 자신이, 폐를 끼치는 일을, 거기서 더 나아가면…… 이대로 사라져 버릴까? 하는 생각까지 하고 있겠지. 그 시기 유온은 그 정도로 극단적이었다.

윤서경은 유온의 머리를 쓸어 올렸다. 애정을 가득 담아서.

"이리 와요. 씻겨 줄게요."

"괜찮아요, 호, 혼자 씻을 수 있어요."

"내가 걱정돼서 그럽니다. 오늘 계단에서 구른 사람을 어떻게 혼자 씻게 합니까. 머리까지 다쳤는데요."

윤서경은 아무렇지도 않게 유온의 옷을 마저 벗기고 욕실로 들어갔다. 욕조에 앉혀 놓고 따뜻한 물을 틀자, 유온은 어찌할 바를 몰라 허둥거렸다. 윤서경이 너무 익숙한 손길로 몸 여기저기를 씻기자 안정이 되기는커녕 점점 더 눈이 뱅글뱅글 돌아간다.

그 모습이 귀여운 한편으로 과거의 자신의 목을 조르고 싶었다. 이런 것 하나 받아들이지 못하게, 매사 불쌍할 만큼 눈치를 보게 만든 건 다름 아닌 자신이었다.

다친 곳에 물이 닿지 않도록 조심스레 씻기면서 촉촉, 입술이 닿는 곳에 입을 맞췄다. 유온은 그때마다 움찔거렸다.

하지만 유온에게서 체향은 흘러나오지 않았다. 다친 충격 때문에 일시적으로 페로몬 기관이 마비된 거라고 하지만, 향이 느껴지지 않는 것마저 과거로 돌아간 듯해 기분이 묘했다. 윤서경은 대신 제 페로몬을 넘치게 흘려 유온을 뒤덮었다. 유온은 그조차 느끼지 못했다.

유온을 다 씻기고 침실에 데려다 놓은 뒤 자신도 씻고 나왔다. 유온은 침대에 앉혀 머리를 말려 주었던 그 자세 그대로 오도카니 앉아 있었다.

"집 안 구조는 기억납니까?"

유온이 고개를 저었다.

"이리 와요."

넓은 집에 뭐가 있는지도 모르면 자신이 출근한 후 곤란할 것이다. 윤서경은 유온을 일으켜 손을 꼭 잡았다. 또다시 유온이 움찔했다.

"여기가 우리 부부 침실입니다."

"부, 부부……, 침실."

"왜요?"

"한 번도 써 본 적 없어서……, 아. 서, 서경 씨 탓한 거 아니에요, 죄송해요."

허둥지둥 사과한 유온에게 5분을 들이밀까 하다가 그만두었다. 유온이 고작 부부 침실에 감격하는 것도 제 탓이다. 책상과 침대, 꺼진 휴대폰 말고는 아무것도 없던 유온의 방을 떠올리니 가슴에 서늘한 것이 내려앉는 듯했다.

두 사람은 1층으로 내려와 주방과 다용도실, 거실, 유온의 작업실과 테라스로 통하는 선룸, 손님방들을 보았다. 제 작업실을 보는 유온의 눈은 미묘했다.

"이, 이걸 다 제가 만들었어요?"

"네. 당신은 못하는 게 없는 사람입니다."

"……."

기왕 이렇게 된 거 칭찬 감옥에 가둬 줄 생각이었다. 순식간에 죄수가 되어 버린 유온의 눈동자가 사정없이 흔들렸다.

다시 2층으로 올라가 윤서경의 서재와 안방에서 연결되는 드레스 룸, 그 외의 방 몇 개, 마지막으로 미리 만들어 둔 아이 방으로 들어섰다.

놀이방은 1층에 따로 만들 생각이어서 아기 침대와 모빌, 인형 같은 것만 있는 작고 아기자기한 방이었다.

방에 들어온 유온이 저도 모르게 아랫배를 짚었다. 천천히 문지르는 모양이 기억을 잃기 전과 똑같았다. 기억을 잃어도 습관은 남는 모양이었다. 아까 겉옷을 윤서경에게 내민 것도 그렇고.

"이제 쉴까요."

"……."

유온은 말없이 윤서경을 따라와서는, 당연하지만 하나뿐인 안방의 부부 침대를 보고 깊게 고뇌하는 표정을 지었다. 눈동자가 침대 끝에서 끝으로 가는 걸 보니 '그래도 침대가 넓어서 다행이다' 같은 생각을 하는 듯했다.

물론 윤서경은 그 넓은 침대를 몹시 좁게 쓸 생각이었다. '안녕히 주무세요.'라는 말과 함께 거의 떨어질 듯 침대 가장자리에 가 달라붙은 유온의 몸을 팔로 휘감아 연행해 왔다. 유온이 살짝 버둥거렸다.

"유온 씨."

"……."

"혼자 잘 땐 무슨 생각을 했습니까?"

"……."

대답이 곤란했는지 유온은 고개만 가로저었다. 그때 유온은 온갖 정신적 문제를 떠안고 있었다. 공황도 그중 하나였다. 자신이 서재나 제 방에 틀어박혀 유온을 신경도 쓰지 않고 있었을 때에, 유온은 발작을 일으키며 막대한 두려움에 사로잡혀 부들부들 떨고 있었을지도 모른다. 아니, 분명 그런 일이 한두 번이 아니었을 것이다.

윤서경은 유온을 불편하지 않도록 품에 꽉 끌어안았다. 몇 년 동안 살을 붙이고 산 부부의 몸은 서로 튀어나오는 곳 없이 꼭 들어맞았다. 이상할 정도로 편안한 느낌에 유온은 뻣뻣이 굳어 있던 몸을 점점 풀었다.

"당신이 기억하지 못하는 동안 우린 많은 일을 겪었습니다. 그리고 지금은 누구나 부러워하는 부부예요. 아무것도 걱정할 필요 없습니다."

"……."

"당신을 괴롭게 해서 정말 미안합니다."

"서, 서경 씨 잘못이……."

진심으로 유온은 그게 윤서경의 잘못이 아니라 말한다. 그 맹목적인 사랑이 또 애틋하고 안타까워서 윤서경은 유온의 이마에 키스했다. 느낄 수 있을지 확실치 않은데도 페로몬을 퍼부었다. 유온의 커다란 눈이 이내 깜빡깜빡 감기더니, 곧 안정적인 숨소리를 내기 시작했다.

윤서경도 그 숨소리와 심장 박동을 들으며 깊은 잠에 빠져들었다.

* * *

일시적일 거라던 의사의 말을 믿지 못하는 건 아니었으나, 사흘이 지나도록 유온의 상태에 변화가 없자 슬슬 걱정이 되기 시작했다.

"조금이라도 어지럽거나 속이 안 좋거나, 어쨌든 몸 상태가 평소랑 다르면 바로 말해야 합니다. '이 정도는 괜찮다' 싶은 것도 말해요. 알겠죠?"

"네."

유온이 고개를 끄덕였다. 이때의 유온은 온몸이 아픈 것에 적응되어 있다. 이마와 팔다리의 상처도 전혀 신경 쓰지 않는 기색이었다.

퇴원하면서 주치의는 현기증이나 복시, 구역, 뭐든 증상이 나타나면 바로 연락하라고 했다. 그렇지만 본인이 아픈 걸 제대로 느끼지 못하면 다른 사람은 알 길이 없다. 게다가 유온은 자신이 아픈 걸 놀랍도록 잘 숨기는 사람이었으니까.

"서, 서경 씨. 그런데……."

"네."

"혹시 저…… 외출하면 안 되나요?"

"외출?"

"아, 안 되면 집에 있을게요."

"아닙니다. 대신 이 실장이랑 성 실장하고 같이 나가면 좋겠어요. 밖에서 쓰러지기라도 하면……."

상상도 하고 싶지 않았다.

유온을 가둬 둘 수도 없으니 외출을 막진 못하지만, 걱정이 되는 건 사실이었다. 그날 하루 종일 무슨 정신으로 업무를 봤는지 모르겠다. 어쨌든 일을 끝내야 집으로 돌아갈 수 있기에 손을 서두르고, 평소보다 이른 귀가를 했을 때. 거실에 있던 유온이 현관문 열리는 소리에 깜짝 놀라더니 뭔가를 제 몸으로 감췄다.

위치로 보면 소파 테이블이었다.

"왜 그래요?"

"이. 저……, 오, 옷 안 갈아입으세요?"

"갈아입긴 할 건데, 뭘 감춘 겁니까?"

궁금해서 물었을 뿐인데 추궁으로 들렸는지 유온의 얼굴이 창백해진다. 더 묻지 않을 생각으로 2층으로 향하려 했을 때, 유온이 한숨과 함께 돌아서면서 그가 감추고 있던 게 보였다. 노란색 꽃이 담긴 화병이었다.

윤서경이 계단을 올라가는 걸 확인한 유온은 화병을 숨기듯 들고 주방으로 향했다. 의아하게 생각하며 손을 씻던 윤서경은 직감했다. 저건 버리려는 거다. 물기를 닦고 주방으로 따라가 바로 뒤에 서자 유온이 기절할 듯 놀랐다.

"왜, 왜요?"

"버리려고요?"

"아, 죄송……, 싫어하실 것 같아서."

"왜 싫어합니까."

"……."

유온의 머리는 복잡하게 돌아가고 있었다.

윤서경은 자신이 기억을 잃었다고 말한다. 그러면서, 유온이 평소 하던 대로 행동하면 무척 걱정스러운 얼굴을 한다. 이런 윤서경은 너무나 낯설었다. 다정한 태도가 싫은 건 절대로 아니다. 그저……, 그저 너무 생소하고, 왜 그러는 걸까 싶어 초조하고, 불안할 뿐.

그래서 일상적인 행동을 하면 좀 나아질까 하고 외출하고 싶다고 말하니 선선히 허락해 주었다. 일상적인 행동이라고 해 봐야 꽃을 사다 꽂는 정도였다. 멀리 가진 못하고 근처 꽃집에서 꽃을 조금 사다가 화병에 꽂고 나니 갑자기 후회가 들었다. 마치 자신이 이 낯선 집의 주인이라도 된 것처럼 꽃을 장식하다니. 왜 그랬을까, 생각하며 버리려던 찰나 윤서경이 돌아온 것이다.

자신은 윤서경이 유일하게 내버리지 않는 생화를 집에 자주 장식했다. 하지만 지금은, 윤서경의 태도가 이상하다. 자신이 아닌 다른 사람을 대하는 것만 같았다. 유온이 중얼거렸다.

"저……, 기억, 금방 돌아올 거예요."

윤서경은 짧게 찌푸렸다가 유온이 알아채기 전에 표정을 풀었다. '기억'이라는 주어가 왜인지 사람을 지칭하는 걸로 들린다. 지금 눈앞에 있는 이유온의 '기억'이 아니다. '기억을 온전히 가진 이유온'이다.

"꽃이 예쁘군요."

"……."

"당신도 나한테는 똑같이 이유온 씨입니다. 내 배우자이고. 결혼했던 건 그때나 지금이나 마찬가지 아닙니까."

그나마 유온이 제 나이를 묻지 않아서 다행이었다. 햇수로 따진다면 유온이 죽는 건 사실 반 년 후니까, 유온이 기억하는 것과 달리 나이가 한 살 어리다. 한 살이 많다면 모를까 기억 장애에 나이가 어려졌다면 위화감을 느낄 터다.

"하지만…… 잘해 주실 때마다, 기분이 이상해요."

"그건 기분이 이상한 게 아니라 좋다고 하는 겁니다."

"……."

유온은 버리러 했던 꽃잎을 만지작거렸다. 가을비가 예보된 바깥

날씨는 흐리고 칙칙했지만 노란 꽃은 그 분위기를 날려 버리듯 화사했다.

"저, 저한테 잘해 주지 않으셨으면……."

주뼛거리는 유온이 무슨 생각을 하는지 뻔했다.

"왜요? 잘해 줄 겁니다. 죽을 때까지."

"……."

"못 믿겠어요?"

하긴, 고작 3일은 너무 짧았다.

"믿지 못하게 해서 미안합니다."

윤서경은 그렇게 말하며 유온의 뺨에 입을 맞췄다. 유온이 손에 힘을 주었다가, 손가락 사이에 꽃잎이 있다는 걸 알고 멈칫하며 풀었다. 화사한 노란 꽃이 가득 꽂힌 화병을 사이에 둔 채 두 사람은 입을 맞췄다. 동시에 윤서경은 페로몬을 짙게 풀었다.

유온이 눈을 가늘게 떴다. 지금의 유온에게는 낯선 어떤 감각이 희미하게 피부 아래를 스치며 무언가를 깨웠다. 깊이 잠들어 있던 무언가를.

"음……."

윤서경은 화병을 한 손으로 들어 싱크대 위에 두고, 유온의 엉덩이를 받쳐 안아 든 채 걸음을 옮겼다. 유온이 움찔하며 몸을 떼려 했다. 진한 키스에 아래가 조금씩 젖어들어서였다. 하지만 윤서경은 유온을 놓아주지 않았다.

자신의 행동을 사과하며 내려 달라고 부탁하려 했을 때였다. 윤서경이 한발 먼저, 미안합니다, 하고 속삭였다.

"미, 미안하다니요······."

"내가 파렴치한 인간이라서요."

말하며 윤서경은 성큼성큼 침실로 걸음을 옮겼다. 폭신한 침대에 등이 닿자, 윤서경은 유온의 몸 위로 올라와 겉옷을 벗고 넥타이를 풀었다. 손을 뻗어 협탁 서랍을 열었던 그가 혀를 찼다. 가져다 둔 콘돔이 마침 다 떨어졌다.

"잠깐만 기다려요."

욕실로 가서 콘돔을 가져오자 유온은 무슨 마법이라도 걸린 것처럼 그 자세 그대로 누워 있었다. 얼굴을 확인하니 긴장으로 제정신이 아닌 모습이었다.

"아, 그, 그런데 저, 이, 임신······, 했다고. 괜찮아요······?"

"콘돔을 쓰고, 너무 거칠게 자주 하지 않으면요. 가끔은 관계를 가지는 게 더 좋다고 하더군요."

"······."

"싫으면 안 할게요."

윤서경은 가져온 콘돔을 머리맡에 놓으며 말했다. 말은 그렇게 했지만, 유온 역시 한창때의 오메가였다. 임신하고 나서 며칠에 한 번씩은 빼먹지 않고 관계를 가졌는데 다친 것 때문에 며칠 미뤄졌으니 윤서경만큼이나 몸이 달았어야 했다.

그걸 가만히 둔 건 유온이 페로몬 문제로 베타에 가까운 몸이 되어서였으나······. 이제 아니었다. 유온에게선 분명 화사한 체향이 흘러나오고 있었다. 며칠 내내 페로몬 샤워를 시킨 보람이 있었던 모양이다.

커다란 손이 유온의 어깨를 어루만지다가 옷을 벗겼다. 유온이 움찔하면서도, 그가 옷을 벗기기 쉽게 몸을 들어 준다. 둥글고 축축한 눈동자에 어린 건 분명 기대였다.

유온은 마치 처음 해 보는 사람처럼 긴장한 채 윤서경의 손이 몸을 만질 때마다 움찔거렸다. 기억이 없으니 처음이나 마찬가지였다. 윤서경은 하얀 몸을 팔베개해서 모로 눕히고 아래를 건드렸다. 그 잠깐 사이 아래는 축축하게 젖어 있었다.

"응, 으응……."

유온이 낑낑대는 신음 소리를 냈다. 임신 후의 섹스에는 이미 익숙해졌다. 최대한 충격이 가지 않게, 체위도 몇 가지로 정해서, 너무 깊거나 거칠지 않게. 그렇게 한정적인 섹스임에도 한 번도 만족감을 못 느낀 적은 없었다. 상대가 이유온이니까. 유온 역시 마찬가지였다.

어느새 윤서경의 손가락이 완전히 젖었다. 윤서경은 콘돔 하나를 찢어 성기에 끼우고, 미끌미끌한 윤활액이 발린 성기 머리를 입구에 문질렀다. 몇 번 미끄러지나 싶던 성기는 금세 제 자리를 찾아가듯 유온의 안으로 들어갔다.

"아……!"

다른 곳을 만질 때 잔뜩 긴장했던 것과 달리 아래는 윤서경의 것을 익숙하게 받아들였다. 그래도 압박감이며 통증은 있겠지만, 몇 년 동안 제 것의 모양대로 길이 난 그곳은 기다렸다는 듯 애액을 흘리며 내벽으로 성기를 쫀득하게 조였다. 윤서경은 유온의 몸이 많이 흔들리지 않도록 꽉 안은 채로 허리를 움직였다.

살짝 나온 배를 쓰다듬으며 들어갈 수 있는 만큼 들어가자 유온은 할딱할딱 신음했다. 절정은 동시에 찾아왔다.

"……."

갑자기 유온이 두 팔을 뻗어 윤서경의 몸을 와락 끌어안았다. 지금까지와는 어딘가 느낌이 다른 포옹이었다. 윤서경은 고개를 들어 유온을 내려다보았다. 유온의 얼굴엔 희미한 미소가 있었다.

"내가 누군지 알겠어요?"

"……소리 아빠요."

"그리고?"

"제…… 남편."

기억이 돌아왔다. 기뻐지는 건 어쩔 수 없어서, 윤서경은 유온의 얼굴에 닥치는 대로 키스했다.

"놀라게 하지 말아요."

"미안해요."

지금까지의 '죄송하다'와는 완전히 다른 사과였다. 뜻도 모른 채 그저 괴로움을 피하고 싶어서 애처롭게 내뱉던 사과와는.

"더 안아 주세요, 서경 씨……. 아직 기억이."

"옛날 기억 말입니까."

"네……. 그게 너무 선명해요."

유온의 몸 위로 서늘한 체향이 짙은 안개처럼 쏟아졌다.

"전부 다 기억납니까? 지난 며칠."

"네. 무슨 생각 했는지도."

이런. 별로 좋지 못했다. 며칠 동안 가장 괴로웠던 시기로 날려

갔다 온 정신은 한동안 후유증이 있을지도 몰랐다.

"아무 걱정도 하지 말아요. 알죠?"

"알아요……. 서경 씨가 있으니까. 이제 걱정 안 시킬게요."

페로몬을 흘리며 윤서경이 살짝 웃었다. 후유증이 있다고 해도…… 금방 좋아질 것이다.

"수명이 줄어든 것 같습니다."

"그럼 안 되는데……."

유온도 웃으며 윤서경의 뺨에 입 맞췄다.

안도감. 그리고 행복. 유온은 잠시 외출했다 돌아온 제집의 향을 실컷 맡았다. 두 사람의 체향과 온기로 가득했다. 이제 슬픔은 다 지나간 일에 불과했다. 유온은 자신의 현실에게 부드럽게 키스했다.

외전 05

윤서경이 욕실에서 나왔을 때, 유온은 침대 위에 가운 차림으로 웅크리고 앉아 있었다. 뭘 하나 싶어 가까이 다가가 보니 휴대폰을 들여다보는 중이었다.

"뭘 그렇게 보고 있습니까?"

"……!"

힉, 숨 삼키는 소리를 낼 정도로 놀란 유온이 뒤를 돌아보았다.

"놀랐잖아요……. 왜 그렇게 소리 없이 다니세요."

"평범하게 왔는데요. 뭘 하고 있었기에 그렇게 놀라요?"

딱히 뭘 하고 있었던 건 아닐 것이다. 유온은 원래 잘 놀랐다. 자신이 소리 없이 다닌다는 자각은 없는 윤서경이었다.

"영인이 사진 보고 있었어요."

그 말에 윤서경도 유온의 휴대폰 화면을 보았다. 유온의 손바닥만 한 화면 안에서 영인이 온갖 동물 옷을 입고 환하게 웃고 있었다. 바로 같은 층 다른 방에서 영인이 자고 있는데, 그새 보고 싶어진 모양이다.

하기야 자신도 회사에서 몇 번이고 휴대폰을 열어 보곤 하니, 다른 말을 할 처지가 못 되었다.

두 부부는 그대로 침대에 앉아 한참 동안 영인의 사진과 동영상을 감상하다가 휴대폰을 내려놓았다.

영인이 아기였을 때 아이가 너무 어른스럽다며 고민하던 유온이었으나, 이젠 그 성격이 전적으로 윤서경에서 왔음을 받아들인 듯했다. 윤서경도 원래 키우기 쉬운 아이였다. 그 대범한 부모님도 은근히 걱정했을 정도로.

휴대폰을 베개 옆에 놓은 유온은 자연스럽게 몸을 윤서경에게 기울였다. 윤서경의 시선은 흘끗, 벌어진 가운 틈새로 보이는 유온의 몸으로 향했다. 씻은 지 얼마 안 되어 더욱 분홍빛으로 달아오른 유두가 보였다.

애초에 같이 씻을 걸 그랬나. 이 몸 위로 따뜻한 물이 흐르는 모습을 상상하니, 갑자기 그걸 놓친 게 아쉬운 마음이 들었다. 윤서경은 그 아쉬운 마음을 유온의 가운 틈에 손을 집어넣는 것으로 대신했다.

"앗, 자, 잠깐……."

당황한 유온이 꾸물대는 사이 순식간에 끈이 풀리고 가운이 내려갔다. 허리께에 걸린 얇은 천을 아예 치워 버리자 유온은 나신이 되었다.

처음 만났을 때에 비하여 살이 조금 오른 유온의 몸은 새하얗고 말랑거렸다. 살이 올랐다 해도 워낙 말랐었기에 지금도 다른 사람보다 가느다란 체형이나, 엉덩이나 허벅지, 팔뚝이 희고 뽀얗게 되어 보기에 흡족했다. 만지는 감촉이 부드러워진 건 말할 것도 없었다.

"그, 그렇게 만지지 마요."

"그럼 어떻게 만질까요?"

일부러 짓궂게 묻자 유온은 얼굴이 빨개지더니 힘도 없는 작은 주먹으로 윤서경의 가슴을 퍽 때렸다. 그래 놓곤 윤서경이 과장되게 아픈 척을 하자 또 어쩔 줄 모른다. 괜찮은지 묻는 틈을 타 윤서경은 재빨리 유온을 안고 몸을 뒤집었다.

"놀랐잖아요……."

"더 때려도 됩니다. 대신 더 힘이 세진 다음에."

"그게 뭐예요."

유온이 지금보다 힘이 더 세진다면, 맞아 주는 것쯤이야 일도 아니다. 지금은 때리는 사람 쪽이 더 힘들 것 같아서 곤란했지만.

만약 유온의 힘과 체력이 자신과 비슷해진다면 기꺼이 매일 때려 달라고 할 수도 있었다. 비슷한 게 아니라 반 정도만 된다고 해도. 하지만 체력이나 힘이나 유온은 좀처럼 늘리질 못했다. 어릴 때 너무 고생한 탓이었다.

그 생각을 하면 유온의 가족들을 그리 편하게 보내는 게 아니었는데 하는 후회가 들곤 한다.

"서경 씨?"

"네."

윤서경은 곧 잡념을 지우고 유온의 양 뺨을 감싸 끌어당겼다. 입술이 맞물리자 안개에 젖은 꽃밭처럼 화사하고 촉촉한 향기가 사방으로 퍼졌다. 라벤더, 세이지, 장미……, 또 이국의 향료. 느껴지는 향을 모두 모아서 향수로 만들려 해도 만들지 못한 이유온의 체향이었다.

유온의 좁은 입을 벌리며 윤서경은 제 혀를 그 안으로 밀어 넣었다. 축축하게 젖은 공간은 침입자를 순순히 허용했다. 오톨도톨하고 말캉한 혀가 얽히며 서로의 체향을 끌어냈다. 유온의 입은 좁아서 목구멍까지 혀를 집어넣으면 안을 꽉 채운 느낌이 들었다. 그의 아래가 그런 것처럼.

푹신한 침대 위에서 두 몸이 달게 얽혔다. 가쁜 숨결과 끈적끈적한 체액으로 두 사람 다 엉망이 되기까지는 그리 오랜 시간이 걸리지 않았다.

윤서경은 유온을 씻기러 욕실로 들어가서도 한 번 더 몸을 겹친 후, 새 가운을 입혀 주었다. 그런 뒤 간단한 먹을 것과 마실 것을 가지러 함께 1층으로 내려갔다. 이제 유온은 윤서경이 자신을 안아 들고 움직이는 일에 전혀 위화감을 느끼지 않았다.

"내일은 영인이랑 뒷마당에서 놀 거예요."

"그래요? 아쉽네요, 밖에서 데이트할까 했더니."

"그건 다음에……."

부부는 조곤조곤 속삭여 대화하며 주방으로 향했고, 다정하게 키스하면서 다시 방으로 돌아왔다.

설마 새벽에 잠에서 깨서 이 대화를 들은 아기 하나가 있을 거라곤 생각도 못 한 채.

* * *

"……."

왜인지 놀이 도구 통에서 홀로 떨어져 있던 작은 삽을 가지고 뒷마당으로 돌아온 유온은 망연해졌다.

아기가 없었다. 조금 전까지 흙을 가지고 놀던 그 자리가 덩그러니 비어 있다. 방에 올라갔다 온 그 잠깐 사이에 사라진 것이다. 주위를 두리번거렸지만, 뒷마당은 숨바꼭질을 하기에도 좋을 만큼 큰 나무며 바위가 많이 있는 곳이었다. 유온은 당황을 감추지 못한 채 뒷마당을 뒤지기 시작했다.

"영인아, 영인아……."

큰 나무 뒤, 바위 사이, 아이가 들어갈 만한 곳은 다 기웃거리고 다니다가 점점 마음이 초조해졌다. 뒷마당 어디에도 아이가 보이지 않는다. 조급해진 걸음으로 뒷마당을 뛰어다니다 잔디에 발끝이 걸려 넘어지고 말았다.

"아야……."

바닥에 두 손을 짚은 유온은 눈앞에 보이는 영인의 흙장난 도구를 보며 앞이 캄캄해지는 걸 느꼈다.

유온은 덜덜 떨리는 손으로 성한영을 불러냈다. 별채에 있던 성한영이 뒷마당으로 나오고, 더듬거리는 유온의 설명에 재빨리 상황을 파악해 주었다.

이윽고 경호원들과 비서, 도우미들까지 전부 동원되어 아이를 찾기 시작했다. 뒷마당은 물론 앞쪽 정원까지 전부 찾았으나 수확은…… 집에 물건을 납품하는 업자가 쓰는 뒷문이 열려 있던 걸 확인한 것뿐이었다.

이제 집안은 난리가 났다. 그래도 집 안 어딘가에 있을 거라 생각하고 찾던 중이었는데 문이 열려 있었다니. 세 살 어린아이는 앞만 보고 걷는다. 제자리에서 멀어지는 건 순식간이었고, 또 이 동네가 동네이다 보니 집 밖으로 나가면 나쁜 마음을 먹은 누군가가 접근할 수도 있을 터였다. 주택가치고 지나다니는 차의 속도도 빠른 편이다.

연락은 순식간에 윤서경에게도 들어갔다. 그는 남은 일정을 모두 취소하고 집으로 돌아왔다. 너무 놀라 쓰러지기 직전이라 진정제를 맞고 강제로 소파에 누워 있던 유온은 윤서경의 얼굴을 보자마자 휘청휘청 달려가서 안겼다. 윤서경의 얼굴을 보자마자 눈물이 그렁그렁해졌고, 윤서경은 그런 유온의 눈가를 조심스레 닦았다.

"서, 서경 씨, 어떡해요, 영인이……."

"괜찮아요. 금방 찾을 겁니다."

커다란 손이 뒤통수를 부드럽게 쓰다듬었다. 그래도 평소와 달리 진정이 되지 않았다. 유온은 덜덜 떨며 머릿속에 있는 말을 아무렇게나 털어 냈다.

"그, 그래도, 연못이 얕아서 다행이에요."

정원 한쪽에 자리한 연못은 항상 깨끗한 물이 채워져 있지만 수심이 깊진 않았다. 혹시나 영인이가 물에 빠진 건 아닐 거라고 안도하는 말이었다. 윤서경은 빠르게 알아듣고 그러게요, 하며 고개를 끄덕여 주었다.

사람들은 본격적으로 집 바깥 먼 곳까지 흩어져 영인을 찾고 있었다. 아이의 걸음이라고 해서 무시할 순 없었다. 제 속도를 주체하지 못하는 아이는 생각보다 빠르게 멀어진다. 이곳저곳에 연락을 하고 난 뒤, 윤서경이 퍼뜩 뭔가 느낀 듯 고개를 들었다.

"그런데…… 집 안은 찾아본 겁니까?"

"지, 집 안이요?"

"네, 2층이나."

"……."

잠시 멍한 얼굴을 했던 유온이 대답했다.

"모르겠어요, 다른 사람들이 찾았을지도 모르는데……."

사실 유온이 잠시 정신을 잃고 있는 사이 다른 사람들이 이미 찾아보았지만 경황이 없던 유온은 알지 못했다. 반쯤 공황 상태에 약 때문에 몽롱해진 터라 혼자 일어날 기력도, 정신도 없는 상태였다. 눈에서 또 눈물이 뚝 떨어졌다.

윤서경은 유온의 말에 곧바로 그의 손을 잡고 걸음을 옮겼다. 유온이 후들후들 떨리는 다리로 그를 따라갔다.

"걸을 수 있겠어요?"

고개를 끄덕인 유온을 이끌고 윤서경은 2층으로 올라갔다. 방을 하니하나 열어 보다가 창고로 쓰는 다락방 앞까지 이르렀을 때.

유온의 마음은 상당히 안정되어 있었다.

왜인지 여기에 영인이 있을 것 같은 생각이 들었다. 영인은 알파로 발현할 아이였다. 그것도 윤서경의 피가 진하게 섞인 알파. 그 아이의 아빠인 윤서경이 갑자기 집 안 이야기를 하며 유온을 이끌었다. 그리고 문 앞에 섰을 때 유온에게도 무언가가 느껴졌다.

과연, 윤서경이 다락방 문을 열자.

"……아빠."

영인이 가구 틈새에 몸을 웅크리고 있었다. 유온은 모르지만, 다른 사람들이 찾을 땐 더욱 꼭꼭 숨어 있다가 두 아빠의 발소리에 슬그머니 모습을 드러낸 영인이었다. 온몸의 힘이 쭉 빠지는 것 같았다. 윤서경이 얼른 유온의 몸을 부축했다. 한참 입술만 벙긋거리던 유온이 간신히 물었다.

"여긴 대체 언제 올라온 거야. 왜 여기에 있어?"

분위기가 심상치 않다는 걸 안 아이는 어깨를 움츠렸다.

"숨었어요."

"숨어……?"

"네, 숨바꼭질……."

그 순간 유온의 표정이 굳어졌다.

"윤영인."

"네……."

"숨바꼭질하고 싶었으면 아빠한테 말하고 시작했어야지. 영인이가 말없이 없어져서, 다들 영인이 걱정하면서 찾으러 다니고 있잖아."

"……."

"서경 아빠도 걱정돼서 회사에서 집까지 왔어, 그리고 아빠도 얼마나……. 얼마나……."

거기까지 말하자 점점 더 화가 났다. 걱정이 고스란히 화로 변해 버리는 것 같았다. 지금 감정이 앞서고 있다는 걸, 아이에게 이런 식으로 화를 내면 안 된다는 걸 아는데도 어떻게 할 수 없었다. 더 말을 하려는데 윤서경이 조용히 어깨를 감싸 안았다.

"진정해요. 영인이 말도 들어 봐야죠."

"우으……."

유온은 간신히 입을 꾹 다물었다. 윤서경이 엄한 목소리로 물었다.

"윤영인, 왜 그랬는지 말해 봐. 정말 숨바꼭질하려고 그랬어?"

영인은 잔뜩 화가 난 듯한 아빠들의 모습에 주눅이 든 기색이었다.

"우……. 여, 영인이 없으면 아빠들 데이트할 수 있어요."

"……뭐?"

"영인이, 집에 없으면, 아빠들 둘이 데이트하러 갈 수 있어요. 그런데 영인이 있으면 못 가."

유온과 윤서경이 동시에 눈을 둥글게 떴다.

"영인이가 나쁜 거 아니에요. 아빠들이 영인이 싫어하는 거 아니에요. 그런데 영인이 나가면 아빠들도 나갈 수 있어요. 영인이 여기서 아빠들 나가면 형이랑 누나들하고 놀려고 했어요."

"……."

그러니까…… 두 사람에게 데이트할 시간을 주려고 했다는 뜻이다. 이 어린애가.

종종 영인을 부모님이나 도우미들에게 맡기고 단둘이 외출을 하곤 했다. 그 기억을 떠올려서 자신이 숨으면 두 사람이 마음 편히 외출할 거라고 생각했던 것이다. 어젯밤 영인의 방 앞을 지나가며 대화했던 게 떠올랐다. 그걸 듣고, 이런 일을 벌인 거다.

가슴이 턱 막히는 것 같아 유온은 긴 한숨을 내쉬었다. 아무것도 모르고 아이한테 화를 내고, 감정을 앞세운 것에 대한 후회의 한숨이었다. 아이는 이런 생각을 하고 있는데, 그것도 모르고 제가 걱정 좀 했다고 화나 내고…….

유온은 영인을 부드럽게 끌어당겨 품에 껴안았다. 커다란 눈을 깜빡깜빡하던 영인이 곧 제 아빠의 냄새를 킁킁 맡으며 앙증맞은 두 팔로 마주 껴안아 왔다. 아이의 온기가 온몸에 전해졌다.

"영인아, 아빠가 화내서 미안해……."

"유온 아빠는 화 안 냈어. 영인이 걱정했어요. 영인이는 알아요."

"영인아……."

"유온 아빠는 영인이한테 이놈 안 해요!"

짐짓 뿌듯한 듯 하는 말에 유온은 아이를 더 꽉 끌어안을 수밖에 없었다.

"어떡해, 정말……."

오히려 유온을 토닥이려 하는 영인을 끌어안고 있자, 윤서경이 커다란 손으로 영인과 유온의 등을 각각 살살 두드리더니 갑작스럽게 제안했다.

"지금 가면 아직 안 늦겠군요. 영인아, 아빠들이랑 놀러 갈까?"

"놀러?"

아이의 눈이 단숨에 반짝거렸다.

"놀러라니…… 갑자기 어딜요……."

맥이 빠져 조용해진 목소리로 유온이 물었다. 그러나 윤서경은
드물게도 장난스러운 미소를 지을 뿐이었다.

그렇게 세 가족은 성한영과 이정윤에게 남은 수습을 맡기고
차에 올랐다. 카 시트에 앉은 영인은 조금 전 있었던 일을 전부
잊어버리기라도 한 것처럼 들떠서 노래를 부르기 시작했다.

그에 맞추어 오디오에서 영인이 좋아하는 노래를 틀어 준 뒤
윤서경이 향한 곳은, 뜬금없게도 놀이공원이었다.

"시간에 딱 맞춰서 왔네요."

"시간?"

유온은 휴대폰 시계를 확인했다. 저녁 6시 조금 전, 곧 이 놀이공
원에서 퍼레이드를 시작하는 시간이었다. 카 시트에서 영인을 꺼내
안아 든 윤서경은 다른 손으로 유온의 손을 잡고 걷기 시작했다.

"서둘러요."

"어……."

"와아, 놀이공원!"

세 사람은 서둘러 표를 산 뒤 놀이공원 안으로 들어갔다. 마침
퍼레이드 행렬의 시작 파트가 지나가고 있었다. 늦게 자리를 잡은
탓에 어른 둘에겐 그런대로 모습이 보였지만 아기는 볼 수 없어서,
윤서경이 영인을 어깨 위에 앉혔다.

좋아하는 캐릭터가 지나갈 때마다 영인은 박수를 치며 까르르 웃었다. 레이저 불빛으로 치장된 퍼레이드는 화려하고 아름다웠다. 유명 캐릭터가 주위로 빛을 뿌리고 사람들에게 손을 흔들었다. 영인도 짤막한 팔과 통통한 두 손을 마주 흔들며 윤서경의 목 위에서 들썩거렸다. 퍼레이드는 30분 정도 이어졌는데, 아이는 그동안 한 번도 집중력을 잃지 않고 지나가는 빛무리를 보고 있었다.

드디어 마지막 행렬이 지나간 후. 갑자기 영인이 울상을 짓더니 발목을 문지르며 우는 소리로 호소했다.

"아. 모기가 물었어요. 토닥토닥 해 주세요."

유온은 얼른 가방에서 아기용 약을 꺼냈다. 영인이 손가락으로 가리키는 자리를 보자 정말로 모기에 물려서 볼록하게 살이 튀어나와 있었다.

그 자리에 약을 바르고 손끝으로 톡톡 두드린 뒤 호 불어 주자 영인은 뭐가 즐거운지 또 까르르 웃었다.

"좀 진정이 됐습니까?"

윤서경이 물었다. 영인도 아니고 유온에게. 여기까지 영인이 노래하는 소리와 함께 차를 타고 오면서, 그리고 퍼레이드를 보면서 놀라 부풀었던 가슴은 평정을 되찾은 뒤였다. 유온은 윤서경을 보며 고맙다는 의미를 담아 웃었다.

광장에 모인 사람들은 흩어지지 않았다. 퍼레이드가 끝나고, 불꽃놀이가 시작될 시간이었다. 펑, 검푸른 하늘을 가르며 올라간 오렌지색 불꽃을 시작으로 레이저쇼와 함께 하늘 곳곳이 환하게 반짝였다.

화려한 빛, 그리고 제 곁의 소중한 두 사람.

한 손으로는 영인의 손을 잡은 채 잠시 불꽃놀이를 보고 있던 유온은 작은 소리로 중얼거렸다.

"서경 씨."

"네."

"……이렇게 행복한 날이 올 줄은 몰랐어요."

"그래요."

이건 결혼 후 생긴 유온의 입버릇이었다. 아무리 시간이 지나도, 매일매일 날이 바뀌면 새로운 행복이 유온과 유온의 사랑하는 두 가족에게 찾아온다. 그렇게 말하면 윤서경의 대답은 언제나, 그래요, 하고 속삭이고는 뺨에 입을 맞추는 것이었다.

"진심으로 고마워요."

"사랑합니다, 유온 씨."

"저도요."

"아! 영인이도 사랑해요. 영인이도 뽀뽀해 주세요."

"응, 영인이도."

아이의 말랑말랑하고 흰 뺨에도 유온과 윤서경은 함께 입을 맞췄다.

사람들의 환호성과 폭약의 냄새, 화려하게 빛나는 불빛 속에서 행복이 반짝반짝 빛을 내고 있었다.

외전 06

윤서경은 꿈을 꿨다.

어린 유온이 나오는 꿈이었다. 열한 살쯤 되었을까. 그 어린아이가, 집 마당으로 쫓겨나 잠옷에 맨발로 서 있었다. 하늘에선 눈발이 희끗희끗 날리다가 점점 강해지고, 그렇게 눈이 오는데도 따뜻하게 불을 밝힌 집의 문은 열리지 않았다.

유온을 데리고 와야 한다고 생각하면서 잠에서 깨어났을 때, 유온은 바로 곁에서 자고 있었다. 꿈이었군. 다행이다. 한숨을 내쉬자 유온이 부스스 눈을 떴다. 따스한 겨울 햇살이 유온의 잠기운 서린 얼굴에 맺혔다.

"음…… 일찍 일어났네요, 서경 씨……."

문득 꿈 생각이 났다. 윤서경은 유온의 머릿결을 쓸어 올리며 물었다.

"유온 씨, 혹시 어릴 때…… 부모님이 겨울에 마당에 세워 놓은 적도 있습니까?"

"으응? 네……. 그런 건 멍이 안 남으니까……."

잠이 덜 깬 유온은 술술 대답했다. 윤서경은 말없이 유온을 품에 꽉 끌어안았다.

이틀 후, 유온을 안고 잠이 든 윤서경은 또다시 꿈을 꾸었다. 눈을 뜨자 자신의 방이었다. 지금 쓰는 안방이 아니라, 본가에서 지내던 방. 무심코 욕실로 들어가 거울을 보자 지금보다 훨씬 어린 자신의 모습이 있었다.

꿈이라는 건 바로 알았다. 자각몽이라고 하던가? 거울 속 자신은 대강 스무 살 정도 되어 보였다.

스물이라는 나이를 짐작하고 나니 며칠 전 꿈에 나타났던 어린 이유온이 떠올랐다. 마르고 자그마해서 더 어리게 보이긴 하지만, 대략 열한 살 정도였다.

처음 시간이 돌아간 걸 알았을 때 윤서경은 생각했다. 기왕이면 더 어릴 때로 돌아가면 안 됐던 건가. 이유온을 아예 그 가족으로 부터 데리고 나와 행복한 기억으로 채워 줄 수 있게.

지금 꿈에서나마 그 바람을 이룰 수 있는 걸까.

윤서경은 곧바로 튀어 나가 어머니의 방문을 두드렸다. 이른 아침부터 업무를 보고 있던 어머니가 어쩐 일이냐며 고개를 들었다.

"아이 하나를 데리고 왔으면 해요, 어머니."

"뭐?"

어머니의 얼굴이 기괴해졌다. 뜬금이 없어도 너무 없었다. 어머니는 순간 막내아들이 미친 건 아닌가 진지하게 고민하는 기색이었다. 그러면 뭐 어떤가. 어차피 꿈이다.

"화명그룹 막내아들인데, 가정 폭력을 당하고 있어요."

"네가 그걸 어떻게 알고?"

"들었어요."

어머니는 내내 미심쩍은 기색에, 사실이라 하더라도 데리고 오는 것까진 말도 안 된다고 생각한 듯했으나. 역시 꿈은 꿈인지 윤서경이 밀어붙이자 일이 착착 진행되었다.

한겨울, 눈 예보가 있던 날. 이유온은 표독한 표정을 한 제 엄마의 손을 잡고 윤서경의 집으로 찾아왔다.

"신기한 꿈이네요."

마주 앉아서 아침을 먹고 있던 유온이 고개를 갸웃했다. 꿈은 대문이 열리고, 어린 유온이 모습을 드러내는 장면에서 끝났다. 유온의 어머니가 그 후 어떻게 되었는지는 알 수 없었다.

"생각한 적이 있거든요. 어린 당신을 우리 집에서 키웠다면 어땠을까."

"어쩌다 그런 생각을……."

빵을 뜯던 유온이 미묘한 표정을 지었다.

"처음 시간이 돌아왔을 때 말입니다. 기왕 돌아갈 거 더 좋은 시점으로 가면 안 되나, 했던 거죠. 내가 욕심이 좀 많잖아요?"

유온이 웃음을 터뜨렸다. 지금 이 상황에도 충분히 감사하는 유온과 달리 윤서경의 욕심은 끝이 없었다. 그는 가능했다면 유온을 아예 다른 집에 태어나게 하고 싶었다. 뭐, 태를 바꾸는 거야 불가능하니 막 태어난 걸 훔쳐서 아이가 귀한 다른 집에 데려다 놓는다거나.

어쨌든, 두 사람 다 그때까지는 이 꿈을 그저 재미있는 일로 치부했다.

"몸에 큰 이상은 없다는구나. 그런데 확실히 가정 폭력은 있었어. 아직 안 나은 멍이 어찌나 많던지."

"보셨어요?"

"환자복 사이로 살짝. 그리고 또래 애에 비해서 너무 얌전하고. 넌 도대체 그 아이 사정을 어떻게 안 거니? 그리고, 어쩌고 싶어서 데리고 오자고까지 했어?"

어머니가 고개를 갸웃하며 물었다. 윤서경은 무심하게 대답했다.

"결혼하려고요."

잠시 침묵이 흘렀다.

"정신이 나갔구나?"

"……왜요."

"몰라서 묻니, 이 철면피 도둑놈아."

제가 생각해도 스무 살의 자신이 열한 살의 오메가를 데리고 와서 미래의 결혼 상대로 점찍어놨다고 하면 쓰레기, 미친놈, 파렴치한 새끼로 낙인찍을 것 같다. 하지만 윤서경의 입장에선 과거로 왔을 뿐 이유온은 미래의 제 배우자가 맞았다. 만나는 시점이 열한 살일 뿐이지……. 물론 나이 차이가 아홉 살인 건 변하지 않지만…….

그날 저녁, 이런저런 검사를 마친 유온이 윤서경의 집으로 왔다. 가족들은 생각보다 스무스하게 낯선 손님을 받아들였다. 과연 꿈인지라 윤서경의 의지가 개연성보다 위에 있는 듯했다.

"방으로 데려다줄……게."

무심코 존대를 쓸 뻔한 윤서경은 입을 다물었다가 다시 말했다. 열한 살 아이에게 유온 씨라고 부르며 존대하는 건 아무래도 이상하지 않은가. 유온의 방은 미리 준비되어 있었다. 초등학생이 쓰기에 딱 좋은 느낌으로.

어린 유온은 서너 살, 어쩌면 그보다 어릴 때부터 지속적인 학대를 받은 정황이 있었다. 심리 검사에서도 굉장히 안 좋은 소견이 나왔다. 몸도 아직 크게 망가진 곳은 없지만, 곳곳에 생채기가 있고 건강한 편도 아니었다.

아이가 다닐 학교와 심리 상담센터를 고르고, 정기적인 병원 검사를 잡고, 윤서경의 집안은 본격적으로 유온을 돌봐주기 시작했다.

그날의 꿈은 거기서 끝이었다. 상담 센터에 가는 유온을 배웅하면서.

이렇게 이어지는 꿈을 꾼 건 처음이다. 신기한 기분으로 누워서 눈만 깜빡이고 있는데, 옆에서 유온이 벌떡 몸을 일으켰다. 윤서경도 놀라서 덩달아 일어났다.

"왜 그래요?"

"서경 씨, 오늘도 그 꿈 꿨어요?"

"그 꿈이요?"

"어린 절 데리고 오는 꿈이요."

"네."

그러자 유온의 얼굴이 놀라움으로 가득 찼다.

"저도 꿨어요! 전 꿈이라는 건 몰랐지만."

"당신도? 무슨 내용이었습니까?"

유온은 심리 상담을 가고, 병원에 가고, 마지막에 윤서경의 배웅을 받은 것까지 상세히 설명했다. 둘이 다른 입장에서 같은 꿈을 꾼 것이다.

신기했지만 엄청나게 놀랍진 않았다. 죽었다가 시간을 돌아와서 다시 살고 있는데, 겨우 꿈 하나 같이 꾼 정도로 놀라겠는가.

"신기해요⋯⋯."

"꿈에서 기분이 어땠습니까? 내가 괜한 짓을 한 건 아니죠?"

"네⋯⋯. 꿈에서⋯⋯."

유온이 장난기 어린 미소를 짓더니, 몸을 쭉 뻗어 윤서경의 귀에 대고 속삭였다.

"서경 씨가 멋있었어요."

윤서경은 저도 모르게 웃음을 터뜨리곤, 역시나 웃음기가 그대로 어린 목소리로 대답했다.

"그거 다행이네요."

다시 며칠 후.

꿈속에선 시간이 얼마간 흘러 있었다. 이유온이 중학교에 입학했고, 입학식을 전후로 일주일 동안 윤서경은 출장을 다녀왔다. 꿈인데 이런 것까지 현실적인 필요는 없지 않나? 짐을 풀고 있는 윤서경의 방문을 누군가 두드렸다.

"네."

문이 빼꼼 열리고 고개를 내민 건 유온이었다.

"들어가도 돼요?"

"그럼. 이리 와."

윤서경은 습관처럼 두 팔을 벌렸다. 유온도 자연스럽게 와선 윤서경에게 폭 안겼다가 떨어졌다 또래 중학생보다도 한참 작은 체구는 품에 쏙 들어오고, 윤서경의 보호 본능을 자극했다.

"저…… 학교에서 친구 사귀었어요."

"벌써?"

가족의 학대로 더 심각해지긴 했지만, 유온은 원래 조용하고 소극적인 성격이었다. 입학한 지 며칠 되지도 않아 친구를 사귀었다니 기특한 일이었다.

"용돈은 안 모자라고?"

"네. 괜찮아요. 아."

진동 소리가 들렸다. 유온이 주머니에서 휴대폰을 꺼내더니, 친구라고 중얼거렸다. 눈이 반짝이는 걸 보면 친구라는 건 사실인 듯했다.

"저는 나가 볼게요. 안녕히 주무세요."

윤서경이 고개를 끄덕이자 유온은 방을 나서며 전화를 받았다. 반가움이 묻어나는 목소리였다. 다음 날, 유온은 근처에 사는 친구와 함께 등교했다.

비서에게 알아보게 하니, 유온은 금세 중학교에 적응했다고 한다. 학교생활도 아주 잘하고 있다고, 윤서경은 눈을 가늘게 떴다. 현실에서도 가족만 없었더라면 유온은 그렇게 학창 시절을 보냈을 것이다.

그날 아침, 잠에서 깨어난 유온은 고개를 갸우뚱했다.

"왜 그럽니까?"

"꿈에선 친구 사귀는 게 너무 쉬워서……. 원래는 따돌림당했거든요. 꿈이라서 그런 걸까요?"

윤서경은 가만히 유온의 어깨를 끌어안았다.

"아닙니다. 당신이 학교 다닐 때는, 당신 형들이 일부러 그렇게 만들었던 거예요."

이유건과 이유연은 여러 방법으로 유온이 학교에서 고립되도록 만들었다. 이유건은 유온을 독차지하기 위해서, 이유연은 유온을 괴롭히기 위해서였다.

"아……."

괜히 말했나 싶었지만, 다행히 유온은 안도한 듯 웃었다.

"그렇구나……. 전 제가 너무 모자라서 그런 줄 알았어요. 큰형이 늘 그랬거든요. 따돌림은 당할 만해서 당하는 거라고……."

"그런 게 어디 있습니까."

윤서경은 유온의 관자놀이에 입을 맞추며 말했다.

"절대로 그렇지 않아요. 상황이 조금 바뀌었을 뿐인데, 지금 얼마나 잘하고 있습니까? 친구도 많이 사귀었고 성적도 좋고."

"그건……."

유온이 작게 웃으며 윤서경의 가슴에 머리를 기댔다. 입가에 뿌듯한 듯한 미소가 걸려 있었다.

"참……. 서경 씨는 꿈에서 마음대로 행동할 수 있어요?"

"네."

유온은 꿈인 것도 자각하지 못한다고 했다.

"그럼, 혹시 또 이런 꿈 꾸면요, 상황이 맞으면, 학부모 참관에 와 주시면 안 돼요?"

"학부모 참관?"

"별로 좋은 기억이 없어서……."

"알겠어요, 가겠습니다."

유온이 웃으며 윤서경의 몸을 끌어안았다. 학부모 참관에 아무도 온 적 없는 것도 아니고, 좋은 기억이 없다는 건 대체 뭐란 말인가.

그 가족이 유온의 학교에 가서 무슨 행패를 부린 건지 알 수 없지만 어쨌든 좋은 기억으로 덮어 주고 싶었다.

다시 꿈.

이유온은 고등학생이었다. 많이 자라서 지금과 비슷한 얼굴이다. 윤서경은 어머니, 누나와 함께 그의 학부모 참관 수업에 가고 있었다.

교실에 도착해서 뒤쪽에 서자 자기 부모가 왔는지 확인하느라 흘끔대는 학생들 사이로 유온의 얼굴이 보였다. 세 사람을 확인한 유온의 표정이 대번에 밝아진다.

수업은 순조로웠다. 유온은 자기 몫의 발표를 잘했고 친구들과 조금씩 잡담을 나누기도 했다. 수업이 끝난 뒤에는 담임 선생님과 면담이 있었다. 유온에 대한 평가는, 조용하고 차분하지만 급우들과도 잘 어울리고…… 등등, 좋은 것들뿐이었다.

그대로 잠에서 깨지 않은 채 시간이 흘러갔다. 눈을 깜빡이자 시간이 이동한 것에 가까웠다. 12월 31일, 유온의 성년을 앞둔 밤이 되었다.

결국 성인이 될 때까지 꿈이 이어지다니. 윤서경은 제 방에서 술을 한잔하며 느긋하게 창밖을 보고 있었다. 손님이 문을 두드린 건 자정이 다 되어서였다.

"……형."

유온이 얼굴을 내밀었다.

"이리 들어와."

반갑게 맞이한 윤서경은 유온에게 제 맞은편 자리를 권했다. 유온은 어딘가 어색한 기색으로 거기에 앉았다. 윤서경은 손목시계를 들여다보았다.

"유온이, 이제 조금만 있으면 성인이네."

"……."

시곗바늘이 째깍째깍 움직였다. 윤서경은 새 유리잔을 꺼내 유온의 앞에 놓아 주고, 냉장고에서 도수가 약한 술을 찾아왔다.

"성인 된 기념으로 조금만 마실까."

유온은 아예 술을 못 마셨었지만, 몸이 회복된 지금은 한두 잔 정돈 괜찮았다. 지금은 꿈속이고 유온이 훨씬 건강하기도 하니까 더욱. 그렇게 무사히 성인이 된 걸 기념해 주고 싶었다.

째깍, 자정이 되었다. 윤서경은 유온의 잔에 술을 아주 조금 따랐다.

"유온아, 축하……."

"형."

"……응?"

"저 이제 성인이니까……."

"……."

"회장님한테 들었어요. 형, 저랑 결혼하려고 데리고 온 거라고요."

어머니, 애한테 무슨 말을 하신 거예요.

당황해서 굳어 버린 윤서경에게 유온이 의자에서 일어나 다가오더니, 새빨개진 얼굴로 눈을 질끈 감으며 윤서경의 무릎 위에 앉았다.

"유온……."

"형, 좋아해요."

"……."

"형⋯⋯. 서경 씨."

서경 씨라니. 아찔해진 윤서경이 유온을 떨어뜨리며 일어나려 했을 때였다.

"서경 씨⋯⋯, 서경 씨."

"⋯⋯."

눈을 뜨자 가장 익숙한 유온의 얼굴이 코앞에 있었다. 꿈에서 깼군. 여러 의미로 아찔한 꿈이었다. 윤서경은 유온의 몸을 끌어 당겨 안았다.

"서경 씨, 혹시⋯⋯."

"네?"

"꿈에서⋯⋯ 아무것도 안 했죠?"

"안 했습니다."

딱 잘라서 말하자 유온이 안도의 한숨을 내쉬었다.

"당신이 더 빨리 깼습니까?"

"비슷했던 것 같아요. 하지만⋯⋯ 화낼 뻔했어요."

"화?"

"꿈속이라도 그건 제가 아니잖아요. 아니, 제가 맞긴 하지만, 뭐 랄까⋯⋯."

윤서경은 곧바로 웃음을 터뜨렸다. 웃지 마요, 제법 심각하게 화가 났던 모양인 유온이 주먹으로 그의 가슴을 퍽퍽 내리쳤다. 여전히 솜방망이 같은 주먹이었다.

"아무것도 안 했어요. 설마, 당신이 있는데 내가 그럴 리 있습니까. 난 그저……. 당신을 그렇게 어릴 때부터 데리고 와 돌봐 줬다면 당신이 더 행복했을 거라 생각했을 뿐입니다. 그러다 보니 그런 꿈도 꾼 거고."

"……."

"당신 말대로, 꿈에 나온 사람은 당신이 아니라 내 머릿속에 있는 사람이니까 그런 짓을 할 리 없잖아요."

"……바람피우면 안 돼요."

"그럼요."

"그런데…… 제가 꿈에선 다르게 불렀잖아요."

"그랬죠. 색다르더군요, 당신한테 들을 일이 없는 호칭이다 보니까."

꿈에서 유온은 윤서경을 형이라고 불렀다. 냅다 결혼부터 한 데다 나이 차이가 많이 나다 보니 유온이 그를 형이라 부른 적은 한 번도 없었다. 품에 안겨 있던 유온이 우물쭈물하다가, 조그맣게 입을 열었다.

"형."

"……."

"……서경이 형."

"이런."

윤서경은 곧바로 유온의 몸을 끌어안고 뒤집어 그 위에 올라탔다. 형이라고 불렸을 뿐인데 순식간에 아래로 피가 몰렸다. 유온은 손을 뻗더니 윤서경의 뺨을 어루만졌다.

"덕분에 학교를 다시 다닌 것 같아서 즐거웠어요."

"글쎄요, 내 덕분은 아닐지도 모릅니다."

"그래도요……. 그리고."

유온이 두 팔로 윤서경을 끌어안았다.

"전 지금도 충분히 행복하니까 걱정하지 마세요."

윤서경의 입가에 미소가 걸렸다. 네, 하고 대답하는 목소리는, 유온의 입술 안으로 사라졌다.

외전 07

※이 외전에는 약간의 공포 요소가 포함되어 있습니다.

"까아아!"

영인이 머리가 더 큰 몸을 뒤뚱거리며 빠르게 뛰어갔다. 유온은 그 뒤를 바쁘게 따라가며 뛰지 말라고 말했지만, 새로운 곳에 와서 잔뜩 신이 난 아기에게 그 말이 들릴 리 만무했다.

유온의 가족은 여름휴가를 맞아 스페인의 고성을 찾았다. 원래는 세 가족이 같이 도착할 예정이었으나, 윤서경에게 급한 일이 생기는 바람에 유온과 영인만 먼저 오고 그는 내일 도착하는 일정이 되었다.

영인은 넓은 성 안을 지치지도 않고 뛰어다녔다. 넘쳐 나는 아기의 에너지를 소모하기에 성은 충분한 넓이였다. 유온과 도우미들은 번갈아 가며 영인을 따라다니는 것만으로 지칠 만큼.

거의 세 시간을 이것저것 탐색하며 뛰어다닌 후에야 영인은 유온의 품에 안겼다.

"아빠, 이제 힘들어요."

"그렇게 뛰어다니니까 그렇지. 넘어지면 아야 해."

"조심해서 뛰었어요!"

조심해서 뛰는 게 어디 있어……. 싶었지만 원래 아기들의 논리라는 게 그렇다. 영인을 안아 올린 유온은 주위를 두리번거렸다. 이 고성에 오는 건 벌써 몇 번째지만, 여기는 처음 들어온다.

성이 워낙 넓다 보니 아직까지도 정비가 덜 된 구역이 있는데, 여기가 그랬다. 다른 곳에 비해서 더 썰렁하고 어두운 게 분위기가 음산했다. 괜히 목덜미가 섬찟해질 정도로.

주거 구역이야 익숙해져서 괜찮지만, 낯선 곳에 가면 오래된 성이라 어딘가 모르게 선뜩한 건 어쩔 수 없다. 유온은 영인을 꼭 끌어안고 후다닥 복도를 걸었다.

익숙한 침실로 돌아오자 그제야 맘이 놓이는 기분이다. 영인은 벌써 꾸벅꾸벅 졸고 있었다. 침대에 영인을 눕히고 자신도 옆에 누워 볼록한 아기의 배를 토닥토닥해 주고 있는데, 잠들려던 영인이 눈을 반짝 뜨더니 물었다.

"아빠, 근데 아까 거기 있던 아저씨는 누구예요?"

"……."

그러곤 픽 잠들어 버렸다.

"영인아……. 무, 무슨 아저씨……? 잠깐만 일어나서 말해 봐……. 무슨 아저씨 말하는 거야……?"

그러나 한번 잠든 아이는 깨어나지 않았다. 유온은 비명을 지르고 싶은 걸 겨우 참으며 영인에게 더욱 바짝 달라붙었다. 잠꼬대겠지? 잠꼬대일 거야. 아이들은 원래 잠꼬대나 이상한 소리를 잘하지 않나. 애써 그렇게 생각했지만 무서움은 가시지 않았다.

"⋯⋯."

벌떡 일어난 유온은 침실 밖의 켤 수 있는 조명을 모조리 다 켰다. 마음 같아선 침실 커튼도 열고 불을 켜고 싶었으나, 영인이 자고 있어서 그럴 수 없었다.

서경 씨한테 전화를 할까?

⋯⋯아니, 아무리 그래도 바쁜 사람한테 귀신이 나온 것 같다고 전화를 걸 순 없다. 으스스 도는 한기에 유온은 팔을 쓰다듬으며 밝은 곳으로 나갔다. 거실을 빠져나가 햇빛이 잘 드는 복도로 나가자 성한영이 서 있는 게 보였다. 사막에서 물을 본 것만큼 반가워져서 커다란 사내를 향해 다가갔다.

"한영 씨."

"아, 나오셨습니까. 간단히 드실 것 준비할까요?"

"아니요⋯⋯. 그건 괜찮은데, 한영 씨, 역시 이런 고성엔⋯⋯ 있을까요?"

"뭐가 말씀이십니까?"

"그, 그러니까, 귀신 같은⋯⋯."

"아⋯⋯. 아무래도 있지 않을까요."

"⋯⋯."

너무 선선한 대답에 유온은 할 말을 잃고 말았다. 게다가 성한영은 유온을 겁주거나 하려는 목적이 아니라, 정말 그저 자기 생각을 말했을 뿐인 듯했다. 그렇구나……. 있겠지, 아무래도. 매사 무뚝뚝하고 귀신 따위 믿지도 않을 것 같은 성한영이 말하니 더 무서웠다.

이정윤에게도 물을까 하다가 그만두었다. 그녀 쪽에선 괜한 답까지 고구마 줄기처럼 줄줄이 딸려 나올 거란 생각이 들었다. 예를 들면 유명한 괴담이라든지.

"한영 씨, 오늘 저녁엔 제일 가까운 방에서 쉬어 주세요."

"네, 그렇게 하겠습니다."

이번에도 선선히 대답한다. 다행히 유온이 무엇 때문에 이러는지는 짐작하지 못한 것 같았다.

방으로 돌아가 침대로 향하자, 영인은 누운 자세 그대로 눈만 뜬 채 빤히 유온을 쳐다보고 있었다. 저절로 웃음이 나와 침대에 몸을 기대며 영인에게 몸을 기울였다. 잠을 실컷 잔 아기는 기분이 좋은지 사르르 녹을 듯한 웃음을 지었다.

"영인이 다 잤어요."

"그랬어? 배고프지 않아?"

"배고파요."

유온은 영인을 안아 들고 간이 주방으로 향했다.

"영인이 뭐 먹을까. 바나나 먹을까?"

"우……. 초코 아이스."

"바나나 먹고 초코 아이스 먹자."

"우우……. 네."

차가운 것부터 먹이는 게 꺼려져서 그렇게 말하자 아이는 어쩔 수 없이 수긍했다. 작은 크기의 바나나 하나를 까서 주니 영인은 전투적으로 먹기 시작했다. 바나나가 맛있어서라기보단 이걸 다 먹은 후 얼른 아이스크림을 먹기 위해서였다. 과연 마지막 한 입까지 입에 욱여넣은 영인이 말했다.

"쵸코 아이스……."

입안에 바나나가 가득 차서 발음도 불분명했다. 유온은 웃음을 터뜨리곤 알겠다고 고개를 끄덕인 뒤, 영인의 그릇에 초콜릿 아이스크림을 한 스쿱 가득 떠서 내주었다.

"입에 있는 거 다 삼키고."

"네에."

햄스터처럼 튀어나온 뽀얀 볼이 부지런히 들썩였다. 간신히 바나나를 다 먹은 영인은 신이 난 얼굴로 초콜릿 아이스크림을 먹기 시작했다. 유온은 맞은편에 앉아 턱을 괸 채 아이가 부지런히 스푼을 움직이는 모습을 구경했다.

순식간에 아이스크림을 다 먹은 영인이 아쉬운 눈으로 유온을 보았다. 조금 더 먹고 싶다는 기색이었다. 유온은 아빠다운 단호한 얼굴로 그를 거절했다.

"안 돼요. 배 아야 해요."

"아야 안 하는데……. 영인이 튼튼해요. 아야 안 해요."

"아니에요, 영인이는 아빠를 닮아서 금방 배 아야 해요."

"아빠 아프지 마!"

"지금은 안 아파. 영인이, 아직 배고파? 쌀과자 먹을까?"

자연스럽게 말을 돌리자 영인은 잠시 생각하다 고개를 젓곤 다른 걸 제안했다.

"펭귄 과자 먹어도 돼요?"

　펭귄 캐릭터가 그려진 비타민 캔디였다.

"두 개만이야."

"세 개……."

"펭귄 과자는 하루에 몇 개라고 했지요?"

"다섯 개!"

　영인이 손가락을 쫙 펼치며 자신만만하게 대답했다.

"그런데 영인이 비행기 타고 오면서 몇 개 먹었지?"

　자신감이 조금 수그러든다. 영인의 손가락이 하나씩 구부러졌다.

"세 개애……."

"그럼 남은 건 몇 개?"

　유온은 두 개 펼쳐진, 아이의 자그마한 손가락을 손끝으로 톡톡 두드렸다. 영인은 금세 시무룩해졌다. 그 모습에 몰래 웃으며 유온은 비타민 캔디 두 개를 꺼내 영인의 앞에 놓아 주었다. 캔디를 보자 언제 시무룩했냐는 듯 영인이 밝아진다. 특별히 영인이 좋아하는 분홍색과 노란색으로 고른 덕이었다.

"아껴 먹어야지."

"큽."

　겨우 웃음을 참았다. 아껴 먹는다는 말은 어디서 배웠는지.

"까 주세요."

　캔디 포장을 벗겨서 입에 넣어 주자 영인은 아껴 먹겠다는 다짐 그대로 아주 천천히 캔디를 빨아먹었다. 나머지 하나는 입에 넣는 대신 천천히 먹겠다며 포장째 손에 꽉 쥐기까지 했다. 굉장한 의지력이었다.

이제 한 시간쯤 후에 저녁을 먹으면 될 듯했다. 유온은 바나나 껍질이며 그릇, 캔디 포장을 정리한 뒤 영인의 손을 잡고 침실로 돌아왔다.

"아빠, 장난감 꺼내 주세요."

"뭐 꺼내 줄까요?"

"토토~"

영인이 좋아하는 강아지 인형이었다. 주인공이 강아지고, 강아지가 경찰이라 경찰차를 운전한다. 그의 친구 구급차, 소방차와 중장비들도 있었다.─왜인지 친구 자동차들은 운전하는 사람도 없이 스스로 움직였다.─유온은 '강아지 경찰 토토'의 장난감 세트를 빠짐없이 챙겨 영인의 앞에 놓아주었다.

"토토~ 과자 트럭 구해 주러 가자. 포크레인이가 구해 준대. 지게차랑 삐뽀차도 가자."

창문 쪽으로 향하던 유온이 걸음을 삐끗했다. 비행기를 타고 오며 뉴스에서 과자 회사 트럭 사고 소식을 들었는데─다행히 큰 사고는 아니었다─영인이 그걸 기억하고 친히 구하러 가려는 모양이다.

"영인아, 과자 트럭 구하면 뭐 할 거야?"

"용감한 시민상 받아요. 그리고 상으로 펭귄 과자 90개 받아."

영인은 경찰차와 구급차를 내려놓고 손가락 9개를 힘들게 펼쳤다.

결국 참지 못하고 큰소리로 웃고 말았다. 영인은 숫자를 다 셀 수 있지만, 왜인지 가장 큰 숫자가 9이라고 느끼는 것 같았다. 용감한 시민상은 또 어디서 배운 건지.

"100개 아니고 90개 받아?"

"아……. 아니야! 100개 받아!"

어쨌든 숫자 개념은 짬짬이 고쳐 줘야 했다. 실수를 깨달은 영인이 얼른 90개를 100개로 정정했다. 그렇게 웃으며 창가로 가서 커튼을 하나씩 열던 유온이었으나, 마지막 창문 앞에서 웃음이 사라졌다.

창틀에 희미하게 손자국 같은 게 있었다.

* * *

유온은 저녁을 배불리 먹고, 거품 목욕을 한참 하다 잠든 영인을 바로 곁에 둔 채 침대에 앉아 노트북을 들여다보고 있었다. 아이가 자고 있어서 차마 환하게 해 두진 못했지만, 침대 곁과 밑의 미등과 욕실, 침실 복도는 불을 다 켜 둔 상태였다.

화면에는 스페인어로 된 웹 페이지가 떠올라 있었다. 유온이 아까부터 영어와 스페인어를 번갈아가며 검색한 결과 중 하나였다. 검색어는 이랬다. '고성 괴담', '스페인 고성 괴담', '세비야 고성 실화'……. 원래 애매하게 무서운 게 있는 사람일수록 실체를 확인하고 싶어서 불구덩이로 뛰어드는 법이었다.

아까 창틀의 손자국은 어떻게 할까 고민하다가 결국 말하지 못했다. 계속 들여다보니 그냥 커튼이 쏠린 자국 같기도 하고, 이 높이에 사람이 와서 매달릴 리는 없고. 사실 경호팀과 비서실도 단체 휴가를 겸해 온 것이기 때문에 괜한 일을 늘려주고 싶지 않았기 때문이다.

이곳은 성에서 한참 먼 위치부터 사유지였다. 호수와 숲으로 둘러싸여 있고, 그나마 사람이 걸을 만한 길은 특히 넓어서 알파의 걸음으로도 하루 이상 꼬박 걸릴 것이다. 베타나 오메가는 말할 것도 없고. 사유지라고 철망으로 울타리도 쳐져 있으니 조난이라도 된 게 아닌 이상 여기에 다른 사람이 있을 리는 없다.

'목을 매 죽은 영주의 딸이 유령이 되어 나오는……'
'사랑의 도피를 하려다 죽은 원혼이 성 사람들을 원망하며 떠도는……'
'지하 감옥에서 억울하게 죽은 소작농들의 유령이……'

검색 결과는 대부분 그렇게 무섭다고 할 수 없는 것들이었으나 지금의 유온을 겁에 질리게 하기엔 충분했다. 어떡하지, 서경 씨가 도착하려면 내일은 되어야 하는데.

유온은 부르르 떨며 노트북을 치우고 새근새근 잠든 영인을 끌어안았다. 우유 냄새처럼 포근한 아기의 향을 맡자 조금은 마음이 진정되는 것 같았다. 그래, 이대로 잠들면……

—위이잉……

"……"

등줄기가 주뼛 서는 것 같았다. 이게 무슨 소리지? 유온이 귀를 세웠다. 위잉……. 윙……. 뭔가의 날갯짓 소리 같기도 하고, 기계음 같기도 했다.

'으아아…….'

유온은 울 것 같은 기분으로 영인을 꽉 끌어안고 이불을 머리 끝까지 뒤집어썼다. 그때였다. 쾅! 요란한 소리와 함께 침실 문이 열리고 주위가 확 밝아지더니, 여러 개의 발소리가 우르르 뛰어들어왔다. 이어 소란과 함께 낯선 사람의 비명이 들렸다.

"……!"

이불에서 빼꼼 눈만 내밀어 보자 윤서경이 창틀에서 끌어 올린 한 남자를 바닥에 내던지고 있었다. 남자의 손에 들렸던 물건도 내동댕이쳐지면서 퍽 소리와 함께 깨졌다.

"뭐……."

곧바로 경호팀이 달려들어 남자를 제압했고, 윤서경은 침대로 빠르게 다가왔다.

"괜찮아요, 유온 씨? 영인이는요."

"자, 자고 있어요."

"우웅……."

이 소란 속에서도 영인은 인상을 찌푸리며 한 번 버둥거릴 뿐 깨지 않았다. 윤서경이 유온과 영인을 한꺼번에 껴안았다.

"별일 없어서 다행입니다."

"아우……, 아빠!"

그제야 깨어난 영인이 윤서경의 목에 팔을 감았다. 그는 영인을 한 팔로 안고, 유온의 허리를 안아 침대에서 일으켜 앉혔다. 소란을 깨달은 영인이 어리둥절하게 주위를 두리번거리더니, 경호원에게 제압당한 남자를 보며 외쳤다.

"아, 아까 그 아저씨!"

"그 아저씨? 영인이, 저 사람 봤어?"

"아까아……. 어두운 데 갔었는데, 저 아저씨가 창문 밖에 있었어요."

"……."

전말은 이랬다. 가십 전문지의 기자가, 부경호텔 가족이 여기로 여름휴가를 온다는 말을 듣고 만반의 준비를 했다.

트래킹 장비와 로프 따위까지 챙겨선, 성 주인이 도착하기도 전에 도보로 이곳에 와 숲속을 돌아다니며 숨어 있을 곳을 찾았다. 하지만 여의치 않자 로프를 사용해 성벽에 매달려선 카메라와 비디오카메라를 들고 가족의 모습을 찍을 기회만 호시탐탐 노리고 있었다.

아주 목숨을 건 파파라치였다.

유온이 본 손자국은 기자가 침실 창문에 매달리려다 미끄러진 흔적이었고, 위잉 소리는 비디오카메라의 기동음이었다.

"말도 안 돼요……."

"말도 안 되는 짓을 하는 게 저런 기자들이죠."

멍하니 있던 유온이 퍼뜩 정신을 차렸다.

"어, 어떻게 이렇게 빨리 오셨어요?"

전용기가 한국으로 돌아가 정비를 마치고 돌아오려면 내일 오후는 되어야 했다.

"정비가 생각보다 오래 걸린다고 하고, 일은 일찍 끝나서 비행기로 왔습니다."

"직항도 없는데……."

"그 정도야 뭐."

윤서경이 어깨를 으쓱했다. 그래도 피곤할 것이다. 유온은 영인을 받아 안으며 말했다.

"얼른 씻고 오세요. 저녁은 드신 거예요?"

"비행기에서 이 비서랑 먹었습니다."

윤서경이 몸을 씻고 온 후, 곧 다시 잠들 듯 멍한 영인과 함께 가족이 이야기를 나누었다.

"하하, 그래서 귀신이라도 나온 줄 알았습니까?"

"웃지 마세요. 진지했어요."

"설마 그런 소문이 있는 곳을 골랐을까요."

유온은 그 말에 웃음을 지었다. 결혼 선물로 받은 성이다. 윤서경이 얼마나 신중하게 골랐을지, 자세히 묻지 않아도 알 수 있다. 온화한 분위기가 되어 영인을 가운데에 두고 자려 하는데 문득 영인이 물었다.

"아빠, 근데 아까 그 아저씨가 업고 있던 누나는 어디 갔어요?"

"……."

"……."

"……누나?"

"네. 외국 사람 누나. 아저씨 따라갔어요?"

세 가족 위로 침묵이 내려앉았다.

"잘못……, 잘못 본 거야. 영인아."

"아닌데에……. 영인이는 눈 좋아……."

"음, 잘못 본 거야. 자자. ……걱정 말아요. 기자를 따라갔다지 않습니까?"

"……."

어째 그게 더 오싹하다. 유온은 영인을 사이에 둔 채로 최대한 윤서경에게 바짝 붙었다.

신기하게도 윤서경이 오자 영인이 한 이야기까지 그렇게 무섭지 않게 느껴졌다. 그는 귀신 이야기에 겁먹지도 않은 듯했다. 지금까지 공포 영화를 같이 볼 때도 항상 그랬지만. 지금도 윤서경은 자신에게 달라붙는 유온을 보며 엷게 웃고는 팔을 뻗어 등을 토닥여 주었다.

"내일은 어디에 가고 싶습니까?"

"음……. 자고 일어나서 생각해요."

"그래요. 잘 자요."

"잘 자요, 서경 씨."

"아빠 잘 자요!"

"영인이도."

영인이의 이마에 입을 맞추고, 윤서경과 유온도 짧은 키스를 나눴다.

고성의 밤이 평온하게 저물어 갔다.